A **MORTE** TUDO RESOLVE

A **MORTE** TUDO RESOLVE

Luiz Kignel

Copyright © 2012 Luiz Kignel

Grafia atualizada segundo o Acordo Ortográfico da Língua Portuguesa de 1990, que entrou em vigor no Brasil em 2009.

Publishers: Joana Monteleone/Haroldo Ceravolo Sereza/ Roberto Cosso
Edição: Joana Monteleone
Editor assistente: Vitor Rodrigo Donofrio Arruda
Projeto gráfico e diagramação: Vitor Rodrigo Donofrio Arruda
Assistente de produção: João Paulo Putini
Capa: Patrícia Jatobá U. de Oliveira
Revisão: Agnaldo Alves
Imagem da capa: Fotografia de Denise Adams

CIP-BRASIL. CATALOGAÇÃO-NA-FONTE
SINDICATO NACIONAL DOS EDITORES DE LIVROS, RJ

K63m

Kignel, Luiz
A MORTE TUDO RESOLVE
Luiz Kignel.
São Paulo: Alameda, 2012.
358p.

ISBN 978-85-7939-115-6

1. Romance brasileiro. I. Título.

11-7059.   CDD: 869.93
                  CDU: 821.134.3(81)-3

                                030737

ALAMEDA CASA EDITORIAL
Rua Conselheiro Ramalho, 694 – Bela Vista
CEP 01325-000 – São Paulo – SP
Tel. (11) 3012-2400
www.alamedaeditorial.com.br

"Mors Omnia Solvit"
("A morte tudo resolve" – brocardo latino)

1

– Me desculpem, mas deve ter havido algum mal-entendido!
– Não, Dr. Thomas. Não há mal-entendido algum.
– Mas tem de haver! O que não tem é uma razão para eu receber... isto!
– Só que recebeu. Agora, precisa ir buscar! – o tom de voz demonstrava que o clima cordial de menos de meia hora atrás havia desaparecido.

Sentados em minha sala de reunião, as visitas permaneciam em silêncio e deixavam que o encontro fosse conduzido por seu advogado, Geraldo Barreto. Barreto havia solicitado um encontro, em um telefonema que deu para minha secretária, Daisy. Na verdade, já queria marcar a reunião para o próprio dia, mas Daisy lhe informou que eu estava em um compromisso profissional fora do escritório e certamente não retornaria. Insistiu em obter meu celular, mas ela, já acostumada com a insistência de pessoas desconhecidas, recusou, ainda que de forma bastante polida, a fornecê-lo.

Na outra ponta da linha estava um ainda desconhecido Dr. Barreto, que pedia uma reunião em caráter urgente para tratar de um assunto que ele se recusou a adiantar, em nome de um cliente cujo nome disse não poder revelar. Mas, voltou a insistir na urgência do tema e disse que ligaria em meia hora, pedindo que ela me localizasse.

Fui encontrado pelo celular, dentro do táxi, retornando para casa após uma longa reunião, em que buscava uma composição para converter uma separação litigiosa em consensual. Ainda não havia tido sucesso. Daisy relatou o telefonema que havia recebido, com seu jeito contido, ao qual eu ia me acostumando.

Ela estava comigo há poucos meses. Anteriormente, havia trabalhado por mais de quinze anos em um outro escritório de advocacia. Saiu de lá quando seu chefe faleceu, chegou a trabalhar por algum tempo com o outro sócio, mas disse que não se acostumou com ele. Acabou concluindo que era o momento de buscar novos ares e pediu demissão.

Foi um colega meu, que trabalhava naquele escritório, quem nos pôs em contato. Disse que ela era honesta, dedicada e que seria um excelente apoio para um escritório em fase de crescimento como o meu, o que achei uma observação gentil, considerando que eu trabalhava sozinho, apenas auxiliado por um estagiário do quarto ano.

Tivemos duas entrevistas antes da contratação e ficou evidente para mim que ela era a pessoa certa, mas eu tinha o orçamento errado.

Ainda assim, conseguimos chegar a um meio-termo, cada qual cedendo um pouco. Para mim, era a chance de ter uma secretária experiente, que também era arquivista e rápida o suficiente para dispensar uma auxiliar – um custo que eu adoraria evitar, o que compensaria em parte o salário combinado. Para ela, era a oportunidade de trabalhar em um escritório de pequeno porte: menos *stress*, menos serões noturnos para colocar o trabalho em dia.

Advogando na área cível, me divido entre a assessoria jurídica geral para negócios imobiliários e a advocacia de família e sucessões. Esta última é minha real vocação, embora a primeira sempre ajude a fechar o apertado orçamento do mês. Prefiro as separações e divórcios consensuais porque, via de regra, evitam um enorme envolvimento pessoal do profissional – o que não tem preço – e costumam ser resolvidos em tempo menor. Mas a verdade é que são os litígios que trazem as grandes oportunidades. É quando podemos atuar defendendo os interesses de nossos clientes e, saindo vitoriosos, os honorários sempre serão compensadores.

Mas minha preferência sempre esteve na área sucessória, na composição de conflitos familiares, na execução de testamentos, na defesa do patrimônio de viúvas contra filhos vorazes. Combinei com Daisy uma experiência de seis meses, que já dura quase um ano, e acho que estamos nos ajustando muito bem um ao outro.

Fiquei pensando no que responder e Daisy acabou tomando a iniciativa. Sugeriu aguardar um pouco mais, pois talvez esse misterioso Dr. Barreto nem ligasse novamente. Eu não tinha a menor ideia do que poderia se tratar e resolvi acatar sua sugestão. Mas o Dr. Barreto era insistente e, passados exatamente trinta minutos, voltou a ligar cobrando uma resposta.

Daisy informou que não havia me localizado e pediu que ele ligasse novamente nesta manhã. Assim, hoje cedo já aguardávamos o telefonema, que ocorreu ainda antes das 9:00h. Daisy marcou a reunião para logo depois do almoço. Barreto, primeiramente, tentou conseguir um horário ainda pela manhã, mas, diante da firmeza de Daisy, concordou com o que ela lhe propunha, agradeceu e desligou.

No horário marcado, Daisy recebeu o Dr. Barreto, acompanhado de mais três pessoas, o que a surpreendeu e preocupou. Ela chegou a entrar na minha sala para indagar se não seria melhor dizer que eu não havia voltado do almoço e mandá-los embora.

A apreensão da minha secretária tinha lá seus motivos. Barreto surgiu do nada e, agora, sem ter nos informado sobre isso, aparecia em meu escritório com mais três desconhecidos. Pelo meu lado, gostava de ouvir os palpites de Daisy sobre os clientes. Afinal de contas, eu ainda não tinha cinco anos de formado. Já Daisy trabalhara por mais de quinze anos com um dos sócios de um grande escritório de advocacia:

– O que exatamente preocupa você, Daisy? – quis verificar.

– Dr. Thomas, não faço a menor ideia de quem são esses sujeitos. E se forem fiscais da Receita Federal? Ou se algum cliente do senhor deu um golpe na praça e eles são cobradores?

Parei, pensei, sorri:

– Agradeço sua preocupação, mas acho que não se trata de uma coisa, nem outra. Pelo que sei, não tenho grandes problemas com o imposto de renda. Nada que justifique quatro fiscais da Receita Federal se deslocarem até o meu escritório. E meus clientes, bem, você os conhece Daisy. Eles têm jeito de quem dá golpes na praça?

Daisy abriu um sorriso forçado. Eu prossegui:

– Vamos descobrir logo quem eles são. Não está curiosa? Eu estou. Coloque-os na sala de reunião e vamos ao trabalho!

Anos antes, eu havia alugado um simpático escritório na região da Avenida Paulista. Tinha o desconforto de não ser próximo à Praça João Mendes, uma distância que seria facilmente percorrida a pé até o Fórum Central ou o Tribunal de Justiça, em despachos praticamente diários para quem trabalha com o contencioso forense. Mas tenho a facilidade do metrô da Av. Paulista, e é possível chegar à Estação Sé em não mais do que vinte minutos. Se estiver muito frio ou eu estiver com muita preguiça, não me incomodo em enfrentar o trânsito desta cidade e pagar quinze reais para uma vaga descoberta em algum estacionamento da Rua da Glória. O que me importava era não ficar no centro da cidade, o que eu achava extremamente deprimente. Para quem tinha planos de um dia ser titular de um grande escritório de advocacia, o centro da cidade não me parecia um bom começo. Como meus ilustres clientes, que certamente um dia apareceriam para me contratar, iriam para o centro? Com toda certeza, a região da Av. Paulista era um lugar muito mais agradável para trabalhar e de mais fácil acesso para eles, quando resolvessem aparecer!

Arrumei a gravata no espelho que ficava no canto da minha sala e peguei quatro cartões de visita. Talvez fosse melhor não entregá-los; portanto, os deixei no bolso interno do meu paletó e fui afinal descobrir quem seriam essas pessoas que precisavam falar comigo com tanta urgência.

Ao entrar na sala de reunião, fui recebido por quatro homens muito bem trajados, que se levantaram assim que a porta se abriu. Barreto se apresentou me entregando seu cartão de visita. A seguir, apresentou os demais. Segundo me disse, eram irmãos, e efetivamente tinham semelhança entre si. Mais altos e esguios, olhos claros. O terceiro irmão, mais gordo e de olhos castanhos, certamente não puxara o mesmo tronco familiar.

No entanto, os três se encontravam em impecáveis ternos bem cortados e não me pareceu que tivessem ar ameaçador. No mesmo instante, retirei meus cartões de visita do bolso interno e os entreguei a eles. Convidei-os a sentar, ofereci café e comentei do frio daquela tarde de maio em que o inverno anunciava que não tardaria a chegar. Mas o clima não estava na pauta da reunião.

– Dr. Thomas, peço desculpas pela insistência nesta reunião e agradeço sua gentileza em nos receber.

– De forma alguma, Dr. Barreto. Espero apenas ser útil de alguma maneira.

Sem saber o que me esperava, achei que esta seria uma resposta que não me comprometeria muito. Assumindo um tom mais formal, Barreto entrou diretamente no assunto que os trouxera até meu escritório:

– Dr. Thomas, represento meus clientes, Srs. Alberto Stein, Mario Stein e Rubens Stein, aqui presentes. O nome lhe soa familiar?

Fitei os três:

– Desculpem, mas acho que nunca nos encontramos antes.

– Com certeza – me disse um deles. – Nunca nos vimos.

– Então, por que eu deveria conhecê-los?

– Você não os conhece – interpelou o Dr. Barreto –, mas sabe quem é o pai deles. Deixe-me reconstruir a pergunta. O senhor conhece Benjamin Stein?

– Claro que sim. Peço então que me desculpem.

– E há quanto tempo o senhor não conversa com ele?

– Bem, já não o vejo há alguns meses, embora nos comuniquemos com certa regularidade pela internet.

– Pela internet? – exclamou bruscamente um dos irmãos, que, pelo visto, tinha o desagradável costume de falar como se estivesse gritando.

– Sim, pela internet. Mantínhamos contatos esporádicos.

– E quando trocaram as últimas mensagens? – indagou Barreto.

– Bem – disse, puxando pela memória... – Talvez tenha sido há uns três meses, um pouco menos talvez. Mas por quê? Como está o Sr. Stein?

– Nosso pai faleceu duas semanas atrás.

Uma breve pausa.

– Lamento muito. Aceitem minhas condolências. Eu tinha um relacionamento muito amistoso com seu pai.

– Imagino que sim – interveio outro filho, em um tom tão pouco harmonioso como o de seu irmão. – Nosso pai lhe deixou um presente.

– Como assim?

Barreto retomou a condução da conversa e fez os primeiros esclarecimentos:

– O senhor certamente sabe o que é um testamento cerrado, Dr. Thomas?

– É claro!

Embora para um leigo possa ser um tema estranho, um advogado que atua com Direito de Família e Sucessões certamente conhece um testamento cerrado. Usualmente, os testamentos são feitos da forma pública e se denominam "testamentos públicos". Isso não significa que estejam disponíveis para qualquer pessoa, antes de o testador falecer, mas que foram lavrados por um Tabelião do Cartório de Notas, que tem fé publica, ou seja, o cartório atesta que o documento foi assinado pelo interessado, sem erro, dolo ou coação, e garante que o testador ouviu do próprio Tabelião a leitura da transcrição completa de suas disposições testamentárias, concordou com o texto e o assinou. É o testamento mais utilizado e, sem dúvida, o mais seguro, porque se um herdeiro pretender anular o testamento, o grau de dificuldade certamente será maior.

Já o testamento cerrado tem um procedimento completamente diferente. Ele é levado pronto pela parte interessada ao Tabelião, que não toma conhecimento do seu teor. O Tabelião apenas se limita a lavrar um termo de comparecimento do testador, atestando que ele ali esteve, confirmou conhecer o conteúdo do documento que está entregando e que o assina sem qualquer vício de vontade, ou seja, sem erro, dolo ou coação. Em seguida, o Tabelião lacra o testamento de forma completa e absoluta – daí o nome testamento cerrado –, costurando suas margens para que não possa ser aberto e, ato contínuo, devolve-o à parte interessada, que deverá deixá-lo com alguém de sua confiança. O testamento cerrado apenas será aberto pelo juiz após o falecimento do testador e na presença de todos os familiares e de um membro do Ministério Público.

– O senhor sabia que o Sr. Stein fez um testamento cerrado? – me perguntou Barreto, com seus modos polidos.

– E por que eu deveria saber?

– Ora, porque o senhor é beneficiário do testamento – adiantou-se novamente com a voz elevada um dos filhos.

– Eu nunca soube disso! – foi a minha vez de alterar a voz. Não estava gostando do rumo da conversa. E gostei menos ainda do ar de descrença dos filhos. Mas me detive para refletir um pouco e depois observei: – Se isso é verdade, e se o seu pai realmente desejava que eu soubesse, teria feito um testamento público e me avisado. As pessoas fazem testamentos cerrados exatamente porque não desejam que os termos do documento sejam revelados enquanto estão vivas.

– Senhores, um pouco de calma – interveio a bom tempo Barreto. – Peço desculpas pelos meus clientes, Dr. Thomas, mas preciso que o senhor entenda o lado deles. Foi feito um testamento cerrado e o senhor é beneficiário dos bens existentes em um cofre fechado no banco.

– Em um cofre? Vocês poderiam ser mais claros?

Na verdade, eu não estava com dificuldade de entender o que me diziam, mas precisava de algum tempo para tentar colocar em ordem meus pensamentos.

– Qual é a sua dúvida, até agora, Dr. Thomas? Nosso pai lhe deixou um presente e certamente não queria que ninguém, nem mesmo o senhor, soubesse disso antes de falecer.

– Me parece que houve realmente um mal-entendido – disse eu. – Não haveria razão para ele me deixar qualquer coisa.

– Mas deixou – afirmou Barreto. – E agora cabe ao senhor pegar seu legado!

2

Combinamos um almoço no Restaurante Itamaraty, reduto tradicional dos advogados, localizado em frente à Faculdade de Direito do Largo São Francisco. Lá é possível encontrar mesas tão antigas como seus frequentadores. O salão já passou por algumas reformas nessas décadas de atividade, no entanto, soube manter uma clientela cativa. Há mesas de advogados, juízes, delegados, ora em grupos distintos, ora misturados. Basta ser bacharel de direito e você certamente se sentirá em casa.

Quando era estudante, nunca entrei lá. O preço sempre foi honesto, mas, mesmo assim, era caro demais para um estagiário. Além do mais, havia o risco de encontrar um professor ou o nosso chefe do escritório, e isso certamente não nos deixaria à vontade para a algazarra que estudantes gostam de fazer. Melhor era irmos ao Centro Acadêmico XI de Agosto, entrando pela Rua Riachuelo, para almoçar por um preço que não explicava como a comida podia ser tão boa.

Encontrar-me apenas com Barreto desacompanhado de seus clientes seria uma oportunidade de me inteirar melhor sobre essa estranha história que começava a me envolver. Marcamos às 13:00h, ele me pediu pontualidade, portanto, cheguei dez minutos antes.

Barreto já estava no Itamaraty. Havia escolhido uma mesa de canto, atrás de uma coluna, o que nos reservava um pouco de privacidade.

Vestia um terno bem cortado com uma gravata sóbria, ambos em tons escuros. Notei seu olhar de reprovação para minha gravata estampada de listras amarelas, mas que, ao menos na minha opinião, fazia bom par com o terno azul-marinho. Pedimos uma sopa de legumes para começar e, ao contrário do dia anterior quando o conhecera em meu escritório, Barreto não se incomodou em falar sobre o clima e outras amenidades em geral.

Duas semanas antes, os líderes do PCC (Primeiro Comando da Capital) haviam conseguido um feito inimaginável. De dentro das prisões, algumas de segurança máxima, literalmente pararam a cidade de São Paulo, coordenando vários ataques a alvos civis e policiais. Era o assunto de todas as conversas. Na sequência, pedimos o prato do dia da casa e concordamos em dividir um vinho italiano.

Barreto era o que podemos chamar de um sujeito circunspecto. Olhar reservado, fala pausada, atento ao que acontecia a sua volta. Ainda assim, diferentemente do dia em que nos conhecemos no meu escritório, pretendia realmente se aproximar de mim, e nada melhor do que começar falando dele mesmo. Foi aluno de Direito da Pontifícia Universidade Católica de São Paulo, onde se formou em 1968, quando eu nem sequer havia nascido. No auge da ditadura militar, fora um daqueles rebeldes sem causa, lutou contra qualquer coisa que representasse a ordem constituída, bateu e apanhou da polícia, provavelmente mais a segunda do que a primeira. Era contra tudo e contra todos, sem ao menos saber exatamente por quê. Os estudantes achavam que o mundo iria mudar só porque eles usavam chinelos, calças jeans largas e não tomavam banho. Não demorou a ver que isso não levaria a nada e, quando estava no quarto ano da faculdade, resolveu começar a trabalhar de verdade. Caiu nas graças de um professor de Direito Civil que gostava de sua oratória na classe, mas reprovava seus modos. Disse que ele teria emprego garantido no escritório no dia em que se vestisse como gente.

Assim, certa manhã, Barreto apareceu na faculdade de cabelo cortado, barba aparada e em um terno, desajeitado, é verdade, mas que provava suas melhores intenções. Foi motivo de piadas por semanas, mas parou de se incomodar com isso no dia em que o professor cumpriu a promessa e lhe garantiu um emprego de estagiário. Logo se deslumbrou com as lides forenses, as grandes causas e abraçou a carreira de advogado. Seu protetor faleceu em um acidente de trânsito, logo após a formatura de Barreto, e não havia sucessores no escritório. Ele era muito jovem para pensar em assumir o lugar deixado vago. Assim, os clientes acabaram cada qual buscando um novo advogado para atendê-los.

Um dia, apareceu um cliente para retirar as pastas que ainda se encontravam no escritório. O então jovem Dr. Barreto, advogado recém-formado, já havia escutado seu chefe mencionar o nome daquela pessoa, mas jamais o vira pessoalmente. O cliente parecia um pouco perdido com o volume de documentos, e como Barreto estava sem muito para fazer, ofereceu-se de bom grado para ajudá-lo na separação das pilhas e pilhas de papéis. O cliente simpatizou com aquele jovem advogado e perguntou onde ele trabalhava. Ao saber da história, convidou-o para ser seu advogado pessoal, e com ele o Dr. Barreto permanece até hoje.

E esse cliente era Benjamin Stein.

– Mesmo que eu seja beneficiário, o que admito apenas para argumentar, isso não seria motivo suficiente para um testamento cerrado, concorda Dr. Barreto?

– Plenamente. E isso também nos intriga muito.

– Também? Por quê? O que mais está acontecendo?

– O Sr. Stein era viúvo há dez anos, aproximadamente, e tinha apenas os três filhos, Alberto, Mario e Rubens, que estiveram comigo no seu escritório. Você sabe que, conforme a lei civil, 50% do patrimônio do falecido denomina-se parte legítima e precisa ser obrigatoriamente destinada aos denominados herdeiros necessários. Em primeiro lugar estão os descendentes que automaticamente excluem outros familiares na falta de um cônjuge sobrevivente e, portanto, tornam-se os únicos titulares desta parte. Os outros 50% são livres e podem ser destinados livremente para quem o falecido quiser se houver lavrado um testamento.

– A parte disponível da herança – arrematei.

– Ocorre que o testamento cerrado também deixou a parte disponível para os três filhos em partes absolutamente iguais.

– Ora, para isto não é preciso um testamento! A própria lei já faz isso. E quais eram as outras disposições?

– À exceção do seu legado, não havia nenhuma outra disposição relevante. – Ficamos nos olhando em silêncio por alguns instantes. Eu me sentia cada vez mais intrigado. Era evidente que ele havia levantado informações sobre mim e sabia quais eram as minhas especialidades em direito. Então, Barreto perguntou: – Já redigiu um testamento cerrado para algum cliente?

– Sim, mas poucas vezes. São realmente raros e os testamentos públicos são os mais seguros.

– Desculpe a indiscrição, mas por que esses seus clientes optaram pelo testamento cerrado?

A sopa estava servida e interrompemos nossa conversa para saboreá-la ainda quente. Depois retomei o assunto:

– Era um cliente com uma aventura extraconjugal. Acabou tendo um filho fora do casamento e não queria reconhecê-lo em vida. Por isso fez um testamento cerrado. Ele ainda está vivo. Portanto, é um segredo profissional que guardo comigo. A família só vai saber no dia que ele morrer.

– Um bom motivo para um testamento cerrado! Se lhe faltou hombridade para assumir a criança diante da família, pelo menos lhe restou o bastante para reconhecê-la e lhe dar proteção. Muito bem. Algum outro caso?

– Bem, recentemente, um cliente faleceu e havia lavrado comigo um testamento cerrado. Tinha um casal de filhos em constante litígio, disputando um enorme patrimônio imobiliário. Ele colocava a culpa na nora e genro, mas sabe como são os pais. Jogam o problema sempre nos agregados e isso às vezes não é verdade. Ele havia tentado por diversas vezes um acordo de partilha. Queria doar os imóveis ainda em vida para os filhos, de modo a acabar com a briga entre eles. Reservaria o usufruto para si, garantindo as rendas das locações. Fez várias propostas aos filhos, mas um sempre queria tirar vantagem sobre o outro. Ficou esgotado com tudo isso e me pediu para elaborar um testamento cerrado com a partilha que achava ideal. Os filhos apenas ficaram sabendo da divisão quando meu cliente já havia falecido.

– Dois motivos que justificam um testamento cerrado. Sua orientação profissional foi correta.

Agradeci com um movimento de cabeça o comentário gentil e indaguei:

– Não havia nenhuma outra disposição no testamento? Um filho a ser reconhecido? Quem sabe ao menos uma cláusula peculiar ou diferenciada que justificasse todo este segredo?

– Nada parecido, Dr. Thomas. É o que estou lhe dizendo, o Sr. Stein fez um testamento cerrado e a única disposição contida nele deixou para o senhor o que contiver um cofre fechado na agência central do Banco República. Nada mais.

Barreto pegou sua pasta, que repousava na cadeira junto de nossa mesa, e me entregou a cópia do que seria o testamento do seu cliente. O documento chegava as minhas mãos juntamente com o vinho italiano que havíamos escolhido.

– Dr. Thomas, vamos brindar.
– Ao quê?
– Ao conteúdo do cofre!
– Será motivo para um brinde?

– Brindemos ao desconhecido, ao oculto que apenas o senhor pode desvendar, quando abrir esse bendito cofre!

Brindamos em silêncio.

O prato principal chegou. A massa envolta no creme de leite com champignon era uma boa pedida para aquele dia frio. Mas meu desconforto era cada vez maior:

– Dr. Barreto...

– Que tal tirar o "doutor"? Estamos entre colegas e não precisamos de formalidades.

– Agradeço. Também prefiro assim. Pois bem, Barreto, eu continuo perdido. Você faz ideia do que há no cofre?

– Essa pergunta sou eu que preciso fazer a você. Você é o beneficiário. Veja bem, não fico enciumado pelo fato do Sr. Stein consultar outros advogados. Eu era seu advogado pessoal, seu homem de confiança. Mas o grupo empresarial cresceu demais e eu sempre soube que havia advogados externos auxiliando o Sr. Stein em trabalhos específicos. Isso até me deixava mais tranquilo, porque o peso da responsabilidade era muito grande. Quando ele me contratou, recém-formado, me disse que já havia convidado meu chefe para trabalhar apenas para ele, mas o convite fora recusado porque quem está na advocacia liberal não consegue se adequar ao sistema corporativo. Só que houve empatia entre nós e logo me acostumei à ideia. Ficamos juntos por mais de trinta anos e acompanhei vários trabalhos de advogados externos. Logicamente, nem tudo foi um mar de rosas, tive minhas diferenças com o Sr. Stein e, acredite, não foram poucas. Mesmo tentando defendê-lo, nem sempre pensávamos do mesmo modo. Eu tinha a visão jurídica. Ele, a visão empresarial. Tive que ficar esperto com advogados externos que atendiam o grupo. Às vezes queriam tirar vantagem, tornar algo mais complicado para justificar honorários maiores, coisas assim. Mas esta era exatamente a minha função. Não deixar o Sr. Stein ser enganado por ninguém, mesmo pelas pessoas mais próximas a ele. Meu cliente não estava mais preocupado com o meu saber jurídico, queria apenas que tudo passasse por mim. Sabe como é, suas empresas eram tão grandes que ficava difícil controlar a situação. E assim se passaram estes trinta anos com altos e baixos como em qualquer relacionamento – Barreto tomou mais um gole de vinho, arrumou-se melhor na cadeira e prosseguiu: – Pois bem, agora me diga, que trabalhos profissionais você executava para ele?

– Nenhum – respondi.

– Nenhum? – Barreto me indagou aturdido.

– Nunca fiz um trabalho profissional para ele.

– Então que cargas d'água vocês faziam?

– De vez em quando discutíamos a Bíblia.

Barreto tossiu com o gole de vinho que acabara de tomar.

– Você só pode estar brincando!

Mas era verdade.

Conheci Stein três anos antes, praticamente por acaso.

Eu estava no aeroporto de Buenos Aires, aguardando o embarque para São Paulo. Fui visitar a irmã de uma cliente cuja mãe falecera recentemente. Elas não se falavam há muito tempo, mas, por força do inventário, voltaram a ter contato. A irmã residia na Argentina e nem sequer compareceu ao enterro da mãe, por razões que acabaram não sendo reveladas para mim. Ao que parece, ambas sempre tiveram sérios problemas de relacionamento. Fui convocado pela minha cliente para ir a Buenos Aires conversar com a irmã ou com quem a representasse, buscando um acordo de partilha judicial dos bens da mãe falecida no Brasil, sob pena do processo de inventário se eternizar.

Recordo que, no princípio da reunião com a irmã, a negativa era absoluta, e não havia quem a fizesse mudar de ideia. Não nomearia advogado algum, não moveria uma palha para o inventário de sua mãe terminar e pouco se importava se essa decisão fosse retardar por anos o fim do processo. Se isso atrapalhasse a vida de sua irmã, minha cliente, melhor ainda!

Em vez de partir para um confronto imediato, optei por relatar àquela senhora o vasto patrimônio deixado pela sua mãe, composto por valiosos galpões e aplicações financeiras respeitáveis, que ficariam retidas pelo juiz enquanto não houvesse um acordo de partilha. O patrimônio certamente se desvalorizaria pela falta de uma gestão administrativa competente, e as aplicações financeiras ficariam limitadas ao rendimento da poupança, perdendo fortemente sua rentabilidade. A médio prazo, ponderei, o valor dos ativos estaria bastante depreciado. Informei aquela senhora que aguardaria a sua posição e me despedi respeitosamente. Deixei-a apenas ciente de que, na manhã seguinte, retornaria para o Brasil.

Eu havia lançado a isca, embora tudo fosse verdade. No dia seguinte, ainda antes de sair do hotel, recebi um telefonema do advogado da irmã, solicitando informações e prontificando-se a cooperar! E lá estava eu, retornando para São Paulo com a missão praticamente cumprida, trazendo formatada a composição que tanto era desejada pela minha cliente.

O aeroporto internacional de Buenos Aires se localiza na cidade vizinha de Ezeiza, aproximadamente a trinta e cinco quilômetros da capital, e certamente é o principal terminal internacional da Argentina. Eu me dirigi ao terminal das linhas aéreas internacionais, o aeroporto estava agitado, como de hábito. Pessoas demais, cadeiras de menos, todos se acotovelando, aguardando a chamada para o embarque. Minha cliente me comprara, por conta própria, passagens ida e volta para Buenos Aires na classe executiva, o que me deixou extremamente envaidecido. Portanto, eu aguardava calmamente o momento da chamada. Estava encostado próximo ao balcão, quando vi um senhor de cerca de oitenta anos, uma farta cabeleira branca, razoavelmente desesperado. Seu voo por outra companhia aérea havia sido cancelado e ele precisava voltar urgentemente para São Paulo porque tinha negócios inadiáveis para resolver. Com muito custo, conseguira um lugar na classe econômica, assento de centro. Ele reclamava porque tinha sérios problemas circulatórios, o que se deveria compreender pela avançada idade, e não poderia ficar com as pernas apertadas e sem movimentos por mais de duas horas. Implorava por um lugar na primeira classe ou na classe executiva, a qualquer preço, mas ambas estavam lotadas. Pensou até em desistir da viagem, mas resolveu colocar em risco sua saúde e aceitou o último lugar vago do voo.

Fiquei consternado com a situação. Afinal, não se tratava de um daqueles voos noturnos sem fim onde a diferença entre classe executiva e econômica se torna ainda maior. Seria pouco mais de duas horas de voo, e com certeza eu não dormiria. Já havia inclusive separado um de meus livros para passar o tempo. Aproximei-me, pedi desculpas por ter inadvertidamente ouvido a conversa e me ofereci para trocar de lugar com ele.

Para mim, não era nenhuma novidade viajar de classe econômica. O senhor me olhou estupefato e sem reação. Mal sabia como agradecer.

Embarcamos. Foi um voo tranquilo e absolutamente desconfortável na classe econômica, como eu já esperava, mas estava satisfeito, me autointitulando o samaritano do dia. A classe executiva tem o privilégio de desembarcar primeiro. Assim, ao desembarcarmos no Aeroporto Internacional de Guarulhos, aquele mesmo senhor me esperava na saída do avião. Demorei um pouco a descer, pois não apenas estava na classe econômica, como na última fileira do avião. O velhinho simpático voltou a insistir para que eu lhe pedisse algo em troca. Queria pagar pela passagem executiva. Mas eu simplesmente não quis fazê-lo. Ele me pediu desculpas porque precisava seguir para a reunião que tanto o preocupava e para a qual estava muito atrasado. Trocamos cartões e fiquei sabendo seu nome: Benjamin Stein.

– Impressionante! – Barreto fez uma breve pausa. – Eu me lembro bem... Foi então naquela vez em que o Sr. Stein vinha de Buenos Aires e realmente chegou muito atrasado para uma reunião. Depois me contou a história de um rapaz que havia feito essa gentileza e não quis nada em troca. Era você!

– Em carne e osso.

– E, depois, o que aconteceu? – Barreto estava interessadíssimo na história.

– Bem, trocamos os cartões e voltei para o escritório. Dois dias depois, recebi um telefonema de uma senhora, a secretária do Sr. Stein. Ele me convidou para um almoço de agradecimento pela gentileza. Aceitei sem hesitar, daí nos encontramos no La Tambouille. Nunca estive lá e foi um almoço muito agradável. No final, o Sr. Stein queria saber quem eu era. Meu sobrenome Lengik me denunciou e ele me perguntou se eu tinha ascendência judaica. Confirmei, mas pretendendo evitar constrangimentos maiores, me adiantei esclarecendo que não era um judeu ortodoxo, tampouco seguia a linha conservadora, e nem sequer poderia me definir como liberal ou reformista. Minha questão judaica era fruto do acaso por ter pais judeus e se encerrou quando terminei o primário em uma escola judaica, já seguindo o curso ginasial em uma escola laica. O Sr. Stein sorriu. Retirou com cuidado a abotoadura de sua manga esquerda, enrolou a camisa e me mostrou alguns números marcados no braço. Com uma expressão doce que jamais esquecerei, me disse: "Meu amigo, não se iluda, não há vários tipos de judeus, tampouco você pode escolher se deseja ser ou não um deles. Que o digam os nazistas." Estremeci. Meus pais haviam nascido no Brasil e os relatos dos horrores da Segunda Guerra Mundial foram vividos à distância por eles. Eu já era a segunda geração brasileira e o holocausto, embora fosse um tema forte, se encaixava como mais uma das tragédias relevantes da história mundial. Naquele momento, fiquei extremamente envergonhado e não sabia nem para onde olhar. O Sr. Stein voltou a manga de camisa ao lugar e retomou a conversa. Contou dos anos de horror e como sobrevivera no campo de concentração de Buchenwald, onde passou... Você conhece essa história?

– Não – respondeu sumariamente Barreto, com expressão espantada.

– Depois, ele foi transferido para Bergen–Belsen, era um campo de trânsito de prisioneiros. Permaneceu ali pouco tempo. Logo, seria transferido para o terrível campo de concentração e extermínio de Auschwitz-Birkenau, e sua sobrevivência foi então um milagre. Eu estava assombrado. Era a história viva na minha frente, narrando fatos com uma precisão de detalhes absurda. Apesar do tema ser pesado, a conversa foi agradável e recebi uma lição de vida. Eram quase duas horas, quando nos despedimos. Ele disse que manteria contato comigo e que nunca seria tarde para resgatar uma alma judaica. Bem, dali para frente, passou a me enviar regularmente material sobre a vida judaica, artigos sobre a cabala, discursos de rabinos, frases curiosas e ultimamente fazia algumas citações de capítulos dos Salmos.

– Salmos? – o Dr. Barreto arqueou as sobrancelhas.

– Sim, os Salmos do Rei David.

Barreto e eu nos despedimos na saída do Itamaraty, eu já de posse da cópia do testamento. Pretendia aproveitar e passar no Tribunal de Justiça para verificar alguns processos de interesse dos meus clientes, enquanto ele havia optado por voltar ao escritório para seus despachos de final de tarde. Agradeci a sua companhia e, ao trocarmos um aperto de mãos, Barreto fez um último comentário:

– Thomas, preciso lhe pedir algo. Você não está obrigado a aceitar e, se não desejar, vou respeitar sua decisão. Mas meus clientes insistiram muito... para que eu o acompanhasse na abertura do cofre. Alguma coisa contra?

– Vou pensar no assunto – me limitei a responder.

3

Marquei o encontro com o gerente do Banco República para as dez da manhã, para efetuar a abertura formal do cofre. O Banco República era um velho conhecido meu, se é que seja possível utilizar esta expressão com uma instituição financeira.

Quando assinei o contrato de locação do meu escritório, não sabia que meu locador era um devedor, já em fase de inadimplência, do Banco República. Recordo que o locador tentou me vender o imóvel, mas eu nem sequer tinha condições de fazer uma oferta. Poucos meses depois, chegou uma carta do Banco República, informando que recebera meu escritório como parte de pagamento da dívida do proprietário e agora se tornara meu locador. Desde que isso não mudasse o valor do aluguel, para mim era indiferente a quem eu deveria pagá-lo.

No entanto, pouco depois, recebi outra carta do banco me convocando para uma reunião e, dessa vez, havia uma proposta extremamente interessante. O banco não tinha o menor interesse em ser locador e este ativo imobilizado deveria ser convertido em dinheiro.

Indo direto ao ponto, esclareci ao banco que não tinha a menor condição de comprá-lo, mas o gerente de crédito me ofereceu um financiamento, servindo o próprio imóvel como garantia. A parcela, é verdade, era mais do que o dobro do aluguel que eu pagava, mas ao menos estaria gastando com algo que seria meu.

Pedi uma semana para pensar, conversei com a minha esposa e resolvemos correr o risco. Como advogado, as entradas são absolutamente irregulares, mas era uma chance que decidimos não perder. Dos dez anos de financiamento, só haviam se passados três, embora parecesse uma eternidade. Quando as contas do mês não fechavam, lá estava eu na gerência de crédito do banco, renegociando a parcela, tentando evitar a multa por poucos dias de atraso, recalculando os juros da mora. Isso já acontecera algumas vezes e certamente várias outras se repetiriam nos sete anos que restavam do meu financiamento.

O gerente que tão gentilmente me concedeu o financiamento já estava em outra agência e o que agora estava no seu posto não parecia disposto a muita conversa. Cada vez que me dirigia ao quarto andar do Banco República, onde se encontrava a área de financiamento, previa que viveria um martírio. Ainda assim, sabia que o preço fechado estava abaixo do mercado e valeu a pena assumir a dívida, apesar das enormes dificuldades para honrá-la.

Ser proprietário faz olharmos o imóvel com outros olhos. E as pequenas coisas que passavam despercebidas, enquanto eu era locatário, agora me incomodavam profundamente. O escritório era aconchegante, mas não seria má ideia trocar o carpete, ao menos da minha sala e da pequena sala de reunião onde eu recebia os clientes. Uma pintura em cor bege manteria a sobriedade, sem deixar de dar uma cara nova para o ambiente.

Sim, trocar os móveis seria o máximo, mas naquele momento nem pensar. Não enquanto eu não conseguisse quitar totalmente o financiamento. Talvez não aguentasse os dez anos, mas era uma questão que eu resolveria mais para frente. Além do mais, trocar o carpete e fazer a pintura era um investimento administrável. Seria o suficiente para os clientes elogiarem as mudanças e para eu dispor de uma forma de comentar que havia comprado o imóvel, o que certamente sinalizaria a prosperidade de um jovem advogado. O financiamento não precisaria ser mencionado. Que diferença faria?

Quase que por instinto, eu me dirigia ao setor de financiamentos, quando me dei conta de que ao menos desta vez meu ingresso no Banco República era por um motivo absolutamente diverso. Meus pensamentos saíram do contrato de financiamento para o testamento cerrado do Sr. Benjamin Stein. O que afinal estaria naquele cofre? Quem sabe, pensei comigo, uma passagem executiva Buenos Aires-São Paulo! Uma retribuição exata da gentileza que eu lhe fizera.

A ideia era tão engraçada quanto absurda. Quem faria um testamento cerrado para me entregar uma passagem que pode ser adquirida em questão de minutos, via internet? Sem ter a menor ideia do que poderia encontrar, pensei em levar uma sacola grande, mas logo me dei conta do ridículo que passaria, porque os cofres de banco são usualmente pequenos. O que quer que estivesse dentro daquele cofre, certamente caberia na minha pasta de trabalho.

Estava sentado sozinho na antessala do gerente esperando a vez de ser chamado. Eu fiquei constrangido ao informar ao Barreto que havia decidido ir sem ele, contrariando frontalmente o pedido de seus clientes. Mas tudo ainda estava extremamente confuso na minha cabeça. E se na hora ele aparecesse, junto com os três irmãos, como fizeram no meu escritório, quando nos conhecemos?

Nada disso. Melhor estar só, sem prejuízo de ter me prontificado a telefonar para ele, assim que soubesse do misterioso conteúdo do cofre.

Naquela manhã, eu havia passado na sede do Grupo Stein, localizada em um dos prédios mais modernos da Av. Faria Lima. O escritório ocupava um andar inteiro, ricamente decorado. Minutos após meu nome ser anunciado, apareceu na recepção a secretária particular do Sr. Benjamim Stein. Seu nome era Carmem e era a primeira vez que a via pessoalmente, embora umas poucas vezes conversei com ela por telefone para agendar um ou outro encontro com seu chefe.

Carmem devia estar na faixa dos sessenta anos, mas certamente a idade não lhe pesava. Tinha traços finos, olhos claros e uma pele que faria inveja a mulheres bem mais novas. Com certeza, foi na sua juventude uma mulher extremamente atraente e a idade não lhe tirara o charme que ela sabia utilizar.

Quando me ligou informando que o alvará estava disponível para retirada, achei que seria um motivo para me forçar a subir no escritório do Grupo Stein e, em uma derradeira tentativa, os filhos do Sr. Stein tentariam me convencer a permitir a companhia do Barreto na abertura do cofre. Eu estava resolvido a manter a negativa e já tinha mentalmente uma estratégia para me esquivar de qualquer pressão.

Tudo desnecessário. Ela me cumprimentou educadamente e me entregou o alvará judicial expedido pelo Juízo de Família e Sucessões, onde tramitava o testamento, me autorizando a abrir e retirar quaisquer bens que estivessem no cofre de propriedade do Sr. Stein. Junto do alvará, apenas um bilhete do Barreto com um singelo "boa sorte!", e nada mais.

O gerente atrasou mais de meia hora. Ele me recebeu de forma fria, como se eu estivesse ali pedindo um novo empréstimo para ajudar a pagar o meu financiamento e esta fosse minha última chance antes da derradeira quebra.

Já me convenci de que os gerentes de banco são treinados para estarem pontualmente atrasados, de modo a demonstrar que escolhem o horário em que a reunião começa e, provavelmente, aquele no qual termina.

Apresentei o original do alvará judicial e meu documento de identidade. Ele chamou sua assistente, conversou algo em separado e me pediu que a acompanhasse. Da mesma forma que surgiu, ele sumiu. A assistente era uma jovem de pouco mais de vinte anos e conseguia sorrir um pouco. Imaginei que ela ainda não houvesse passado pelo curso no qual seu chefe deveria ser mestre.

Seguimos para um elevador privativo que nos levou ao segundo subsolo do prédio – ao menos era o que apontava o mostrador do elevador – e depois tomamos um corredor estreito, mas bem iluminado. Notei câmeras de vigilância que cobriam praticamente todos os lugares onde alguém pudesse ficar. Passamos por dois portões eletrônicos, nos quais seguranças bem fardados – e armados – aguardavam a autorização de um superior, vinda por um interfone de acesso. Em não menos de quinze minutos, entramos em um salão maior, onde eu tornaria a apresentar o alvará judicial:

– Estou impressionado com a segurança do local – foi um comentário que não pude segurar.

– É necessária – me respondeu de maneira firme a assistente. – As pessoas utilizam cofres para guardar objetos valiosos. Nossa obrigação é garantir a integridade dos bens que nos são confiados.

– Sempre há bens valiosos nos cofres?

– Se não forem valiosos, para que deixá-los aqui? Obviamente existe uma privacidade total, e os bens colocados não são declarados. Mas sabemos que pessoas guardam joias de família, valores em dinheiro, ações ao portador, coisas assim.

Confesso que a relação de bens me agradava. Será que o Sr. Stein desejava ser meu benemérito pós-morte? Não me recordava de jamais ter comentado com ele acerca da minha dívida com o Banco República, mas talvez tenha acontecido e, embora eu não me recorde, ele o teria registrado. Talvez por isso tenha escolhido aquele estabelecimento, de maneira que eu pegasse o elevador no segundo subsolo com o presente gentilmente deixado no cofre e me dirigisse diretamente ao quarto andar do mesmo prédio para quitar integralmente minha dívida. Comecei a fazer algumas contas, sobre onde gastaria o que sobrasse do dinheiro, mas meus pensamentos logo foram interrompidos:

– Preciso que o senhor assine este documento declarando que se responsabiliza pela legalidade dos objetos existentes dentro do cofre.

– Mas eu não sei o que há dentro do cofre.

– Não sabe?

– Melhor não explicar. Apenas me diga onde devo assinar.

A assistente me varreu com um olhar de reprovação e, menos simpática do que havia sido até aquele momento, me pediu que a seguisse.

Passamos por um terceiro portão eletrônico, cujo acesso se deu pela digital do dedo indicador da mão direita da moça. Ao atravessarmos o portão, havia um segurança nos aguardando e me deparei com uma enorme sala com fileiras inteiras de pequenos cofres. Era impossível contar quantos cofres havia ali.

Com passos firmes ela me levou até a quarta fileira. Notei que a cada grupo de fileiras havia duas mesas perfiladas, sobre as quais imaginei que as pessoas poderiam abrir seus cofres para o manuseio do que estivesse guardado dentro deles. Ainda me recordava da frase ouvida anteriormente *"joias de família, valores em dinheiro..."*. A assistente me indicou uma das caixas com a denominação "cofre n. 16", me entregou a chave e disse secamente:

– Daqui para frente o senhor fica sozinho. Por uma questão de privacidade, esta parte da sala não tem câmeras de filmagem. Enquanto o senhor estiver aqui, ninguém poderá entrar. O senhor é livre para ficar o tempo que desejar. Quando terminar, feche o cofre e apenas depois toque a campainha que existe ao final de cada fileira. Um segurança virá buscá-lo.

Agradeci a gentileza e em poucos segundos me encontrava sozinho, isolado em meio a um mar de cofres sem fim. Imaginei-me tão próximo e tão distante de alguma pequena fortuna no cofre que me cabia. Quem diria, aquela gentileza que fizera ao ceder meu lugar na classe executiva para o ilustre desconhecido Sr. Stein me transportava agora para algo bem maior e, pelas minhas contas, me permitiria viajar de classe executiva não apenas a serviço, mas também quando estivesse a lazer com minha família.

Fiquei alguns rápidos momentos parados. Eu me sentia rodeado por tesouros distribuídos naquelas pequenas caixas. Não eram de minha propriedade, mas naquele momento apenas eu podia tê-las próximas a mim. Naturalmente nervoso, peguei a chave do cofre que a assistente me entregara, rompi o lacre de segurança (que era recolocado após cada abertura) e vagarosamente abri o cofre n. 16. Fiquei paralisado com o presente que recebera. Naturalmente caberia na minha pasta.

Sai rapidamente do Banco República, tomei o primeiro táxi que apareceu e segui para o escritório, com os pensamentos em confusão. Mal cheguei ao escritório, Daisy me esperava ansiosa:

– Onde o senhor esteve?

– Aconteceu alguma coisa? – perguntei.

– O Dr. Barreto já ligou duas vezes procurando o senhor.

– Nossa, me esqueci de telefonar para ele. Por favor, faça a ligação imediatamente... Daisy, por favor, não estou para mais ninguém hoje no escritório.

Toda secretária conhece seu chefe. A minha face denotava absoluta angústia e isso era mais evidente com o meu pedido de não ser incomodado por nenhum cliente, o que, de hábito, não era minha postura profissional.

– Dr. Thomas, algum problema?

– Não sei, preciso apenas refletir.

Comecei a ligação pedindo desculpas pela falta que cometera com o colega. Barreto polidamente deu o assunto por superado e me perguntou se poderia passar no meu escritório, evitando seguir a conversa por telefone. Tentei argumentar que isso não seria necessário e poderíamos resolver tudo naquela ligação, mas ele insistiu, e me disse que chegaria em aproximadamente meia hora. Daisy já estava orientada para não deixá-lo na recepção aguardando e, assim que chegou, foi colocado na sala de reunião.

Quando ingressei na sala, me deparei com Barreto acompanhado de Alberto, Mario e Rubens, os três filhos do Sr. Stein. Não tinha registrado em nossa conversa telefônica que ele viria acompanhado, mas também isso não faria a menor diferença, ao menos para mim. Como sempre, era impossível deixar de notar os cortes elegantes dos ternos dos irmãos Stein e suas gravatas, presumivelmente italianas e de boa marca. Barreto mantinha a sobriedade de sempre, com um terno escuro e uma gravata azul-marinho.

– Senhores, não precisavam ter se deslocado até meu escritório. Certamente poderíamos conversar por telefone – esclareci.

– Não há incômodo algum, Dr. Thomas – notei que ele voltara ao formalismo inicial, talvez porque fosse uma postura que preferisse manter quando seus clientes estivessem por perto. – Achamos que este assunto não deveria ser tratado por telefone.

– Bem, seja como for, são bem-vindos. Como eu já havia dito ao Dr. Barreto – optei pelo mesmo tratamento formal que recebera –, havia marcado de passar no Banco República hoje às dez da manhã para a abertura do cofre. Peço aos senhores que me entendam e compreendam que a recusa em ter a companhia do Dr. Geraldo Barreto não teve a intenção de causar qualquer desconforto. Apenas entendi que deveria ter privacidade, considerando que eu era o beneficiário do que estivesse guardado naquele cofre.

Fui interrompido secamente pelo filho Alberto:

– Dr. Thomas, a decisão era sua e nós a respeitamos. Esqueça o assunto.

Notei o Barreto fazendo um breve movimento afirmativo com a cabeça, como que tentando me dizer que já explicara a minha decisão aos clientes e, ao que parece, até me dava razão.

– Seja como for – prossegui –, me comprometi com o Dr. Barreto a lhe informar o conteúdo do cofre, o que, acreditem, poderia ser feito pelo telefone, evitando o transtorno de todos vocês se locomoverem ao meu escritório.

– Dr. Thomas, como foi dito pelo meu irmão, este é um assunto superado – registrou Mario Stein.

– Assim é melhor – arrematei. – Pois bem, continuando, estive no Banco República e, após entregar o alvará e cumprir as formalidades legais, procedi à abertura do cofre e encontrei no seu interior este livro.

Eu tinha nas mãos uma edição dos *Salmos do Rei David*, também conhecido popularmente apenas como *Livro dos Salmos*.

Era exatamente isso. Apenas isso! Guardado em um cofre seguro do Banco República, cuja existência fora revelada em um testamento cerrado do qual ninguém tivera conhecimento até o falecimento do Sr. Benjamin Stein, estava um livro dos *Salmos do Rei David*. Era um exemplar com uma capa vermelha dura, com um fino acabamento dourado em toda a volta. Nada mais.

– Nada mais? – perguntaram quase em coro Barreto e os irmãos Stein.

– Nada mais. Dou-lhes minha palavra.

Não consegui definir bem o clima que pairava entre os irmãos e o Barreto. Ora parecia surpresa, ora desapontamento, mas com certeza havia incredulidade total.

– Dr. Thomas, não quero lhe faltar com o respeito, mas meu pai deixou naquele cofre lacrado apenas um livro de Salmos? – Rubens parecia ser o mais inconformado.

– É o que estou lhe dizendo. Ei-lo aqui.

Alberto Stein, que ao menos visualmente parecia ser o mais velho dos três, adiantou-se e pegou em suas mãos os Salmos do Rei David. Manuseou-o com todo o cuidado, como que procurando algo oculto que eles saberiam existir, mas que eu não conseguia enxergar. Folheou rapidamente algumas páginas do final para o começo e, quando chegou na primeira página, ficou atônito:

– E esta frase escrita? Reconheço a letra do meu pai, mas que língua é esta?

O livro rapidamente chegou às mãos de Barreto, que leu o que ali fora inscrito à mão, ao que parece, pelo próprio Benjamin Stein:

– *Mors omnia solvit.*

– Dr. Barreto, o que raios é isto? – indagaram os filhos.

– É um brocardo latino trazido pelo direito romano. Significa "a morte tudo resolve".

— Brocardo latino? — Seus filhos estavam perdidos. — Você está de gozação? Desde quando meu pai sabia latim? Isso é loucura, não faz o menor sentido, não é coisa dele — dizia Rubens, ainda o mais inconformado.

— Mas a letra é dele — confirmou Barreto. O livro com a página aberta passou pelas mãos dos três filhos e do próprio Barreto, e a conclusão foi unânime: aquilo foi escrito por Benjamin Stein.

— Agora é que são elas! — desabafou Alberto. — Um livro de Salmos, uma frase em latim, tudo guardado no mais absoluto segredo dentro de um cofre alugado às escondidas pelo nosso pai, só descoberto por um testamento cerrado. E, pior, deixado para um estranho.

Todos os olhares se dirigiram para mim e, antes que eu pudesse expressar qualquer reação, o mesmo irmão tentou consertar o que dissera:

— Peço desculpas, não tive a intenção de ofendê-lo. Mas as coisas não estão batendo. Não era para ser assim.

— Então, era para ser como? — indaguei de forma realmente direta.

Houve um silêncio tortuoso por alguns segundos, até que Barreto retomou a palavra:

— Prezado Dr. Thomas, acho que o senhor tem direito a alguns esclarecimentos.

— Já não era sem tempo! O que realmente está acontecendo? — perguntei incisivamente.

— Como o senhor já deve saber pelo Dr. Barreto — disse Mario, finalmente —, nosso pai era um grande empresário. Assim que se estabeleceu no Brasil, ficou evidente seu tino comercial nato. No pós-guerra, começou trabalhando com a comercialização de miudezas em geral, mas logo percebeu que a primeira necessidade da população era ter acesso a alimentos. Para encurtar a história, que ao menos agora não vem ao caso, o que posso lhe dizer é que, passados sessenta anos, nosso pai construiu um enorme império de comercialização e distribuição de produtos alimentícios com uma rede de logística e apoio que atende todos os grandes grupos hipermercados, não apenas do Brasil, mas de praticamente de toda a América do Sul.

Nosso pai não gostava de depender de terceiros para realizar sua atividade-fim e, assim, o Grupo Stein ampliou sua área de atuação com informática avançada para controle de suprimentos e uma rede de transporte rodoviário e hidroviário. Estas duas últimas atividades não apenas atendem as empresas do Grupo Stein, mas atualmente também prestam serviços terceirizados para outros grupos industriais não concorrentes. Dez anos atrás, meu pai enviuvou de nossa mãe. A perda para ele foi tremenda, insubstituível e, passado o período de luto, começou a buscar um novo desafio. Precisava se superar para conseguir afastar a dor da falta de nossa mãe. Em vez de se abater e se recolher, passou a trabalhar ainda mais intensamente, como se não quisesse ter tempo para sofrer. Certa vez nos disse que tudo o que o Grupo Stein havia construído não conseguiria atender o maior desafio do ser humano: a necessidade de prover alimentos para a população mundial, que aumenta em uma progressão geométrica e sem controle.

Meu pai sempre nos dizia que a falta de comida, mais do que qualquer outra coisa, tira a dignidade de qualquer ser humano. Ele viveu por quase três anos em campos de concentração e sabia do que estava falando. De refugiado de guerra a um respeitado homem de negócios, meu pai achou que era o momento de investir em algo que pudesse minimizar este sofrimento. Como empreendedor, assumiu seu maior desafio e passou a se dedicar a um complexo projeto de bromatologia.

– Me desculpem, mas o que é isso? – perguntei.

– Bromatologia é a ciência cujo objeto são os alimentos, sua natureza, composição, qualidade e usos dietéticos. Assim, nos primeiros cinco anos, ele passou a investir fortemente no setor alimentício, até conhecer, como ninguém, as regras desse mercado em todo o mundo. Quando se sentiu seguro, fez o que sabia fazer melhor do que ninguém. Com dinheiro em caixa originado das outras operações comerciais do Grupo Stein, comprou laboratórios de pesquisa em alimentos e contratou a peso de ouro os maiores cientistas da área. Passamos a manter centros de pesquisa avançados em mutação genética e alimentos transgênicos nos Estados Unidos e nos países mais adiantados da Europa. Os cientistas americanos pesquisavam apenas as mutações dos alimentos, buscando torná-los mais resistentes. Dessa maneira, se evitaria que safras inteiras fossem perdidas por força das intempéries. Os cientistas europeus, de outro lado, se dedicavam a verificar a qualidade dos alimentos, tornando-os fontes mais completas de energia para o ser humano. Longe da política, dos governos e sem precisar do auxílio financeiro de terceiros, o senhor pode imaginar o quanto pudemos crescer. E agora estávamos muito, mas muito próximos de conseguir os primeiros resultados positivos e, por que não dizer, comercializáveis de todo o investimento. Ao contrário de outros projetos tocados pelo meu pai, nos quais fazia a conta de cada tostão envolvido e seu retorno financeiro, neste havia um carinho especial da parte dele. Ao contrário também de outras atividades, não se incomodava em investir enormes somas de dinheiro, e quando digo isso, falo em várias centenas de milhões de dólares. Infelizmente, há dois anos, descobriu um câncer em estágio avançado. O primeiro sinal foram pequenas dores, que ele atribuía às longas horas de trabalho forçado e à má alimentação. Dizia que não tinha tempo para médicos, e esse descuido lhe custou caro. Talvez, caso tivesse se cuidado, a doença não o teria levado tão cedo.

– Se é que foi a doença que o matou – disparou secamente o filho Rubens.

– Como assim? – indaguei um pouco confuso, ainda tentando assimilar as informações que acabara de ouvir.

– Isso não pode ser provado – registrou Alberto, – e insistindo com esta tese você apenas tumultua o real objetivo que nos trouxe até o Dr. Thomas.

Mario tentou retomar sua linha de raciocínio:

– A verdade é que meu pai incomodava muita gente, gente graúda, gente importante, gente influente. Já havia algum tempo, recebia mensageiros enviados por concorrentes, convidando-o a vender todo o projeto de bromatologia. Mesmo com a recusa expressa, a insistência era forte e, como não podiam comprá-lo, os concorrentes tentavam agora se associar ao nosso pai. Estamos falando de um grupo fechado e restrito de indivíduos que,detêm individualmente alguns bilhões de dólares em negócios pelo mundo. Meu pai nunca se interessou em ter parceiros e permaneceu com suas pesquisas isoladas. A partir daí, ocorreram algumas ameaças veladas, é verdade, mas não podemos provar nada. O que importa é que isso ocupava todo o seu tempo e ele resistia a um tratamento médico. Quando finalmente aceitou fazê--lo, era tarde demais!

Alberto tentou afastar qualquer mal-entendido:

– Entenda bem, Dr. Thomas. Nosso pai esteve internado nos últimos dez dias de sua vida, sofreu uma cirurgia de emergência e estava em coma profundo três dias antes de falecer. Embora Rubens insista na tese de uma morte encomendada, não acho que seus concorrentes precisassem se preocupar em promover um assassinato de alguém que, de qualquer forma, tinha a saúde tão debilitada e já estava com os dias contados.

Barreto deu sequência ao assunto:

– O testamento cerrado foi uma total surpresa para nós e só descobrimos sua existência após o falecimento. Como trabalhávamos com a certeza de que o Sr. Stein não fizera testamento, optamos pela execução do inventário diretamente no Cartório de Notas. Como o senhor bem sabe, um dos documentos que deve ser apresentado ao Tabelião do Cartório de Notas para a lavratura da escritura extrajudicial de partilha de bens em inventário é justamente a certidão do Colégio Notarial, que atesta a inexistência de testamento. Para nossa surpresa, todavia, a certidão veio positiva, acusando a existência de um testamento cerrado. Além da novidade inesperada, também tínhamos um problema: localizar o testamento cerrado, considerando que seu teor não fica registrado em lugar algum, limitando-se o Tabelião, que na época atendeu o falecido, a registrar que o documento foi firmado pelo próprio testador. Sabíamos que papéis que o Sr. Stein desejasse manter sigilosos ficavam guardados, e muito bem guardados, diga-se de passagem, no cofre da própria empresa. Dentro desse cofre há uma área com uma segunda porta de acesso, da qual apenas o próprio Sr. Stein tinha o segredo. Os três filhos tomaram a decisão de abrir à força o cofre, para o que contratamos uma empresa especializada. Nesta área restrita do Sr. Stein não encontramos absolutamente nada, estava completamente vazia. O senhor pode imaginar que a decepção foi total.

– O Sr. Stein não confiava no cofre da própria empresa? – indaguei.

– Não posso afirmar que houvesse alguma desconfiança por parte dele – prosseguiu Barreto –, mas isso não muda a estranheza do fato de ele não ter se utilizado dessa instalação. Quando finalmente conseguimos arrombar o cofre desta área reservada, estávamos acompanhados pela Sra. Carmem, secretária particular do Sr. Stein há mais de vinte e cinco anos. Ela fez menção a um cofre que ficava atrás de uma estante na sala do próprio Sr. Stein, mas que não era utilizado há anos. De início, descartamos essa possibilidade. Qual seria a razão para o Sr. Stein deixar um testamento em um cofre antigo de sua sala, desprovido de qualquer sistema de segurança, em vez de deixá-lo no cofre central da empresa, extremamente bem guardado e com a vantagem de ele ter uma seção apenas sua, exclusiva? Fizemos várias buscas na casa dele e não encontramos nada. Por fim, não havia mais o que fazer e novamente os três filhos tomaram uma decisão conjunta. Entraram na sala de trabalho de seu pai, retiraram a estante do lugar e providenciaram o arrombamento do cofre. Dito e feito, lá estava o documento! Selado e lacrado. Com a existência do testamento, não havia mais como proceder ao inventário no Cartório de Notas, e abrimos o inventário judicial, requerendo o processamento do testamento. O resto, o senhor já sabe.

– Esperávamos encontrar no testamento disposições acerca da condução dos negócios – disse Mário –, além de algumas estratégias que estavam apenas na mente de nosso pai. Eventualmente, podíamos até encontrar a revelação das propostas e das seguidas ameaças feitas pelos seus concorrentes. Mas nada havia no testamento que pudesse indicar alguma mensagem para nós. Havia algumas recomendações familiares, nada digno de registro, a não ser o legado do bem deixado para você dentro daquele cofre.

– Lamento frustrar as expectativas de vocês – esclareci. – Mas, realmente, o cofre continha apenas os Salmos do Rei David.

Daisy chegou com xícaras de chá quente recém-preparado e algumas bolachas doces. Tomamos o chá em silêncio, o livro dos Salmos do Rei David deixado em uma mesa de canto. Um objeto tão perseguido pelos filhos demonstrava não ter a menor utilidade para as finalidades que eles pretendiam. Fiz questão de acompanhá-los até a porta do elevador, quando o Barreto comentou:

– Se o Sr. Stein o tinha em tão alta conta, a ponto de lhe dar um presente, tenho certeza de que via no senhor qualidades respeitáveis que tornavam válido manter e fomentar essa amizade. Se sua vontade derradeira foi expressar este sentimento dessa forma, ainda que não possamos entendê-la, guarde consigo esse presente e saiba que você o recebeu da parte de um dos maiores gênios empreendedores de que se tem notícia.

Os filhos do Sr. Stein não teceram nenhuma observação ao gentil comentário de meu colega. Mesmo assim, fizeram questão de se despedir com absoluta cordialidade, até porque, frustradas suas expectativas, tinham a certeza de que jamais voltaríamos a nos ver.

4

Quando meu filho mais velho completou sete anos e a caçula quatro, minha esposa e eu nos demos conta de que a vida andava rápido demais. Em poucos anos já enfrentaríamos a pré-adolescência de ambos, fase em que os pais costumam sair da posição de heróis incontestáveis para déspotas esclarecidos. Na verdade, não somos nós que mudamos, mas nossos filhos que ganham espírito crítico e passam a exercitá-lo diretamente com os pais. É uma fase em que precisamos estar ainda mais perto de nossos filhos porque eles começam a ter noção, e não mera intuição, do que é certo e errado, justo e injusto.

Por força da profissão, adequar os horários de convivência durante a semana não é uma tarefa fácil. Pela manhã, eu via as crianças muito rapidamente, sempre sonolentas, na corrida para o café matinal, e deixando-as na porta da escola. Almoçar em casa era um luxo que eu desconhecia, sempre enrolado com consultas, prazos processuais e audiências. Tentava voltar para casa antes das oito da noite, ao menos, para ficar um pouco com nossos filhos, mas era um horário em que já haviam jantado. Além do mais, também tinham direito ao lazer – entenda-se um jogo de videogame, um desenho animado, alternativas com as quais eu me conformara em não poder concorrer de igual para igual.

Minha esposa Sandra trabalha como médica assistente de um hospital, apenas no período da manhã, portanto, era presença segura nas tardes de nossa casa com os nossos filhos, o que, para mim, era sempre reconfortante, mesmo não podendo compartilhar esse tempo com eles. Uma vez por semana e em finais de semana alternados, ela cumpre um plantão de 24 horas no hospital, que ela pretendia largar assim que conseguíssemos pagar o financiamento do meu escritório. Mas a verdade é que a remuneração dos plantões representava um valor do qual não podíamos abrir mão naquele momento.

Ela havia sacrificado muito a sua vida profissional por conta da família, mais particularmente das crianças, mas ambos concordamos que assim era melhor. Eu tentava compensar minha ausência com os finais de semana, mas não me parecia suficiente. Assim, resolvi instituir que duas vezes por semana (pelo menos eu havia me comprometido com isto) jantaria com as crianças, especialmente quando minha esposa estivesse de plantão no hospital, de modo que compartilhassem a refeição ao menos com um de nós. Eu faria um esforço e passaria a chegar em casa às sete da noite, ou no mais tardar às sete e meia, e a oportunidade de convívio seria muito maior.

A ideia deu certo e as crianças adoravam ver o pai, uma figura por vezes tão ausente nos dias úteis, sentado à mesa para ouvir o que tinha acontecido na escola e rever uma lição de casa. Pediram para eu fazer isso mais um dia por semana, mas não era fácil. Tentei explicar as dificuldades que eu tinha e a necessidade de trabalho, mas ainda eram pequenos para entender as regras do jogo da vida. Ainda assim, me comprometi a um esforço adicional. Afinal, que pai não deseja ser cobrado pelos próprios filhos para estar junto deles?

Nessa noite, eu estava particularmente em silêncio. As crianças notaram e a caçula perguntou se eu estava doente:

– Papai não está doente, vou muito bem, obrigado. Mas estou um pouco triste por causa de um amigo.

– Seu amigo está doente, papai?

– Meu amigo morreu.

A secura da minha resposta fez as crianças se entreolharem. Minha esposa me repreendeu, mudamente. A caçula quis saber mais:

– E quando a gente morre vai para onde?

Sandra interveio:

– Crianças, isso não é um assunto para vocês, vamos falar da nossa programação deste final de semana. Ficamos de escolher um filme para assistir no cinema, não se esqueçam!

Mas era tarde demais:

– Você não pode mais conversar com seu amigo?

– Acho que não, minha filha. Vou ter de me contentar com minhas lembranças dele. Por isso é que devemos escolher muito bem quem são nossos amigos.

– E você não pode visitar ele, e tentar falar com ele?

– Não, filha.

Foi a vez do filho mais velho:

– Como não, pai? Lógico que pode. Você pode ir no cemitério. Não pode conversar com ele, mas, visitar, pode.

Meu filho tinha toda razão.

Naquele domingo, havíamos prometido levar as crianças ao cinema. Gostávamos da sessão das duas da tarde, menos concorrida. Podíamos ir ao shopping, comer alguma coisa leve e depois ir ao cinema. A sobremesa ficava para a saída, parada obrigatória na doceria, onde as crianças se lambuzavam com tortinhas de morango. Não pretendia atrapalhar o nosso programa familiar, e embora fosse domingo, acordei às oito, tomei um banho rápido e menos de uma hora depois já me dirigia ao Cemitério Israelita do Butantã.

Seguindo pela Raposo Tavares, tentava me lembrar das últimas mensagens que troquei com Benjamin Stein. Ele não perdia as esperanças de me convencer a retornar mais fortemente para minhas origens religiosas, mas eu ainda conseguia me esquivar. Com trinta anos completos, não era este o momento de grandes inovações religiosas em minha vida.

Quando nos víamos pessoalmente, o que era raro, ele estava sempre com um ótimo humor, mas a verdade é que eu notara, nos últimos meses, que ele andava mais tenso. Eu lhe perguntara duas ou três vezes se havia algo errado, mas ele dizia que tudo ia acabar bem e, se ainda não estava bem, é porque não havia acabado.

Mesmo pelas nossas mensagens pela internet, estas bem mais usuais, eu podia notar que algo mudara em sua vida, mas era absolutamente impossível precisar o quê.

Sem trânsito algum para um horário razoavelmente cedo, mesmo no domingo, cheguei ao cemitério pouco depois das nove e meia. Passando o portão de acesso n. 01, encontra-se à frente uma bonita edificação toda branca com as inscrições de homenagens aos seis milhões de judeus mortos na Segunda Guerra Mundial. Neste mesmo momento me vieram à mente os números tatuados no braço esquerdo de Stein.

Era uma das coisas que eu mais admirava nele. Toda vez que passamos por uma experiência ruim, e no caso dele podemos dizer, terrível, o que mais queremos é esquecer o passado e nunca mais falar no assunto. Ao contrário, Stein não tinha o menor constrangimento de me contar com riqueza de detalhes os horrores que viveu, sofreu e presenciou nos campos de concentração por onde passou. Dizia que esquecer o holocausto seria facilitar o trabalho dos antissemitas de plantão e que, enquanto vivesse, cabia a ele narrar o que aconteceu, para que isso nunca mais se repetisse.

Parei meu automóvel no prédio da administração e solicitei a localização exata do túmulo de Benjamin Stein. Com poucas tecladas no computador, a senhora que me atendeu fez a indicação necessária e entregou um pequeno mapa de localização da área. Agradeci e segui para meu destino.

É possível acessar qualquer área do Cemitério Israelita por uma de suas doze vias internas, cada qual com o nome de um dos doze filhos do patriarca Jacob: Reuven, Shimon, Levi, Judá, Issachar, Zebulun, Yossef, Benjamin, Dan, Naftali, Gad e Asher. A ala "L" é acessível pela Rua Yossef, o que me trouxe uma doce lembrança. Ao completar treze anos, alcança-se a maioridade religiosa judaica pela cerimônia de *bar-mitsvá*, ocasião em que o jovem judeu é chamado pela primeira vez para as bênçãos na *Torá*, o que o mundo laico chama de Antigo Testamento. Os trechos da *Torá* são divididos em porções semanais denominadas *parashá*, sendo a leitura do todo completada a cada ano.

Exatamente no meu *bar-mitsvá*, a *parashá* da semana era *"Mikêts"*, que narra o momento em que Yossef sai da posição de escravo para de vice-rei do Egito. Sendo considerado adulto, mas ainda com o coração de criança, um jovem de treze anos passa a ser considerado parte integrante do *miniam*, ou seja, ele conta como um membro do serviço religioso, que na tradição judaica exige um mínimo de dez homens judeus para que as rezas sejam entoadas em público.

Estreei no cemitério logo após completar treze anos, acompanhando o enterro de uma tia de minha mãe que, aliás, eu nem conhecera. Relutei, alegando que uma criança como eu ainda não precisava ir a lugares como aquele, mas minha mãe me disse que eu já tinha feito *bar-mitsvá*, portanto, era considerado adulto pela religião judaica, e consolar os enlutados era uma das ações de caridade mais importantes dentro de nossa tradição. E lá fui eu no enterro da tia que não conhecia, consolar enlutados com quem igualmente eu jamais havia mantido contato, salvo em esporádicos eventos familiares onde até os parentes mais distantes compareçam.

Obviamente nem sequer notaram minha presença, o que foi objeto de registro e protesto junto a minha mãe no retorno para casa. Nunca me esqueço quando ela, em vez de me repreender, pegou carinhosamente em minhas mãos e disse: "Deus notou sua presença. E anotou sua caridade no Livro das Recordações". Abri um sorriso e me recostei no seu ombro, agora menos contrariado. Na fé judaica, todos os nossos atos são registrados nos céus no Livro das Recordações, e em *Rosh Hashaná*, o ano-novo judaico, o Criador faz uma contabilidade divina e nos julga por nossos atos, decretando como será o próximo ano. Considerando minhas travessuras de moleque – soltar bombinhas no recreio para assustar as meninas, dizer que ia dormir e ficar lendo gibi com uma lanterna no quarto e coisas assim –, achei que não foi tão complicado ganhar pontos com Deus.

Infelizmente, dois meses depois eu já retornaria ao cemitério, desta vez para enterrar meu *zeide*, meu avô, que morrera após anos muito bem vividos. Minha mãe estava completamente desconsolada pela perda do pai, mas me disse que ele teve uma vida longa e boa, e agora estava junto a Deus e nossos antepassados já falecidos.

Aos treze anos, eu absolutamente não sabia como consolar o luto de mãe. As palavras me faltavam, mas fiquei ao lado dela o tempo todo que pude. Ao terminar o enterro e após o rabino entoar o último cântico, as pessoas fizeram longas filas para cumprimentá-la, assim como a toda nossa família. Cada pessoa proferia uma rápida mensagem, um breve consolo e, em não menos de meia hora após o término do serviço religioso, todos haviam se retirado. Meu pai segurava a mão de minha mãe do outro lado e vez por outra lhe dava um beijo de ternura na testa.

A irmã de minha mãe estava ao nosso lado e, também, muito abalada. Meu tio havia conseguido um bonito lugar no cemitério, ao lado da minha avó, que falecera quando eu era pequeno. Entramos no carro em silêncio, e eu me sentia profundamente agoniado porque não havia conseguido proferir uma única palavra de consolo. Minha mãe não tardou a perceber isso, e carinhosamente me disse: "Obrigado por ter ficado ao meu lado. Você foi um perfeito *mench*", um homem justo. E completou: "Não sei o que faria sem você".

Ela havia acabado de enterrar seu pai e mesmo assim conseguia abrir um enorme sorriso para mim. Eu me aproximei junto do seu ouvido e lhe disse em voz bem baixa: "Mamãe, não quero que Deus coloque esta minha boa ação no Livro das Recordações. Pode parecer que eu fiz por interesse, só para ganhar pontos com Ele. Se eu conseguir falar com Deus no meu sonho, vou pedir para não contar pontos porque eu vim até aqui por sua causa e não por causa Dele."

Minha mãe me deu um forte abraço e chorou.

Ao entrar na ala L, procurei o corredor de acesso correto, depois me dirigi ao túmulo n. 16. Na verdade, ainda não havia uma lápide no túmulo, apenas grama, certamente, recém-colocada, contando que fazia apenas três semanas do falecimento de Stein.

Ao lado, uma simples placa de madeira indicando o nome e data de falecimento, e uma pequena caixa fechada de concreto com uma portinhola, onde se podia deixar uma vela acesa. Fiquei alguns minutos em silêncio, em frente do túmulo. Em frações de segundo, me recordei daquele dia no aeroporto de Buenos Aires, quando eu oferecera o meu lugar de classe executiva para ele. Uma pequena gentileza acabara desencadeando uma forte amizade.

Naquela bagunça do aeroporto, nem sequer pude reconhecer o rosto de Stein, um megaempresário de sucesso e, quando jantamos pela primeira vez, ele se espantou ao saber disso. Agradecia imensamente a gentileza, mas achava que eu esperava alguma retribuição. Ele ficara impressionado pelo fato de eu nada querer em troca, mesmo depois de descobrir a sua verdadeira identidade. Daí nasceu a nossa amizade, que foi breve, mas intensa.

Por força das constantes viagens internacionais dele, nos víamos pouco, mas trocávamos várias mensagens pela internet, uma de suas maiores paixões. Ele me dizia que eu era uma alma pura, e eu achava graça. Em troca do meu ato de bondade absolutamente privado de interesse material, resolvera me dar algo igualmente imaterial, e sempre insistia em debatermos o judaísmo.

Meus conhecimentos no assunto eram mínimos. Aos dez anos, encerrara o quarto ano primário e meu convívio com o mundo judaico. Como fui alfabetizado em português e hebraico ao mesmo tempo, ainda conseguia ler palavras hebraicas sem muita dificuldade, mas absolutamente desconhecendo o seu sentido.

Stein chegara ao Brasil após o final da Segunda Guerra Mundial, sem dinheiro e tendo acabado de completar dezoito anos de idade. Os judeus que sobreviveram aos horrores do holocausto não tinham a menor perspectiva de futuro em uma Europa arrasada no pós-guerra. De uma família de sete irmãos, apenas meu amigo sobrevivera, ou ao menos ele achava isso porque, anos depois, encontrou uma irmã vivendo na Argentina. Aliás, ele retornava de uma visita a essa irmã, quando nos conhecemos.

Com o dinheiro que havia conseguido de uma agência judaica de apoio aos refugiados de guerra, comprou uma passagem de navio para o Brasil. Não sabia o que o aguardava, mas ouvira falar que o Brasil não havia participado da guerra e que os judeus eram bem aceitos pelos cidadãos locais. Isso lhe soou como a melhor alternativa, e assim ele embarcou com destino certo somente até chegar ao porto de Santos.

Na chegada, o jovem Benjamin Stein foi acolhido pelos voluntários da Sociedade Beneficente Amigos dos Pobres Ezra, uma entidade fundada no ano de 1916, que cuidava de todas as etapas da vinda dos imigrantes judeus pobres da Europa ao Brasil, fornecendo-lhes o primeiro alojamento no bairro do Bom Retiro, noções básicas da língua portuguesa e encaminhando-os para um emprego. Um grupo de voluntários fazia uma seleção das vocações de cada pessoa, e assim se procurava conseguir trabalho para elas.

Stein vinha de uma família extremamente humilde. Era a terceira geração nascida em Tchernevitz, cidade da antiga Bessarábia, atualmente um espaço perdido entre Ucrânia e Rússia, onde sua família mantinha um pequeno comércio de vinhos. A falta de perspectivas forçara a família a procurar vilarejos maiores e, quem sabe, outra atividade. Acabaram se dirigindo à Polônia, o que demonstrou ser uma decisão fatal.

Com a invasão dos nazistas, a família não teve tempo de fugir. Foram presos, separados uns dos outros e levados para campos de concentração. Stein tinha quinze anos e não conseguia entender o que estava acontecendo. Quando foi arrancado das mãos de sua mãe e as pessoas do seu mundo foram separadas em trens que os levariam para diferentes campos de concentração, a mãe lhe disse: "– Tudo vai acabar bem. Se ainda não está bem, é porque não acabou".

Stein jamais voltou a vê-la. Guardava apenas a imagem daquela mulher, levada à força por oficiais nazistas. Restou dela a sua derradeira frase, que lhe serviu de apoio nos três longos anos que ficara em campos de concentração, até sua libertação.

No porto de Santos, o jovem Benjamin Stein foi colocado junto àqueles que se diziam artesãos – embora nem sequer soubesse o que isso significa – e levado de ônibus para São Paulo, onde trabalhariam em uma fábrica de móveis. Logo ficaria claro que trabalhos manuais não combinavam com ele. Além do mais, Stein tinha uma dificuldade de movimentação do braço esquerdo, sequela da primeira surra que levou de um oficial da SS, logo que chegou ao campo de concentração, e jamais tratada. Provavelmente deve ter quebrado o braço, na ocasião, e com certeza a calcificação dos ossos se deu na posição errada.

Assim, passadas duas semanas, foi dispensado da fábrica de móveis e retornou ao abrigo judaico da Ezra, no bairro do Bom Retiro, onde os judeus vindos de todos os lugares da Europa continuavam a ser acolhidos. O jovem Benjamin Stein relatou o que acontecera e pediu uma nova chance de emprego. Foi imediatamente assistido com comida e um local para dormir, mas emprego não era uma coisa fácil de se conseguir.

Ele agradeceu, mas a desolação era maior e parecia ter realmente chegado o seu fim. Para sobreviver, teria de mendigar. Este pensamento foi interrompido com a imagem de sua mãe e a repetida frase *"Tudo vai acabar bem. Se ainda não está bem, é porque não acabou"*. Levantou-se e jurou não desonrar sua mãe.

Saiu sozinho em busca de emprego e achou um camelô vendendo cintos. Reconheceu-o – era uma das pessoas que estavam com ele no abrigo, recebendo um prato de sopa quente. Soube que o homem também estivera em campos de concentração e chegara ao Brasil três meses antes dele. Já era mascate nas ruas de Berlim, antes de ser deportado para um campo de concentração, e, portanto, havia retomado seu trabalho em terras livres no Brasil. Perguntou se Stein não queria tentar a vida como mascate. Disse que o povo brasileiro era acolhedor e São Paulo, muito grande. Ele trabalhava na região do Bom Retiro, perto da estação de trens da Luz, onde a freguesia era certa. Desde que Stein se comprometesse a não competir com ele nessa região, poderia mostrar onde comprar cintos e como abordar as pessoas para vender.

Stein aceitou de imediato, mas dinheiro era uma coisa que ele não tinha. O homem acabou lhe deixando vinte cintos em consignação e lhe ensinou como pegar o trem para a Mooca. Lá, bem distante do Bom Retiro, seria o ponto de venda de Stein. Mas ele logo percebeu que apenas cintos não dariam muito futuro, e com suas primeiras economias comprou alguns tecidos para calças, que começou a vender, junto com os cintos.

Depois se deu conta que roupas eram bens duráveis, e isso o forçava a buscar novos clientes a todo momento. Então, trocou o vestuário por alimentos. Saía bem cedo para o Mercado Central, comprando frutas frescas, e seguia para Mooca. Em pouco tempo, reunira uma clientela fiel.

Mas logo seus braços e costas passaram a não aguentar o peso da mercadoria, o que limitava a expansão de sua freguesia. Alguns meses depois, comprou uma carroça de segunda mão e um cavalo chamado Paraná. Assim, podia atender mais fregueses no mesmo espaço de tempo. Foi como começou seu império.

Em várias oportunidades Stein havia me cobrado uma apresentação formal da minha família. Sua secretária Carmem tentou marcar uma ou duas vezes, mas ele mesmo acabava cancelando por força de suas viagens internacionais. Ligava constrangido, prometia que isso não se repetiria, mas na verdade eu não queria incomodá-lo. Certa feita, me disse que sua maior frustração era não ter podido estudar Direito. Adoraria ter um escritório de advocacia. Eu lhe disse na mesma hora: "Não seja por isso. Troco meu escritório de advocacia por qualquer uma de suas empresas!". Ele achava graça e continuava a conversa, sem saber que, no meu íntimo, eu teria adorado se ele, inesperadamente, aceitasse.

Sem maiores conhecimentos da reza correta diante de um túmulo, fiz uma oração silenciosa e particular. Senti ter cumprido meu dever e saí apressado para buscar minha família e retomar a programação dominical. Benjamin Stein era um marco que ficaria no meu passado, foi o que erroneamente imaginei, naquele momento.

Na sexta-feira seguinte pela manhã, me encontrava em meu escritório, tentando dar uma redação aceitável para um termo de acordo envolvendo Dona Fani e seus dois filhos. O marido dela, Oscar, tinha uma pequena fábrica de guarda-chuvas no bairro do Tatuapé, de onde conseguiu tirar por mais de quarenta anos o sustento da família. Mas a importação de guarda-chuvas do Oriente por um custo com o qual era impossível competir havia levado a empresa a sofrer uma concorrência desleal e os negócios não iam bem. O filho mais velho fazia planos para superar a crise, enquanto o mais novo achava que a situação não se reverteria, pelo contrário, apenas pioraria. O primeiro queria investir as poucas economias da família na compra de máquinas mais modernas de guarda-chuvas, enquanto o segundo preferia vender as máquinas para o ferro-velho, e o antigo galpão, de propriedade da família, para uma grande incorporadora, já que a região do Tatuapé começava a ser tomada por empreendimentos de alto padrão para uma nova classe ascendente paulistana. Mas, enquanto Oscar fosse vivo, o assunto estava fora de debate. Ele não queria investir mais dinheiro na fábrica porque tinha receio de ficar sem as economias – que já não eram muitas –, sua garantia para uma aposentadoria razoavelmente tranquila. Muito menos lhe passava pela cabeça vender o imóvel para uma incorporadora.

Aos sessenta e cinco anos, ainda se achava apto para trabalhar, o que, aliás, fazia todos os dias.

No entanto, um aneurisma repentino sucumbiu seus planos. Oscar ficou internado poucos dias, mas acabou não resistindo e faleceu.

Quando fui contratado, imaginei que se trataria de um inventário sem maiores complicações, mas logo os filhos apresentaram seus planos para Dona Fani que, dividida, não sabia o que fazer. Sempre se limitou a cuidar da casa, deixando as questões do sustento para o marido. Agora, os filhos brigavam por posições absolutamente antagônicas e cabia a ela decidir quem prevaleceria.

Dona Fani estava entrando em uma forte depressão e me implorou uma ajuda que extrapolava o processo de inventário, já que, mal perdera o marido, via que também perderia um dos filhos, não importando a decisão que tomasse.

Era nesse clima de disputa familiar que eu tentava redigir um acordo entre os filhos que, pela minha proposta, teriam sessenta dias para apresentar um estudo fundamentado de suas intenções, que seria levado à consideração de três árbitros, a quem caberia decidir qual proposta seria vitoriosa.

Daisy, minha secretária, entrou em minha sala com o jornal do dia:

– O senhor ainda não viu o jornal de hoje?

– Confesso que não, Daisy. Preciso terminar este texto. Mas aposto que as notícias são as mesmas de sempre: trânsito engarrafado na Marginal Tietê, tiroteio em algum morro do Rio de Janeiro, temperaturas baixas no Sul do Brasil. Acertei?

Ela sorriu:

– O senhor deveria jogar na megassena!

– Infelizmente meu tom profético se limita ao óbvio. Não dou muita sorte com os números. Por que a pergunta?

Daisy me mostrou a seção de anúncios fúnebres, onde constava um comunicado da família Stein aos parentes e amigos, avisando que no domingo ocorreria o *shloshim*, cerimônia religiosa celebrada quando se completam trinta dias do falecimento. Depois do encontro em meu escritório alguns dias atrás, quando frustrei as expectativas da família, não tive mais nenhum contato com os filhos de Stein, nem com o Barreto. Eu já havia feito a minha homenagem individual e solitária ao meu amigo, de maneira absolutamente privada, como era a nossa relação; portanto, me senti desobrigado em comparecer.

5

Apesar de ter degustado duas boas garrafas de vinho na companhia de mais dois casais amigos naquele sábado à noite, a verdade é que o sono não vinha. Sandra já estava dormindo e eu ainda rolava na cama de um lado para o outro. Não há nada pior do que uma noite de insônia. A imagem de Stein era recorrente em minha memória, bem como o livro dos Salmos do Rei David que eu havia recebido a título de legado.

Na verdade, eu não havia entendido muito bem o presente. Stein gostava de discutir passagens da *Torá*, fazia citações de vários sábios e pensadores, e sabia como aguçar a minha curiosidade. As menções aos Salmos do Rei David, na verdade, só haviam surgido em nossos últimos contatos, talvez uns três meses antes de ele falecer. Stein me dizia que o Rei David havia sido um verdadeiro sábio e uma pessoa única na arte de decifrar enigmas. Se eu quisesse conhecer a história, deveria ler a *Torá*, mas se eu desejasse decifrá-la, deveria recorrer aos salmos.

O sono havia definitivamente me abandonado naquela noite e, para não acordar minha esposa, fui para o pequeno escritório que mantenho no nosso apartamento. O espaço não é grande, muito pelo contrário. Tenho uma bancada de trabalho confortável, lugar para deixar algumas pastas de documentos e duas estantes com livros, alguns de Direito, outros tantos de leitura casual. À direita, há uma mesa com um computador e impressora, e mais no canto algumas fotos de família. No centro delas, a minha foto de *bar mitsvá*.

Lá estava eu, treze anos recém-completados, em um desconfortável terno, junto dos meus pais. Ainda era tão pequeno, mas ao mesmo tempo já havia alcançado a maioridade religiosa judaica e, portanto, me tornava responsável pelos meus atos. Ou seja, o que eu fizesse de certo ou errado ficaria registrado em meu nome particular no Livro das Recordações.

E há quanto tempo eu não praticava uma boa ação? Minha religiosidade era extremamente limitada. Com certeza, eu não era um judeu praticante, mas isso não significava que a contabilidade divina pudesse ser mais condescendente comigo. Lembrei a frase de minha mãe, enquanto repousava em seu ombro, após o enterro da minha tia desconhecida: "– *Deus notou sua presença. E anotou sua caridade no Livro das Recordações*". Concluí que não perderia nada indo ao cemitério no *shloshim* de Stein. Não seria pelos seus três filhos, talvez nem fosse pelo próprio Stein. Mas quem não quer ganhar uns pontos com o Criador?

Estávamos em um típico dia de outono. O frio registrava sua presença, mas o sol nos dava um conforto com o calor suave naquele dia sem nuvens com o céu completamente azul. A cerimônia de *shloshim* estava marcada para as onze horas da manhã daquele domingo. Cheguei ao local um pouco antes e as imediações no entorno do túmulo de Stein estavam totalmente tomadas.

Reconheci várias figuras importantes do mundo empresarial, políticos do cenário nacional e uma boa parte da liderança comunitária judaica. Seguranças em ternos escuros andavam freneticamente de um lado para o outro como se fosse possível que qualquer um daqueles figurões fosse sequestrado ou molestado por um meliante no meio do cemitério. A essas figuras eminentes se somavam talvez duas centenas de pessoas com rostos tão desconhecidos quanto o meu. Fiquei impressionado com aquela cena, que comprovava a enorme influência empresarial de Stein. Aquilo contrastava totalmente com o silêncio do domingo anterior, quando fiz a minha homenagem solitária em frente ao seu túmulo.

No meio daquela multidão, acabei me colocando mais distante do que desejaria. O burburinho de pessoas era enorme e apenas se silenciou por completo no início dos serviços religiosos. Um rabino de longas barbas brancas começou a cerimônia explicando em português o seu significado, passando na sequência para o culto religioso, propriamente dito, na língua hebraica. Não muito longe de mim, mas igualmente afastado da multidão, cruzei os olhares com Barreto, que me retribuiu com um aceno e veio ao meu encontro:

– Fico feliz de vê-lo por aqui, Thomas. Embora o cemitério não seja dos locais mais agradáveis para reencontrar alguém.

Ficamos em silêncio aguardando o término das rezas e seguimos para a fila de cumprimentos, o que exigiu enorme paciência de todos os presentes por conta do elevado número de pessoas. Aguardamos tranquilamente nossa vez. Pela reação, certamente Alberto, Mario e Rubens Stein não esperavam minha presença. O filho mais velho se dirigiu ao Barreto:

– O senhor não deveria ter incomodado o Dr. Thomas, trazendo-o aqui em pleno domingo.

– Mas eu não o trouxe – retrucou Barreto. – Nem sabia que ele viria. Nos encontramos aqui.

Aquilo soou inesperado aos três irmãos, que me esboçaram um sorriso de agradecimento. Na verdade, mal os conhecia, e, portanto, pouco havia para dizer. Expressei meus sentimentos pela perda do pai deles e cedi o lugar para o próximo da fila.

O judaísmo acredita na vida após a morte, embora não da forma terrena e material que conhecemos. A alma de um ser humano, independentemente de seu credo religioso, é eterna, e o falecimento significa apenas que o corpo não tem mais condições de manter a alma no mundo físico. O corpo finalmente desfalece, mas a alma se desprende e volta para junto do Criador. O luto judaico é dividido em três fases distintas: *shivá, shloshim e matseivá*. A primeira fase cumpre o luto mais rígido de sete dias após o falecimento, quando os filhos enlutados devem permanecer reclusos em suas casas sem nenhuma atividade. Os amigos e conhecidos é que devem comparecer à residência dos enlutados para oferecer conforto espiritual, em uma das três rezas diárias que um judeu observante deve cumprir. Os enlutados devem permanecer por toda a semana com as mesmas vestes do dia do enterro, exceção feita ao dia de *shabat*, quando o luto é proibido, mesmo para quem perdeu um pai ou uma mãe.

Após o período de sete dias, seguem-se mais três semanas, até se completarem os trinta dias do falecimento. Nesse período, os filhos ainda devem observar o luto, embora não da forma rigorosa da primeira semana, tudo em sinal de respeito ao ascendente falecido. Dali para frente, inicia-se uma fase de retiro pessoal, mas não mais de reclusão. Após onze meses, realiza-se a *matseivá*, inauguração do túmulo da pessoa falecida, quando o ciclo religioso do luto pela perda de um dos pais finalmente se encerra.

Se o falecido tiver um filho judeu, este deverá frequentar o serviço religioso diário durante os onze meses para falar o *kadish*, reza que santifica o nome de Deus, aceitando a sentença divina mesmo neste momento de perda. Quem não tiver um filho homem, poderá solicitar a um parente próximo que o faça ou até solicitar ao rabino de sua comunidade que garanta que algum membro da coletividade observe diariamente esta reza.

O que importa é que a alma deve ser lembrada todos os dias, porque, nos tribunais celestiais, ela está sendo julgada pelos seus atos, e é essencial que alguém no mundo terrestre ressalte diariamente os bons atos por ela praticados, buscando trazer benevolência ao seu julgamento.

Na visão judaica, não existe propriamente um inferno ao qual as almas serão condenadas para toda a eternidade. Embora exista uma fase de adaptação e purificação da alma que se encontrava na Terra, até sua chegada aos céus, algo próximo do conceito de purgatório, os judeus acreditam que todas as almas chegarão aos céus, onde se encontra o trono do Criador. As almas mais puras estarão mais próximas e as almas que se desviaram do caminho correto estarão mais distantes.

Stein sempre me dizia que eu tinha uma alma pura e, mesmo não sendo um fiel observante das regras religiosas judaicas, achava que eu estaria entre os próximos do trono divino. Embora eu não acreditasse muito em vida após a morte, não deixava de ser uma informação reconfortante, caso eventualmente estivesse errado sobre o tema.

Segui pelas alamedas do cemitério na companhia de Barreto, em direção à praça de estacionamento. Ele pretendia ir pela calçada que acompanhava a via de fluxo dos automóveis, mas eu lhe mostrei um caminho exclusivo para pedestres, que levava os transeuntes da área dos túmulos ao estacionamento dos automóveis por uma via mais curta. Barreto me deixou um comentário curioso:

– Meu contato com a comunidade judaica se restringia à convivência com a família Stein. Antes do enterro do Sr. Stein, estive neste cemitério uma única vez, para o enterro da esposa dele, D. Clara Stein, mas me recordo que o túmulo dela fica em outro lugar bem mais plano na parte baixa do cemitério.

Na semana anterior, eu estivera no túmulo de Stein e me passou despercebido o fato de sua esposa, já falecida, não estar enterrada ao seu lado. É tradição na comunidade judaica paulista o enterro dos casais em covas dispostas lado a lado. Quando o primeiro cônjuge falece, a família costuma solicitar à administração do cemitério a reserva do espaço vago ao lado para que, falecendo o segundo cônjuge, ambos estejam juntos. Embora fosse extremamente raro, podia acontecer um descuido da administração do cemitério e este espaço acabar sendo ocupado. Seria uma falha imperdoável, mas não havia conserto. Uma vez enterrado o corpo, é absolutamente proibida a sua remoção, salvo expressa manifestação de autoridade rabínica competente.

Chegando ao pátio de estacionamento, parei junto às diversas pias existentes, cada qual com sua caneca. Ao sair do cemitério, devemos lavar as mãos – sem secá-las – em um ritual simbólico significando deixar as impurezas do cemitério para trás. Pensativo, acompanhei Barreto até seu automóvel e, após a despedida, não fui para o meu carro, mas retornei a pé para a administração do cemitério.

Encontrei na sala praticamente vazia a mesma senhora que me recebera na semana anterior e que, logicamente, atendendo diariamente ao público, não podia se recordar de mim. Ao solicitar o túmulo pelo nome, ela observou:

– Por acaso o senhor não se confundiu? Não seria o túmulo do Sr. Benjamin Stein? E, neste caso, lamento informar, mas o senhor chegou atrasado. A cerimônia religiosa aconteceu há uma hora e meia.

Não achei necessário explicar para ela que eu estava na cerimônia de *shloshim*, mas agora gostaria de visitar o túmulo da esposa do falecido. Mas me preocupei ao verificar que realmente já passava do meio-dia e meia, e eu havia prometido me encontrar, ainda de manhã, com minha esposa e as crianças no clube.

A atendente me olhou como quem não entendia o meu pedido, mas novamente dedilhou os dedos no teclado, me entregou o mapa de localização e marcou onde estava enterrada a Senhora Clara Stein.

Voltei ao estacionamento, a esta altura praticamente vazio, peguei meu carro e segui pelas ruas internas de acesso do cemitério. Saindo pela Rua Yossef, contornei o cemitério pela Rua Levi, segui pela Rua Naftali e Rua Reuven, chegando à ala B. Parei próximo a um dos corredores de acesso de pedestres e me dirigi ao túmulo 87.

Lá estava uma bonita lápide em pedra branca com as datas de nascimento e falecimento, pelo calendário civil e judaico, conforme a tradição. Logo abaixo a inscrição:

"Clara Stein
Saudades de seu esposo, filhos e netos"

Embora já tivessem transcorrido dez anos do falecimento da Sra. Clara, sua lápide encontrava-se impecável. A administração do cemitério é extremamente zelosa com o asseio do local, pelo menos para os túmulos cujos familiares mantêm em dia o pagamento da mensalidade. A grama estava aparada e flores bem plantadas contornavam o túmulo. Sendo terminantemente proibido o culto a imagens, o cemitério judaico permite apenas lápides com as inscrições desejadas pela família. A ala B fica em uma área nobre do cemitério, se é que isso seja possível. Na verdade, as rodas de conversa da comunidade chamam a ala B de "Jardim Europa", em uma referência ao elegante bairro paulistano de mesmo nome, totalmente plano e arborizado, onde tempos atrás os espaços eram vendidos por um valor bem maior, sendo adquiridos apenas pelas famílias mais abonadas.

Não era por outro motivo que a Sra. Clara Stein se encontrava enterrada lá. Notei que tanto do lado esquerdo como do lado direito de seu túmulo havia espaços vagos e não utilizados para outros enterros.

Então a pergunta surgiu naturalmente: por que o Sr. Benjamin Stein não foi enterrado ao lado de sua esposa, conforme manda a tradição judaica?

Com esta dúvida em mente, saí da ala B e retornei com meu automóvel até a ala L, onde se encontrava o túmulo de Stein. Naquela hora, havia apenas dois jardineiros fazendo alguns reparos na grama, necessários após a verdadeira invasão de pessoas que vieram prestar suas homenagens póstumas naquela cerimônia religiosa. Não que a ala L fosse menos cuidada do que a ala B. Na verdade, não havia diferença entre uma e outra, embora a ala L fosse mais distante da área central do cemitério.

Afinal, por que seus filhos haviam escolhido aquele local em detrimento do espaço vago ao lado do túmulo da própria mãe?

Dessa vez pude me chegar até junto do túmulo do Sr. Stein. Reli a placa provisória com o nome do falecido, que já havia visto na semana passada. Mas naquela vez um detalhe me passara despercebido. E isso me forçaria a retornar à administração para mais algumas perguntas, quando meu celular vibrou. Minha esposa estava preocupada porque eu disse que chegaria no clube antes da uma da tarde e já eram quase duas horas, sem eu ter dado sinal de vida. Pedi desculpas e saí apressado para o meu automóvel rumo ao meu programa familiar. Mas a dúvida ficou perambulando nos meus pensamentos.

Convidei Barreto para um almoço. Ele não entendeu o chamado repentino, mas não se furtou a aceitá-lo, embora tenha estranhado quando lhe pedi que, dessa vez, viesse realmente sozinho. Marcamos o almoço no Restaurante Spot, próximo do meu escritório. Barreto me informara que precisava olhar alguns processos das empresas Stein no prédio da Justiça Federal que fica na Avenida Paulista e, assim, o Spot era uma boa pedida.

Bem diferente do sóbrio Itamaraty onde almoçamos pela primeira vez, o restaurante é o que se denomina na linguagem corrente como "descolado". Pessoas alternativas e diferentes, muitos jovens com roupas extravagantes misturados a executivos em ternos bem cortados – o conjunto dava um clima no mínimo interessante ao local.

Algumas vezes vou ao Spot, ora acompanhado de clientes que aproveitam o almoço para uma consulta gratuita, ainda que tenham que suportar a conta da refeição, ora com colegas de profissão que, como eu, têm escritórios nessa região. O preço é honesto, a comida variada e sempre saio satisfeito. Atendendo ao pedido do Barreto, marcamos um pouco mais cedo, por volta do meio-dia e meia. Como eu deixara claro que ele seria meu convidado, cheguei adiantado quinze minutos para esperá-lo. Mas ele já se encontrava no Spot, sentado em uma mesa:

– Desculpe – disse. – Até saí mais cedo para exatamente chegar antes de você.

– Não se preocupe, Thomas, eu gosto de chegar adiantado. É melhor ver os outros chegarem do que ser visto chegando. Na vida isso faz diferença.

Não entendi direito o significado da frase, mas certamente ficaria registrada em minha memória.

Pedimos de entrada salada verde com queijo de cabra e uma porção de *shitake* com um pão italiano que estava maravilhosa, depois escolhi um atum com molho agridoce e Barreto optou por uma massa. Pedimos duas taças de vinho tinto chileno, em vez de uma garrafa como da outra vez, e entre uma conversa e outra resolvi tomar coragem e entrar diretamente no assunto:

– O senhor não achou estranho o fato de o Sr. Benjamin Stein não ter sido enterrado ao lado da esposa?

– Claro, mas era o que estava resolvido, mesmo causando um pouco de perplexidade.

– Como assim? – indaguei.

– O Sr. Stein faleceu na madrugada de uma quarta-feira. Fui despertado às seis da manhã por um telefonema do filho Mario me avisando. O Sr. Stein já estava em coma irreversível há alguns dias e sua morte era uma questão de tempo. O filho me disse que tanto ele como os irmãos Alberto e Rubens já estavam no hospital e aguardaram apenas o amanhecer para me avisar. Pediram para eu passar na empresa e controlar a situação, porque a notícia certamente causaria um tumulto, tantos eram os assuntos que estavam centrados na figura do pai. O fato é que o Sr. Stein, mesmo doente, mantinha o pulso firme na condução dos negócios.

Mario me disse que seus irmãos ficariam no velório do hospital para receber familiares e amigos próximos, mas ele seguiria para o cemitério para tomar as medidas administrativas do enterro.

– Ou seja, escolher o túmulo do pai.

– Exato.

– E por qual motivo Mario escolheu um túmulo longe da sua mãe?

– Ele não escolheu!

– Não?!

– Quando chegou à administração do cemitério e comunicou o óbito, o funcionário que o atendeu informou que já havia sido comprado um túmulo definitivo para o Sr. Benjamin Stein quando este ainda era vivo, exatamente onde ele foi enterrado.

– E quem poderia ter comprado um túmulo senão um de seus filhos?

– O próprio Benjamin Stein!

– Benjamin Stein comprou seu próprio túmulo?

– Sim.

– E por que não comprou ao lado da esposa?

– Antes que você possa pensar qualquer coisa diferente, Benjamin Stein amava a esposa mais do que qualquer coisa, e eu mesmo sou testemunha disso. Recordo que, após a cerimônia de trinta dias do falecimento da Sra. Clara, o Sr. Stein ligou pessoalmente para o Presidente do Cemitério Israelita. Eu estava presente na sala e presenciei a conversa. O Sr Stein desejava fazer uma doação representativa em honra do nome de sua falecida esposa e pediu encarecidamente a gentileza de se proceder a uma reserva da vaga ao lado do tumulo dela para o dia que ele viesse a falecer.

– E a vaga está lá até hoje. Verifiquei isto pessoalmente.

– Thomas, você fez o quê? – Barreto praticamente engasgou no vinho que tomava.

– É uma história que ainda pretendo lhe contar. Na verdade, este foi o motivo real do convite para o nosso almoço. Mas antes, me diga, qual foi a reação do Mario quando ficou sabendo disso?

– Bem, cheguei ao velório por volta das oito da manhã. Como você sabe, o Sr. Stein não tinha muitos familiares no Brasil. Sua irmã, que ainda vive em Buenos Aires, estava muito doente, e seus filhos resolveram poupá-la naquele momento. Ela não poderia viajar e, mesmo que pudesse, o enterro já teria acontecido. Sei que, após o enterro,

Rubens ligou para a tia comunicando a perda do pai. Naquele horário da manhã, além dos filhos, a irmã da D. Clara já havia chegado. Mesmo tantos anos após a perda da irmã, ainda mantinha contato regular com a cunhada. Ela veio acompanhada de uma filha e o genro, e sei que seus outros dois filhos também compareceram ao enterro. O Sr. Stein gostava muito da família de sua falecida esposa e, mesmo depois da viuvez, fazia questão de tratá-los como membros efetivos da família Stein. Por volta das nove horas, chegavam as primeiras pessoas para as condolências de praxe. Funcionários antigos, alguns amigos próximos. Na verdade não eram muitas, porque a maior parte delas se dirigiu diretamente ao cemitério para as últimas homenagens. Se você acha que havia muita gente na cerimônia dos trinta dias, imagine o que havia no dia do enterro. Sem exagero, acho que quinhentas pessoas se acotovelavam umas em cima das outras. A cerimônia religiosa atrasou mais de trinta minutos pelo simples motivo de que o caixão, colocado em cima de um carro puxado a mão, simplesmente não conseguia atravessar a multidão. Foi uma cena absolutamente impressionante.

– Posso imaginar.

– Bem, por volta das nove horas, Mario ligou para o celular do irmão Alberto. Relatou que, ao chegar na administração do Cemitério Israelita com a certidão de óbito, solicitou o sepultamento do pai ao lado da Sra. Clara Stein. Cumprindo o procedimento padrão, o funcionário fez uma busca nas reservas e informou que o próprio falecido havia feito uma reserva em outro local. Ou seja, de um lado, havia o espaço reservado pelo próprio Sr. Stein, que ficara ali no seu aguardo por dez anos, desde o falecimento de sua esposa Clara. De outro lado, havia a compra efetiva de um túmulo em uma ala oposta do cemitério, que fora feita pelo próprio Sr. Stein, poucas semanas antes de falecer.

– O que eles fizeram?

– Alberto chamou Rubens de lado, contou o que estava acontecendo, enquanto Mario aguardava no celular. Mario disse para Alberto que não havia cabimento enterrar o pai longe da mãe, que provavelmente ele teria se enganado ou qualquer coisa assim. Deviam, portanto, desconsiderar a informação da administração e enterrá-lo ao lado da esposa. Além do mais, o que eles iriam dizer para a irmã da Dona Clara? E também para todas as pessoas que viriam ao enterro? Soaria muito estranho. Alberto repassou a posição de Mario para Rubens, que concordou com a opinião do irmão e os três juntos decidiram fazer o que achavam certo e determinaram o enterro do pai junto a Dona Clara, conforme havia sido seu desejo quando a mãe falecera.

– Pelo jeito a sua história não termina por aí, porque não foi isso que aconteceu.

– Foi tudo impressionante – prosseguiu Barreto. – Mario desligou o telefone e foi tomar as providências. Nem quinze minutos se passaram e ele voltou a ligar. Neste momento eu estava junto de Alberto quando o telefone tocou. Alberto só dizia: "Impossível", "Não pode ser", "Você tem certeza?". Eu mesmo fiquei agoniado. Ele me pediu licença, chamou seu irmão Rubens novamente e se dirigiu a um lugar onde poderiam continuar reservadamente a conversa sem ninguém ouvir seu conteúdo. Passaram-se poucos minutos e os dois retornaram. Chamaram de lado a irmã da Sra. Clara e sua filha e lhes disseram algo. Primeiro, ela começou a gesticular muito, parecia não gostar do que ouvia. Colocou as mãos no rosto, desatou a chorar e deixou o velório. Não me recordo de tê-la visto no enterro, embora seus três filhos tenham ido.

– Minha nossa Barreto, que história estranha. Você sabe o que aconteceu?

– Registrei mentalmente os fatos e no dia seguinte não me contive. Como presenciei a reação inesperada de Alberto, lhe perguntei o que havia acontecido. Ele me disse que após terem desligado o telefone, Mario informou ao funcionário da administração do cemitério que seu pai seria efetivamente enterrado ao lado da mãe na ala B. Então o funcionário pegou em cima de sua mesa uma grossa caneta vermelha e abriu o enorme mapa de controle das sepulturas. Escolhido o túmulo, era preciso fazer uma anotação no espaço para formalizar a venda.

Quando foi riscar o túmulo indicado, ao lado da Sra. Clara, o funcionário ficou paralisado. Havia uma anotação a caneta com as palavras *"aqui não"*. Eram letras trêmulas, certamente de alguém de idade. E Mario logo reconheceu a letra do seu pai.

– Meu Deus, você só pode estar brincando? O Sr. Stein foi até o cemitério especialmente para escrever que não queria ser enterrado ao lado da esposa que ele amava?

– Não só isso. Ele mesmo escolhera o seu próprio túmulo. Bem mais distante do que o supostamente reservado, mas foi o que fez, sem a menor dúvida.

– Com isso...

– Com isso – retomou a palavra Barreto –, os filhos não tiveram opção e enterraram o pai onde ele havia escolhido.

– Agora se justifica por que a irmã da Dona Clara saiu chorando do velório.

– É verdade, não era para menos. Ela deve ter ficado realmente ofendida.

– Que surpresa ele deixou para seus filhos, hein? – eu estava realmente estava impressionado.

– É verdade, mas não foi a única. Havia uma segunda, presumidamente ainda maior.

– Meu Deus, o que foi dessa vez?

– Ora, Dr. Thomas – notei que quando Barreto pretendia dar um tom mais solene em nossas conversas ele incluía novamente o "Dr." antes do meu nome, embora já há muito tivéssemos combinado dispensar essa formalidade –, o testamento cerrado! A morte do Sr. Stein já era esperada, embora este não fosse certamente o desejo de nenhum de seus filhos. Mas o show não pode parar! Os meganegócios empresariais do Sr. Stein tinham proporções enormes, para não dizer continentais, já que seu império alcançava tanto os Estados Unidos como a Europa. Por esse motivo, eu já havia preparado toda a documentação necessária para o inventário do Sr. Stein por meio de escritura pública.

Obviamente, fizera isso à revelia dos três filhos, mas era minha a responsabilidade jurídica da vida pessoal do Sr. Stein e achei que agindo assim apenas cumpria o meu dever. Quando se encerrou a semana do luto judaico, eu já tinha praticamente toda a documentação pronta e aguardava apenas a certidão do Colégio Notarial, atestando a inexistência de testamento, fato este sobre o qual eu tinha absoluta convicção, considerando que o Sr. Stein jamais abordara o assunto comigo.

– Mas vejo que o senhor teve uma surpresa.

– E como! Fora o enorme desgaste com Alberto, Mario e Rubens. Quando comuniquei aos filhos que a certidão do Colégio Notarial apontava a existência do testamento cerrado, eles próprios não acreditavam que eu ignorasse isso. Achavam que eu estava mentindo para preservar os segredos do Sr. Stein, que seriam revelados naquele testamento cerrado. Mas, quando partimos em busca do documento e nada era encontrado, eles se convenceram de que eu realmente ignorava esse documento. Afinal, quem deu a dica de sua localização em um golpe de sorte foi a Carmem.

– Sei que já lhe perguntei isso, mas no testamento cerrado não havia nenhuma revelação?

– Aparentemente, não. Como lhe disse, o Sr. Stein fez pequenas recomendações aos filhos, nada muito relevante. Ah, sim, não posso me esquecer! Também havia uma profunda declaração de carinho para sua falecida esposa.

– Aquela que ele queria distante na morte?

Barreto tomou mais um gole de vinho.

– Noto um tom irônico no seu comentário, mas não lhe tiro a razão. Foi isso mesmo! Na verdade, o único fato relevante era exatamente o legado deixado para você dentro do cofre. Mas como você já nos disse, lá só havia os Salmos do Rei David.

– Barreto, pode acreditar. Não havia mais nada.

– Me desculpe, não pretendia colocar em dúvida sua palavra. Acredito no que você falou, mas isso não torna o fato menos estranho.

– Muito pelo contrário – arrematei.

Concluímos que uma única taça de vinho não seria suficiente e pedimos uma nova rodada. A salada foi consumida durante os estranhos fatos relatados por Barreto. O prato quente já havia chegado e dedicamos alguns minutos a não deixá-lo esfriar. Mas Barreto parecia aquecido também pelo próprio histórico que acabara de me revelar:

– Thomas, o que cargas d'água você foi fazer junto ao túmulo da Sra. Clara Stein?

– Olhe, eu não queria tirar conclusões precipitadas, talvez o que eu venha a lhe contar seja uma bobagem. Por isso, fiz questão que você viesse sozinho, sem os filhos do Sr. Stein. Dois fatos me chamaram a atenção e quis verificar o que poderia descobrir. Vou lhe contar tudo, se é que pode ser considerado uma descoberta.

– Vamos lá, sou todo ouvidos, meu nobre Dr. Thomas.

Eu me acomodei melhor na cadeira e me dei ao prazer de mais duas garfadas de atum, porque sabia que não poderia interromper a narrativa para comer:

– Meu pai é amigo de um dos diretores da *Chevra Kadisha*.

– O que é isso? – ele me interrompeu.

– Ah, desculpe. É apenas o nome hebraico do Cemitério Israelita. Bem, quando caminhávamos para o estacionamento após a reza do último domingo, seu comentário sobre a localização dos túmulos do casal Stein me intrigou profundamente. O nosso costume é efetivamente enterrar os casais juntos, um ao lado do outro, jamais separados. Imaginei que por algum equívoco os jazigos de ambos os lados do túmulo da Sra. Clara Stein tivessem sido ocupados, mas fui pessoalmente até lá e constatei que continuavam vagos. Achei muito estranho. Foi quando pedi a ajuda do meu pai, que me colocou em contato com um diretor da *Chevra Kadisha*. Anteontem estive na sede, no bairro do Bom Retiro. Atendendo ao pedido do meu pai, o diretor me garantiu sigilo e me indicou a pessoa responsável pelo setor de reservas do cemitério. Esta pessoa me contou que Stein estivera pessoalmente lá, há mais ou menos três ou quatro meses, para comprar o seu túmulo. Mas comentou algo que me deixou ainda mais intrigado. Quando o funcionário abriu uma enorme planta contendo as alas e todos os espaços disponíveis para reserva, Stein mal analisou o documento e fez um único pedido ao funcionário.

– E qual foi? – Barreto estava curiosíssimo.

– Ele queria que seu túmulo tivesse o n. 16.

– Do que você esta falando? – sua voz tomou um tom mais sério – Você está de brincadeira comigo?

– Garanto que não, Barreto, estou sendo absolutamente preciso no meu relato. Stein dissera ao funcionário que era indiferente a ala, o que importava é que o número do seu túmulo fosse 16. E assim foi feito. O funcionário escolheu a ala L porque, contando a distância da sede principal, era o primeiro setor que tinha um túmulo com n. 16 disponível.

Barreto se recostou na cadeira, visivelmente incomodado. O segundo copo de vinho chegara a bom tempo. Ele degustou, aprovou e sorveu mais dois goles, quase que seguidos:

– Thomas, me desculpe, mas isso não faz o menor sentido. Ele deixou de ser enterrado ao lado de sua amada esposa para ficar isolado em uma ala distante do cemitério apenas para seu túmulo receber o n. 16?

– Bem, ao menos é o que parece.

– E o que você acha que isso significa?

– Isoladamente, nada, mas no contexto dos últimos dias dele, pode revelar muita coisa.

– Como assim? Por favor, você está me deixando agoniado. Seja mais preciso.

– Desculpe, Barreto, não tenho a intenção de perturbá-lo mais ainda. Mas vamos lá. Quando eu estive no Banco República para abertura do cofre, assinei um documento onde assumia a responsabilidade pelos valores que estivessem ali guardados. Este documento ainda está comigo no meu escritório.

– E daí?

– O cofre do Banco República era o de n. 16.

Barreto me fitou atentamente. Não sei o que passou pela sua cabeça, mas ele não parecia muito animado com a minha suposta descoberta:

– Não deixa de ser uma coincidência interessante, Thomas.

– Coincidência?

– Coisas do destino que a razão não explica. Um homem nos seus últimos dias de vida reserva um túmulo e um cofre que, coincidentemente, têm o mesmo número.

– Barreto, não houve coincidência alguma. A escolha foi proposital e premeditada.

– Então você não terminou a história?

– Claro que não! Após sair da *Chevra Kadisha*, me dirigi ao Banco República e procurei pela mesma funcionária que me recebera quando eu estive lá com o alvará judicial. Ela havia me dado um cartão de apresentação e não foi difícil localizá-la. Cuida do setor de locação de cofres e se recordava muito bem de Stein. Eu lhe disse que também gostaria de alugar um cofre, mas gostaria que fosse o mesmo cofre que eu havia aberto dias antes. Ela acessou o sistema de computador do banco e se desculpou, porque o cofre já fora alugado para uma terceira pessoa. No entanto, me disse uma frase que conectou tudo.

– O que foi? – Barreto estava completamente tomado pela minha história.

– Bem, ela me disse algo como "Infelizmente este cofre já foi alugado, mas temos outros cofres com o n. 16".

– E de onde ela tirou isso?

– Foi o que perguntei. A funcionária me disse que Stein pediu um cofre com o n. 16. Ele não estava preocupado com a fileira, desde que o cofre tivesse o n. 16. Como eu queria um cofre nas mesmas condições, ela se adiantou em me repassar essa informação. Agradeci a funcionária, disse que iria pensar e voltei para o meu escritório.

– Que história! Que história! – repetia Barreto para si mesmo.

– O que você acha disso tudo? – perguntei, friamente. – Acredita que realmente possa existir alguma relação do túmulo e do cofre do banco?

– Não sei, precisamos pensar.

Ocorre que Barreto já tinha uma ideia que decidiu não me revelar, ao menos naquele momento.

6

Eu acabara de sair do Banco República, onde havia negociado a redução da multa de mais uma parcela atrasada, na compra do meu escritório. Estava satisfeito, não exatamente pelo desconto que obtivera, mas porque haviam se passado cinco meses desde a última vez em que eu tinha estado no quarto andar do banco para esse fim. Ou seja, por quase um semestre consegui honrar as parcelas do financiamento do meu escritório sem atrasar uma única vez, embora isso tenha me custado multas no condomínio de minha residência e, infelizmente, na escola dos meus filhos. No fundo, eu apenas havia feito um rodízio de contas atrasadas para não ficar marcado com os mesmos credores.

Assim que saí do banco, meu celular tocou. Era Dona Fani me cobrando resultados mais efetivos na negociação entre seus dois filhos. Só que eu ainda não havia conseguido um acordo razoável entre eles. Houve avanços, mas tudo ia muito devagar.

Tempos atrás, Dona Fani ligou para o escritório e dissera à minha secretária que precisava falar comigo com muita urgência, um caso de vida ou morte. Daisy me passou o recado e liguei para ela do meu celular. Descobri que a situação não era tão grave assim, mas a ligação teve um alto preço. Dona Fani registrou em seu aparelho o número do meu celular e desde então me localizava sempre que queria.

"*As oportunidades são como o nascer do sol; se esperar demais, vai perdê-las!*", era o provérbio preferido que Dona Fani havia lido em um livro de autoajuda e que sempre repetia para me pressionar a conseguir um acordo entre seus filhos. Eu não discordava dela, mas explicava que minha atuação se restringia ao ramo da advocacia, não da psicologia. Para acalmá-la, me comprometi a dedicar um tempo maior ao assunto e lhe pedi desculpas, dizendo que precisava desligar, já que não podia dirigir falando ao celular. Isso, estando eu caminhando pela Rua Riachuelo. Passaram-se dois minutos e o telefone tocou de novo; eu já conhecia a insistência da minha cliente:

– Dona Fani, ainda estou dirigindo.
– Thomas, o que deu em você?
– Quem está falando? – perguntei surpreso.
– É o Barreto. Você está bem?
– Melhor agora. Desculpe a confusão. Tem uma cliente me perseguindo.
– Entendo. Você quer que eu ligue depois que estacionar?
– Eu não estou dirigindo.
– Para Dona Fani, você estava!

Ambos rimos, mas a seguir, sério, ele disse:
– Thomas, queremos falar com você.
– *Queremos*, quem?
– Eu e os filhos do Sr. Stein. Você está livre hoje no final da tarde?

Pessoas ricas sempre acham que estamos disponíveis para elas no exato momento em que nos solicitam. Foi assim no primeiro telefonema de Barreto, quando ele insistiu com Daisy para fazermos uma reunião no mesmo dia. Dessa vez, já passando das cinco da tarde, ele pedia a mesma coisa. Só que não seria possível, porque nessa noite minha esposa tinha um de seus plantões semanais no hospital e eu não pretendia deixar as crianças sozinhas.

Para superarmos essa fase financeira complicada, minha esposa decidira passar de um para dois plantões semanais de 24 horas no hospital. As crianças sentiam sua ausência, mas o reforço no caixa familiar era necessário para equilibrarmos nossas contas. Portanto, nem cogitei em iniciar uma reunião no mesmo horário em que deveria estar chegando em casa. Pedi desculpas a Barreto e marcamos nosso encontro na sede do Grupo Stein para o dia seguinte, por volta das 11:30h da manhã.

Não havia me esquecido do olhar de reprovação de Barreto para a minha gravata em nosso último encontro; assim, optei por uma com cor mais sóbria e discreta. A imagem dos irmãos Stein na minha sala de reunião também tinha ficado registrada. Todos com ternos escuros e bem cortados, provavelmente tão caros como a minha parcela mensal do financiamento do escritório. Mas que diferença isso faria para eles? Apesar de todo advogado ter alguns ternos para uso diário, sempre temos um que deixamos separados apenas para ocasiões específicas como casamentos e eventos sociais, ambos ultimamente raros em meu cotidiano.

Entretanto, achei que o reencontro com a família Stein merecia roupa especial e estava satisfeito por me sentir tão elegante como eles, embora o meu terno tivesse sido comprado em uma liquidação de final de ano.

Procurei chegar pontualmente ao escritório do Grupo Stein. Jamais havia entrado em um local tão luxuoso. Eu estivera lá quando fui retirar o alvará judicial para abertura do cofre, mas confesso que estava tão nervoso que não prestei atenção na decoração. Só a recepção deveria ter duas vezes a área de todo o meu escritório. O chão era de mármore e havia um jogo de luzes instalado no piso que iluminava alguns quadros que adornavam a parede. Meu conhecimento sobre pintura não me permitia avaliar o valor daquelas obras, mas tinha certeza de que valeriam mais do que eu poderia imaginar.

A mesa da recepção era formada por uma peça única de madeira finamente trabalhada com tiras laterais e, bem atrás, na parede, havia um vidro onde letras grossas prateadas exibiam a inscrição Grupo

Stein, o que dava uma aura ainda mais sóbria ao local. Notei que, em cada lado, havia duas salas de espera absolutamente separadas, sendo possível que diferentes visitantes estivessem ao mesmo tempo na recepção sem ter conhecimento da presença uns dos outros.

Fui colocado em uma dessas salas, mobiliada, com um sofá e duas poltronas de couro, dispostas em torno de uma mesa central de vidro. Fiquei observando alguns objetos de decoração, enquanto aguardava ser chamado para reunião.

Apenas alguns minutos depois, Carmem apareceu e me convidou para ingressar na ala interna do escritório. O corredor era largo e cheio de pessoas indo e vindo, em uma infinidade enorme de salas de trabalho. Aquilo contrastava por completo com o silêncio da recepção. No final do corredor, o vaivém foi se reduzindo, até chegarmos a uma ala que me parecia reservada. Entramos em uma sala de reunião onde já se encontravam Barreto e Alberto, Mario e Rubens Stein. Sem entrar na questão de preço, achei que não fiquei devendo no vestuário.

Carmem me serviu uma xícara de café, mas desta vez não se retirou, sentando-se à mesa ao lado de Barreto que, como sempre, tomou a iniciativa da conversa:

– Agradecemos imensamente sua presença em nosso escritório.

– Não há de quê. Espero que desta vez eu possa ser mais útil aos senhores.

– Dr. Thomas, quero registrar que relatei aos filhos do Sr. Stein a conversa que tivemos em nosso almoço. Na verdade, toda a conversa.

Ligeiramente perdido com a surpresa, tentei me colocar em uma posição mais correta:

– Bem, então recebam minhas desculpas e peço que os senhores compreendam que eu estava apenas conjecturando possibilidades. Não tive a intenção, e nem poderia, de afrontar a memória de seu saudoso pai.

– Por favor, Dr. Thomas – adiantou-se Alberto –, isto nem sequer passou pela nossa cabeça. Se acreditássemos que fosse esse o caso, não chamaríamos o senhor aqui apenas para lhe dizer se aprovamos ou não sua conduta pessoal.

– Realmente agradeço. Como lhes disse desde a primeira vez em que nos conhecemos, eu tinha seu pai em alta conta e mantenho por ele o mesmo apreço do tempo em que era vivo.

– Não temos dúvida disto e acreditamos que nosso pai tinha este mesmo apreço por você, tanto que lhe deixou um presente tão especial.

– Saibam que guardei o livro dos Salmos do Rei David com enorme carinho.

– Não duvidamos disso, Dr. Thomas. Já entendemos que foi um presente de caráter absolutamente particular e assim deverá ficar apenas entre vocês dois.

Mario resolveu entrar no assunto:

– Dr. Thomas, como o senhor sabe, nosso pai estava fortemente envolvido com um projeto único e inovador de bromatologia. Já mencionamos o assunto em nosso primeiro encontro.

Estava curioso demais para interrompê-lo e me limitei a concordar com um mero aceno afirmativo de cabeça. Ele prosseguiu:

– E o senhor também deve se recordar que meu pai vinha sofrendo pressões e ameaças veladas de seus concorrentes?

– Possivelmente ameaças de morte – não resisti a comentar.

– Esta sim é uma conjetura jamais provada – me lançou Alberto com sensível desagrado.

– Mas não parece ser a opinião de seu irmão Rubens, pelo menos foi o que ele nos disse na minha sala de reunião.

Rubens se adiantou:

– Confesso que não tenho nenhuma prova, Dr. Thomas. Mas o senhor está com a razão. Apesar de meus irmãos discordarem, não descarto essa possibilidade.

Naquele momento, pensei em pedir a opinião do Barreto, mas ele olhava para o chão, demonstrando que não queria tomar partido nesta discussão.

– Mas não foi por isso que o convidamos para vir ao nosso escritório, até porque nosso pai agonizava em coma profundo três dias antes de falecer e não era necessário nenhum ato criminoso para lhe tirar a vida. A natureza já tratara do assunto. Por favor, vamos esquecer ao menos por enquanto essa hipótese – Mario pegou uma pasta que estava logo a sua frente e prosseguiu – Nos últimos meses, um grupo holandês, em particular, chamado Karmo, vinha assediando as empresas Stein de forma direta e acintosa. O representante no Brasil se chama Manoel de Oliveira Abranches. A Karmo pretendia a todo custo adquirir o projeto de bromatologia. Ao contrário dos outros grupos que nos procuraram, a Karmo não cogitava em uma parceria, mas queria o projeto inteiro apenas para eles. Esse Sr. Abranches é um hábil negociador, mas não esperava cruzar com alguém como Benjamin Stein. No final, perdeu a quebra de braço com nosso pai e não obteve êxito, embora tenha cooptado alguns de nossos melhores profissionais, contratados a peso de ouro. Achou que tendo esses profissionais consigo poderia ele mesmo formatar o projeto de bromatologia. São pessoas brilhantes no trabalho de equipe, mas precisavam ser municiados por informações técnicas de nossos cientistas dos Estados Unidos e Europa. Todo o projeto foi estruturado por nosso pai em células autônomas de trabalho, de modo que, ainda que houvesse um vazamento de informações, o estrago não seria grande. Sozinhos os profissionais que perdemos podiam fazer muito pouco. Nosso pai tinha um enorme receio de espionagem industrial e para ele estava cada vez mais claro que alguém de nosso grupo vendia informações para o concorrente.

– Como ele tinha tanta certeza? – indaguei.

– Embora papai não tivesse em momento algum cogitado na venda do projeto, tinha interesse em descobrir o que os concorrentes realmente sabiam. Assim, fez algumas reuniões com interlocutores interessados no negócio e, pelo teor da conversa, ficou claro que tinham um grau de conhecimento que somente poderia sair de informações internas. Meu pai chegou a plantar ao mesmo tempo dados verdadeiros e falsos para os interlocutores, e por incrível que pareça as simulações que a parte potencialmente compradora fazia apenas se baseavam nos critérios verdadeiros, afastando os dados falsificados.

– Então, vocês tinham um espião entrincheirado dentro do Grupo Stein.

– Talvez ainda tenhamos – ressalvou Rubens. – Tenha nosso pai falecido ou não de causas naturais, isso não altera o fato de que alguém fornecia informações aos nossos concorrentes. E não acreditamos que vá interromper suas atividades agora.

– E vocês têm ideia de quem possa ser esse espião? – indaguei.

– Dr. Thomas, o senhor nos deu a dica que faltava.

– Eu fiz o quê?

– Achamos que o senhor desvendou parte do segredo de nosso pai.

– Eu? Mas como?

– O n. 16.

Imediatamente dirigi meus olhos para Barreto, que prosseguiu com as explicações:

– Assim que você me comentou aquela coincidência, passei a buscar mentalmente que outras relações poderiam existir com este número.

– E achou alguma coisa?

– Nada concreto, ainda, mas talvez tenhamos encontrado o fio da meada.

Rubens fez questão de tomar a iniciativa da explicação:

– Nosso pai era um aficionado por numerologia, simbologia, códigos. Achamos que não há coincidência na escolha do n. 16, embora não tenhamos a menor ideia do que significa.

– Não compreendo – disse, com sinceridade.

Rubens pegou a pasta que se encontrava em cima da mesa e me apontou uma anotação à caneta feita em uma folha grudada parcialmente com durex, provavelmente do próprio Sr. Stein, onde se lia "ESPIONAGEM INDUSTRIAL – DOCUMENTOS SIGILOSOS".

– A pasta está vazia! Onde estão estes documentos sigilosos? – foi meu comentário óbvio e imediato.

– É o que precisamos descobrir – Rubens tirou com cuidado a folha de plástico que escondia a numeração da pasta. E lá estava a inscrição: pasta n. 16.

– Puxa, estou realmente... impressionado – murmurei.

– Todos estamos, Dr. Thomas, todos estamos.

Um garçom entrara naquele momento para uma nova rodada de cafés, distribuindo na mesa alguns pratos adornados de docinhos que seriam a perdição para qualquer regime. Rubens imediatamente cobriu a pasta como se o garçom fosse o mais forte candidato a espião. Percebeu que notei sua atitude, aguardou a saída do garçom e reclamou fortemente com Carmem:

– Onde está o Maneco? Já combinamos que apenas ele pode servir a área reservada da Diretoria.

Carmem esclareceu:

– Parece que ele se excedeu novamente na bebida ontem à noite e não conseguiu vir para o serviço.

– Esse Maneco não tem jeito. Da próxima vez, é bom mandá-lo embora. E vamos deixar combinado que se ele faltar de novo, melhor nós mesmos nos servirmos do café. Não será tão grave assim – concluiu extremamente insatisfeito.

Rubens notou minha surpresa:

– Todos são suspeitos, Dr. Thomas. Todos!

– E esse Maneco não seria também?

Todos riram e Rubens me explicou:

– Papai tinha um coração de ouro. Adorava o Maneco e não tinha quem mexesse com ele. Além do mais, nos períodos em que Maneco fica sóbrio, o que parece cada vez mais raro, os efeitos colaterais da bebida do dia anterior não o deixam lembrar de nada – disse sorrindo. – Por isso meu pai só deixava ele circular pela área reservada da

Diretoria. Mas também assim não pode ser. Da próxima vez, gostando ou não, vamos ter que dispensá-lo.

Um garçom bêbado para o café. Cada coisa que eu vejo! Mas essa informação, quem sabe, ainda poderia ser útil.

Alberto tomou para si a condução da conversa:

– Dr. Thomas, precisamos descobrir o que o meu pai queria dizer ou ocultar atrás do n. 16.

– Vejo que vocês já descartaram a hipótese de uma mera coincidência de números? – fiz este comentário porque esta fora a primeira menção do Barreto quando eu relatava minhas suspeitas em nosso almoço.

Alberto continuou:

– Bem, nosso pai era uma pessoa extremamente cuidadosa e organizada. Tinha o costume de catalogar as informações que desejava em pastas que ficavam sobre a sua mesa, para que estivessem disponíveis no momento em que necessitasse. As pastas eram numeradas e não foram movidas após seu falecimento.

– E nas outras pastas, nada foi encontrado?

– No que se refere a este assunto, não. Mas há um problema. Localizamos as pastas 1, 2, 3 e assim por diante até a pasta de n. 9. A partir daí, a sequência é interrompida e pula diretamente para a pasta n. 16, que, como o senhor pode ver, está vazia.

Barreto registrou:

– Ou o Sr. Stein tinha adoração pelo n. 16, o que jamais ouvimos falar, ou efetivamente esse número pode ser alguma dica, seja lá do que estamos falando.

Ouvi em silêncio e olhando a pasta vazia concluí:

– O que também pode significar que alguém, provavelmente esse suposto espião, esteve na mesa do Sr. Stein e, sem a menor dificuldade, furtou as informações e documentos que estavam na pasta n. 16.

– É uma possibilidade que ainda consideramos, mas parece improvável. O Sr. Stein jamais deixaria uma pasta com documentos sigilosos em cima da mesa, à vista de qualquer pessoa.

– Então, por que a pasta vazia estava lá?

– Quem sabe – interrompeu Rubens – exatamente para ser encontrada.

– E de que adiantaria alguém encontrar uma pasta vazia?

– Vazia de conteúdo, talvez não de informações.

Razoavelmente constrangido, eu ainda tentava entender o que estava ocorrendo:

– Acho que estou me perdendo nesta conversa, me desculpem. Afinal, a pasta estava ou não estava vazia?

– Efetivamente estava vazia.

– Então...? – indaguei visivelmente incomodado.

– Acontece, Dr. Thomas, que encontramos um dado curioso – disse Rubens, pegando as pastas que estavam sobre a mesa. – Veja bem, além de manter as pastas sempre em ordem numerada, nosso pai colocava no verso uma anotação com o tema tratado e uma pessoa de referência com quem ele costumava discutir o assunto. E a pasta n. 16 também observa o mesmo critério.

– Já é um bom começo. E quem seu pai indicou para discutir as questões referentes à espionagem industrial?

– "Rebe Menahem" – informou Rubens.

Eu sabia o que significava "Rebe", era a palavra respeitosa para se referir a um *rabino* de mais idade que tivesse um reconhecimento ímpar de assuntos judaicos e respeito de toda uma coletividade. Fiquei mais curioso ainda e perguntei:

– E quem seria essa pessoa?

– Trata-se do Rabino Menahem, um amigo muito antigo de meu pai.

Fiquei perplexo:

– Vocês estão achando que seu pai resolveu pedir o auxílio de um rabino para resolver este assunto?

– Não achamos nada ainda, ao menos por enquanto. Mas é uma hipótese que não pretendemos descartar.

– Assim seja! – respondi. – E onde podemos encontrar este Rebe Menahem?

– Ele reside no Brooklyn, na cidade de Nova York.

Quase alterei meu tom de voz:

– Benjamin Stein, um gênio do mundo empresarial, estava tentando desvendar uma espionagem industrial em um negócio de centenas de milhões de dólares e, em vez de contratar os maiores especialistas em contra-espionagem, ele se consultava com um velho rabino no Brooklyn? Não quero ser indelicado, mas isto me parece loucura.

– O senhor tem alguma ideia melhor? – retrucou Alberto.

Fizemos uma pausa para o almoço, que foi servido em uma segunda sala de reuniões anexa àquela onde nos encontrávamos. Era uma sala menor, mais reservada, mas o luxo era o mesmo. Maneco finalmente resolvera aparecer no trabalho e, após uma reprimenda de Carmem, iniciou o serviço do almoço, o que contou com a aprovação dos irmãos Stein.

Era possível notar que havia uma certa disputa pela condução da reunião. Os irmãos procuravam se tratar respeitosamente, mas ficara nítido que cada qual buscava garantir seu espaço, ou mesmo, talvez, ocupar o lugar de Benjamin Stein. Também notei que o Barreto era extremamente ágil nos movimentos, buscando evitar divergências entre os irmãos, sem ter que tomar partido de um deles, uma característica que ficou definitivamente registrada. O natural seria Alberto obter a liderança na condição de primogênito, mas o sucessor não pode ser imposto. Se o próprio Sr. Stein não havia deixado a indicação expressa de quem seria seu sucessor, qualquer um de seus filhos – e mesmo alguém de fora – poderia ser escolhido.

Mario era mais recluso e não o percebia preocupado com essa questão. Já o caçula Rubens não baixava a guarda e ficou claro que também tinha disposição para assumir o lugar do pai. Mas tanto para o mais velho como para o caçula desejar não seria suficiente, não em um grupo empresarial daquele tamanho. Teriam eles competência para o cargo?

O almoço estava servido. Como o inverno parecia ter chegado para ficar, tivemos de entrada um maravilhoso creme de aspargos, seguido de dois tipos de pratos quentes. Havia uma massa acompanhada de um creme com denominação indecifrável para mim – ao que parecia francês, mas preferi não arriscar. Escolhi um frango com molho curry, arroz marroquino e legumes grelhados, o que me pareceu mais seguro.

Conversamos amenidades e ouvi novas histórias sobre o espírito empreendedor do Sr. Stein. Ficava cada vez mais maravilhado por aquela pessoa que havia me acolhido em seu convívio particular. A secretária Carmem era a memória viva do patrão. Havia ingressado no grupo empresarial pouco antes da contratação do então jovem advogado Dr. Barreto. Tudo o que se referisse à agenda do Sr. Stein passava obrigatoriamente por Carmem, e os três filhos nutriam o maior respeito por ela. O falecimento do Sr. Stein não alterou esse convívio, embora Carmem pretendesse pedir sua aposentadoria para curtir os netos. Mas os três filhos do Sr. Stein pediram com insistência que ela permanecesse no posto ao menos até descobrirem o que estava acontecendo e, por esse motivo, ela participava ativamente do assunto.

O carrinho de sobremesas exibia tanta variedade que nem mesmo em um restaurante seria possível imaginar. Com muita dificuldade, escolhi uma torta de chocolate cremoso com uma bola de sorvete de creme. Mario Stein me sugeriu um chá digestivo para fechar a refeição, o que achei extremamente necessário, considerando tudo o que eu já havia comido. Seu irmão Alberto pediu ao garçom que suspendesse o serviço e disse que ninguém mais deveria nos incomodar. Foi quando finalmente entraram no assunto que me trouxera para aquela reunião:

– Dr. Thomas – iniciou Alberto –, está na hora de irmos diretamente ao assunto. Gostaríamos de contratar seus préstimos profissionais.

Imediatamente olhei para o Barreto que, afinal, era o advogado da família, ou ao menos assim se apresentara. Ele sorriu sabendo do meu desconforto, mas dessa vez não fez nenhuma interferência.

– E no que eu poderia ajudá-los? – perguntei.

– Estamos convencidos de que nosso pai desejava nos revelar alguma coisa acerca desse caso de espionagem industrial. Imaginamos que ele ainda estivesse buscando todas as provas necessárias para não fazer acusações infundadas, especialmente porque, quem quer que fosse, deveria ser alguém muito próximo. Isso exigia uma cautela ainda maior da parte dele, mas seu estado de saúde vinha se debilitando. Ele vinha tratando a sua doença, mas a piora foi repentina. O coma foi inesperado, irreversível. Tentamos de tudo para desvendar o mistério, mas não tivemos sucesso.

Alberto fez uma breve pausa e prosseguiu:

– Além de nós três, certamente Dr. Barreto e Carmem eram as pessoas mais próximas de meu pai, por vezes até seus confidentes. Mas ele não confidenciou nada sobre essa questão, nem com um, nem com outro.

– Tentei mapear as agendas e telefonemas do Sr. Benjamin Stein, procurando alguma dica, mas até o momento não consegui nada – Carmem disse, emitindo um suspiro.

– De minha parte, como já lhe disse em outros encontros, também não consegui avançar em nada – desabafou Barreto.

Alberto prosseguiu:

– Como o senhor pode ver, as pessoas mais próximas do meu pai não tinham a menor pista dos passos que ele vinha dando até entrar em coma. Pelo menos, não, até agora.

– Mas esta história do n. 16 também não parece ajudar muito, não é? – foi minha primeira reação.

– Bem, ao menos temos algo para pesquisar. E contamos com a sua ajuda.

– Por que eu? Vocês sabem que não sou um advogado da área empresarial. Minha atuação profissional está voltada a questões mais corriqueiras e certamente não tenho a *expertise* para desvendar casos de espionagem industrial.

Barreto tomou a palavra:

– Dr. Thomas, não podemos dividir esse problema com mais ninguém. Trazer pessoas desconhecidas para dentro do Grupo Stein pode significar mais riscos do que já estamos vivendo atualmente. Estamos falando em um negócio que exigiu investimentos sem precedentes. Isso pode corromper qualquer um. Até quem viermos a contratar para localizar este provável espião que se encontra infiltrado no grupo. Além disso, seremos forçados a abrir vários segredos industriais para nossos novos consultores, o que ao menos neste momento julgamos ser uma temeridade.

– Mas vocês mal me conhecem!

– Nós, mas Benjamin Stein conhecia.

– Mas ele...

Fui interrompido por Rubens:

– Dr. Thomas, o testamento cerrado é a prova do apreço que nosso pai tinha pelo senhor. Nenhum de nós pode ficar à frente dessa investigação. Estamos emocional, familiar e empresarialmente envolvidos. E esta não é uma mistura ideal para um trabalho criterioso, como o que precisa ser feito. Nosso pai não costumava errar nas amizades que escolhia. Podemos contar com sua ajuda profissional?

– Bem, é um assunto completamente diverso do meu dia a dia. Estou mais acostumado à elaboração de contratos de locação, litígios familiares e sucessórios. Espionagem industrial é um campo minado e desconhecido para mim.

– Não se preocupe com nada, nós lhe forneceremos toda a estrutura que desejar. Certamente precisaremos de uma proposta formal de honorários, mas no presente momento precisamos ter certeza de que o senhor está conosco.

Mario, que até então permanecera praticamente calado, disparou abertamente:

– Por favor, aceite!

Eu deveria ter pedido um prazo para reflexão, mas o impulso foi mais forte:

– OK, aceito o desafio!

– E por onde começamos, Dr. Thomas? – perguntou Alberto?

– Bem, se existe uma possibilidade, mesmo remota, deste tal Rebe Menahem ter recebido do seu pai alguma informação sigilosa sobre o assunto, é com ele que eu quero conversar.

– Ótimo! – esbravejou Rubens. – É o melhor caminho.

Não sabia se era ou não o melhor caminho, mas seria o único possível naquele momento. Pedi três dias de prazo para iniciar minha viagem, já que não tinha como largar meu escritório e seguir para Nova York de uma hora para outra. Na verdade, por uma boa causa até seria possível, mas eu também não poderia parecer um desocupado diante de meus novos clientes. Meu maior desafio profissional até aquele momento era conseguir um acordo entre os dois filhos de Dona Fani e sua fábrica de guarda-chuvas no Tatuapé. Mas isso teria de esperar.

O prazo de três dias também era necessário para eu pensar numa proposta de honorários para os filhos do Sr. Stein. Quanto eu poderia pedir? Não tinha a menor noção. Sandra e eu varamos a noite acordados, excitados com aquela inusitada contratação. Resolvemos arriscar, e minha proposta foi formatada segundo uma composição de necessidades pessoais que jamais seria conhecida pelos meus novos clientes: somei o total da minha dívida no Banco República, o valor de um carro novo, considerando o nosso usado como troca, e uma pequena sobra para uma reforma no quarto das crianças. Pró-labore de 20%, e 80% ao final, se o resultado fosse obtido. Todas as despesas por conta dos clientes.

No final da tarde do dia seguinte passei a mensagem para o e-mail do Barreto, conforme havia sido combinado. O relógio do computador marcava 18h30. Foi o tempo de usar o toalete, vestir o paletó, voltar para minha sala para desligar o computador e já havia uma mensagem de retorno do Barreto:

"Prezado Dr. Thomas, honorários aceitos".

O relógio do computador marcava 18h38. Eu estava contratado, só não conseguia entender como foi tão rápido. Em oito minutos, fechara os maiores honorários profissionais da minha carreira até aquele momento, e dificilmente outros existiriam naquele montante. Em oito minutos, Barreto conseguira ler minha proposta e consultar os três filhos em tempo tão exíguo? Ou teria resolvido sozinho?

Preferi não me preocupar com isso, gravei a confirmação na minha caixa de mensagens e retornei para minha casa porque era novamente dia do plantão de 24 horas de minha mulher. Mas, se eu conseguisse realmente desvendar este mistério, quem sabe não fosse uma de suas últimas jornadas noturnas?

Na terça-feira de tarde, deixei algumas orientações para Daisy e meu estagiário. Seriam apenas dois dias fora do escritório e não havia perspectivas de que algo inesperado pudesse acontecer. Segui correndo para casa para me trocar, terminar de fechar a mala e seguir para a primeira etapa de meu novo trabalho. O táxi tardou a chegar e eu já me preocupava com o horário, considerando as complicações do trânsito na hora do *rush*. Não podia sequer cogitar em perder o voo. Passei no meu pequeno escritório do apartamento para buscar minha pasta de trabalho e encontrei o livro dos Salmos do Rei David onde eu o deixara na última vez, o que me trouxe vivamente a lembrança do Sr. Benjamin Stein. Eu jamais tivera a coragem de lhe pedir algum trabalho – embora intimamente almejasse por uma oferta que receberia de bom grado. E agora que ele faleceu, estava sendo contratado exatamente para resolver um assunto deixado por ele.

Peguei os Salmos para uma nova folheada e me deparei na primeira página com a dedicatória que recebi de próprio punho do Sr. Benjamin Stein, e que jamais havia conseguido decifrar: *Mors Omnia Solvit*. O que afinal o Sr. Benjamin Stein queria dizer com isso?

Resolvi colocar o livro dos Salmos do Rei David em minha mala. Era o momento de iniciar meu trabalho em Nova York em uma viagem na qual eu não tinha a menor ideia do que iria encontrar.

7

Estar em Nova York, mesmo a trabalho, é sempre agradável. Eu estivera lá apenas duas vezes. A primeira, somente aos vinte e três anos, como presente de formatura de meus pais no término do curso de Direito. Quando me formei, eu já trabalhava como estagiário em um escritório de advocacia e havia acabado de ser aprovado no exame da Ordem dos Advogados do Brasil, tendo sido promovido para o cargo de advogado júnior. Meu chefe me sugeriu tirar férias antes de começar a atuar efetivamente como advogado e foi uma oportunidade realmente imperdível. Além do mais, era sempre gostoso praticar o inglês, língua que eu dominava após um intercâmbio no Canadá, durante o segundo ano colegial.

Viajei com um primo que se formou em Arquitetura e meus tios lhe deram o mesmo presente, exatamente para estarmos juntos. Fizemos tudo o que turistas de primeira viagem precisam fazer em Nova York. Um *city tour* no famoso ônibus vermelho de dois andares, a barca até a Estátua da Liberdade, cachorro-quente na Quinta Avenida. Ficamos maravilhados com as luzes noturnas de Time Square e o agito da Broadway. Jamais esquecerei *O Fantasma da Ópera*, que assistimos em um teatro impecável em sua conservação.

O quesito compras foi mais comedido, mas mesmo assim separei um valor razoável para alguns presentes especiais para Sandra, que já era minha namorada. Na volta da viagem, ficamos noivos, e um ano depois nos casamos. A ideia era uma viagem internacional, mas o orçamento de nossos pais não permitia tanto luxo, além do casamento, e decidimos então seguir para o Nordeste, que acabou se revelando uma ótima opção. Mas quando completamos o primeiro ano de casamento, a comemoração foi em Nova York, o que conseguimos com esforço de ambos nas economias, que passavam a ser comuns. Minha esposa já trabalhava como médica registrada e o hospital garantia uma retirada mensal fixa que era suficiente, considerando os gastos de um casal naquela época ainda sem filhos.

Devo muito a esta segunda viagem a Nova York, porque foi lá que decidimos que eu deveria correr o risco de abrir meu próprio escritório, uma decisão que, apesar das dificuldades financeiras cotidianas, eu e Sandra julgamos acertada. Tenho meu próprio negócio e, com o escritório aberto, sempre pode surgir um grande cliente. E não era justamente isso o que me trazia agora para Nova York?

O voo 950 da American Airlines aterrissou no aeroporto JFK logo após as seis horas da manhã. Uma noite bem dormida na primeira classe torna qualquer viagem extremamente agradável. Apenas na minha ida para Buenos Aires eu viajara na classe executiva, já que a volta fiz pela econômica, cedendo meu lugar ao Sr. Stein. Mas dessa vez o voo era de nove horas e pude verificar como os ricos vivem bem! Em vez do jantar sofrido em poltronas apertadas, servido por comissários emburrados, em pratos e talheres de plástico, a classe executiva me permitia todo o espaço necessário, talheres de prata, opção de menu, um bom vinho e um cinema privativo na minha poltrona, para relaxar. Além de comissárias sorridentes!

Carmem era realmente muito prestativa e já tinha organizado tudo. Ao sair do aeroporto, havia um motorista me aguardando com uma placa com meu nome anotado. Fez questão de carregar minha bagagem, mesmo sendo muito pouca, o suficiente para uma estada de dois dias. O motorista me levou para Manhattan e, apesar do trânsito engarrafado da cidade, foi um percurso maravilhoso. Quem diria que eu estaria novamente em Nova York, agora como um advogado contratado para resolver uma complexa questão de espionagem industrial?

A minha reserva foi feita no Hotel Waldorf Astoria, extremamente bem localizado na Park Avenue, o que dispensa comentários. A única vez que tive contato com este hotel foi em um filme de televisão, no qual Eddie Murphy era um príncipe africano à procura de uma mulher para casar. Mas estar lá pessoalmente jamais havia passado pela minha cabeça.

O Waldorf Astoria é um marco da *art déco* em Nova York. Já hospedou as maiores personalidades políticas e artísticas, desde sua inauguração no ano de 1931. O hotel oferece três restaurantes e um *lounge*, onde são servidos os mais variados pratos internacionais. As opções para jantar incluem o famoso Bull and Bear, a *brasserie* Oscar's e um novo restaurante japonês denominado Inagiku. Os hóspedes podem relaxar no Cocktail Terrace, no chá da tarde, com música tocada em um piano Steinway que pertenceu a ninguém menos que Cole Porter. O hotel possui uma área de ginástica para os hóspedes, com *personal trainers* e massagistas, e os funcionários dominam, ao todo, cinquenta diferentes idiomas, buscando dar o melhor conforto possível aos hóspedes. Este foi o breve relatório que ouvi do mensageiro que levava minhas malas da recepção do hotel até o meu quarto.

Embora tudo fosse maravilhoso, minha curta estada certamente não me permitiria aproveitar o que aquele hotel poderia oferecer. O apartamento, reservado pelo Grupo Stein, como não poderia deixar de ser, acompanhava o requinte do hotel. Pé-direito alto, banheiro de mármore, produtos de banho de grife, jogos de cama macios.

Logo eu ligaria para Sandra, avisando que havia chegado bem. Levara meu celular e tinha tomado o cuidado de habilitá-lo para uso nos Estados Unidos, mas a tarifa era extremamente cara. Não havia ficado explícito na minha carta de honorários se meu reembolso de despesas cobriria o celular, e eu também não teria muito jeito de apresentar este item; então, combinei com minha esposa que os telefonemas seriam apenas no quarto do hotel, para ter certeza de que seriam incluídos na conta e reembolsados quando eu apresentasse a nota fiscal.

Arrumei minhas poucas coisas no armário do quarto, tomei um bom banho e vesti meu terno pronto para visitar o Sr. Menahem, ou Rebe Menahem, como era chamado por todos.

O motorista me aguardava na recepção do hotel e logo seguimos para o Brooklyn. Gostaria de ter apreciado melhor a paisagem, particularmente a enorme ponte de acesso ao Brooklyn, mas meus pensamentos estavam concentrados no verdadeiro objetivo de minha curta permanência naquela cidade. Tudo era tão misterioso que eu nem sequer sabia por onde deveria começar quando me encontrasse com Rebe Menahem.

Teria acertado em aceitar essa contratação? Não seria melhor dizer que minha vocação é atender pessoas como Dona Fani e sua fábrica de guarda-chuvas, em vez de me meter em briga de gente grande? Mas, se fosse assim, como eu iria crescer profissionalmente?

A paisagem de Manhattan, com seus imensos arranha-céus, lojas de grife grudadas umas nas outras, meninas descoladas em mais um dia de verão em shortinhos e blusas permitindo uma visão panorâmica do corpo feminino, vendedores de gravatas e relógios falsificados nas transversais da Quinta Avenida, tudo isso foi se alterando na medida em que penetrávamos no Brooklyn e mais propriamente no bairro judaico de Crown Heights. Em vez de arranha-céus, encontrei prédios baixos de três ou quatro andares, ou casas de dois pisos. Em vez de lojas de grifes com mostruários chamativos, havia estabelecimentos de roupas com vitrines sem preocupação de atrair o público. E a frequência feminina foi substituída por circunspectas senhoras de mangas compridas e saias até o chão. Cruzei com um grupo de meninas tão barulhentas como aquelas da Quinta Avenida, mas com trajes bem mais recatados, e com certeza o assunto conversado por elas não teria nada em comum com o das moças do outro lado da cidade.

O motorista parecia conhecer bem o caminho, apesar de estarmos tão distantes do centro de Manhattan. Seguimos pela Eastern Parkway até a altura da Brooklyn Avenue e cruzamos a Union Street, Presidente Street e Carrol Street até alcançar a Crown Street, onde convergimos à direita e seguimos por uma rua razoavelmente arborizada, onde reside Rebe Menahem.

Tendo em mãos o endereço, o motorista me apontou a casa de dois andares à nossa frente, me informando que aguardaria para me levar de volta a Manhattan. A casa tinha um pequeno jardim extremamente conservado. Toquei a campainha e uma voz de criança perguntou quem era. Eu me apresentei e logo a porta se abriu. À minha frente, vi um senhor com uma longa barba branca, terno escuro e duas crianças enroladas em suas pernas, certamente curiosas por saber quem seria este visitante:

– *Baruch Habá*, seja bem-vindo – me disse Rebe Menahem, abrindo um enorme sorriso.

Rebe Menahem devia ter certamente mais de oitenta anos, e a velhice registrava sua presença nos seus passos curtos e lentos. A casa, ao contrário de Rebe Menahem, não aparentava a sua idade. Muito bem conservada, tinha uma ampla sala com sofás bem cuidados e um piano no canto. Nas paredes, algumas fotos que supus serem da família do meu anfitrião. Rebe Menahem se apoiou no meu braço e me conduziu pela sala de jantar até a cozinha da residência.

O ano que cursei como estudante no Canadá me permitia uma agradável conversa em inglês, sem maiores dificuldades. Carmem havia disponibilizado um tradutor e ficou surpresa quando informei que isso seria desnecessário. Assim que chegamos à cozinha da residência, me deparei com uma mesa de café posta com dois lugares, e sobre ela uma enorme variedade de pães, queijos e frutas:

– Chá ou café? – me perguntou.

– Rebe Menahem, não quero lhe dar trabalho.

– De jeito algum, sinta-se em casa. Você já tomou seu café da manhã hoje?

Na verdade, eu havia tomado café da manhã apenas no avião e, quando cheguei ao hotel, já estava tão envolvido com os dilemas que me foram confiados pela Família Stein que não tive cabeça para isso.

– Bem, tomei apenas no avião, mas...

Sorrindo Rebe Menahem disse:

– Então, se comporte e seja uma visita educada. Sirva-se, antes que esfrie.

Achei que o chá faria dupla melhor com os pães e queijos colocados à mesa e acabei montando um belo prato. Rebe Menahem também se serviu de chá, mas acompanhado de alguns pedaços de mamão já cortados e morangos:

– Rebe Menahem, tenho uma enorme satisfação em conhecê-lo, apenas lamento que seja por força de circunstâncias tristes.

Rebe Menahem conseguia transmitir carinho pelos olhos, se é que isso seja possível.

– Dr. Thomas, temos que aceitar os desígnios de Deus. Meu querido e fraternal amigo Benjamin foi um homem abençoado pelo Criador. Teve uma vida longa, formou família, teve três filhos maravilhosos que lhe deram vários netos e amealhou um patrimônio inigualável. Quantos homens conseguiram fazer o que ele fez?

– Realmente, não conheço muitos. Para ser sincero, dentro de meu relacionamento pessoal, não conheci ninguém como o Sr. Stein.

– Acredite, não existiram muitos como ele.

– O senhor o conhecia há muito tempo?

– Dividimos a mesma cama em Auschwitz-Birkenau, se é que se pode chamar de cama um pedaço de madeira seca. Eu o conheci lá. Minha família era de um vilarejo próximo da cidade de Cracóvia, na Polônia, e quando os nazistas chegaram, nem todos tiveram tempo de fugir. Acabamos deportados para Auschwitz-Birkenau e fui colocado em um galpão. Foi assim que, daquela fábrica de horrores, nasceu uma enorme amizade. Quando fomos libertados, estávamos juntos. Benjamin me contou que iria para o Brasil. De minha parte, eu tinha uma irmã mais velha que também havia sobrevivido e seguiria para os Estados Unidos. Por este motivo, acabamos nos separando. Por meio da agência judaica de apoio aos refugiados da guerra, Benjamin conseguiu me encontrar dez anos depois. Imagine só, dez anos depois e ele ainda me procurava! Era um homem persistente. Nem preciso dizer que já era um próspero comerciante quando nos reencontramos, certamente nada comparado ao que ainda viria a ser com o passar dos anos. Você não pode imaginar a alegria que tivemos quando nos vimos de novo.

– Posso imaginar – disse, tentando refletir a beleza daquele relacionamento fraternal.

– A partir de então nossa amizade se consolidou.

– Quem diria que, mesmo em condições tão adversas e desesperadoras como essas, seria possível construir uma amizade tão forte e tão sólida?

Rebe Menahem acariciava suas longas barbas brancas. Fez uma breve pausa para os morangos e prosseguiu:

– Há coisas que a razão não consegue explicar. Acredite, ter vivenciado o Holocausto não diminuiu minha fé em Deus. O fato de não conseguirmos entender como o Holocausto possa ter ocorrido em um mundo que já era civilizado, ou pensávamos que era, não significa que não exista uma explicação para tudo o que ocorreu. Não devemos culpar Deus por isto ou por aquilo. Somos a criatura e nem sempre conseguimos entender os desígnios do Criador. Realmente, não havia como explicar tudo aquilo do ponto de vista do ser humano. E sabe o que fiz? Em vez de esbravejar contra Deus e me revoltar por tudo o que havia acontecido, me voltei para religião. Ingressei em uma *yeshivá*, um seminário rabínico, porque achei que apenas lá eu poderia encontrar as respostas. E sabe o que aprendi? Deus tem as respostas certas para tudo, resta saber se nós sabemos formular as perguntas corretas.

– Imagino que não deve ter sido fácil esta passagem.

– Querido Dr. Thomas, e onde está escrito que a vida é fácil? Ao final, aqui estamos. Reconstruí minha vida nos Estados Unidos e cá estou eu no Brooklyn, casado, quatro filhos, vinte e um netos e oito bisnetos. Até agora!

– Oito bisnetos? Puxa, que maravilha! – registrei, impressionado pela alegria que aquele senhor conseguia transmitir.

– E não pense que Benjamin, por ter se tornado um próspero empresário, tenha se afastado da religião. É verdade que não seguiu a linha ortodoxa, mas abraçou o que chamamos de judaísmo conservador.

– Bem, ainda assim, certamente o Sr. Stein era mais observante do que eu. Melhor o senhor nem perguntar sobre minha religiosidade.

– Nem ousaria. Quem sou eu para julgar o outro? Deixamos isso para o Criador. Você já ouviu falar de Hillel?

– Lamento dizer que não.

– Hillel foi um de nossos maiores sábios, famoso pelos seus conhecimentos profundos e extrema bondade. Certa vez, um gentio se aproximou dele e disse o seguinte: "Me ensina todo o judaísmo enquanto eu conseguir ficar em um pé só e me converterei para sua religião". Hillel se virou para ele e apenas respondeu: "Ama o próximo como a ti mesmo. Todo o resto são apenas comentários". Pois assim devemos ser com nossos semelhantes, independentemente de sua religião. Ao menos do ponto de vista religioso, devemos tratar igualmente a todos, mesmo os desiguais.

– O que sei é que o Sr. Stein, mesmo sendo um judeu da linha conservadora, tinha muito conhecimento sobre judaísmo. Ao menos para mim, um ignorante completo, ele era um mestre!

– Em primeiro lugar, jamais se deprecie! E saiba que nunca é tarde para começar...

Com um sorriso, respondi:

– Agradeço sinceramente suas palavras Rebe Menahem, mas acho que sou um caso perdido. Especialmente agora que não tenho o Sr. Stein. Ele se tornou uma espécie de professor informal para mim.

Sempre que conversávamos, pessoalmente ou por e-mail, ele me transmitia muito conhecimento de nossa religião.

– Tenho certeza que sim. Benjamin era uma pessoa única, uma capacidade de absorção de informações que vi raras vezes em minha vida. Bastava lhe explicar uma parte e ele tinha a percepção do todo. Era uma pessoa iluminada. Uma mente brilhante. Eu sempre lhe dizia que no dia que resolvesse se aposentar do trabalho, embora o trabalho fosse sua vida, eu o contrataria como rabino para a minha sinagoga.

– O Sr. Stein sempre me dizia da profundidade dos livros judaicos. Mencionou vários, muitos provavelmente estão nesta sala. Falava da própria *Torá, Talmud, Guemará,* coisas que me recordo. Aliás, me revirando na cama ontem até conseguir dormir, me lembrei de nossas últimas conversas, quando ele me mencionou os Salmos do Rei David com o qual acabei presenteado pelo seu testamento. Ele me dizia que para entender o judaísmo devíamos estudar os livros sagrados, mas, para entender o mistério da vida, era necessário ler os Salmos.

Rebe Menahem quis saber um pouco da minha vida familiar, o que lhe contei com imensa satisfação, dando uma ênfase particular às estripulias de meus dois filhos. Quem já tem netos e bisnetos como ele deve estar acostumado com histórias deste tipo. Seguimos falando de amenidades e não senti as horas passarem. Rebe Menahem devia ser certamente um grande orador, porque sabia dar o tom da conversa, contar histórias antigas, relatar fatos pitorescos da vida em família. Pudera! Com o número de filhos, netos e bisnetos, ele tinha material suficiente para escrever não um, mas vários livros. Mas o que me atraía a atenção não era apenas o conteúdo, mas a forma envolvente como ele construía seus relatos. Por fim, ele mesmo acabou tomando a iniciativa e abordou o tema que me trouxe até sua casa.

– Como você já deve ter sido informado pelos filhos, Benjamin descobriu que tinha câncer há pouco mais de dois anos. Ele adorava a vida e, apesar do trauma da notícia, não esmoreceu. Sei que se consultou com os maiores especialistas no Brasil e não perdeu tempo em iniciar o tratamento. Ele queria viver, acredite! Todavia, pela idade avançada, as perspectivas eram limitadas. Com ou sem a doença, a idade por si só é um peso – apontou para sua própria coluna. – Precisamos aceitar a idade e saber tirar dela o melhor que pudermos. Benjamin era pragmático e sabia o que o esperava, mas me dizia que a doença não estava tão avançada e que o tratamento poderia lhe dar uma sobrevida de mais dez anos – Rebe Menahem abriu um sorriso de satisfação. – Isso sim era a cara do meu amigo Benjamin. Já com 80 anos de idade, tendo recém-descoberto um câncer e fazia planos para os próximos dez anos. Sabe o que é isso, Dr. Thomas?

Estava tão impressionado com a retórica daquele senhor de longas barbas brancas que não me atrevi a interrompê-lo.

– Isso é simplesmente fé – ele arrematou.

Rebe Menahem se levantou para pegar mais água quente para o chá de ervas de maçã que realmente estava delicioso. Aproveitei para um breve comentário.

– Mas nem tudo correu nos prazos imaginados pelo Sr. Stein. Pelo que ouvi dos filhos dele, a doença avançou de forma muito rápida.

Rebe Menahem fez uma breve pausa e sua feição mudou:

– Alguma coisa inusitada aconteceu, Dr. Thomas. Nosso último encontro ocorreu quatro meses antes do seu falecimento. Benjamin aproveitou uma viagem de negócios em Nova York e veio me visitar. Estava visivelmente abatido, mas não era a doença que o estava vencendo.

– Como assim?

– O senhor foi informado do projeto de Benjamin sobre alimentos?

– Com certeza sim.

– Pois bem. Em nosso último encontro, ele me disse que o maior projeto de sua vida estava custando a sua própria vida.

– Ele disse isso? – perguntei um pouco confuso.

– Assim como estou lhe dizendo.

– Então, parece que Rubens tinha razão.

– O filho Rubens?

– Sim, por duas vezes Rubens insinuou a possibilidade de Benjamin não ter sido vencido pela doença.

– Então, o que aconteceu?

– Teria sido assassinado.

Meu anfitrião ficou totalmente transtornado e procurei contornar a forma indelicada como eu abordara este assunto.

– Desculpe, Rebe Menahem. Eu deveria ter sido mais cuidadoso na escolha das palavras com o senhor. Me perdoe pela indelicadeza na abordagem do assunto.

Rebe Menahem buscou se recompor, mas o incômodo era visível. Pediu minha ajuda para se levantar e nos dirigimos para sala, onde voltamos a nos sentar em duas confortáveis poltronas. Rebe Menahem ainda estava pensativo:

– O senhor está afirmando que ele foi assassinado ou se trata apenas de uma possibilidade?

– Diríamos que é uma forte suposição – respondi. – Benjamin Stein vinha incomodando grupos concorrentes poderosos do ramo alimentício, que estavam tentando comprar seu projeto. Benjamin se recusava a negociar e foi abordado várias vezes por interlocutores que tentavam convencê-lo, sem sucesso. Um grupo holandês chamado Karmo foi particularmente insistente, ao que parece até inconveniente, e seu interlocutor não aceitava uma negativa como resposta. Não estou acusando ninguém, mas é uma hipótese que não podemos descartar.

– Dr. Thomas, eu conhecia mais do que qualquer pessoa o íntimo do Benjamin. Quando sua esposa Clara, de abençoada memória, ainda era viva, ela me dizia que, mesmo estando casada com ele há mais de quarenta anos, não conhecia o marido tão bem como eu. Portanto, vou ser honesto e direto com você. Benjamin era um homem de sucesso, um empreendedor que formou um patrimônio do qual talvez nem seus filhos conheçam a dimensão. Atuava em várias frentes empreendedoras ao mesmo tempo. Era um empresário voraz, que sabia o que queria e como conseguir fazê-lo. Tenha certeza disso! O senhor acha que Benjamin nunca incomodou ninguém? Que nunca foi ameaçado de maneira direta ou velada? Em várias oportunidades, ouvi da boca dele histórias sobre ameaças contra a sua pessoa, jamais concretizadas. E nem por isso sua face havia mudado. Mas daquela vez a história era diferente. Havia algo a mais que estava fazendo Benjamin sucumbir.

Achei que seria oportuno mencionar o que me fora relatado sobre espionagem industrial e a quase certeza que os filhos do Sr. Stein tinham de que haveria um espião infiltrado na empresa. Rebe Menahem ouviu atentamente e me perguntou:

– A suspeita do espião permanece?

– Permanece.

– E os filhos do Sr. Stein têm intenção de prosseguir com o projeto ou, com a perda do pai, preferirão negociá-lo?

– Em momento algum eu ouvi de qualquer pessoa do Grupo Stein a menor disposição para venda.

– E se o espião realmente existir...

– Ainda está entre eles – concluí.

Alisando a barba, Rebe Menahem foi taxativo:

– Se é assim, esse eventual espião pode tentar matar de novo, enquanto o objetivo para o qual foi contratado não seja alcançado.

Fiquei perplexo. Era um raciocínio que nenhum de nós havia formulado em reuniões anteriores e em poucos minutos Rebe Menahem ligava um botão de alerta.

– Agora, acho que sou eu que lhe devo desculpas, Dr. Thomas. Não tive a intenção de preocupá-lo.

– Não se incomode, o alerta é bem-vindo. E talvez eu deva avisar os filhos do Sr. Stein dessa possibilidade.

– Não apenas eles – arrematou.

– Quem mais poderia estar sob perigo, Rebe Menahem?

– Jamais menospreze o inimigo. Não sabemos quais métodos ele poderá adotar daqui para frente ao verificar que a falta do Sr. Stein não alterou a disposição da família de não negociar. Ainda mais quando esta pessoa desconfiar que pode ser descoberta antes de alcançar seu objetivo. Portanto, qualquer pessoa que estiver envolvida no assunto tem um risco potencial. E, sinto lhe dizer, isso talvez inclua o senhor.

Tive um princípio de tontura e deixei o bloco de anotações que estava em minhas mãos simplesmente cair no tapete da sala. Minha reação foi péssima e fui tomado de um pavor repentino.

– Rebe Menahem, me desculpe novamente. Mas em momento algum cogitei que minha vida estaria em risco.

– Dr. Thomas, vamos ter calma. Estamos trabalhando apenas com suposições.

– Saber que existe uma possibilidade, mesmo que remota, de alguém pensar em me incluir em uma lista de pessoas que podem ser eliminadas já é incômodo suficiente.

– Bem, não vamos trabalhar no campo teórico do que pode ou não pode acontecer. Precisamos de mais dados. O que mais temos de informação sobre essa espionagem industrial?

Retirei de minha maleta a pasta com o n. 16 e os dizeres "ESPIONAGEM INDUSTRIAL – DOCUMENTOS SIGILOSOS", que me fora entregue no dia em que eu havia sido contratado. No verso, indiquei para Rebe Menahem o seu nome que fora inserido pelo próprio Sr. Stein.

– A pasta está vazia. O senhor não trouxe nenhum documento?

Transmiti a ele a história que ouvira dos próprios filhos do Sr. Stein. Rebe Menahem fez uma nova pausa.

– Como posso ajudá-lo, sem nenhum documento?

– Seu nome foi escrito na pasta pelo próprio Sr. Stein.

– Mas isso não quer dizer muita coisa.

– Por isso que vim pessoalmente conhecê-lo. Como a pasta estava vazia, achei que o senhor poderia ser o depositário dos documentos que deveriam estar guardados dentro dela. Partindo da premissa que o Sr. Stein vinha sendo espionado, achei que a pasta era a dica para dizer onde os documentos estavam guardados. E nada melhor do que deixá-

–los seguros bem longe do Brasil, com um amigo de sua mais absoluta confiança.

– Receio que tenha perdido a viagem, porque Benjamin não deixou nenhum documento comigo.

– Nada? – perguntei espantado.

– Acho que estou desapontando o senhor, mas é a única resposta que tenho.

– Quem sabe alguma informação lhe foi transmitida em uma de suas conversas pessoais com o Sr. Stein?

– Neste momento não consigo me recordar de nada. Se fosse algo tão importante, eu certamente não esqueceria.

– Posso lhe pedir para fazer um esforço de memória?

– Pode estar certo de que eu tenho o maior interesse em ajudá-lo. Farei isso em honra da alma de meu amigo Benjamin. Mas, neste exato momento, nada me ocorre.

– Seja como for, meu voo de volta ao Brasil será apenas amanhã. Talvez eu devesse deixá-lo refletir e voltaremos a conversar.

– Que seja assim! Terei prazer em recebê-lo novamente amanhã em minha residência, mas dessa vez venha para almoçar.

– Não desejo incomodá-lo.

– De forma alguma, será um prazer ajudar. Mas, me diga, o que você fará hoje no resto do dia?

– Vou voltar ao hotel e buscar nas minhas anotações alguma informação que possa ser relevante e quem sabe amanhã consigamos juntos achar uma luz no fim do túnel.

– Certamente. Mas se você passar o resto do dia só pensando nisso, seu raciocínio irá travar. É preciso se distrair um pouco, arejar a cabeça para permitir que ideias novas possam aparecer. Você não trouxe nada para ler?

– Na verdade, acabei saindo correndo de casa e não tive tempo. Tenho apenas um presente que recebi do próprio Sr. Stein e que trouxe comigo. Talvez sirva para alguma distração – retirei o livro dos Salmos do Rei David e mostrei ao Rebe Menahem, que demonstrou extrema curiosidade.

– Foi Benjamin quem lhe deu esse livro?

– Foi.

– Quando isso aconteceu? – Rebe Menahem parecia estar buscando construir um raciocínio.

– Eu o recebi após o seu falecimento.

– Como assim?

Contei ao Rebe Menahem todos os fatos ocorridos, o testamento cerrado, a forma como conheci os filhos do Sr. Stein, a figura intrigante do Dr. Barreto e minha ida ao Banco República para buscar os Salmos. Aproveitei para fazer menção à misteriosa escolha do n. 16 e sua eventual conexão com o cofre do Banco República, o túmulo onde foi enterrado e a pasta que nos fez chegar até o Rebe Menahem, que escutou tudo atentamente. Rebe Menahem folheou os Salmos e se deparou com a primeira página:

– A letra é de Benjamin. Você pode traduzir esta frase para o inglês? Meus conhecimentos em português são inexistentes.

– Não é português, Rebe Menahem. É latim.

– Latim? – perguntou Rebe Menahem intrigado. – E desde quando Benjamin falava latim?

– Não falava. Este é um brocardo latino famoso. *Mors Omnia Solvit*. A morte tudo resolve. Mas não faço ideia de como ele teve acesso a essa frase.

– E Benjamin escolheu esta frase para lhe presentear o livro dos Salmos?

– É fato – notei que Rebe Menahem estava absorto em seus próprios pensamentos. – No que o senhor está pensando?

– Como lhe disse, Benjamin estava muito diferente em nosso último encontro. Ele estava preocupado com alguma coisa. Não quis me revelar o que era, embora eu tenha insistido. Naquela tarde, quando chegou a minha casa, trazia consigo um pacote da Eichler´s, uma loja especializada em artigos judaicos. Eu ficava animado toda vez que Benjamin dedicava algum tempo ao estudo de temas judaicos e para a introspecção com o auxílio de nossos livros sagrados. Cada vez ele tinha menos tempo para isso, mas buscava não reduzir a carga de estudos.

– Disso eu sei bem – sorri. – Vivia tentando me convencer a ser um judeu mais observante.

– E conseguiu, Dr. Thomas?

– Bem, acho que não fui o melhor exemplo de aluno dedicado.

– Não vamos perder as esperanças com o senhor – me disse sorrindo. – Mas não deixa de ser uma curiosa coincidência, porque ele trazia consigo um livro de salmos exatamente igual a este. Disse que pretendia presenteá-lo a um amigo muito querido, que iria ajudá-lo. É bem provável que seja este o livro e que o senhor seja o amigo.

– Mas ele queria minha ajuda? Sabe para quê?

– Essa é uma questão que apenas o senhor poderá responder. Mas acho que já temos informações demais para pensar, não é?

– Sem dúvida. Já está na hora de eu deixá-lo descansar. E com prazer voltarei para visitá-lo novamente amanhã.

Rebe Menahem me deu um abraço afetuoso e me acompanhou até a porta de sua residência. Entrei no automóvel que me aguardava e retornei para o burburinho de Manhattan.

A conversa fora extremamente densa. Entrei na sua residência na posição de advogado e de lá saí na posição de integrante de uma possível lista negra marcada para a morte.

Resolvi seguir o conselho de Rebe Menahem e aproveitar a tarde livre para me distrair um pouco em Nova York, tarefa que, reconheça-se, é cumprida sem muita dificuldade. Como o dinheiro que trouxe comigo para as despesas pessoais era reduzido, não pretendia dedicar muito tempo para compras. Mas não resisti a uma rápida passada na loja da Disney na Quinta Avenida onde, sem gastar muito, fiz a alegria do meu filho mais velho. Comprei alguns bonecos e um estojo de lápis de cor com mais de sessenta variáveis, o que certamente faria sucesso com ele. Para minha filha caçula, optei por uma passada na loja Claire's, na Lexington Avenue, e com um punhado de dólares comprei o que era possível em colares, pulseiras e outras bugigangas do universo feminino infantil. Saí de lá e cruzei a quadra até a Bloomingdale's, onde com um pouco de esforço em razão do orçamento de viagem consegui achar dois lindos vestidos em liquidação para minha esposa. Estávamos em contenção de despesas e ela me fez jurar que não gastaria nada com ela, mas li nos seus olhos que sua expectativa era de que eu quebrasse o juramento, o que confesso fiz com muito gosto.

Retornei ao hotel para deixar as poucas compras e desci a pé pela Rua 42 até a Broadway. A sensação de estar novamente naquele lugar mágico me fez lembrar tanto a minha primeira visita pós-formatura, como meu retorno com minha esposa para comemorar nosso primeiro aniversário de casamento. Era uma época em que ainda não tínhamos filhos, tampouco maiores preocupações financeiras. E lá estava eu novamente, quem diria, com o peso de solucionar um enorme mistério, mas que talvez me envolvesse mais do que profissionalmente.

Antes que maus pensamentos me incomodassem, cheguei ao Museu de Cera de Madame Tousseau localizado na Rua 42, entre a 7ª e 8ª Avenidas, e passei o resto da tarde visitando o local. O Sr. Stein sempre me comentava que havia um restaurante de carne *kosher* chamado Le Marais, que servia um *steak* imperdível. O *concierge* do hotel havia me dado o endereço correto, na Rua 46, bem próximo do Museu e não foi difícil encontrá-lo e aproveitar o horário do jantar para confirmar os elogios que meu finado amigo dedicara à casa.

Voltei a pé para o hotel e assim que cheguei liguei para minha esposa. Disse que tinha comprado presentes para as crianças e que, não resistindo, contrariei nosso acordo também comprando dois vestidos para ela o que, como eu já esperava, soou muito bem. Ela quis saber quais foram as minhas impressões de Rebe Menahem e lhe contei que a visita fora muito produtiva. Preferi omitir qualquer menção aos riscos que eu poderia eventualmente estar enfrentando.

Ela me contou que os honorários iniciais do pró-labore depositados pela Família Stein já haviam sido aplicados em uma conta separada da nossa, e aguardava para que tudo terminasse rapidamente para realizarmos os sonhos que havíamos construído em volta dessa contratação. Tudo o que eu queria era estar tão feliz como minha esposa, mas havia um incômodo que não queria me deixar em paz.

Já deitado na cama, retirei da maleta de trabalho as anotações que fizera com Rebe Menahem, juntamente com o *Livro dos Salmos do Rei David*. E me perguntava o que Benjamin Stein quis me dizer, se é que ele realmente quis me dizer alguma coisa. Folheei de forma rápida as páginas dos Salmos do Rei David, formado por 150 capítulos. *Mors Omnia Solvit*. A frase em latim me desafiava na primeira página, mas não havia o que pudesse me conectar a ela, a não ser a certeza de que aquele brocardo latino em nada deveria se referir a minha pessoa.

A morte, pelo menos a minha, nada resolveria, pensava eu, como que tentando me convencer de que eu não seria um alvo interessante ou necessário para quem quer que esteja por detrás disso. Olhando para os Salmos, como que buscando uma inspiração para uma resposta, folheava suas páginas para frente, para trás, sem nenhuma lógica. Minhas mãos dedilhavam as páginas dos Salmos e ora eu me via lendo o capítulo 10, depois 93, depois voltava para o 50, subia para o 72, caía para o 36 e assim por diante. Até que instintivamente me deparei com o Salmo 16. E o número 16 me fez voltar para o cofre do banco, o túmulo do Sr. Stein e a pasta vazia que me conduzira até Rebe Menahem.

8

Michtam de David. Protege-me, ó Eterno, porque em Ti busquei refúgio. A meu Deus proclamei: És meu Senhor e meu Benfeitor, e nada há para mim acima de Ti. Quanto aos puros e santos da terra, são as figuras ilustres com quem me comprazo. Padecerão porém severas penas aqueles que trocam sua confiança no Eterno por falsos deuses. Não participarei das libações com o sangue de suas oferendas, e seus nomes não serão pronunciados por meus lábios. O Eterno é a porção da minha herança e do meu cálice. É de minha sorte, o sustentáculo. Aprazíveis e amenos são os lugares a mim destinados, bela é a minha herança. Bendirei ao Eterno que me guia; e até de noite, me adverte o coração. Consciente estou sempre da presença do Eterno, estando Ele à minha direita, nada poderá me abalar. Por isto se alegra meu coração, se regozija minha alma, descansa seguro meu corpo, pois ao "Xeol" não abandonarás a minha alma, nem permitirás que com a corrupção eu me depare. Far-me-ás conhecer a vereda da vida; em Tua Presença a alegria se torna plena; à Tua Destra, as delícias são eternas.

A leitura do Salmo 16 não me trouxe nenhuma ajuda para esclarecer o quebra-cabeça que se formava, ainda longe de uma solução. Os Salmos continham uma redação rebuscada, com um profundo caráter religioso, e eu não tinha o menor conhecimento para ousar interpretá--los. Reli o texto algumas vezes e reconheci minha ignorância no tema. Deixei o marcador do livro no Salmo 16 e busquei dormir, na expectativa de levar a leitura ao Rebe Menahem e verificar se ele conseguiria decifrar o enigma. Apesar do cansaço acumulado durante o dia, o sono parecia não ter pressa em chegar.

Eu me revirava na cama e acompanhava no relógio digital as horas passando. A possibilidade de existir um espião infiltrado no Grupo Stein com vocação para matar, ainda que fosse uma mera suposição, era suficiente para me deixar acordado. De um lado, a decisão de venda do projeto de bromatologia para os concorrentes independia da minha decisão. Seria uma decisão exclusiva dos filhos do Sr. Stein, portanto, eles deveriam ser os possíveis alvos. De outro lado, pode ser que o espião precisasse de um tempo maior para roubar todos os segredos industriais sem ser descoberto, e neste ponto eu passaria a ser um risco. Quanto mais me aproximasse da verdade, menor seria o tempo dele. E nesse caso meu nome poderia estar anotado para eliminação, talvez ainda antes de Alberto, Mario e Rubens.

Minha presença no Grupo Stein já fora notada pelos funcionários da empresa e, mesmo que tivéssemos mantido tudo reservadamente, minhas atividades já deveriam ter vazado aos colaboradores próximos da família. Na última vez que olhei, o relógio digital marcava 4h15 da manhã. O sono resolvera finalmente aparecer.

Fui despertado pelo meu celular por volta das 8h30 da manhã.
– Alô.
– Dr. Thomas?
– Sim, quem fala?
– Não me reconhece? É Dona Fani. Estou atrás do senhor desde ontem.

– D. Fani?

– O senhor já se esqueceu de mim?

– Com certeza, não. É que acabo de acordar.

– O senhor está muito chique, hein? Férias no meio da semana? Deve estar ganhando muito e não é à toa que esqueceu o meu assunto.

Pensei em explicar para ela os motivos da minha viagem, mas preferi não perder meu tempo. Estava envolvido com problemas bem mais sérios e a fábrica de guarda-chuvas não era uma urgência, ao menos para mim.

– Dr. Thomas, liguei ontem no seu escritório durante o dia todo e sua secretária me disse que o senhor não voltará até segunda-feira. Ela me disse que o senhor está em uma viagem profissional, mas honestamente não acreditei. Ainda mais viajando desde terça-feira e já aproveitando o final de semana para descansar. Não tenho nada contra o senhor descansar, mas tínhamos um prazo, o senhor tem um compromisso comigo, meus filhos estão brigando, o senhor prometeu resolver o problema e me deixou esperando, o senhor...

Era simplesmente impossível interrompê-la. Pensei em desligar o telefone e depois dizer que a linha do celular havia caído, mas achei que seria muito deselegante. Resolvi usar novamente o truque do "estou dirigindo, não posso falar", mas me lembrei a tempo que já havia dito a ela que eu acabara de acordar.

– D. Fani, acredite em mim, não estou de férias. Estou envolvido em um trabalho profissional e tive que fazer uma viagem que não estava programada. Aqui de Nova York não terei como resolver seu assunto, mas assim que eu voltar para São Paulo...

– Nova York? O senhor está passeando em Nova York?

– Eu estou trabalhando em Nova York

– Essa é muito boa. Meus filhos não se entendem e meu advogado está passeando em Nova York.

– D. Fani, não se preocupe. Não esqueci seu assunto. E assim que retornar eu lhe prometo que finalizarei o texto.

– O senhor já prometeu isso antes e agora está passeando em Nova York.

– Trabalhando, D. Fani, trabalhando.

– Pois bem, o que posso fazer? Só resta me conformar. Mas saiba que a cada dia que passa meus filhos se desentendem ainda mais.

– D. Fani, mesmo que eu estivesse em São Paulo e conseguisse terminar o acordo, não sei se seus filhos aceitariam os termos que pretendo inserir. Não posso assumir essa responsabilidade. Se eles não tiverem disposição de negociar, as dificuldades continuarão.

– Dr. Thomas, o senhor não entende. Não há alternativa, eles têm que se entender antes que as desconfianças aumentem e com o senhor fazendo seja lá o que for em Nova York, estamos perdendo tempo. Lembre-se – e repetindo o bordão que ela adorava dizer quando dava ênfase ao problema – *as oportunidades são como o nascer do sol; se esperar demais, vai perdê-las. É o fim.*

Já acostumado com o tom dramático que D. Fani dava aos seus problemas, filtrei a sua pressão, mas assumi o compromisso de retomar o assunto quando voltasse para São Paulo, e assim consegui finalmente desligar o celular.

Apesar de ter dormido pouco mais de quatro horas, não consegui pegar novamente no sono. O convite era para almoçar e, portanto, eu ainda teria a manhã de quinta-feira razoavelmente livre. Não havia mais o que reler nas minhas anotações e eu não me encontrava disposto para compras, não depois das últimas possibilidades surgidas em minha conversa com Rebe Menahem. Tomei um banho, me troquei e desci para comer alguma coisa. Não que eu tivesse ânimo, mas precisava tomar um bom remédio para dor de cabeça, uma presença certa que não tardou a aparecer como resultado de uma somatória da pressão dos acontecimentos e uma noite mal dormida. Sem falar na D. Fani, coitada!

Mas eu reconhecia que ela não tinha nada a ver com o assunto. Desci ao salão do hotel, solicitei uma mesa e me deliciei com o *breakfast* tipicamente norte-americano, embora o cheiro de bacon frito não tenha me animado. Mas achei uma boa ideia me servir de um belo omelete acompanhado de torradas frescas com manteiga e uma boa xícara de chocolate frio. Escolhi uma compota de frutas e tomei uma dose dupla de comprimidos para dor de cabeça, agradecendo mentalmente por minha esposa ter feito minha bolsa de higiene pessoal e, como boa médica, colocado alguns remédios.

O motorista gentilmente providenciado por Carmem já estava no *lobby* do hotel, aguardando minha chegada. Logo que me viu, levantou-se, colocando-se à minha disposição:

– *Good morning*, Mr. Thomas. Como foi sua noite?

– Muito bem, obrigado – achei desnecessário dividir com o motorista minhas preocupações daquele momento.

– O senhor já tem a programação de hoje?

– Quanto tempo eu demoro para chegar ao Brooklyn?

– Bem, se o trânsito estiver como ontem, acho que podemos chegar lá em menos de quarenta minutos.

– E se eu for de metrô?

– De metrô? Por que o senhor iria de metrô, se estou aqui apenas para conduzi-lo aonde desejar. Fiz alguma coisa errada?

Antes que ele terminasse a frase com uma expressão preocupada, me adiantei:

– Você não fez nada, absolutamente nada! Apenas quero caminhar um pouco e não tenho pressa. Meu encontro é para o almoço e quero aproveitar para esticar as pernas. Não leve a mal, OK?

A princípio o motorista me olhou com uma cara desconfiada, mas acabou se convencendo de que o assunto não lhe dizia respeito e, desde que não houvesse nenhuma questão profissional, para ele era indiferente. Combinamos de ele me pegar por volta das 15h00, na residência de Rebe Menahem, de modo que eu tivesse tempo de voltar para o hotel e fechar a mala com as poucas coisas que trouxe, para voltar ao Brasil. Chegar na sexta-feira absolutamente descansado, depois de uma viagem de primeira classe, seria ótimo e, melhor de tudo, passaria o final de semana com minha esposa e filhos. Família Stein, só na próxima semana!

As dicas do motorista me conduziram pela Rua 57, na verdade uma grande avenida de mão dupla para automóveis com lojas que, tal qual na Quinta Avenida, eu jamais ousaria entrar, mas que davam uma visão panorâmica do consumismo de que certamente desfrutavam Alberto, Mario e Rubens, ou ao menos suas esposas em suas visitas a Nova York.

Desci até a Sexta Avenida e segui à esquerda até escolher uma pequena transversal que me levava diretamente à Times Square com suas lojas mais populares e acessíveis, e o burburinho idêntico ao da noite anterior. Conforme indicado, seria possível pegar o metrô na rota vermelha n. 3, a partir da Rua 42, e seguir dezessete estações até a parada Kingston em Crown Heights, onde desci. Ao subir ao nível da rua, novamente tive aquela sensação de ter entrado em outro mundo, onde não apenas as senhoras mudavam os trajes, mas também os homens me proporcionavam outra visão. Não havia ternos bem cortados em composição com gravatas italianas, cabelos na moda ou jovens rebeldes com cabelos pintados e *piercing*, como facilmente se via em Manhattan, mas pessoas com muita pressa, todas com cabelos curtos e barbas longas, com variáveis de ternos ou sobretudos pretos e chapéu, o que, apesar da minha distância da vida comunitária, sabia que apontava uma típica comunidade judaica ortodoxa.

Parei o primeiro senhor que consegui e pedi a indicação do caminho mais fácil para a Crown Street, o que ele me explicou rapidamente, sem interromper sua caminhada. Meu relógio marcava 11h40 e, pelas dicas recebidas, a caminhada não demoraria mais do que dez minutos, ou seja, chegaria à casa do meu anfitrião antes do almoço e sem nenhum atraso. Assim, desci calmamente pela Kingston Street e segui adiante.

Não pude deixar de notar o comércio que se encontrava instalado no local, completamente diferente das suntuosas lojas da Quinta

Avenida, em Manhattan. Ainda antes da Presidente Street, localizei uma *bagel store*, o que para mim era algo inusitado, já que esse típico pão judaico servido preferencialmente com *cream cheese* e salmão defumado eu apenas encontrava na casa de meus falecidos avós. Resisti à tentação de parar para comer um *bagel*, o que seria um desrespeito imperdoável para com o meu anfitrião.

Segui adiante, cruzando a Presidente Street e a Carroll Street e me deparei, à minha direita, com uma loja de chapéus italianos *Borsalino*. Imagine quando eu poderia encontrar, fosse em Manhattan ou em São Paulo, uma loja dedicada exclusivamente ao comércio de chapéus! Não que isso nunca tenha existido, porque me recordo bem de meu pai comentando sobre esse gênero de lojas, próximas das Avenidas São João e Ipiranga. Mas foi antes da década de 50 do século passado! Uma loja de chapéus nos dias de hoje? Quem diria! Alcancei a Crown Street, onde segui à direita até o endereço indicado.

Assim que toquei a campainha, Rebe Menahem abriu a porta e me saudou com aquele sorriso que ficara registrado em minha memória. Quando entrei em sua residência, no entanto, em vez do silêncio do dia anterior, predominava o vaivém de crianças de todas as idades, correndo para cima e para baixo. Era simplesmente impossível contá-las. Quando vi a décima primeira criança passando por mim, desisti.

Na sala, havia cinco senhores sentados que não tardaram a se levantar para me cumprimentar. De dois deles, as feições facilmente acusavam serem filhos de Rebe Menahem.

– Vamos lá, vamos lá, Dr. Thomas. *Baruch Habá*, seja novamente bem-vindo à minha casa. Entre e venha conhecer parte da minha família. Este são meus filhos Shmuel e Moishe, e aqui estão meus genros Yossi, Berale e Nachman. E este – voltando-se para mim – é Dr. Thomas Lengik, vindo diretamente do Brasil. Ele era amigo de Benjamin Stein, que todos vocês conhecem e infelizmente faleceu. Veio me fazer uma visita de cortesia.

Notei que propositalmente Rebe Menahem não fizera menção do real propósito de minha viagem até o Brooklyn.

– Agradeço a acolhida. Não sabia que o senhor teria um evento de família. Poderia ter vindo mais cedo e não atrapalharia vocês.

Rebe Menahem me interrompeu:

– Atrapalhar, pelo amor de Deus, não diga uma coisa dessas. É um prazer receber um amigo. E o convite era para almoçar, como não?

Rebe Menahem me pediu que aguardasse na sala e trouxe sua esposa, filhas e noras, que estavam na cozinha terminando o preparo do almoço. A recepção foi calorosa e inesperada. Todos queriam conhecer o *ilustre* amigo de Benjamin Stein, uma pessoa vinda de tão longe.

Rebe Menahem pediu licença aos familiares e me levou ao seu escritório, localizado em uma pequena sala cuja porta ficava oposta à escada de acesso ao andar superior que, presumi, dava acesso aos aposentos particulares da casa. Apesar de se tratar de uma sala interna, portanto sem janelas, o ambiente era muito bem iluminado por um lustre central e um abajur sobre a mesa de trabalho. Era simplesmente impossível visualizar as paredes, inteiramente revestidas por prateleiras repletas de livros. Reconheci o idioma hebraico em vários deles, embora outros tivessem uma escrita que não pude definir. Havia coleções inteiras de livros, contei várias dezenas, e não chegara nem na metade de uma das quatro paredes. Havia também vários livros de diferentes tamanhos, dispostos de maneira desorganizada em cima da mesa e na lateral de apoio, certamente material de estudo de Rebe Menahem. A sala tinha uma pequena mesa de trabalho e uma cadeira com um anteparo para apoio de coluna, o que logo me fez lembrar da idade de meu anfitrião. Rebe Menahem me indicou uma cadeira menor encostada no canto da sala e pediu que eu sentasse:

– Desculpe pela bagunça, Dr. Thomas. Esta sala não é um local apropriado para receber visitas, mas é onde posso me dedicar aos estudos. Lembre-se – e abriu seu gentil sorriso –, não sou um advogado, apenas um rabino.

– Não diga isto, Rebe Menahem. Não pense que nós advogados sejamos mais organizados.

– Ah, mas com certeza vocês têm uma secretária que lhes ajuda a colocar as coisas em ordem.

– É verdade. O senhor nunca pensou em ter uma secretária?

Rebe Menahem sorriu:

– Vou pensar na sua sugestão!

Não consegui resistir à pergunta:

– Rebe Menahem, sem querer ofendê-lo, mas... o senhor já leu todos estes livros?

– A maior parte deles, sim. E acredite, muitos deles eu li e reli algumas vezes, porque a cada releitura achamos uma nova interpretação, um novo sentido. Outros livros ainda estão separados para estudo. E existem aqueles que se referem a temas específicos e apenas são pesquisados quando necessário.

– Notei que a maioria é de livros antigos. Ainda é possível utilizá-los nos dias de hoje?

– Não se engane, Dr. Thomas. O *Pirkê Avot*, conhecida como Ética dos Pais, ensina: "Não repares na vasilha, mas no seu conteúdo, pois há vasilhas novas cheias de vinho velho, e vasilhas velhas que não contêm sequer vinho novo". Não deixe se levar pela primeira impressão. Nesses livros sagrados, temos todos os ensinamentos necessários para os dias de hoje.

– Mas com certeza exigem uma interpretação para poderem ser aplicados, não é?

– Eis-me aqui! Este é o meu trabalho – e emendou. – Na verdade, não é bem assim. Não cabe a mim criar novas interpretações, quem sou eu? Se acreditamos que as leis são divinas, é porque elas devem ser aplicáveis em todas as épocas e para todas as necessidades do ser humano. Nossos grandes sábios, no mais das vezes com inspiração divina, deram a interpretação correta aos livros sagrados. À nossa geração rabínica cabe a difusão deste trabalho.

– E todos esses livros foram escritos na mesma época?

Rebe Menahem se deliciava com minha curiosidade:

– Moisés recebeu diretamente de Deus a *Torá*, a Lei Divina, que foi explicada em todos os seus detalhes pelo próprio Criador. Conforme nossa tradição, isso remonta há pouco mais de 3.300 anos. A *Torá* era constituída por duas partes. A primeira forma o Pentateuco, que na tradição judaica é composta apenas pelos cinco livros que o mundo ocidental chama Antigo Testamento. Nós a chamamos de *Torá Shebichtav*, a versão escrita. Mas Deus também entregou a Moisés a *Torá Shebealpe*, uma versão apenas oral, que continha explicações, interpretações e ensinamentos da *Torá* escrita. Moisés ensinou tudo sobre o livro sagrado e suas interpretações para seu discípulo Josué, e este o transmitiu para os Anciãos que, por sua vez, ensinavam aos demais. No século III da nossa era, Rabi Yehuda, o Príncipe, se deu conta de que não havia mais segurança para a transmissão verbal da Lei Oral e partiu dele a determinação de que todas as leis fossem reunidas e escritas, no que se constitui a *Mishná*. A ideia era não apenas facilitar o estudo, mas especialmente garantir que nada fosse esquecido. A própria *Mishná* foi elaborada com base em obras anteriores de grandes mestres, como Rabi Akiva, Rabi Natan e Rabi Meir, entre outros. As gerações posteriores de grandes sábios que sucederam Rabi Yehuda elaboraram várias discussões da *Mishná*, e seus comentários e interpretações originaram a *Guemará*. E da composição destes dois trabalhos surgiu o *Talmud*.

– E esses rabinos que o senhor mencionou são os grandes sábios que escreveram tudo isso que está aqui?

– Uma parte sim, mas certamente não tudo o que você está vendo. Houve dezenas de grandes mestres e rabinos, cada qual ao seu tempo. Mas todos os ensinamentos continuam vivos nos dias de hoje – e apontando para alguns livros prosseguiu: – Rabi Shlomo Yitschaki, conhecido como Rashi, que viveu no século IX. E a ele se seguiu, no século X, o famoso Rabi Moshé Ben Maimon, conhecido mundialmente como Maimônides. Tivemos ainda Rabi Yossef Caro, no século XIII. Posso men–

cionar mais de vinte mestres que têm trabalhos de profunda dimensão religiosa e humana, e apenas uma parte ínfima encontra-se nesta sala. O material de estudo produzido por eles, acredite, é interminável.

– E esses livros que estão na sua mesa?

– Estou revendo alguns tratados escritos por Chafetz Chayim, um sábio que nasceu no ano de 1838, falecendo em 1933. Só ele escreveu mais de quarenta livros com o objetivo de difundir no mundo o conhecimento da *Torá*.

Tudo aquilo era um mundo completamente desconhecido para mim, mas havia um único livro que eu sabia o nome, mas não fora mencionado por Rebe Menahem:

– E os Salmos do Rei David, onde entram?

Rabi Menahem sorriu:

– Os Salmos do Rei David não fazem parte da lei judaica. Na verdade, saiba que não foi o Rei David que escreveu todos os Salmos. Há Salmos escritos desde Adão, o primeiro ser humano criado pelas mãos de Deus, passando pelo profeta Abraão e por Moisés. O Rei David, também por inspiração divina, escreveu muitos dos Salmos, mas não a totalidade da obra.

– Bem, falando em Salmos...

– Pelo seu olhar de cansaço, vejo que o senhor não ouviu integralmente minha sugestão de ontem.

– Em parte. Fui me distrair um pouco passeando em Manhattan, mas confesso que mal consegui dormir. Nossa conversa não saiu da minha cabeça.

– E o senhor teve algum avanço?

– Lamento lhe dizer que não, exceto por uma coisa. A única ideia que tive, já que todo o mistério parece começar no n. 16, foi abrir o capítulo 16 dos Salmos. Mas não consegui sair da estaca zero.

– Vejo que tivemos a mesma ideia, Dr. Thomas. Pois eu também me debrucei no capítulo 16 dos Salmos.

– E conseguiu alguma coisa? – perguntei ávido por um progresso.

121

– Acho que já temos por onde começar.

Com essa informação, meu cansaço repentinamente desapareceu:

– Então, por favor, me diga. Há alguma pista que nos leve a desvendar o que passava pela cabeça do Sr. Stein?

– Vamos com calma, meu bom amigo. Não tenho bola de cristal! E saiba que foi o senhor quem me deu a pista.

– Eu, como assim? – perguntei intrigado.

– Ontem, o senhor me contou que Benjamin sempre lhe dizia que para entender o judaísmo devemos estudar os livros sagrados, certo?

– Sim, ele me disse isso várias vezes.

– E falou a verdade! Mas depois disso o senhor disse algo que me chamou a atenção.

– O que seria?

– O senhor me falou dos Salmos.

– Dos Salmos?

– Lembra-se? Benjamin teria lhe dito que para entender os mistérios da vida...

– ...É preciso ler os Salmos! – completei.

– Exatamente! Só que *isso* não é verdade!

– Não?

– Os Salmos não foram escritos para desvendar os mistérios da vida. São cânticos de louvor ao Criador, o que é completamente diferente.

– Então, Benjamin se equivocou?

– Não acho que tenha se equivocado

Eu me ajeitei melhor na cadeira:

– Rebe Menahem, por favor, não estou conseguindo acompanhar.

– Acho que Benjamin estava lhe apontando o caminho.

– Para onde?

Rebe Menahem alisou sua longa barba banca, fez uma pausa reflexiva e prosseguiu:

– Para onde, por qual motivo... não sei. Ele abordou o assunto com você em seus últimos contatos e isso foi na mesma época em que me dizia que o maior projeto de sua vida estava tomando a sua vida. Alguma coisa estava acontecendo, alguma coisa Benjamin descobriu.

– Seria o espião infiltrado?

– É bem possível.

– E por que ele não foi diretamente ao assunto? Para que deixar esse mistério?

– É justamente o que ele deixou para o senhor descobrir.

– Para mim?

– E não foi o senhor que recebeu os Salmos de presente?

– Sim, mas vamos encontrar a resposta de uma espionagem industrial nos Salmos do Rei David?

– O senhor leu o capítulo 16 dos Salmos?

– Claro que sim. Mas não consegui deduzir nada.

– Parece que o cansaço o venceu ontem à noite, Dr. Thomas.

– Como assim?

– Sente-se mais próximo de mim e vamos relê-lo juntos.

Rebe Menahem me pediu para aproximar minha cadeira da sua e começou a dedilhar as frases dos Salmos.

– Rebe Menahem, não tenho a menor condição de ler em hebraico.

– E Benjamin sabia disso, não é?

– Estou certo de que sim.

– Por isso lhe deu os Salmos traduzidos. À direita temos a versão em *ivrit*, na língua hebraica. À esquerda, o texto está traduzido para o inglês em uma versão bastante fiel. Disto se preocupou Benjamin, porque existem várias traduções dos Salmos, nem todas exatas. Mas esta edição eu conheço bem. Benjamin queria ter certeza de que a tradução seria absolutamente fiel ao texto original. O que quer que Benjamin queria dizer, certamente escolheu este Salmo por achar que nos daria as respostas. Interpretando o que está escrito, teremos uma enorme possibilidade de desvendar a mensagem que ainda permanece oculta.

– Rebe Menahem, não sei se isso será fácil. Ontem à noite fiquei folheando os Salmos sem nenhum critério e todos eles, como o senhor bem disse, fazem louvores a Deus e à criação divina. Se formos nesse caminho, vamos precisar analisar os 150 capítulos dos Salmos.

– Em parte você não está errado. Mas todo Salmo deve ter algo que seja apenas dele, algo específico, algo a mais para estudar.

– E por acaso o Salmo 16 fala sobre espionagem industrial?

Rebe Menahem apreciava minha ansiedade:

– Não que eu tenha percebido, mas isso não precisa estar literalmente escrito para que tenha relação com o assunto.

– E se não estiver escrito, como vamos saber se o Salmo está realmente correto?

Rebe Menahem abriu seu sorriso. Como um velho e experimentado rabino, estava acostumado ao jogo de perguntas e respostas com seus alunos. Ele parecia instigar propositalmente a minha curiosidade e não se obrigava a ir rapidamente para a resposta:

– Vamos ler juntos, OK? Chegue um pouco mais perto.

Aproximei minha cadeira de Rebe Menahem e ele prosseguiu:

– Veja aqui um trecho interessante do Salmo 16, que me chamou a atenção:

> *Por isto se alegra meu coração, se regozija minha alma, descansa seguro meu corpo, pois ao "Xeol" não abandonarás a minha alma* – neste momento Rebe Menahem levantou o tom de voz – *nem permitirás que com a corrupção eu me depare.*

– Nossa, como não percebi isso antes. Este Salmo fala literalmente em corrupção! – exclamei. – Alguém corrompendo alguém, ou talvez alguém espionando o que não deveria... Rebe Menahem, estou impressionado. O Sr. Stein soube escolher o Salmo.

– Concordo com você, mas Benjamin não escolheu o Salmo 16 apenas por este trecho.

– O senhor tem mais alguma coisa para me revelar?

Rebe Menahem pegou o livro de Salmos e se dirigiu às suas últimas páginas. Lá constavam os Salmos numerados de 1 a 150 e ao lado de cada um deles uma relação ao que se referiam. Rebe Menahem prosseguiu:

– Acreditamos que os Salmos nos ajudam a conectar com o Criador. Pela leitura deles, reconhecemos nossa limitação e nossa imperfeição, e nos socorremos de Deus, que se revela como a única força que pode efetivamente nos ajudar. Existem vários costumes na leitura dos Salmos. Existem divisões onde os 150 capítulos são lidos a cada semana, outras em que os 150 capítulos são lidos no decorrer de trinta dias. Existem leituras de determinados Salmos para aniversários de nascimento ou falecimento, para o luto, outras apropriadas para diferentes ocasiões. Além de todas essas divisões, nossos sábios também indicaram para cada Salmo uma vocação específica.

– Uma vocação específica? Como assim?

– Em hebraico os Salmos do Rei David são chamados de *Tehilim*. Pois bem, alguns livros de *Tehilim* trazem antes do início de cada capítulo esta vocação. Geralmente é um resumo do que consta no livro denominado *Shimush Tehilim*, ou 'Uso do Tehilim'. Esta obra muito antiga é associada ao grande Rabi Hai Gaon, que nasceu no ano de 939 e faleceu no ano de 1038. Ele pertenceu à época literária dos *Gueonim*, que remonta aos séculos VI até XI. Rabi Hai Gaon foi *Rosh Yeshivá*, que quer dizer o cabeça da *Yeshivá*, o líder máximo de um local de estudos em um importantíssimo seminário judaico na cidade de Pumpedita. Pois bem, o livro de *Shimush Tehilim* traz vocações atribuídas a cada um dos capítulos dos Salmos. Eventualmente, podem variar, conforme o número de vezes que o capítulo precisa ser dito, o que também depende do lugar ou do momento em que isso será feito. Mas os Salmos não se prestam única e exclusivamente a auxiliar os eruditos. São lidos por qualquer pessoa temente a Deus que enfrentará determinadas situações, seja para o bem ou para o mal. Está me acompanhando, Dr. Thomas?

– Sim, atentamente. Tudo é muito interessante. Vejo que sua noite foi mais frutífera que a minha.

– Então, vamos em frente. Quando você mencionou que os temas parecem se repetir em vários Salmos, realmente não estava de todo errado. Mas, diversamente, a indicação da vocação de cada Salmo é específica. Ela é única e não se repete. E neste ponto encontrei algo muito interessante.

Fomos interrompidos por uma de suas filhas:

– *Tati*, o almoço está servido. Não deixe seu convidado com fome.

– Estamos indo minha filha, só mais um pouquinho.

Assim que sua filha saiu, quase que implorei:

– Rebe Menahem, não pare agora! Ao menos termine o raciocínio.

– Pois bem, veja que interessante.

Rebe Menahem abriu na página onde se iniciavam os Salmos e suas respectivas vocações, e começou pausadamente a leitura:

Salmo 01 – para prevenir um parto difícil
Salmo 02 – contra uma tempestade no mar
Salmo 03 – contra o mal-estar no mar
Salmo 04 – para qualquer ocasião
Salmo 05 – contra um mau espírito
Salmo 06 – para quem sofre dos olhos
Salmo 07 – para afastar os contestadores
Salmo 08 – para agradar
Salmo 09 – para um rapaz doente
Salmo 10 – para controlar o ódio
Salmo 11 – para perder os seus inimigos
Salmo 12 – contra a fraqueza
Salmo 13 – para escapar de uma morte violenta
Salmo 14 – contra o medo
Salmo 15 – para aniquilar um demônio
Salmo 16 – para pegar um ladrão

– Minha nossa! Pare, por favor! – exclamei. – Como é possível? Não pode ser coincidência?

Rebe Menahem colocou o livro dos Salmos de lado e me disse:

– Coincidência? Ou será a resposta do que estamos procurando, o motivo de Benjamin ter escolhido o n. 16?

– Rebe, *bingo* para você!

– Para mim o quê?

– É uma expressão no Brasil. Quer dizer que o senhor acertou em cheio. Ao que parece, isso explica o motivo pelo qual o Sr. Stein escolheu o n. 16. Realmente há um espião, ou um ladrão, conforme os Salmos, dentro do Grupo Stein.

– Vamos com calma, Dr. Thomas. Isso realmente confirma a nossa suspeita. Há um ladrão. Mas temos outras perguntas não respondidas.

– Mas já é um bom começo. Resta saber quem é essa pessoa.

– Não apenas isso.

– O que mais?

– Resta saber do que ela é realmente capaz. Qual o seu limite. Apenas roubar...

– Ou também matar!

– Não pretendia ser tão direto, Dr. Thomas. Ainda assim, são apenas hipóteses.

Recostei-me na cadeira, olhando em silêncio para o enigmático Livro dos Salmos do Rei David:

– Seria pedir muito que este livro também nos indicasse o nome do ladrão?

Rebe Menahem me fitou seriamente:

– Na verdade, até seria possível, mas não estamos mais aptos a fazê-lo nos dias de hoje.

– O senhor só pode estar brincando!

– Tenho que lhe dizer que estou falando sério. Embora escrito pelo renomado Rabi Hai Gaon, o *Shimush Tehilim* é certamente uma compilação do profundo conhecimento dos sábios que o antecederam. É uma obra mística em sua essência, e ao indicar o Salmo 16 para pegar um ladrão, é porque isso realmente era possível de ser feito.

— E como? — perguntei atônito.

— Pelo que me aprofundei, o *Shimush Tehilim* determinava que se devia pegar barro da borda do rio e misturá-lo com areia do mar. Ambos eram bem misturados até formarem chapas onde se escreviam os nomes dos suspeitos. Depois se pegava um vasilhame de barro, se enchia de água, colocando-se separadamente cada uma dessas chapas com os nomes. O Salmo 16 era lido dez vezes, sempre seguido de uma oração específica, que é mencionada neste profundo tratado místico. Na reza, pedia-se que o Criador informasse quem havia roubado determinado objeto e a chapa com o nome do ladrão viria à tona no vasilhame de barro.

— Rebe Menahem, estou impressionado.

— Não subestimemos os livros sagrados, Dr. Thomas. Mas isso era alcançado, e somente podia ser feito, por homens de profunda devoção e pureza religiosa. Não se encontram mais sábios com estes.

— Aposto que o senhor tem estas qualidades.

Rebe Menahem sorriu:

— Gentileza sua. Não me aproximo sequer dos calcanhares desses grandes sábios. Mas o que fica claro, isto sim, é que Benjamin devia suspeitar que havia algo de muito errado envolvendo este projeto.

Dei um longo suspiro:

— Bem, ao menos minha vinda até Nova York serviu para confirmar as suspeitas da Família Stein. Temos um espião! E agora, o senhor tem uma sugestão por onde começar?

— Talvez sim. O senhor me pediu que tentasse me lembrar de qualquer fato relevante, e ontem uma forte lembrança me veio à cabeça. Na última visita que Benjamin fez a mim, ele já se encontrava visivelmente preocupado. Durante o almoço, o telefone celular tocou. Ele pareceu alterado, falava em português, portanto eu não tinha como entender. Mas pelo tom da voz creio que a conversa não era nada animadora.

Benjamin desligou e me disse que a pessoa voltaria a ligar, mas dessa vez na minha residência. Perguntei o que tinha acontecido e ele me disse que o sinal do celular estava ruim, mas confesso que não acreditei.

– O que o senhor acha que estava acontecendo?

– Não sei, mas se estamos falando em espionagem industrial, acho que Benjamin desconfiou que seu telefone estava grampeado. Mas veja, é apenas uma hipótese. Seja como for, ele me disse que se um senhor de nome Caetano ligasse, o telefonema seria para ele.

– Caetano?

– Bem, se não troquei muito as palavras em razão da acentuação, este era o nome. O senhor sabe quem seria?

– Eu ia lhe fazer a mesma pergunta!

– Realmente não sei, mas não tardou poucos minutos e este Sr. Caetano ligou para minha casa. Não falava nada de inglês, dizia apenas o nome de Benjamin. Eu passei a ligação para o nosso amigo e eles seguiram conversando mais alguns minutos. Ao desligar, Benjamin estava chateado, encurtou sua estada comigo e disse que precisava voltar urgentemente ao Brasil.

Meu desconforto por toda aquela situação era visível. Olhei novamente para o livro de Salmos. O que eles exatamente representavam para mim? O maior contrato de honorários da minha vida ou a minha própria vida? Rebe Menahem interrompeu meus pensamentos:

– Bem, não vamos segurar todos na sala. Vamos almoçar e nos distrair um pouco.

– Acho que perdi o apetite.

– Por favor, Dr. Thomas. Não diga isso. Precisamos pensar e para isso é preciso estar de barriga cheia. Além do mais, minha esposa jamais perdoaria um convidado que não comesse nada.

Saímos do pequeno escritório e nos dirigimos à sala de refeições, onde a esposa de Rebe Menahem, auxiliada por uma de suas filhas, terminava de colocar os pratos para o almoço. Havia duas mesas grandes. Na primeira, sentavam-se os adultos, filhos de Rebe Menahem com seus respectivos cônjuges e alguns netos mais velhos. Ao lado, havia uma segunda mesa com os netos menores e os bisnetos, que ainda teimavam em correr pela casa.

Não era fácil memorizar todos os nomes, logo, desisti. Fui colocado ao lado da cabeceira, à esquerda de Rebe Menahem. A fartura era imensa e, como a mesa era comprida, tudo estava duplicado em cada uma de suas pontas, para facilitar que as pessoas se servissem.

Havia uma travessa de salada de tomates e pepinos, outra com pedaços de frango muito bem assados e batatas coradas, além de uma travessa com carne assada. A típica mesa posta no melhor estilo judaico me remetia, novamente com saudades, às refeições festivas na casa de meus avós. *Varenikes, guefilte fish* com *chrein, kishke, kreplach*. A tradição judaica é assim mesmo. A comida faz parte de nossa vida religiosa porque é onde a família divide momentos de convivência intensa. A esposa de Rebe Menahem logo se adiantou:

– Em nossa casa não há espaço nem tempo para cerimônias. Por favor, sirva-se à vontade.

– Agradeço, mas nem sei por onde começar. Tudo parece muito bom.

– Então não faça cerimônia, é para comer e obrigatoriamente repetir, entendeu? Obrigatoriamente! – Certamente pelos anos de convivência do casal, a esposa de Rebe Menahem tinha o mesmo jeito cativante de seu marido. Não foi nada difícil atender às ordens da minha anfitriã.

Sua esposa prosseguiu:

– Infelizmente, não será desta vez que o senhor conhecerá toda a nossa família, Dr. Thomas. Três filhos não puderam vir. Um deles reside na Flórida, trabalha em uma empresa de informática e não havia quem o substituísse. Tenho duas netas, uma da minha filha e outra de meu filho, que ficaram grávidas quase ao mesmo tempo. Estão indo do oitavo para o nono mês e não poderiam viajar, embora não morem distante. Então seus pais preferiram lhes fazer companhia, com o que concordei.

– Mesmo assim, vocês estão de parabéns. É uma maravilha poder reunir toda a família para um almoço.

Rebe Menahem agradeceu o sincero elogio:

– Mas não pense que é tão simples assim. Cada qual tem sua vida, sua própria família. E precisamos respeitar isso. Assim, aproveitamos os eventos familiares para nos encontrarmos. Neste domingo, mais um neto nosso ficará noivo. Então, todos os que podem vêm para Crown Heights e prolongamos a estada pelo maior tempo possível.

Sua esposa, sempre gentil, completou:

– Dr. Thomas, se o senhor não tiver assumido outro compromisso, teremos prazer em recebê-lo no noivado de nosso neto que será celebrado neste final de semana.

– Agradeço seu convite, mas realmente não posso. Vendo vocês e todo este movimento, só aumentam as saudades da minha família. Ainda hoje retorno ao Brasil.

A conversa com os filhos e netos de Rebe Menahem foi extremamente interessante e o tempo passou rapidamente. Antes das 15h00 meu motorista já estava na porta da residência de Rebe Menahem para me buscar. Despedi-me de todos e segui até a porta da casa. Apesar das dificuldades de locomoção, Rebe Menahem fez questão de me acompanhar até o automóvel que me aguardava:

– Dr. Thomas, seja quem for que está por detrás disso, encontra-se extremamente alerta. No momento, apenas concluímos que há um ladrão, esta é a mensagem dos Salmos. Se Benjamin foi ou não assassinado, não se pode afirmar.

– Existe uma forte suposição, eu diria!

– Ainda assim, uma suposição.

– Rebe Menahem. Sou apenas um advogado que cuida de divórcios, despejos, ações do dia a dia de um cidadão comum. E agora estou envolvido em uma questão de espionagem industrial que implica algumas centenas de milhões de dólares. Isto me excita, mas não me incomoda. Todavia, saber que existe a possibilidade de um envolvimento pessoal, quem sabe contra a minha própria vida... não me excita nada e me incomoda muito.

– Mas não se esqueça de que Benjamin lhe confiou um grande segredo e me parece que deixou claro que deseja que o senhor resolva isso.

– Não eram meus planos, acredite, não eram meus planos.

– *The man tracht, un'got lacht.* Um velho ditado *idish.* "O homem planeja e Deus dá risada." O senhor está aqui por uma grande causa que lhe foi confiada pelo nosso amigo comum. Não se esqueça disso.

9

    Reservei o final de semana para ficar com as crianças, recuperando os dias de ausência pela minha viagem a Nova York. Sandra havia trocado o plantão de 24 horas no hospital durante a semana pela noite de domingo, para que as crianças não ficassem sozinhas enquanto eu estivesse fora. Elas estavam felizes e os presentes foram recebidos com muita festa.
    Três dias sem ir ao escritório haviam sido suficientes para atrasar alguns trabalhos. Não tenho equipe e meu estagiário, apesar de esforçado, não consegue me substituir em todos os afazeres. A minha segunda-feira estava mais atribulada do que o usual. A correria me fez esquecer de comprar uma lembrança para Daisy, o que seria uma falha imperdoável, mas pude resolver isso adquirindo chocolates maravilhosos no *duty free* do aeroporto internacional de Guarulhos.
    Na segunda-feira, meu desejo era seguir diretamente para o Grupo Stein, mas precisava passar antes no escritório. Trabalho atrasado significa honorários pendentes, e este era um luxo ao qual não podia me dar. Assim, dediquei a manhã a terminar a revisão de dois contratos de locação e a minuta de uma separação judicial consensual.
    A ideia seria fazer a separação ainda naquela semana e garantir o recebimento dos honorários. Daí, quem sabe, conseguiria pagar mais uma prestação do financiamento do escritório dentro do vencimento

estipulado em contrato. Voltar ao quarto andar do Banco República para negociar o atraso de uma nova parcela não me agradava nem um pouco. E sem perspectivas maiores de uma solução rápida no caso Stein, não adiantava sonhar com a quitação da dívida, nem com a reforma do quarto das crianças.

Além disso, ainda tinha pendente a promessa de terminar o texto do acordo dos filhos de D. Fani, mas era uma negociação tão desgastante que certamente me tomaria a manhã toda, motivo pelo qual preferi resolver os três assuntos mais prementes e torcer para a minha cliente não me ligar.

Acabei almoçando um sanduíche rápido no próprio escritório, providenciado por Daisy antes mesmo de eu pedir. Ela tinha minha agenda e sabia que eu não teria como sair para almoçar com um pouco mais de calma. Terminei minhas anotações, que colecionara na conversa com Rebe Menahem, e segui para o escritório do Grupo Stein.

Ao chegar à recepção, encontrei a suntuosidade de sempre, mas não apenas no mobiliário. O ar tinha cheiro de coisa chique, se é que se pode dizer isso. A imponência do local era visível. Eu já era conhecido das recepcionistas e, assim que cheguei, fui encaminhado para o encontro com a família.

Para minha surpresa, não fui encaminhado a uma das salas de reunião em que estivera nas vezes anteriores, mas para a própria sala de trabalho do Sr. Stein. Considerando o potencial econômico, eu poderia até esperar um ambiente mais requintado, mas, em vez disso, encontrei uma sala extremamente sóbria. À direita, encontrava-se a mesa de reuniões do Sr. Stein, onde já me aguardavam Alberto, Mario e Rubens, acompanhados do Barreto e de Carmem. Eram como que uma linha de frente, uma comissão de trabalho com um objetivo definido. Será que haviam me passado todas as informações necessárias? A alegação de que o Sr. Stein compartilhava enorme amizade comigo seria suficiente para a minha contratação? Afinal, eu era não apenas um estranho, mas certamente uma pessoa sem as qualificações necessárias para esse trabalho. Ainda assim, o grupo delegara a mim a missão, confiando que o Sr. Stein sabia escolher suas amizades. Claro que, considerando o histórico dos Salmos, eu seria a melhor opção. Mas seria a melhor ou a única opção? Certamente não a desejável, mas a disponível. As ideias se embaralhavam na minha cabeça.

Fiz um breve relatório de minha conversa com Rebe Menahem e minhas impressões gerais, mas o nome Caetano não era conhecido de nenhum deles.

Rubens se adiantou.

– O próprio Rebe Menahem aventou a possibilidade de ter confundido os nomes. Se foi assim, estamos na estaca zero. Existe alguém, mas não sabemos sequer como se chama. No entanto, se Rebe Menahem não se confundiu e esse Caetano existir, a situação é ainda mais confusa porque nenhum de nós tinha conhecimento dessa pessoa.

Barreto virou-se para Carmem:

– Carmem, você tem certeza de que não conhece nenhum Caetano? Você era a pessoa com mais acesso à agenda de trabalho e aos contatos do Sr. Stein.

Carmem demonstrava enorme incômodo, talvez porque realmente não soubesse – ou não desejasse revelar – quem seria essa nova figura que ingressara no quebra-cabeças que tentávamos desvendar:

– Não há nenhum registro de alguém chamado Caetano. Disso tenho certeza. Fiz uma busca na relação de contatos profissionais, pessoais e sociais do Sr. Stein. Incluí, também, a relação de contatos no exterior, considerando a enorme gama de pessoas que poderiam estar envolvidas. Mas não encontrei nada.

Carmem tinha a sua frente um *lap top*, no qual fazia o registro de tudo o que conversávamos em nossas reuniões. Era extremamente metódica e nada costumava lhe passar despercebido. No computador, conectava-se com a agenda de trabalho do Sr. Stein, bem como a todos os seus contatos telefônicos. E o nome Caetano não aparecia em registro algum.

– Bem – suspirou Barreto –, não conseguimos avanços maiores.

– Acho que ainda não devemos desistir – ponderei. – Talvez esse Caetano seja efetivamente alguma indicação.

– Perdoe-me, Dr. Thomas. Mas tudo foi vasculhado. E não encontramos nada que possa solucionar o mistério que envolveu a morte do Sr. Stein.

– Mas, Dr. Barreto, até este momento não havia nenhuma referência a esse Caetano. Pode ser que seu nome até tenha sido visto por um de nós, mas nem sequer foi notado porque não havia como vinculá-lo ao nosso assunto.

Barreto coçou a cabeça e arqueou as sobrancelhas, como costumava fazer quando alguma coisa lhe parecia inusitada:

– Pode ser, tudo pode ser. Mas por onde começamos?

– Vamos começar de novo, desde o início. Vamos voltar a vasculhar os documentos do Sr. Stein, mas desta vez focados no nome Caetano.

– Tudo de novo? – Mario não gostou da minha sugestão. – O senhor tem ideia do desgaste pessoal que isso nos causou? Tudo foi pesquisado, revirado e até agora, nada. Veja só, aqui estamos na sala de reunião de meu pai. Já remexemos tudo sem resultados.

– Mario, entendo o seu desgaste, não me leve a mal. Mas a verdade é que esse Caetano realmente conversou com seu pai no último contato que o Sr. Stein teve com Rebe Menahem. Ao que parece, o conteúdo da conversa era explosivo, a ponto de seu pai não ter seguido no telefone celular, optando por um número insuspeito, o da casa de Rebe Menahem.

Alberto tomou a palavra:

– Não estou colocando em dúvida que esta conversa, cujo conteúdo ao que parece jamais conheceremos, deve ter muito a ver com o que estamos procurando desvendar. Mas não se esqueça. Nem sequer sabemos se Caetano se chama Caetano.

Rubens interveio:

– Cada um de nós pode se esforçar um pouco mais, OK? Vamos tentar revisitar tudo o que já vimos e checar se alguma coisa que se refira a este Caetano ou algo próximo a seu nome possa aparecer.

– Acho que é isso mesmo – concordei. – Talvez não seja a melhor solução, mas devemos esgotar essa nova alternativa. Também tentarei ordenar melhor os registros que fiz com Rebe Menahem e ver se consigo achar alguma saída melhor. Estarei no meu escritório à disposição de vocês.

– No seu escritório? – Rubens me interpelou.

– Sim, Rubens. Basta me ligar.

– Não acho uma boa ideia – ele insistiu.

– Como assim? – questionei.

– Preferia que o senhor ficasse conosco, ao menos na tarde de hoje. Se vamos seguir sua sugestão, então todos nós estaremos revirando nossos documentos. Caso exista alguma novidade, voltaremos a nos encontrar imediatamente. E com certeza será importante tê-lo aqui.

– Estou de acordo com meu irmão – asseverou Alberto. – Dr. Thomas, fique conosco na tarde de hoje.

– Bem, não estava nos meus planos, mas acho válido. Só preciso de uma mesa de trabalho para poder me organizar.

Barreto foi rápido:

– Se vocês não se incomodarem, acho que nosso convidado pode utilizar a mesa do Sr. Stein. Não gostaria que o Dr. Thomas fosse visto circulando pelo escritório e não temos uma sala tão reservada como esta. Se ele quer um lugar para ordenar seus registros, não é recomendável que o faça em uma sala qualquer da empresa onde possa ser visto por terceiros, especialmente quando não sabemos o que ou quem estamos procurando.

Meu constrangimento foi enorme. Que ousadia sentar-me na cadeira de trabalho do próprio Sr. Stein!

– Carmem – Alberto tomou a palavra –, ajude o Dr. Thomas a se instalar na mesa de nosso pai e trate para que ele não seja incomodado. Vamos voltar às nossas atividades e nos encontraremos no final da tarde.

– Senhores, agradeço muito – disse. – Mas não me sinto à vontade ocupando a cadeira de seu pai. Quem sabe uma outra sala qualquer.

Alberto não me deixou terminar:

– Dr. Thomas, neste momento estamos desprovidos de melindres – e levantou-se dando por encerrada a reunião.

Eu notara novamente que Alberto buscava sempre conduzir as reuniões de trabalho. Era o primogênito do Sr. Stein e isso talvez lhe conferisse uma posição de liderança, mas realmente lhe faltava o carisma do fundador da empresa. A verdade é que, embora eu conhecesse muito pouco a família, ficara claro que não havia um sucessor eleito pelo pai, o que talvez fosse o motivo pelo qual os três filhos estavam sempre juntos. Todos retornaram as suas atividades e me vi apenas com Carmem na sala do Sr. Stein.

– Dr. Thomas, o senhor ouviu o que disse Alberto. Venha, sente-se na cadeira do Sr. Stein e fique à vontade.

– Acho que não vou conseguir ficar à vontade nessa cadeira.

– Quem sabe ela não lhe traga a inspiração que está faltando para descobrirmos o que aconteceu com ele?

Carmem encerrou seu comentário já se retirando da sala. O garçom Maneco apareceu, desta vez sóbrio, e me ofereceu chá com algumas bolachas doces e logo desapareceu também. Em poucos segundos, eu me encontrei sozinho na sala de uma das pessoas pela qual eu nutria maior admiração em minha vida.

A mesa do Sr. Stein encontrava-se razoavelmente arrumada, mas certamente não era aquela a disposição que ele deixou antes de falecer. Considerando que todos os filhos, Dr. Barreto e Carmem estiveram à procura do testamento cerrado, até então desconhecido, nada deve ter ficado no lugar original, o que é justificável. Ainda que todas as dependências do Grupo fossem extremamente bem decoradas, a sala do Sr. Stein era ainda mais elegante. A mesa de trabalho era inteiramente de madeira trabalhada, e me deu a impressão de ser um mogno escuro, sobre a qual havia um enorme tampo de couro com filetes dourados. Atrás da mesa, havia um armário baixo com várias divisórias para documentos. Cheguei a manusear algumas das pastas que continham relatórios gerenciais das empresas do grupo e me convenci de que não seria ali que o Sr. Stein guardaria os dados de Caetano ou de quem quer que fosse, relacionado ao assunto que procurávamos. Mesmo assim, segui na busca, mas sem sucesso.

Ao lado da mesa de trabalho, havia um armário alto onde, na parte superior, ficavam duas esculturas de mármore com cabeças de cavalo, cada qual para um lado, e que funcionavam como porta-livros para uma coleção de obras de arte. De um lado da estante, um enorme porta-retrato com uma foto do Sr. Stein, acompanhado de sua esposa Clara. Eu a reconheci, embora jamais a tivesse encontrado, até porque havia mais dois porta-retratos com a mesma senhora, dispostos em lugares privilegiados da sala. Havia uma parede apenas com diplomas de "honra ao mérito" e diversas honrarias recebidas pelo Sr. Benjamin Stein, não apenas de entidades particulares, mas também de autoridades governamentais, que reconheciam naquele homem um empresário único. Abaixo dos diplomas, havia alguns suportes com mão francesa onde se destacavam quase duas dúzias de troféus e placas comemorativas, todas alusivas ao grande benemérito, grande patrono, grande industrial, e assim por diante. Definitivamente, ele era um homem vaidoso, que exibia de maneira direta seu poderio empresarial.

Na parede oposta a esta, também havia porta-retratos do casal Stein com crianças, que imaginei serem seus netos. A parte baixa do armário era fechada por duas portas de correr, mas não estavam trancadas. Acabei me sentando no chão para me acomodar melhor e iniciar novas buscas. Em vez de pastas, relatórios ou livros, o que encontrei foram remédios. Encontrei várias caixas de um mesmo remédio chamado *Imatinib* e acabei abrindo algumas delas. Para minha surpresa, as cartelas encontravam-se intactas e nenhum comprimido fora tomado. Despertado pela curiosidade, continuei abrindo as caixas e confirmei que o *Imatinib* não havia sido utilizado. Havia caixas e mais caixas de remédios intocados. Localizei várias requisições médicas endereçadas ao paciente Benjamin Stein.

Apesar da minha ignorância médica, a leitura da bula indicava que eram remédios para o tratamento de câncer. As requisições estavam lá, os remédios – provavelmente caríssimos – estavam lá, mas permaneciam intocados. Será que o Sr. Stein parou de tomar seus remédios? Isso não seria razoável, considerando sua paixão pela vida, fato notório que ouvi de todos seus familiares e particularmente do Rebe Menahem. Havia a possibilidade do Sr. Stein ter um estoque maior de remédios, considerando suas constantes viagens e, por conta disso, havia caixas que ele acabara por não utilizar?

No entanto, notei que os receituários médicos eram contados e algo não estava se conectando. Tratava-se de nova informação sem nexo para desordenar ainda mais o quebra-cabeça que eu tentava montar.

Como a oncologia estava absolutamente fora da minha área de conhecimento, fiz um registro mental do fato e deixei o tema de lado, ao menos naquele momento. Dei busca nos receituários médicos que encontrei, todos colocados pela ordem de datas, até me deparar com o último deles. No verso, constava, finalmente, o nome "Caetano", com a letra do Sr. Benjamin, e um número de telefone. Ao lado do nome "Caetano" havia novamente o n. 16, escrito com a letra do próprio Sr. Stein, e abaixo o n. 16 se repetia.

O n. 16 parecia efetivamente me desafiar. Haveria dois Salmos com o mesmo número? Ou seria um único Salmo com dois significados? Ou uma mera repetição do Salmo sem maior necessidade? Como se não bastasse um, agora havia dois para serem desvendados. Quem sabe Rebe Menahem estivesse equivocado e o n. 16 seria algo absolutamente distinto dos Salmos? Olhei as datas e confirmei que as anotações do

Sr. Stein estavam apenas no último receituário prescrito pelo médico. A data se aproximava da última visita do Sr. Stein ao Rebe Menahem. Pensei em ligar ao próprio Rebe Menahem buscando orientação na construção de um raciocínio lógico, mas achei que seria prematuro. Preferi colher mais informações antes de pedir ajuda.

Ainda que sem saber exatamente o que isso significava, me sentei na cadeira do Sr. Stein e comecei a tentar construir uma linha de raciocínio, sem sucesso. Repentinamente, fui tomado pelo ímpeto de superar as dúvidas que apenas aumentavam. Voltei até a estante e retirei a última receita médica endereçada ao Sr. Stein, onde no verso eu encontrara aqueles dados. Peguei o aparelho de telefone na mesa e teclei o número rabiscado ali. Fui atendido por uma voz masculina rouca, fraca, que aparentava alguém de muita idade:

– Alô.

– Por gentileza, o Sr. Caetano está?

– Sou eu. Com quem estou falando?

– Sr. Caetano, me desculpe incomodá-lo. Meu nome é Thomas Lengik. O senhor não me conhece. Eu sou advogado do Sr. Benjamin Stein. Melhor dizendo, sou advogado dos filhos dele.

– O Sr. Stein faleceu – me disse a voz, agora secamente.

– Disso eu sei, e este é o motivo do meu telefonema.

– Eu não era médico dele. Acho que não poderei ajudá-lo.

– A verdade Sr. Caetano é que... – fui bruscamente interrompido.

– Me desculpe, mas o senhor me ligou em uma hora inconveniente. Estou extremamente ocupado e vou precisar desligar.

– Sr. Caetano, por favor. Não desligue ainda, preciso de algumas informações sobre o Sr. Benjamin. Na verdade, neste exato momento estou na sala dele e... – fui novamente cortado:

– O senhor se encontra no Grupo Stein?

– Sim, e preciso saber se o senhor pode me auxiliar.

– Infelizmente, não posso.

– Mas eu nem disse para quê!

– Infelizmente não posso, eu lamento. Tenha uma boa tarde.

E antes que eu pudesse retomar a conversa, o Sr. Caetano colocou fim à ligação, desligando o telefone. Talvez não tivesse sido uma boa ideia uma ligação direta sem antes ter elaborado uma estratégia. Mas simplesmente não consegui resistir ao fato de poder ter encontrado o misterioso Caetano, ainda que os resultados tivessem sido pífios, para não dizer o pior.

Optei por fazer mais algumas buscas nos receituários do Sr. Stein, mas não havia novidades maiores. Ainda que fosse reincidir no mesmo erro, liguei novamente no telefone que encontrara, mas desta vez ninguém atendeu. Ou o Sr. Caetano havia saído ou efetivamente não queria falar comigo.

Pedi a Carmem que chamasse todos e em questão de alguns minutos voltamos a nos reunir. Relatei o breve telefonema ao Sr. Caetano e finalizei:

– Bem, ao menos sabemos que existe um Sr. Caetano, mas está claro que ele não deseja falar conosco.

– Quem seria este Caetano que nenhum de nós conhecia? – indagou Alberto. – É extremamente improvável que seja alguém que tenha surgido do nada, sem nenhum registro nas agendas do papai. Um ilustre desconhecido com seu nome somente no verso de um receituário médico. Acho que não chegaremos a lugar algum sem conversar diretamente com ele.

Da curtíssima conversa que tivera, lembrei:

– Médico ele não é. Isso o próprio me disse antes de desligar.

– Poderia ser o assassino! – arrematou Rubens.

– Rubens, por favor, não venha novamente com este assunto... – Alberto levantou o tom de voz e já falava em tom ríspido com seu irmão. Procurei intervir a tempo:

– Rubens – disse eu –, pessoalmente não estou descartando a hipótese de seu pai ter sido assassinado, mas se é que isso aconteceu, o que digo apenas no plano das suposições, não me parece que teria sido por este Caetano. Pela voz fraca, ele aparenta ser uma pessoa de muita idade.

– Bem, pode ser o mandante, não é?

– Tudo pode ser, mas confesso que não me deu essa impressão.

– Então, quem o senhor acha que seria, Dr. Thomas? – Barreto buscava retomar o assunto no ponto onde havíamos parado.

– Não faço a menor ideia. E agora ele simplesmente não atende o telefone. Como iremos chegar nele?

– Isso não me parece complicado – arrematou o Dr. Barreto.

– Como não? Só achei o número de telefone. Sabe-se lá qual o endereço onde se encontra instalado.

– Dr. Thomas, temos nossos contatos. Somos um grande grupo empresarial. Conhecemos pessoas que dispõem dos meios certos, e que poderão nos dizer onde está instalado o aparelho.

– Muito bom, então já temos uma linha a seguir. Em quanto tempo obteremos o endereço?

Dr. Barreto foi incisivo:

– Acho que em quarenta e oito horas poderemos entregá-lo a você.

Em outras palavras, entendi que isso significava que caberia a mim efetuar o primeiro contato com o Sr. Caetano.

Aproveitei aquelas quarenta e oito horas livres para trabalhar intensamente no escritório. A primeira medida foi chamar os dois filhos da D. Fani para uma conversa, que eu pretendia fosse definitiva. Lembrei que aquela briga era baseada em rancores pessoais recíprocos, que não levariam a nada, na presente situação, a não ser à morte da própria mãe. Provavelmente por desgosto. Minha argumentação não pareceu comovê-los, já que conheciam a mãe melhor do que eu e sabiam do tom melodramático que ela gostava de dar ao assunto. Era a sua maneira de tentar garantir assim uma atenção maior dos filhos.

Avancei pouco no acordo e ficamos emperrados nos critérios de avaliação do próprio imóvel. Para não perder mais tempo, entreguei para cada um dos irmãos uma minuta do acordo que eu havia elaborado e dei quinze dias para eles refletirem e voltarem ao meu escritório. Penitenciei-me por isso porque a análise do documento poderia ser feita em poucos dias, mas fui eu quem forçou um prazo maior, já que, no meu íntimo, desejava não precisar vê-los tão brevemente, não enquanto não fosse possível destrinchar o dilema do Salmo n. 16.

Dispensados a contento, caberia ligar para D. Fani e informar dos avanços, que até aquele ponto, na verdade, eram inexistentes. Deixei esta espinhosa missão para Daisy e saí apressado para o Fórum João Mendes, pensando em tratar da separação judicial consensual de um casal de clientes, o que garantiria a entrada de honorários e um reforço no fluxo de dinheiro do mês que findava.

Dois dias depois, como combinado, recebi um telefonema de Carmem, solicitando que eu fosse ao Grupo Stein porque já teriam "novidades", o que ela não quis precisar por telefone, mas que imaginei serem o endereço do Sr. Caetano. A cada vez que entrava naquele escritório, me impressionava com um novo detalhe que não notara anteriormente. Nesta oportunidade, o que me atraiu a atenção foi o sistema de iluminação, com luzes voltadas para cima e que tornavam os ambientes bastante claros, sem incomodar a vista.

Estando na ala reservada da Diretoria, o café, como de costume, foi servido pelo garçom Maneco, que educadamente me cumprimentou e na sequência não tardou a se retirar da sala de reunião. Pela primeira vez, fui recebido apenas por Barreto. Ele me passou o endereço e eu arrisquei:

– Suponha que ele não queira me receber?

– E por que não receberia?

– A considerar o único contato telefônico que mantivemos, não me parece que ele deseje falar comigo. Nem sequer achei um modo para abordar o assunto porque não sei qual a posição que ele ocupa nesse quebra-cabeça. O único dado de que disponho é que o Sr. Stein conversou com ele de maneira exasperada. E francamente não sei se o

Sr. Caetano estava ajudando o Sr. Stein a resolver um problema ou seria ele mesmo o próprio problema.

– Um chantagista? – avaliou Dr. Barreto.

– Melhor do que um assassino! Especialmente considerando que serei eu a visitá-lo.

Barreto apenas sorriu:

– Use da sua astúcia profissional. E nos deixe informados.

Nosso encontro foi rápido e recebi em uma pequena folha impressa os dados com o endereço completo de Caetano. Achei estranho que Barreto não tenha desejado estar comigo nessa primeira visita ao ilustre desconhecido. Mas guardei somente para mim essa sensação. Certamente, dessa vez, não me oporia a tê-lo em minha companhia.

Guardei o papel, agradeci a atenção e retornei ao meu escritório, de onde tentei novamente alguns contatos telefônicos no número indicado no verso do receituário. Ninguém atendeu. Agora restava a dúvida de qual seria a melhor forma para fazer uma visita ao Sr. Caetano.

O endereço indicado era uma pequena transversal da Rua dos Trilhos, no bairro da Mooca. Segui para lá no dia seguinte pela manhã. Não estava acostumado com o trajeto pela Radial Leste naquele horário e acabei surpreendido por um engarrafamento que me custou mais de meia hora de atraso sobre meu cronograma original. Mas, como assim, atraso? Na verdade, nem sequer era convidado e chegaria de surpresa; portanto, qualquer hora seria inconveniente se o Sr. Caetano realmente não desejasse me atender.

Estacionei o carro próximo do endereço indicado, assim que surgiu uma vaga, e segui a pé mais ou menos cinquenta metros. Deparei-me com um prédio de construção extremamente antiga, com três andares. Ao menos do lado de fora, a impressão que se tinha é de que havia dois apartamentos por andar, por certo muito pequenos. Na parte frontal, havia um pequeno jardim em estado de completo abandono. A fachada estava com parte da tintura descascada e notei que em uma das laterais havia manchas escuras, provavelmente de vazamento de água, há muito precisando ser consertado.

Fiquei parado do lado oposto da rua do prédio, tentando sentir melhor onde ia me meter. Não havia porteiro e, ao que parecia, a abertura da porta era feita por um porteiro eletrônico. A indicação do Dr. Barreto apontava para o apartamento n. 21. Ao menos dessa vez, o misterioso n. 16 não surgia em lugar algum. Pelo menos, não até aquele momento.

O que cargas d'água faria o Sr. Stein em um lugar como aquele? O prédio não indicava ser um local perigoso, ao menos do lado de fora. Mas um homem com um patrimônio na cifra das centenas de milhões de dólares, frequentando às escondidas uma pocilga daquelas? E como eu chegaria até o apartamento do Sr. Caetano? Atravessei a rua e segui até a porta do edifício, mas a maçaneta estava trancada. Era destravada apenas com chave ou mediante um acionamento elétrico.

E agora? Tentava o interfone? Tinha certeza de que ouviria um sonoro "não", assim que me identificasse como enviado pelo Grupo Stein. Enquanto pensava, notei que do lado de dentro do prédio uma senhora idosa se dirigia apressada até a porta do edifício. Em um relance, saquei uma chave que tinha no bolso – que na verdade era do meu escritório – e ao mesmo tempo em que ela abria a porta fingi estar destrancando a fechadura para entrar. A mulher seguiu esbaforida para fora do prédio com um carrinho de feira e pouco se importou com a minha encenação, tampouco se preocupou em me cumprimentar. Eu estava dentro do prédio, a primeira etapa vencida. E agora?

Segui pelo estreito corredor interno do prédio, extremamente mal iluminado. Havia algumas lâmpadas fracas, outras já queimadas. O tapete vermelho, carcomido e maltratado, repetia a visão repugnante que eu encontrara do lado de fora. O corredor terminava em uma escada ascendente, indicando a inexistência de um elevador. Ao lado, havia uma portinhola que, pelo odor que exalava, deveria ser o depósito de lixo. As escadas eram ainda mais precariamente iluminadas, e subi com cuidado, com medo de tropeçar, na escuridão.

No segundo piso, me deparei com quatro apartamentos por andar, ou seja, eram unidades ainda menores do que eu supunha. Achei a porta com o n. 21 e, sem alternativa alguma, simplesmente toquei a campainha.

Alguns segundos depois, a porta foi vagarosamente entreaberta até o limite permitido por uma corrente interna de segurança:

– Quem é o senhor? – reconheci a voz rouca do telefonema. Como o apartamento encontrava-se mal iluminado, somado à falta de luz do corredor do segundo andar, era impossível ver o rosto de quem falava comigo.

– Desculpe incomodá-lo... – ia dizendo, mas fui interrompido.

– Eu perguntei quem é o senhor?

– Sr. Caetano, eu não tinha a intenção... – fui novamente interrompido.

– Não vou perguntar uma terceira vez.

– Meu nome é Thomas Lengik. Conversamos há dois dias por telefone.

– Não me recordo de ter falado com o senhor.

– Liguei para o senhor quando estava na sede do Grupo Stein.

– Eu já disse o que precisava dizer.

– Mas o senhor não disse nada.

– Eu não tenho nada para dizer.

– Sr. Caetano, não quero ser inconveniente...

– Não quer? O senhor entra no meu prédio sabe-se lá de que maneira, insiste em falar comigo e está próximo de invadir meu apartamento.

– Sr. Caetano, pelo amor de Deus. Eu jamais faria uma coisa destas. Só preciso de alguns minutos de sua atenção. Sejamos razoáveis.

– Eu serei razoável. Pois escute bem: não tenho tempo nem interesse em conversar com o senhor. E da próxima vez que me incomodar, chamarei a polícia, entendeu bem? – a frase foi encerrada com a porta do apartamento sendo fechada na minha cara. Ainda insisti:

– Sr. Caetano. É importante que eu lhe faça algumas perguntas e acredito que o senhor será extremamente útil para a Família Stein.

Simplesmente não houve resposta. Fiz uma nova tentativa:

– Quem sabe se tentarmos um novo contato telefônico? O senhor ficaria mais confortável desta forma?

Do outro lado da porta ouvi a mesma voz rouca, entoada com profunda irritação:

– O único telefonema que darei é para a polícia. E será agora.

Minha abordagem não levaria a nada e decidi me retirar antes que as ameaças do Sr. Caetano se concretizassem. Se a polícia viesse, eu nada conseguiria e ainda ficaria em maus lençóis por invasão de domicílio. Voltei-me em direção às escadas mal iluminadas e comecei a descer com cuidado redobrado seus primeiros degraus. Repentinamente parei, retornei à porta do apartamento e arrisquei:

– Sr. Caetano, precisamos falar sobre o Salmo 16. O senhor está me ouvindo? Precisamos falar sobre o Salmo 16.

Esperei alguns instantes, mas o silêncio se manteve. Sem nenhuma outra ideia brilhante, me dirigi novamente às escadas. Mas repentinamente ouvi o estalido de trancas. A porta foi aberta por inteiro e um senhor de pouco mais de 1,65 metro de altura apareceu:

– Como é mesmo seu nome?

– Thomas Lengik.

– Venha, Sr. Thomas. Talvez eu tenha alguns minutos para o senhor. Só espero não me arrepender.

– Isso não vai acontecer, Sr. Caetano.

10

Ao entrar no apartamento, minha primeira impressão foi ter passado por um túnel do tempo. O chão era formado de tacos que, apesar da idade avançada da construção, davam sinais de que haviam sido trocados poucos anos atrás. Era um tipo de piso que eu não via há muito. Minha recordação de um chão de tacos remonta à casa de meus falecidos avós, o que não deixou de me dar uma certa sensação de nostalgia.

Na pequena sala havia apenas um sofá lateral e uma poltrona de apoio que, embora antigos, pareciam bem cuidados, ainda que gastos A sala tinha uma única janela na lateral, por onde entrava a pouca luminosidade daquela manhã fria de inverno. Ao lado, uma pequena mesa de jantar com um vaso central e um buffet. Entre o sofá e a poltrona, havia uma pequena mesa de madeira com chá, biscoitos e geleia. O Sr. Caetano voltou a passar as trancas na porta e me convidou para sentar no sofá. Ao menos para mim, cujo forte não é ser um bom fisionomista, não era possível precisar exatamente sua idade, mas certamente devia ser alguém próximo dos oitenta anos:

– Peço desculpas, Sr. Caetano. Parece que interrompi seu café da manhã.

– Não se preocupe com isso. Toma um chá comigo?

– Agradeço, e não se incomode. Não quero dar trabalho.

— Deixe disso. De qualquer forma vou precisar esquentá-lo novamente e não custa nada pôr um pouco mais de água na chaleira.

— Agradeço sua atenção, mas realmente não quero incomodar.

— Se é que o senhor não percebeu, já me incomodou. E se ficar apenas nisso vou agradecer muito e não me arrependerei de ter aberto a porta.

A idade avançada de meu anfitrião parecia ter afinado uma língua extremamente ferina. Caetano virou-se e seguiu até a cozinha, levando o bule de chá. O apartamento era tão pequeno que, da minha posição, era possível visualizar toda a cozinha, na verdade nada mais do que um espaço apertado com um pequeno fogão de quatro bocas, uma geladeira lateral e um armário, provavelmente de utensílios.

Em poucos instantes, ele retornou, segurando em uma mão o bule de chá e na outra um pires com xícara para mim. Apesar da idade avançada, tinha mãos extremamente firmes. Convidou-me a sentar no sofá, acomodou-se na poltrona e calmamente nos serviu um chá que, realmente, caía muito bem naquele inverno:

— Espero que o senhor goste de geleia de manga, porque não tenho tantas variedades. Quando moramos sozinhos, não precisamos fazer média com ninguém.

— Para mim está ótimo.

Caetano me serviu três torradas com uma porção generosa de geleia, que aceitei com prazer. Sandra não gosta de manga, o que nunca entendi. Por conta disso, é uma fruta que raramente frequenta minha casa. Quando Caetano disse que teria apenas alguns minutos para mim, parece que realmente não estava mentindo porque, sem rodeios, não tardou a entrar no assunto:

— Pois bem, doutor. O senhor queria falar comigo. Sou todo ouvidos.

— Sr. Caetano, fui contratado pela família Stein para ajudar a resolver algumas questões que envolvem o falecimento do Sr. Stein.

— Qual filho contratou seus serviços?

– O senhor os conhece? – achei aquele registro necessário, porque nenhum dos filhos do Sr. Stein jamais ouvira falar do Sr. Caetano.

– Foi Alberto, Mario ou Rubens?

– Bem, não propriamente um deles, mas todos em conjunto.

– O Dr. Geraldo Barreto está sabendo de sua contratação?

– O senhor o conhece? – Barreto também havia sido taxativo ao afirmar que jamais ouvira falar nele.

– Não conheço pessoalmente nenhum deles.

– E como sabe o nome de todos?

– Ora, e como seria? O Sr. Stein sempre fazia comentários sobre eles.

– Bem, sendo assim... – fui rapidamente interrompido pelo meu anfitrião:

– Sendo assim doutor, resta saber o que o senhor sabe. Não estou disposto a perder meu tempo.

À míngua de qualquer nova argumentação, não tive outra opção senão narrar em detalhes todo o meu envolvimento com o Sr. Benjamin Stein. Achei que quanto mais detalhes tivesse a minha narrativa, maiores seriam minhas chances de que este franzino anfitrião concordasse em me revelar algo que pudesse se conectar com o que estávamos procurando: a existência de um espião, eventualmente de um assassino, dentro do Grupo Stein. Contei a Caetano como conheci o Sr. Stein, no aeroporto de Buenos Aires, nossos contatos posteriores, o testamento cerrado e o legado que recebi – os Salmos do Rei David. Então, quando citei o nome de Rebe Menahem, Caetano foi tomado por um susto:

– O senhor conheceu esse rabino?

– Sim, estive com ele há poucos dias. E o senhor o conheceu?

– Não, não tive este prazer. Mas a admiração que o Sr. Stein tinha por ele era uma coisa impressionante.

– Aliás, foi por intermédio dele que cheguei ao senhor.

– Como assim?

– Há alguns meses, o senhor telefonou ao Sr. Stein, quando ele estava na casa de Rebe Menahem. O telefonema foi marcante porque, logo em seguida, o Sr. Stein antecipou sua volta ao Brasil. Rebe Menahem acabou gravando seu nome e me sugeriu que tentasse encontrá-lo.

– E por acaso foi o rabino que lhe deu meu endereço? – havia um certo ar de ironia neste apontamento.

– Claro que não. Ele apenas tinha o registro do seu nome. Quando retornei ao Brasil, fiz indagações aos filhos do Sr. Stein, ao Dr. Geraldo Barreto e à secretária particular da família.

– E aí? – por um instante Caetano se mostrou preocupado.

– Ninguém o conhecia.

– E como o senhor me descobriu?

– Combinamos em revirar novamente todos os documentos do Sr. Stein e quem sabe localizar alguma referência, que poderia ter passado despercebida anteriormente. Na verdade, fui eu quem localizei seu nome.

– Espero que não tenha sido em uma agenda de telefone. O Sr. Stein não seria tão imprudente.

– Realmente, não. Foi um momento de sorte. Achei seu nome com o número de telefone atrás de um receituário médico.

– Um receituário médico? Não me parece um bom esconderijo para uma informação reservada. Bem, que diferença isso faz agora? – ele deu um breve suspiro e concluiu. – Pobre Sr. Stein. Mesmo com tanto dinheiro, a doença o venceu.

– Posso lhe perguntar por que o Sr. Stein não teria seu nome em uma agenda de telefone?

Sem se preocupar em me responder, Caetano mudou o foco da conversa:

– Este testamento cerrado feito pelo Sr. Stein... O senhor era realmente o único beneficiário do legado?

– Exatamente. Como lhe disse, o Sr. Stein deixou os Salmos do Rei David em um cofre fechado que apenas foi aberto com uma autorização do juiz do processo de inventário.

Caetano se levantou da poltrona. Tirou do bolso da calça uma cigarrilha, acendeu e ficou parado alguns momentos olhando pela janela fechada para fora do apartamento. Não se preocupou em perguntar se a fumaça me incomodaria. Ainda de pé me fitou e disse:

– *Dicat testator et lex erit.*

– Como é?

– Diga o testador e será lei! O senhor não é advogado? Deveria dominar o latim.

– Bem, na faculdade tivemos Direito Romano, mas não estudávamos propriamente o idioma.

– Não se fazem mais advogados como antes.

– O senhor também é advogado?

Caetano me abriu um sorriso:

– Sou um rábula. Ou melhor, fui um rábula, e dos melhores. Hoje estou aposentado.

Há muito não ouvia esta expressão. Rábula era a pessoa que não cursou a Faculdade de Direito e, ainda assim, exercia a advocacia porque detinha todos os conhecimentos da lei. É uma figura que se extinguiu com o tempo e nos dias de hoje é apenas folclore. Muito provavelmente, Caetano deveria ser um dos últimos ainda vivos.

– Seja como for, se esta era a vontade do testador, o Sr. Stein, vamos cumpri-la!

Caetano recostou-se melhor em sua poltrona. Agora que encontrara alguém para conversar, parece que não tinha mais pressa.

– Sabe, minha grande frustração foi não ter estudado advocacia.

– E por que não o fez?

– Minha família não tinha condições econômicas mínimas. Desde menino, trabalhei com meu pai em uma banca de frutas perto da Praça da Sé. Na região havia muitos advogados e eu ficava encantado com aquelas pessoas elegantes, de terno e gravata. Além do chapéu, porque no meu tempo ainda se usava chapéu! Sim, o mundo não é mais o mesmo. Eu queria muito ter estudado, mas não havia como. Meu pai me acordava às quatro e meia da manhã para escolhermos juntos as melhores frutas na região cerealista. Depois, colocávamos tudo em grandes sacos e seguíamos no nosso velho calhambeque até a Praça da Sé, onde ele tinha a banca de frutas. Havia um ajudante para ajudar a carregar, mas não era suficiente. Na falta de dinheiro para empregar mais uma pessoa, acabei sendo eu o escolhido. A venda de frutas não era propriamente uma atividade agitada, portanto, eu tinha tempo para aquilo que sempre me deu prazer: uma boa leitura. Precisei ajudar no sustento e acabei largando os estudos, mas não perdi o prazer da leitura. Meu pai estava acostumado com esta vida, mas, acredite, não era o que eu queria para mim. Não queria chegar na idade dele acordando de madrugada e passando o resto do dia vendendo frutas paras as pessoas elegantes que cruzavam o centro da cidade. Sonhava em ser um comprador de frutas, não o vendedor.

– E o que aconteceu?

– Minha mãe tinha um irmão que havia comprado uma pequena área rural no interior de São Paulo e precisava de ajuda. Eles não pensaram duas vezes e se mudaram para lá. Eu estava para completar 18 anos e ingressaria no serviço militar. Convenci meus pais que seria melhor ficar em São Paulo para cumprir meu período no Exército e depois retomar os estudos. Mais à frente, resolveria se ficaria na capital ou seguiria para o interior. Assim, me alistei e devo muito a isso. Cheguei a sargento, veja só! Mas também não era isso que me satisfazia. Saí do Exército e fiz um curso supletivo, mas sempre, sempre sem abandonar o gosto pela leitura. Conheci muitos países, muitas culturas, muitos museus…

– Não me diga! – eu estava impressionado.

– Mas só nos livros, só na leitura – e sorrindo continuou. – Quando se quer cultura e não se tem dinheiro, a passagem mais barata para realizar um sonho está nos livros. Comecei a trabalhar como contínuo em um escritório de contabilidade onde fiquei por quase dois anos. Foi aí que tudo mudou em minha vida.

– O que houve, Sr. Caetano?

– Certa manhã, quando cheguei ao escritório, havia dois soldados do Exército me aguardando. Pediram que eu os acompanhasse e não se preocuparam com a minha recusa. Tudo era muito assustador. Eu não era ligado a partido político algum, que interesse haveria por mim? Mas não adiantou protestar, acabei levado meio que à força para um carro que nos conduziu até o Comando Geral do Exército. Lá, revi meu amigo de farda, Ramos, que naquela altura já era capitão. Havíamos dividido o quarto nos anos de Exército e éramos muito próximos. Quando cheguei à patente de sargento, me desliguei, mas ele continuou na ativa. Ele me contou que o Exército estava preocupado com os comunistas. Era época da Guerra Fria e precisavam formar uma elite reservada para saber o que se passava nas ruas. De início, eu deveria ser apenas um informante de confiança, mas logo me integrei a esse grupo reservado. Aprendi tudo o que era possível sobre técnicas de investigação, ao menos do que era disponível naquela época. Foi uma oportunidade excelente porque me senti impulsionado a retomar os estudos. Sempre apaixonado por livros, ampliei meu conhecimento de obras importantes. Já não havia como cursar a Faculdade de Direito, mas conseguia material em sebos e estudava tudo o que estava ao meu alcance. Na verdade, sou um autodidata.

– E o latim?

– *Jus est dictum, quia justum est* – Caetano parecia se divertir com a minha ignorância. – *O direito assim se chama porque é justo*. Ora, doutor, como se pode desejar advogar sem conhecer o latim? Não que eu queira ofendê-lo – a língua ferina de Caetano continuava afiada, mas preferi ignorar. – Precisamos conhecer o sentido das palavras e seus significados. Heródoto, Platão, Aristóteles, Cícero, Lucrécio, todos eles escreveram sobre a origem das palavras e seus significados. Mas saiba que foi Demócrito quem primeiro registrou os fenômenos mais precisos no estudo da polissemia e da sinonímia. E isso por volta do século

IV antes da era cristã. Mas não vamos entrar profundamente no tema, porque não é a história das línguas que o traz à minha casa.

Com a deixa de meu anfitrião, retomei o assunto que me trouxera até a sua residência:

– E como o senhor conheceu o Sr. Stein?

– Ele era um homem de muitos negócios e me foi apresentado há muitos anos. Desejava comprar um imóvel vizinho a uma de suas fábricas para ampliar suas instalações, mas o vendedor estava desaparecido. Brigara com a esposa e tinha sumido. Ele precisava localizá-lo rapidamente e convencê-lo a confirmar o negócio, e foi exatamente o que fiz. Ele gostou do meu serviço e vez por outra me chamava para auxiliá-lo em questões nas quais queria mais privacidade. Mesmo em algumas brigas forenses, particularmente quando havia invasão de suas terras e os meios de retomada nem sempre eram propriamente jurídicos, ele pedia a minha intervenção.

– Mas ele não tinha o Dr. Barreto trabalhando com ele?

– Parece que ele gostava mais do meu serviço – realmente a ironia de Caetano era constante. – Ou, quem sabe, não queria que seu advogado soubesse de tudo.

– Isso não me parece razoável, pois sempre ouvi que o Sr. Stein tinha total confiança no Barreto.

– De quem o senhor ouviu isto?

– Do próprio Barreto.

– Ora, doutor. Assim fica fácil! – e antes que eu pudesse reagir completou: – Não me leve a mal, nem sequer conheço o Dr. Barreto. Mas deve ser mais um desses advogados teóricos, fincados em seguir dogmas doutrinários, que passaram a vida atrás de uma escrivaninha se achando donos da verdade. As coisas nem sempre são assim. Por vezes, o cliente precisa de alguém mais destemido para resolver certos problemas.

– E pelo jeito encontrava isso no senhor.

– Tenha certeza de que sim, meu jovem doutor. Eu não apenas advogava, eu informava. Ora causídico, ora espião, se é que me entende.

Caetano notou meu desconforto:

– Não se apresse nas conclusões, doutor. Não sou o espião que o senhor procura. Muito pelo contrário, eu estava procurando esta pessoa para o Sr. Stein.

– Como assim? – perguntei intrigado pelo rumo que nossa conversa parecia tomar.

– O Sr. Stein realmente achava que estava sendo espionado. Eu não falava com ele há muitos anos, para ser sincero já me considerava aposentado. Mas quem não gosta de um desafio? Certa feita, Stein me ligou e pediu para encontrá-lo fora do escritório. Ele realmente queria sigilo.

– Ele tinha alguma desconfiança específica?

– Não tinha a menor noção de quem poderia ser, mas tinha convicção de que alguém do grupo estava traindo a sua confiança. O problema é que a lista de nomes não era pequena. Havia vários profissionais envolvidos com um projeto esquisito, de comida, que era a sua grande paixão.

– Bromatologia?

– Isso mesmo, a palavra se escondera em minha memória, obrigado. Minha função era descobrir quem seria o traidor e fazê-lo da forma mais rápida possível. Recebi do Sr. Stein uma lista com vários nomes de profissionais que ele contratara recentemente. Ele achava que o espião estaria entre essas pessoas, mas, na medida em que eu avançava nas buscas, era forçoso concluir que eles não tinham nada a ver com a história.

– E como o senhor chegou a essa conclusão?

– Bem, eles trabalhavam em departamentos específicos e todas as tarefas eram compartimentadas. Eu e o Sr. Stein sentávamos aqui mesmo, na minha sala, e fazíamos algumas simulações de informações viciadas para podermos rastreá-las posteriormente. Esta era uma forma muito complexa de investigação, que aprendi nos meus tempos de elite do Exército, e que costumava dar resultados. Eu deixava o Sr. Stein com um aparelho de gravação junto ao corpo e ele partia para as negociações. Depois eu recebia as gravações e decodificava para ele. Mas ficava claro que os concorrentes não tinham recebido nenhuma daquelas armadilhas que havíamos plantado.

– E daí?

– Sugeri ao Sr. Stein que fizesse o mesmo procedimento junto aos seus funcionários mais antigos. Talvez essa tenha sido a única vez em que nos desentendemos. Ele nem sequer admitia a hipótese de ter um espião dentro do seu círculo profissional mais íntimo.

– Estamos falando de quantas pessoas?

– Menos de dez, com certeza. E pode acreditar, uma delas era a espiã.

– Como o senhor sabe?

– Não é questão de saber. Era óbvio. Repetimos novamente o procedimento e criamos novas informações viciadas, agora nesse grupo seleto. E daí começaram a aparecer os concorrentes com dados que não deveriam possuir. A prova era irrefutável.

– E o Sr. Stein?

– Não queria acreditar. Foi terrível ver o homem vivendo uma desconfiança como essa. Ficou um tempo sem me procurar, talvez uns dois meses. Depois me ligou e pediu algo inusitado. Queria plantar uma escuta em alguns telefones da empresa.

– Em quais?

– Em toda aquela relação de nomes próximos, inclusive no próprio aparelho telefônico da sala dele. Queria que suas conversas ficassem gravadas para poder ouvi-las com mais calma e quem sabe descobrir o espião. O Sr. Stein me deu um orçamento livre para instalar o que houvesse de mais moderno em matéria de captação de linhas telefônicas e foi o que fiz. Não me limitava em gravar as ligações. Instalei um decodificador que permitia saber a cada momento qual linha estava sendo utilizada. Um dos concorrentes mais insistentes era uma empresa chamada Karmo, que vinha assediando o Sr. Stein o tempo todo.

– É isso mesmo – registrei. – No Grupo Stein, também me disseram que a Karmo era mais do que insistente. Chegava a se tornar inconveniente.

– Bem, a verdade é que queriam este projeto de qualquer jeito. O Sr. Stein comentou que esta empresa Karmo havia destacado um diretor apenas para este assunto. Deixe-me ver se recordo o nome...

– Não seria Manoel de Oliveira Abranches?

– Isso mesmo, doutor. Agradeço o auxílio. Preciso dar alguns descontos para a minha memória neste idade – Caetano se serviu vagarosamente do chá e prosseguiu. – Eles queriam o projeto a qualquer custo, mas o Sr. Stein não tinha interesse em vendê-lo. Assim, por uma sequência de números que implantei na central de telefonia do Grupo Stein, eu recebia automaticamente um sinal quando havia uma ligação vinda da Karmo. Esta talvez tenha sido a parte mais demorada, ou seja, descobrir todos os números de telefone da empresa concorrente e implantá-los no meu sistema. Mas com este sinal eu me apressava em decodificar as conversas e desprezava outras ligações que não seriam de interesse do caso. Até que algo realmente grave aconteceu.

– O que foi?

– Certa feita, o Sr. Stein me ligou e disse que viajaria ao exterior por alguns dias, mas me pediu que o informasse se algo acontecesse. Dois dias depois, o decodificador acusou uma ligação da Karmo dirigida à sala do próprio Sr. Stein. Depois uma ligação da sala do Sr. Stein de volta para a Karmo. Eram ligações curtas, mas algo estava errado. Como poderiam ser ligações na sala do Sr. Stein, se ele se encontrava viajando ao exterior?

– E o que você fez?

– Assim que tive acesso às fitas, liguei para o Sr. Stein para comunicá-lo do fato e informar que eu agilizaria a transcrição das conversas. Foi nessa ocasião que ele estava na casa do rabino. Stein ficou muito nervoso, me proibiu de ouvir as gravações. Na verdade, me fez jurar que não o faria e que aguardasse seu retorno para o Brasil.

– E o senhor fez o quê?

– Ora, aguardei. Ele veio do aeroporto direto para minha casa, me pediu as fitas e me fez novamente jurar que eu não as havia escutado, o que confirmei. Ele saiu nervoso e sumiu.

– Sumiu?

– Isso mesmo, só apareceu dois meses depois. Era outro homem, rosto abatido. Me pediu para encerrar os levantamentos que eu estava fazendo.

– O senhor não perguntou o que havia acontecido?

– Meu jovem doutor, eu era pago para bisbilhotar os outros, não a meu próprio cliente. Ele agradeceu o empenho e me pediu para terminar com as gravações. Eu jamais o vira daquela forma. Tentei esticar um pouco a conversa com ele, mas Stein não demonstrava interesse nisso. Tenho até receio de dizer, mas parece que ele queria morrer – e retomando um pouco de ar sentenciou: *"Mors Omnia Solvit"*.

– A morte tudo resolve! – exclamei.

– Isso mesmo, meu jovem doutor. Eu deveria ter ficado calado, acredite. Mas sou um homem rústico com sentimentos. Eu lhe dizia de que nada adianta sofrer porque a morte tudo resolve. Fui eu quem disse esta frase ao Sr. Stein!

– O livro de Salmos que o Sr. Stein me presenteou tinha esta frase. Ele me escreveu esta frase, Sr. Caetano.

– Do que você está falando?

– É isso mesmo. O Sr. Stein escreveu de próprio punho este brocardo latino no livro dos Salmos.

Caetano estava incomodado. Ainda havia algo que certamente não me revelara, ao menos até aquele momento:

– Talvez as coisas comecem a se encaixar melhor a partir de agora.

– Por que o senhor diz isso?

– Quando o Sr. Stein me pagou pelos serviços, me deu um valor adicional em dinheiro e me disse que isso era o pagamento para quando eu encerrasse meu trabalho.

– Mas ele já não havia pedido ao senhor que parasse com tudo?

– Não, ele me pediu para encerrar as gravações. Mas pelo jeito, vejo que o trabalho se encerra com o senhor.

– Comigo? Mas como pode ser?

– Não resta dúvida de que o Sr. Stein sabia, ou ao menos tinha fortes indícios, de quem seria o espião. Mas ele não desejava revelar isso.

– E por que não?

– O Salmo 16.

– Meu Deus, o que tem ele?

– Não se esqueça de que só lhe abri a porta quando o senhor me deu a senha.

– O Salmo 16 era uma senha?

– O senhor trouxe o livro de Salmos consigo?

– Lamento dizer que não.

– Não há problema, o Sr. Stein também me presenteou com um exemplar. Espere um pouco.

Caetano levantou-se, foi a um cômodo separado e em poucos instantes retornou com o livro de Salmos que ganhara do Sr. Stein. Fiquei silenciosamente envaidecido porque a minha edição era visivelmente mais bonita. Nas mãos do Sr. Caetano, havia uma edição mais simples, daquelas que se consegue comprar em qualquer boa livraria. Ele prosseguiu:

– Stein me disse que alguém traíra a sua confiança, mas não seria de sua boca que o nome seria revelado. Ele confiava em Deus e nada poderia abalá-lo.

Lembrei rapidamente de minhas conversas bíblicas:

– Realmente o Sr. Stein era um homem de muita fé. Mas mesmo assim, Sr. Caetano, algo não está sintonizando. Se ele havia descoberto o espião, por que não delatá-lo?

— Foi exatamente o que perguntei. Foi quando ele me leu o Salmo 16 e disse que até mesmo o Rei David fora enganado e traído, mas os nomes não foram pronunciados por ele. Veja este trecho: *"Padecerão porém severas penas aqueles que trocam sua confiança no Eterno por falsos deuses. Não participarei das libações com o sangue de suas oferendas, e seus nomes não serão pronunciados por meus lábios"*. O que você acha?

Recordei de minha conversa com Rebe Menahem:

— Não apenas isso — e, pegando o livro de Salmos na minha mão, disse: — Veja a parte final do Salmo 16: *"não abandonarás a minha alma, nem permitirás que com a corrupção eu me depare"*.

— Impressionante, jovem doutor.

— Mas não é só.

— Ainda tem mais? — Caetano começava a ficar extremamente envolvido com o assunto.

— O senhor já ouviu falar na vocação dos Salmos?

— Nunca, o que seria?

— Rebe Menahem me explicou que cada Salmo tem uma vocação específica, um assunto com o qual se relaciona.

— E daí? — era a vez de Caetano estar aguçado pela curiosidade.

— Nem todas as edições dos Salmos têm no seu texto a relação da vocação específica dos 150 salmos. Ocorre que no livro dos Salmos que eu ganhei existe esta ordem. E o senhor sabe qual a vocação do Salmo 16?

— Vamos lá, não me deixe mais curioso.

— Se refere simplesmente a pegar um ladrão.

— Você está me gozando?

— Pode acreditar que não.

Caetano ficou um pouco pensativo. Depois me fitou secamente nos olhos e concluiu:

— Quando o Sr. Stein me disse que estava antecipando um pagamento para o futuro, quando eu fosse encerrar meu trabalho, realmente não estava brincando. — Caetano passou uma nova vista de olhos pelo Salmo 16 e concluiu: – Pois bem, a senha que o Sr. Stein escolheu realmente funcionou. Cá estamos nós. Mais algum Salmo para descobrirmos?

Eu precisava municiar Caetano com mais informações:

– Não propriamente, mas temos dois números 16.

– Como assim?

– No receituário médico junto ao seu nome o número 16 está escrito duas vezes. Pode ser uma bobagem, ou pode ser um detalhe importante. Mas precisamos descobrir se é algo relevante ou pode ser descartado. Só que não sei nem por onde começar.

– Que tal o senhor consultar o rabino?

– Rebe Menahem?

– Ora, e não foi ele que lhe ajudou a chegar até aqui? Talvez ele tenha alguma ideia do que dois Salmos 16 possam significar.

– Ótima sugestão...

– Prezado Doutor. Vejo que algo mais lhe incomoda. O que o aflige agora?

– O fato de ser uma pessoa tão próxima do Sr. Stein que tenha se corrompido me leva a considerar fortemente a possibilidade dela não estar atuando sozinha.

– Por que o senhor pensa assim?

– Uma coisa é trair a confiança e vender seus conhecimentos para o concorrente. Outra completamente diferente é assassinar o próprio Sr. Stein.

– Não me parece que alguém com a saúde abalada do Sr. Stein precisasse ser assassinado. Como lhe disse, ele estava realmente debilitado e não indicava uma sobrevida longa.

– Esta é a opinião do filho Alberto. Ele sempre achou a hipótese absurda, mas Rubens insiste nisso.

– Alguma prova circunstancial?

– Nada, mas é uma suspeita que não podemos desconsiderar. E isso me preocupa, porque o fato de encontrarmos a pessoa que tenha se vendido à concorrência não significará ter encontrado o assassino. Se não bastasse um, agora temos dois para encontrar.

Caetano observou prontamente:

– Acho que iremos descobrir isso juntos.

– Juntos? E como?

– Vamos trabalhar em parceria. Pegar o corrupto e o assassino.

– Sr. Caetano, vamos com calma. Se alguém matou o Sr. Stein, então temos um problema criminal e a polícia deve ser informada para tomar as providências cabíveis antes que seja tarde.

– Meu jovem doutor, não se cumpre um trabalho profissional em partes. Ambos fomos contratados para o mesmo serviço. Eu pelo Sr. Stein, o senhor pelos filhos dele. Mas com o mesmo objetivo. Se fosse intenção delegar o assunto para terceiros, a própria família teria tomado as providências necessárias.

– Ainda assim, acho que deveríamos avisar a polícia.

– Avisar o quê? Que temos um suposto assassino?

– Não é motivo suficiente?

– Com certeza sim, mas são necessárias provas efetivas, não acha? Quando você disser que sua suspeita de assassinato se resume a uma interpretação pessoal do *Livro dos Salmos do Rei David*, bem... acho que irão rir...

Os argumentos de Caetano me convenceram rapidamente.

– O que acha que devemos fazer, então?

– Vamos nos dividir, OK? O Sr. Stein levou as fitas, mas o restante do material ainda está em meu poder. Vou reler tudo e quem sabe consiga achar alguma informação relevante?

– E eu faço o quê?

– Já que você está tão preocupado com o assassino, vamos ver primeiro se ele de fato existe. Porque há a possibilidade nua e crua de a doença ter vencido o Sr. Stein.

– Bem, tudo é possível. E como faremos para ter certeza do que realmente aconteceu?

– Você não disse que localizou meu nome e telefone no receituário do médico particular do Sr. Stein?

– Isso mesmo. O nome do médico dele, se bem me recordo, é Dr. Glauco Soares.

– Pois bem, talvez esteja na hora de você se preocupar com sua saúde. Que tal marcar uma consulta médica?

11

Saí do apartamento de Caetano diretamente para o meu escritório. Ainda tinha alguns assuntos para resolver, particularmente o pagamento de mais uma parcela do financiamento. Era mais um daqueles dias de estresse total, porque eu nunca conseguia saber se as economias do mês alcançariam o valor necessário. Só de pensar em ter que voltar ao quarto andar do Banco República para negociar os juros e a multa do meu atraso já era motivo suficiente para estragar o meu humor.

Sandra era mais organizada do que eu e controlava melhor nossas despesas. A boa notícia que recebi dela é que neste mês seria possível pagar em dia a nossa parcela. Após longas negociações entre o corpo médico e a direção do hospital, os plantonistas receberam um razoável aumento, retroativo ao início das negociações, que já duravam três meses. Sandra me ligara extremamente satisfeita porque, com este acréscimo inesperado, haveria até uma sobra que já deixamos reservada para o mês seguinte.

Dessa vez, fiz questão de não esquecer de ligar para o Barreto, mas ele estava resolvendo um problema da empresa fora do escritório. Falei com Carmem e pedi que verificasse se a agenda de todos estaria disponível para uma reunião depois do almoço. Ela lembrou que o assunto era prioritário, portanto, a reunião já estava confirmada e qualquer outro compromisso certamente seria desmarcado.

Daisy já deixara na minha mesa os assuntos mais urgentes para serem resolvidos. Dois novos clientes em potencial haviam ligado. O primeiro porque fora citado pelo inquilino em uma ação renovatória e precisava elaborar uma contestação. Ações renovatórias sempre são interessantes porque podemos cobrar honorários equivalentes a um aluguel no ato da contratação do trabalho e mais outro pelo valor da decisão judicial, ao final do processo. Nada mal. O segundo cliente desejava uma consulta porque estava pensando em largar a esposa e gostaria de ouvir uma orientação se valia a pena enfrentar a separação judicial.

Se valia a pena? Ora, e seria eu que tomaria uma decisão sobre a vida pessoal dele? Há clientes que pensam que somos psicólogos. Não cabe a nós dizer se alguém deve ou não se separar, mas sim orientá-lo sobre as consequências do ato e a melhor maneira de fazê-lo. Nunca se deve ou não fazê-lo!

Sempre que apareciam novos clientes, eu me sentia satisfeito pela decisão, tomada junto com a minha mulher, de abrir meu próprio escritório. Era das coisas que mais me estimulava. Daisy já devia ter sentido isso e havia marcado as reuniões com eles ainda naquela semana.

No mais, eu precisava terminar a revisão de duas escrituras, uma de venda e compra e outra de doação. Isso certamente me tomaria o que restava da manhã. Um lanche rápido no próprio escritório e seguiria para o Grupo Stein com o relatório das informações. Mas não seria nada agradável dizer aos filhos que alguém mais próximo do que eles imaginavam seria a pessoa que estávamos procurando.

Assim que cheguei, Carmem, sempre prestativa, me levou diretamente ao escritório particular do Sr. Stein, como se lá fosse o meu local privativo de trabalho. Pediu que eu aguardasse enquanto chamava Barreto e os filhos do Sr. Stein. Novamente sozinho na sala, vivia uma sensação dupla: de um lado a satisfação de estar envolvido em um mistério de uma das maiores fortunas do Brasil, que me renderia honorários extraordinários; de outro, a esperança de que esse trabalho não me causasse qualquer transtorno pessoal, para não dizer o pior.

Sob o olhar atento dos porta-retratos, fiquei imaginando o que passara pela cabeça do Sr. Stein ao optar por não ser enterrado ao lado de sua amada esposa. Com certeza, não deve ter sido uma decisão nada fácil. Enquanto aguardava a chegada de todos, voltei ao armário lateral da sala onde eu localizara os receituários. Peguei o último e confirmei o nome do médico que eu mencionara a Caetano. Guardei-o no bolso do paletó ao mesmo tempo em que a porta se abria e todos chegavam para nosso encontro.

Alberto, sempre buscando a liderança das conversas na condição de primogênito do falecido pai, tomou a iniciativa:

– Pois bem, Dr. Thomas. Espero que o senhor tenha boas novas.

– Realmente, descobri algumas informações muito interessantes, que preciso transmitir a vocês.

Como de costume, Carmem se postara ao lado de Barreto para registrar as anotações necessárias. Nada lhe passava despercebido. Contei a todos meu interessante encontro com Caetano e relatei em detalhes nossa conversa. Mario pareceu visivelmente incomodado:

– Jamais poderíamos supor que nosso pai tivesse tomado uma iniciativa como esta, sem nosso conhecimento.

– Não condene seu pai – ponderei. – Certamente, ele não queria envolvê-los em um assunto sobre o qual não tinha certeza. Tudo era motivo de suspeita, tudo era possível.

– Mas nós também tínhamos uma investigação interna – insistiu Mario, balançando a cabeça, inconformado... – Estava aos cuidados do Dr. Barreto. Não havia motivos para ações paralelas.

O comentário causou um natural desconforto ao próprio Barreto. Realmente, o que poderia nos sugerir o fato de o Sr. Stein ter ocultado essa outra investigação justamente daqueles em que deveria confiar?

– Talvez, por vocês estarem tão envolvidos com a empresa, seu pai temesse que, caso fossem avisados, alguém junto a vocês, como o espião, descobriria que havia uma outra investigação e poderia mudar seus métodos.

– Não nos cabe discutir uma decisão tomada pelo pai de vocês – disse Barreto, desejando encerrar logo essa discussão. – O que importa é saber o que faremos daqui para frente, especialmente porque a Karmo retomou as negociações com o Grupo Stein.

– Como assim? – exclamei.

Alberto se adiantou:

– Eles voltaram a nos procurar e solicitaram uma reunião. Lamentaram o falecimento de nosso pai e insistiram na retomada da negociação para compra do projeto de bromatologia. Agora que as coisas estão tomando seus lugares, estamos considerando realmente a hipótese de vender o projeto.

– Eu não negocio com assassinos! – Rubens era, como sempre, curto e direto, mas Alberto se alterou rapidamente.

– Chega desse assunto. Não vamos acusar ninguém sem provas. Cuidado, Rubens. Ainda podemos sofrer uma ação de injúria se esse pessoal da Karmo descobrir o que você anda dizendo.

– Pois que venham e direi na cara deles o que eu acho.

– Então, você fica fora da mesa de negociação, ao menos por enquanto.

Rubens se levantou imediatamente e se retirou da sala sem se despedir de ninguém.

– Perdoe meu irmão, Dr. Thomas. Mas já temos problemas demais por aqui e não quero perder o foco novamente. O projeto de bromatologia era um sonho de meu pai e a verdade é que nenhum de nós acompanhava o assunto. Era algo exclusivamente dele. Cada filho cuidava de uma área empresarial e já temos nossa atuação na empresa definida. O projeto ficou órfão com o falecimento de meu pai. Se temos um concorrente interessado em comprar e o preço for justo, acho que chegou o momento de considerar a venda.

– E o espião que está infiltrado e próximo de vocês? – ponderei.

– Se a Karmo estiver disposta a pagar o preço que desejamos no projeto, e acredite que não falo de pouco dinheiro, então que diferença isso fará?

– E o assassino?

– Esqueça, Dr. Thomas. E tranquilize-se. Já lhe dissemos e volto a repetir: meu pai morreu na UTI de um hospital após alguns dias em coma.

– Bem, de qualquer forma, se vocês não tiverem nada contra, vou procurar o médico particular de seu pai. Quero ter certeza do que estamos falando.

Alberto ficou satisfeito:

– Faça isto e nos deixe informados.

Já passava das quatro horas da tarde quando saí do prédio do Grupo Stein. Era noite de plantão da Sandra e, assim, fui para casa para ficar com as crianças, cumprindo o nosso acordo familiar. Jantamos macarrão ao sugo e batatas fritas, e de sobremesa uma torta de morango que eu havia comprado no caminho. Tentei jogar um pouco de videogame com as crianças, mas perdia todas as partidas muito rápido: é impressionante como nossos filhos conseguem dedilhar aqueles equipamentos com uma agilidade impensável para nós. Mas o melhor era como eles se divertiam vendo a minha frustração.

O combinado em casa é desligar equipamentos e luzes do quarto às nove da noite – quando muito, temos um chorinho até nove e meia. Depois disso, não adianta protestar, o que eles sempre faziam apesar de saber que a resposta seria negativa.

Com os dois filhos na cama e sozinho em casa, fui para meu pequeno escritório do apartamento tentar ordenar os pensamentos a respeito dos acontecimentos do dia. Foi quando me lembrei de que ainda devia uma ligação ao Rebe Menahem para relatar tudo o que havia acontecido. O horário do fuso me beneficiava, porque nos Estados Unidos era mais cedo.

Rebe Menahem ficou extremamente satisfeito com meu contato e mais ainda ao saber que, efetivamente, existia um Caetano que parecia ser a chave para seguirmos em nossas averiguações. Relatei todas as novidades, inclusive a discussão entre os irmãos Alberto e Rubens. Mas havia uma questão que ainda precisava ser resolvida:

– Rebe Menahem, pode existir dois livros de Salmos?

– Como assim, Dr. Thomas?

– Junto ao nome e telefone do Caetano, o Sr. Stein deixou escrito o número 16 duas vezes.

– Ainda o nosso Salmo 16, pois muito bem... – Rebe Menahem apreciava que nosso encontro no Brooklyn tivesse sido tão profícuo.

– Mas existem dois Salmos com o mesmo número? – insisti com a pergunta.

– Não, de modo algum.

– Então, qual poderia ser o motivo da repetição?

Rebe Menahem ficou alguns segundos em silêncio.

– No momento, nada me vem à mente. Talvez algum jogo de números, quem sabe? Como lhe disse, Benjamin gostava de numerologia. Vamos fazer uma coisa: eu me comprometo a pensar intensamente no assunto, OK?

– Rebe, agradeço sua ajuda. Vamos manter contato.

– *Hatzlahá*, boa sorte, Dr. Thomas!

Como eu não havia retornado no final da tarde do dia anterior, cheguei mais cedo ao escritório. Começávamos o expediente às 9h00, quando Daisy deveria chegar. Meu estagiário também devia começar no mesmo horário, mas parece que o forte dos estudantes não é acordar cedo. Ele me dizia que, como estudava no período noturno, dormia muito tarde e era difícil acordar a tempo.

No fundo, eu achava é que ele gostava mesmo de dar uma esticadinha nos bares e baladas noturnas depois da faculdade e, assim, não era realmente possível chegar no escritório às 9:00h. Mas era um bom estagiário e jamais havia faltado. Era extremamente prestativo, preocupado em aprender e sempre disposto a ajudar. Então, optei por relevar os seus atrasos costumeiros.

Quem sabe os consultórios médicos começassem as atividades mais cedo que os escritórios de advocacia? Por volta das 8h30, liguei para o telefone indicado no receituário do Dr. Glauco Soares:

– Consultório, bom dia!

– Por gentileza, gostaria de marcar um horário com o Dr. Glauco Soares.

– O senhor tem convênio ou é particular?

Na verdade, nem um nem outro, mas a conta certamente seria encaminhada ao Grupo Stein.

– Sou particular. Apenas pediria a primeira hora disponível porque meu assunto é urgente.

– A primeira hora disponível será daqui a quinze dias. Antes, impossível.

– Mas eu não posso esperar tanto tempo. Talvez ao menos um contato por telefone com o Dr. Glauco fosse suficiente.

– Meu senhor – dizia a atendente com aquela voz irritantemente pausada –, o Dr. Glauco não costuma dar consultas por telefone. O senhor precisara vir até o consultório. Mas, como lhe disse, o primeiro horário é apenas daqui a quinze dias.

– Escute, por favor. Preciso falar com ele antes. É uma emergência.

– Bem, se for assim, posso lhe encaminhar para um dos assistentes dele.

– Não quero ser indelicado, mas meu assunto é exclusivamente com o Dr. Glauco.

– Então, lamentavelmente, o senhor terá que esperar. O Dr. Glauco está em um congresso médico e não virá ao escritório nos próximos dias.

– Em um congresso? Justo agora?

– Para ser mais precisa, ele profere uma palestra hoje às 10h00.

– E onde é este congresso?

– No Centro de Convenções do Parque Anhembi.

– Às 10h00? Acho que ainda dá tempo de chegar lá.

– O senhor não me disse que era médico! – surpreendeu-se a atendente.

– E realmente não sou. Muito obrigado.

Peguei meu paletó e, saindo de minha sala, me encontrei com Daisy chegando ao escritório:

– O senhor já vai?

– Preciso correr para um congresso médico, Daisy.

– O quê?

– Depois eu explico.

– E desde quando o senhor...

– Desculpe Daisy, estou atrasado. Ligo mais tarde, cuide de tudo.

Segui pelas Avenidas Nove de Julho e Tiradentes, cruzando a ponte da Marginal Tietê e segui à esquerda até o Centro de Convenções do Anhembi. O trânsito daquela manhã fez o trajeto demorar um pouco mais do que eu gostaria e, ao estacionar meu automóvel, o relógio já marcava 9h30.

Ao entrar no centro de convenções fui envolvido por um emaranhado de pessoas de branco que andavam freneticamente de um lado para o outro. Nunca vi tantos médicos ao mesmo tempo. Como encontraria o Dr. Glauco no meio daquela confusão? Fui até o balcão de informações tentar descobrir o local exato de sua palestra. Uma atendente estranhou o fato de ver alguém de terno e gravata, mas não se furtou a fornecer as indicações.

Cheguei à sala onde seria a palestra praticamente às 10h00. Na entrada, uma placa indicava: "Novas perspectivas no tratamento dos tumores estromais gastrointestinais – Professor Dr. Glauco Soares". Com uma ou duas perguntas, localizei a pessoa que procurava.

O Dr. Glauco era um senhor de meia-idade, estatura mediana e um pouco mais gordo do que deveria, pelo menos foi a impressão que tive.

Era praticamente calvo, com bochechas vermelhas em contraste à pele branca, quase albina. Tomei coragem e simplesmente fiz a abordagem:

– Dr. Glauco, desculpe abordá-lo num momento desses, mas tentei falar com o senhor hoje cedo no seu consultório e me disseram que poderia encontrá-lo aqui.

– Bem, vejo que conseguiu – me respondeu sorrindo. – Mas o senhor escolheu uma hora complicada. Tenho de iniciar agora a minha palestra.

– Eu sei, peço desculpas por incomodá-lo. Aliás, nem me apresentei. – E estendendo a mão disse: – Meu nome é Thomas Lengik.

O Dr. Glauco retribuiu o cumprimento, e ainda sorrindo me disse:
– O senhor não me parece médico.

– Sou advogado dos filhos do Sr. Benjamin Stein.

– Benjamin Stein?

– Exatamente.

– E no que eu poderia ser útil?

– Precisava de algumas informações do senhor. É uma história longa que preciso lhe contar, mas prometo que serei breve.

– Longa ou curta, agora não é possível. Tenho de começar a palestra. Se o senhor não se incomodar em aguardar, minha apresentação inicial é de 90 minutos e depois temos um intervalo de meia hora para o café, antes da segunda parte. Fique na sala como meu convidado e na hora do intervalo conversaremos, OK?

– Puxa, não tenho como lhe agradecer.

– Já ouviu falar de tumores estromais gastrointestinais?

– Não tenho a menor ideia do que seja isso.

– Então sente e relaxe – sorrindo me pediu licença e seguiu em direção ao palco.

Pensei em aguardar fora do recinto da palestra, mas eu já tinha passado pelos corredores do centro de convenções e o frio lá estava insuportável em mais uma manhã de inverno. A ideia de ficar uma hora e meia no vento gelado não era nada convidativa. Na sala da palestra, a temperatura ambiente era bem mais agradável e ainda havia no fundo uma mesinha com café, chá e alguns salgados. Noventa minutos não são uma eternidade e um pouco de cultura geral não faz mal a ninguém. Quem sabe eu não aprenderia um pouco com o Dr. Glauco?

Meu celular tocou no meio daquele burburinho das pessoas se sentando e atendi rapidamente:

– Alô

– Dr. Thomas?

– Sim, quem fala?

– Dr. Thomas, é Dona Fani.

– Dona Fani?

– Sim, Dona Fani, da fábrica de guarda-chuvas do Tatuapé.

– Eu sei quem é a senhora.

– Pois não parece. O senhor me esqueceu novamente.

– D. Fani, não diga isso. Eu me reuni com seus filhos, entreguei a minuta do acordo e pedi para eles estudarem o assunto.

– Eu sei! Mas desde quando precisam de 15 dias para ler um documento de poucas páginas? Aí eles ficam remoendo e voltam com ideias novas. O senhor não precisava ter dado um prazo tão longo.

D. Fani estava coberta da razão. O prazo fora uma maneira de ganhar tempo para tocar assuntos mais importantes. A palestra estava se iniciando:

– D. Fani, me desculpe, mas não posso falar agora.

– Não vai me dizer que o senhor ainda está passeando em Nova York?

– Eu não estava passeando, já expliquei isso para senhora. Seja como for, já estou em São Paulo, mas agora não posso falar. Estou em um congresso médico.

– O senhor está onde?

– Em um congresso médico. Vai se iniciar uma palestra sobre tumores e preciso desligar.

– E desde quando o senhor é médico?

– Eu não sou médico!

– Se não é médico, o que faz em um congresso de medicina?

– D. Fani, acho que a senhora não vai entender e também não tenho tempo para explicar.

– Belo advogado fui contratar. Ora está passeando em Nova York, ora está em um congresso médico. Aliás, é bom que o senhor seja médico, porque o meu problema, que o senhor não consegue resolver, tenha certeza, ainda vai me matar.

Respirei fundo:

– D. Fani, a senhora sabe o que são tumores estromais gastrointestinais?

– Mas que coisa é essa, pelo amor de Deus?

– É o que eu vou descobrir se a senhora me deixar desligar. A palestra já começou. Um abraço.

Quando não conhecemos nada do assunto que está sendo tratado, noventa minutos parece mesmo uma eternidade. Os termos médicos proferidos na palestra eram tão complexos que não havia a mais remota hipótese de eu entender qualquer coisa. Fiquei pensando nos brocardos latinos que Caetano tinha na ponta da língua. Imaginei-o proferindo uma palestra em latim para esses médicos. Seria a nossa vingança!

Após sessenta minutos de apresentação, o Dr. Glauco passou a expor alguns *slides* com fotos dos tumores. Aquilo me revirou definitivamente o estômago, não nasci para essa profissão. Mesmo sem entender o assunto, ficara claro que o Dr. Glauco dominava o tema e a sala de palestra, absolutamente lotada, permanecia em silêncio total, com as pessoas fazendo várias anotações do que estavam ouvindo.

Ao final da apresentação, me dirigi até a sala do café à procura do palestrante. O Dr. Glauco estava rodeado de muitos jovens, provavelmente residentes ou médicos recém-formados. Ao me avistar, fez sinal para eu me aproximar e pediu que aguardasse. Assim que conseguiu se desvencilhar, me sugeriu:

– Vamos andar um pouco, Dr. Thomas. Aqui não conseguiremos conversar. Mas terá de ser breve, porque preciso retornar para a segunda parte da aula. Aliás, notei sua atenção durante a minha apresentação.

– Agradeço, mas saiba que não entendi nada.

– E também notei que o senhor desviou o olhar durante a apresentação das fotos dos tumores.

– Com todo o respeito, mas ainda estou para lá de nauseado.

Dr. Glauco parecia se divertir.

– Então, não perca a segunda parte da aula. Teremos fotos dos procedimentos cirúrgicos.

– Acho que vou declinar deste convite.

Pegamos dois copos com chá e seguimos pelo corredor, buscando um pouco mais de privacidade.

– Dr. Glauco, nem sei como abordar o tema sem ferir a ética do sigilo profissional.

– Ontem à noite Alberto Stein me ligou.

– Ligou para o senhor?

– Sim, disse que o senhor precisava fazer algumas perguntas sobre seu falecido pai e me pediu que lhe franqueasse todas as informações possíveis. Só não achei que o senhor me procuraria tão rápido.

– Bem, melhor assim. Tentarei ser breve.

– Em que posso ajudá-lo?

– Gostaria de entender a causa da morte do Sr. Benjamin Stein.

– Pensei ter ouvido que o senhor não tem vocação para medicina.

– Hoje, eliminei minhas últimas dúvidas quanto a isso.

Seguimos por um corredor lateral mais reservado.

– Por coincidência, a doença do Sr. Benjamin Stein se confunde com a minha palestra de hoje. Ele tinha um tumor extremamente raro, denominado *gastrointestinal stromal tumor*, conhecido pela sigla GIST.

– E por acaso a medicação para o paciente com este tumor se chama *Imatinib*?

O Dr. Glauco arregalou os olhos:

– Como você sabe disso?

– Encontrei algumas caixas desse remédio no armário particular da sala do Sr. Stein.

– Caixas vazias, quero supor.

– Não. E foi o que me chamou a atenção. As caixas estavam intactas e foram deixadas ao lado de suas receitas de solicitação do medicamento. Ao que parece, o medicamento não foi usado pelo Sr. Stein.

– Os filhos sabiam disso?

– Creio que não, mas não posso afirmar.

Dr. Glauco Soares seguiu comigo mais alguns passos em silêncio.

– Isso explica muita coisa.

– Como assim, Dr. Glauco?

– Os tumores do estroma do trato gastrointestinal ocorrem predominantemente no estômago, intestino delgado e no reto. O tratamento deve ser observado com todos os critérios, se o paciente pretende resultados efetivos. *Imatinib* é uma medicação oral diária. Deve ser tomada religiosamente todos os dias. O Sr. Stein estava medicado, ou ao menos era o que eu supunha. Agora entendo como o tumor, mesmo assim, progrediu tão rapidamente no abdome do meu paciente. E por que ele apresentou uma obstrução intestinal que requereu cirurgia de urgência e internação na UTI. O quadro era gravíssimo, aliado à idade do Sr. Stein. A partir daí, suas condições clínicas se deterioraram e ele faleceu por falência de múltiplos órgãos, quando ainda estava na UTI. Não havia mais nada que pudesse ser feito.

Dr. Glauco estava extremamente pensativo. O jeito bonachão com que me recebeu foi rapidamente substituído por uma expressão de profundo pesar. Não resisti à indagação:

– O que o está incomodando?

– Não faz sentido.

– O que não faz sentido, Dr. Glauco?

– Não faz sentido ele ter interrompido a medicação. Era um homem que amava a vida. Quando nos conhecemos, ele me disse taxativamente: "Vamos vencer este tumor. Faça a sua parte que eu faço a minha".

– Então?

– Então, não estou entendendo. Ele conhecia a gravidade da doença, sabia da necessidade do *Imatinib*. Não é compreensível que suspendesse a medicação. Por conta do quê?

– Estou tão na dúvida quanto o senhor – tomei coragem e prossegui: – Mas preciso lhe fazer mais uma pergunta.

– Pois não, Dr. Thomas.

– Existe a possibilidade de o Sr. Stein ter sido assassinado?

Dr. Glauco interrompeu abruptamente a caminhada.

– Como assim?

– É possível que alguém tenha, por alguma forma ou meio, intentado contra a vida do Sr. Stein, mesmo na UTI?

– Dr. Thomas, sejamos razoáveis. Um homem na idade dele, com um tumor daquela periculosidade, abandonando voluntariamente a medicação... Ele se encontrava na UTI há três dias, após uma intervenção cirúrgica gravíssima, e continuava respirando com aparelhos. Acredite, ninguém precisava matá-lo.

Alberto Stein estava coberto de razão. A tese de assassinato defendida pelo seu irmão Rubens parecia não ter substância alguma, ao menos até aquele momento. Em parte, isso me tranquilizava porque a ideia de ter um assassino dentro do Grupo Stein vinha me tirando o sono. Agradeci a atenção do Dr. Glauco Soares e cruzei rapidamente os corredores gelados do centro de convenções, buscando abrigo no meu automóvel.

No caminho para o escritório, vim lapidando a solução para um novo e absolutamente inesperado dilema: o que levou o Sr. Benjamin Stein a antecipar sua própria morte?

12

A escolha não poderia ser melhor. O famoso filé do Moraes, bem no centro de São Paulo, é um convite sempre irrecusável. A primeira imagem que tivera de Caetano, aquele personagem de corpo franzino que me ofereceu chá com torradas e geleia de manga, me dera a impressão de um homem com hábitos alimentares espartanos. Não podia estar mais equivocado. Ele tinha uma enorme vocação para o pecado da gula.

– *Delicta carnis*, meu jovem doutor. Os delitos da carne. Estes são os melhores prazeres da vida.

– Estou plenamente de acordo, Caetano. Sua escolha foi certeira.

– Fico feliz por ter aceito o convite. Na minha idade, já não é fácil encontrar companhia. Metade dos amigos já faleceram. E a outra metade, bem, conto nos dedos quantos podem saborear uma carne maravilhosa como esta. No mais das vezes, estão comendo somente papinha.

– Não sabem o que estão perdendo – concordei rapidamente.

Enquanto degustávamos prazerosamente o prato recém-servido, Caetano me revelou seu desconhecido conhecimento gastronômico.

– O senhor sabe como se prepara esta carne?

– Não faço a menor ideia.

– Pois bem, para começar, o bife deve ser aquele alto, especial de 500 gramas. Você deve colocar os dentes de alho numa panela pequena com água fervente e deixar cozinhar por um minuto. Depois, descasque-os e corte-os ao meio. Ponha uma frigideira alta no fogo com óleo na altura de um terço e deixe aquecer bem. Coloque as metades de alho na frigideira e deixe que dourem. Em separado frite o filé por volta de três minutos de cada lado. Se gostar de bem passado, deixe mais dois minutos. Depois retire a carne e tempere com sal e pimenta-branca. Em cima do filé, deve espalhar um pouco de óleo da fritura. Está aí o seu filé particular.

– Puxa, Caetano, não conhecia seus dotes culinários.

– Um homem solteiro tem que cumprir as funções de marido e mulher. Não saber cozinhar é passar a vida comendo congelados, e definitivamente não desejo isso para o meu estômago.

– O senhor nunca casou?

– Quando somos jovens, sempre achamos que o casamento pode aguardar. Depois ficamos mais velhos e mais exigentes. Quando finalmente percebemos que não existe princesa, e que também não somos o príncipe encantado, os bons partidos já se foram.

– Mas nunca é tarde.

– Agora já é, meu jovem doutor. Agora já é. E na verdade minha vida sempre foi razoavelmente atribulada. Hoje, estou aposentado, mas na minha juventude, acredite, ninguém me segurava. Era uma vida de riscos e talvez nem fosse justo com uma dama. Noites seguidas fora de casa, trabalhos por vezes à margem da lei; não se engane com este senhor de cabelos brancos.

– Você deve ter uma infinidade de histórias para contar.

– E como tenho. Mas a idade começa a pesar e precisamos saber a hora de parar. Mas você me trouxe vida nova.

– Eu? – fiquei realmente surpreso.

– Claro. E cá não estamos prontos para desmascarar um espião e desvendar o assassinato de nosso cliente?

– Acho que já podemos ficar apenas com a primeira parte.

Caetano demonstrou enorme curiosidade.

– Quais as novas?

– Conforme combinamos, consegui me encontrar com o Dr. Glauco Soares, mas não foi necessária uma consulta. Conversei com ele durante um congresso médico.

– E aí?

– Ele ratificou a posição do filho Alberto de que não deve ter havido assassino algum. O Sr. Stein faleceu por força de uma falência de múltiplos órgãos, quando estava internado na UTI após uma cirurgia para retirada de um tumor gravíssimo.

– *Casus a nulo praestantur* – ponderou satisfeito.

– Ou seja? – definitivamente, Caetano gostava de me lembrar da minha ignorância no vernáculo romano.

– O acaso não aproveita ninguém! Se morreu vencido pela doença, então não temos mais um assassino.

– Mas acho que não foi bem isso o que ocorreu.

– Então voltamos a ter um assassino?

– Definitivamente não.

– O senhor pode ser mais claro?

– O Sr. Stein suspendeu a medicação que estava tomando contra o tumor – Caetano me olhava atentamente, como que tentando ler meus pensamentos, e fiz uma pausa forçada para escolher bem as palavras. – Quero dizer, ao que parece ele se deixou levar pela doença.

Caetano não apreciou minha suposição.

– Estamos falando do mesmo Benjamin Stein? Aquele homem empreendedor, de faro aguçado para bons negócios, que tinha mais vida dentro dele do que muitos jovens de hoje em dia? Desculpe, Dr. Thomas, mas não me parece razoável.

– Sei disso. Soa tão estranho para você quanto para mim. Mas as evidências são essas.

– E o senhor tem alguma pista do que o teria levado a tomar uma decisão dessas?

– Não faço a mais remota ideia.

– Algo a ver com o espião?

– É uma possibilidade. Mas, desse ponto para frente, não sei qual caminho seguir.

– Bem, eu também fiz meu dever de casa. Talvez ajude.

– O que o senhor conseguiu? – perguntei, dando mais algumas garfadas no excelente prato.

– Conforme eu havia me comprometido, fiz uma busca nos documentos do caso do Sr. Stein e localizei a relação da segunda lista de funcionários que poderia ter se corrompido.

– Aqueles dez funcionários?

– Na verdade, olhando a lista, vejo que eram apenas sete nomes – o Sr. Caetano me entregou o papel e disse taxativamente: – E ao que parece a chance de um desses ser o nosso espião é enorme.

– Será que o espião tinha uma informação tão grave que pudesse envergonhar, acuar o Sr. Stein a ponto...

– Dele se matar?

– Exatamente, Caetano.

– Tudo é possível, mas ainda não terminei o meu trabalho.

– Como assim?

– Lembra que comentei do meu decodificador, que fazia a leitura para onde as ligações da concorrente eram direcionadas?

– Claro que lembro.

– Pois bem, eu também tenho as ligações feitas na época dos fatos e, na verdade, interrompi o trabalho quando o Sr. Stein me pediu para não levar à frente as buscas. Mas, agora, vejo que preciso retomar o assunto.

– Há um outro fato que ainda não mencionei. A empresa Karmo restabeleceu contato com o Grupo Stein. Só que dessa vez os herdeiros estão dispostos a negociar, se o preço final for convidativo.

– Muito interessante.

Ficamos em silêncio, cada qual absorto por seus próprios pensamentos.

– Pode mesmo localizar de onde vieram e para onde foram as ligações da Karmo?

– Sem dúvida. Preciso fazer a leitura técnica do decodificador. Vou perder um pouco de tempo, já me falta prática. Mas ainda tenho meus contatos e já sei quem procurar para me auxiliar nesse trabalho.

– Quanto tempo você precisa?

– Uns dois dias. Acho que será suficiente.

– E então saberemos exatamente para quem a Karmo estava ligando e quem lhe retornava reservadamente as ligações. Mesmo que agora ela seja uma potencial compradora, a família vai querer saber quem agiu como espião durante todo esse tempo.

– Meu jovem doutor, se alguém estava reservadamente falando com a Karmo e atravessando a negociação com o Sr. Stein, com toda certeza será o nosso espião. Eventualmente o assassino...

– Você ainda não descarta essa hipótese? – indaguei surpreso.

– O maior erro de uma investigação é aceitar o óbvio. Nem tudo que parece ser realmente é. E quanto ao suspeito, pode apostar, deve estar em um dos sete nomes que lhe entreguei agora.

O prato principal não deixava espaço para mais nada, mas descobri que Caetano gostava de aproveitar os programas gastronômicos. Insistiu com um doce que, realmente, eu não podia aceitar. Para não parecer descortês, pedi uma manga fatiada, aproveitando a escapada da refeição longe de casa, onde esta fruta era praticamente vetada pela minha esposa.

Caetano acabou reconhecendo que comemos demais e deixou o doce para outra oportunidade. Pediu uma salada de frutas e seguimos fazendo conjecturas sobre a razão que teria levado o Sr. Stein a interromper o tratamento. Caetano quase se ofendeu quando insisti em pagar o almoço, mas aleguei a ele que, sendo uma reunião de trabalho, eu poderia pedir reembolso para Carmem, porque as despesas extras deviam ser custeadas pelo cliente, conforme meu contrato de honorários. A contragosto, ele acabou aceitando, e nos despedimos na saída do restaurante.

— Meu jovem doutor, ainda que apenas por cautela, não descarte completamente a hipótese de um assassino. Não baixe a guarda, fique alerta para qualquer movimento estranho à sua volta.

— Eu achei que a informação do Dr. Glauco era suficiente.

— Eu gostaria de pensar assim.

Já na porta do restaurante nos despedimos. Caetano tinha a sua missão e eu ainda tinha uma árdua tarefa a cumprir, sem saber como. Precisava contar ao Rebe Menahem que seu grande amigo Benjamin Stein podia ter aberto mão da própria vida.

O almoço demorou mais do que o previsto e minha ideia de passar no fórum para verificar alguns processos acabou me tomando o restante da tarde. Só retornei ao escritório no final do dia. Daisy me aguardava ansiosa:

— Dr. Thomas, o Dr. Geraldo Barreto já ligou duas vezes.

— Mas não recebi nenhuma ligação dele no celular.

— Ele me disse que não era urgente e não queria atrapalhar, mas pediu que o senhor retornasse a ligação assim que recebesse o recado.

Logo, estava conversando com meu colega. Ele se mostrou extremamente surpreso quando lhe falei da lista.

— Isso mesmo, Barreto. O Sr. Stein deixou uma lista de suspeitos.

— Vamos com calma, Thomas. Você tem uma lista de antigos funcionários, não quer dizer que sejam suspeitos – ele soava muito constrangido.

— Quero lhe dizer que seu nome não consta da lista.

Barreto permaneceu alguns segundos em silêncio e em um tom ríspido registrou:

— Eu não lhe perguntei isso.

— Mas achei que gostaria de saber.

— Não, não gostaria porque meu nome jamais poderia estar em uma lista como essa.

— Barreto, não tive a intenção...

– Deixe para lá, não quero mais falar sobre o assunto. Minha ligação foi feita a pedido do Alberto. Ele deseja saber se você já esteve com o médico particular do Sr. Stein.

– Sim, conversei com ele num congresso de medicina. O Dr. Glauco concorda com Alberto, acredita que Sr. Stein não foi assassinado – optei por não registrar a opinião divergente de Caetano.

– Menos mal! Bem que precisávamos de alguma notícia decente sobre esse caso. Alberto queria essa informação para desarmar os ânimos de Rubens. Ele não quer que nada atrapalhe a negociação com a Karmo.

– As negociações avançaram tanto assim?

– Ao que parece, estão em estágio bem adiantado. Quando você virá nos visitar?

– É só marcar, preciso relatar a todos meu encontro com o Dr. Glauco e as últimas informações que recebi do Caetano.

– Você vai mencionar essa lista?

– Claro. Preciso entregar a lista para vocês analisarem os nomes apontados.

Barreto fez uma breve pausa.

– Thomas, não quero interferir no seu trabalho, mas pondere um pouco sobre tudo o que está acontecendo.

– Como assim?

– Você teve o mérito de desvendar um dilema que estava destruindo a relação entre os três irmãos. Não houve assassinato e isso afasta os temores de Rubens. Ele é o caçula, o mais emotivo, e essa história estava criando uma barreira no relacionamento deles. Enquanto Rubens é paixão, Alberto é razão. Para ele, existe um excelente negócio comercial colocado na mesa e não medirá esforços para transformar o projeto de bromatologia em ativos financeiros para aplicar em outras operações do Grupo Stein.

– E Mario?

– Mario sempre foi o mais reservado dos três. É como se fosse algodão entre cristais. Sempre fez o meio de campo entre os outros dois irmãos, mas nesse caso não sabia qual caminho seguir. Se Rubens estivesse certo e a família fizesse um negócio com os assassinos do próprio pai, ele jamais perdoaria a si mesmo. Mas agora que essa questão está superada, talvez tudo fique mais fácil.

– E o espião?

– Thomas, sejamos razoáveis. Estamos no mundo dos negócios. Você está falando de uma operação de algumas centenas de milhões de dólares. Os riscos da espionagem fazem parte de transações desse vulto, vamos lá. Não lê jornais? Isso acontece todos os dias.

– Barreto, não quero discordar de você, mas temos uma informação importante para revelar.

– Importante para quem? Se estamos admitindo que a Karmo é a provável responsável pela espionagem, se estamos aceitando que é com ela que vamos negociar, se sabemos que feito o acordo comercial o espião perdeu sua atividade, o que você quer mais?

– Simplesmente, não acho que seja correto omitir dos clientes uma informação como essa.

– Thomas, não avance mais do que o objetivo de sua contratação.

– Por que você me diz isso?

– Suas descobertas revelaram que não houve assassinato. É isso o que importa. Lembre-se de que desde nossa primeira visita esta era uma hipótese possível e absolutamente indesejável. Agora, veja a realidade dos fatos. O Grupo está prestes a fechar um negócio milionário e neste momento é indiferente...

Cortei Barreto no meio de sua frase:

– Não precisa dizer tudo novamente. Eu já entendi.

– Pois bem, então estamos conversados.

– Não conclua por mim. Ainda pretendo entregar a lista aos filhos do Sr. Stein.

Barreto deu um longo suspiro:

— Pense melhor no que irá fazer. Como dizia minha falecida avó, falar é prata, calar é ouro.

Apesar do embate telefônico, procuramos nos despedir com cordialidade. Sempre tivemos uma relação extremamente amistosa. Mais do que isso, reconheço que havia certa empatia entre nós e me causou surpresa a posição adotada pelo Barreto, ainda mais com tanta veemência.

No entanto, eu não havia revelado para ele uma informação adicional sobre o que o Sr. Stein fizera em relação à medicação. É que eu ainda estava perplexo quanto às razões do meu falecido amigo para proceder assim e exigia de mim mesmo encontrar a resposta.

Agora, devia dar um segundo e ainda mais complicado telefonema. Dessa vez, ao Rebe Menahem, quando novamente relatei todos os acontecimentos do dia, muito particularmente o encontro com o Dr. Glauco e a certeza, salvo a discordância de Caetano, de que não houve assassinato. Mas a verdade é que não tive coragem para lhe contar acerca do *Imatinib*. Preferi ficar apenas nas informações periféricas.

— Se era esta a vontade de Deus, meu querido Dr. Thomas, que seja assim. Cabe a nós respeitá-la. Suponho que o senhor já avisou os filhos dele?

— Ainda não, mas devo fazê-lo brevemente. O advogado da família já me ligou solicitando uma reunião.

— Faça isso, e faça logo. Não é justo ver os filhos sofrendo achando que seu pai foi assassinado quando, na verdade, foi a doença que o venceu.

— Cuidarei disso, Rebe Menahem. Mas gostaria de lhe perguntar se o senhor avançou um pouco na questão dos dois Salmos 16.

— Ainda não. Não achei motivo algum para dois Salmos com o mesmo número. Mas não desisti, continuarei estudando e deixarei você informado.

— Por favor, Rebe Menahem, ligue para mim logo que encontrar alguma coisa. Pode ser uma dica que ajude a resolver o mistério.

Carmem já havia ligado ao meu escritório solicitando uma reunião com a família e marcamos um encontro para o dia seguinte, ainda pela manhã. Para minha surpresa, ela pediu que dessa vez a reunião fosse no meu escritório. Depois de conhecer as luxuosas instalações do Grupo Stein, era no mínimo constrangedor receber os clientes no meu espaço profissional. Em vez do chão de mármore, eu tinha um carpete comercial. Em lugar dos quadros caríssimos, eu tinha duas pinturas compradas na Praça da República. Em vez de uma mesa de reunião de mármore, havia uma mesa de fórmica. Mas tudo estava muito bem montado e era o que podíamos investir na época do aluguel. Agora que eu me havia me tornado um proprietário, ainda que endividado, certamente teria prazer em fazer algumas melhorias, mas não antes de pagar o valor principal da compra do imóvel.

Recebi os irmãos Stein em minha sala de reunião, todos com seus ternos bem cortados, como de costume. Barreto vestia um terno azul-marinho com uma gravata da mesma cor. Como sempre, o mais formal possível. Carmem também veio porque cabia a ela as anotações de tudo o que discutíamos em nossas reuniões. Ainda que sem a estrutura de garçons e outros luxos do escritório do Grupo Stein, Daisy se esmerou em criar um ambiente agradável para os nossos clientes. Ela deixou ao lado da mesa de reuniões duas garrafas térmicas, uma com café e outra com chá. Junto, havia uma vasilha com água e dois pratinhos com docinhos variados o que, registre-se, foi apreciado por todos.

Fiz um relatório sucinto das informações do Dr. Glauco e, desta vez, informei acerca do *Imatinib*, o remédio salvador que o Sr. Stein simplesmente optara por deixar de tomar, o que certamente acelerou sua morte. A revelação causou um enorme constrangimento aos presentes e Mario não se conteve:

– Entendam o que vou dizer agora e podem acreditar. Era melhor meu pai ter sido assassinado do que ter tirado a sua própria vida – e me lembrei da observação de Caetano.

– Existe algo mais que preciso lhes revelar – Barreto arqueou as sobrancelhas como sempre fazia quando algo inusitado poderia acontecer.

– O senhor descobriu quem é o espião? – adiantou-se Rubens.

Então, desrespeitando a orientação de Barreto, apresentei a lista que recebera.

– Não propriamente, mas esta lista de suspeitos foi discutida entre seu pai e o Sr. Caetano. São alguns dos funcionários mais antigos da empresa.

A lista passou rapidamente pelas mãos de todos os presentes. Carmem fez menção de anotar no seu relatório os nomes indicados, mas pude notar que Barreto lhe fez um sinal discreto para não fazê-lo. Alberto Stein, como de hábito, tomou a frente:

– Vejamos com calma estes nomes. Campos e Otávio já faleceram. Rondon está aposentado. Malheiros está cada vez mais surdo, não acho que tenha vocação para espião. Nestor pediu desligamento da empresa nesta semana porque conseguiu sua aposentadoria. Se considerarmos funcionários efetivamente na ativa, ficamos apenas com Horácio e Feliciano.

Rubens fez seu registro:

– Não consigo enxergar nenhum deles como um possível espião. E estes dois que restaram, Horácio e Feliciano, não consigo sequer imaginar.

– Não faça deduções apressadas, Rubens – ponderei lembrando o ensinamento de Caetano. – Devemos sempre procurar os espiões onde são mais inesperados.

– Não sabia que o senhor tinha tantos conhecimentos em técnicas de espionagem e contraespionagem – replicou Barreto, mirando certeiro contra mim.

– Não disse que tenho. É apenas uma conclusão lógica.

Barreto deu de ombros e não se preocupou em responder.

– Estranho Horácio estar nesta lista – registrou Mario.

– Por quê? – indaguei apressadamente, como que buscando dar uma sobrevida ao meu achado.

– Ele tinha algumas divergências com papai, mas ao que parece eram questões pessoais que não envolviam a empresa.

– Do que se tratava? – insisti.

– Realmente, não sei. Talvez Carmem possa...

Carmem reagiu de imediato, mal deixando Mario terminar seu pensamento.

– Por favor, me deixe fora disso, Mario. Se seu pai tinha diferenças com Horácio, pergunte para o próprio – respondeu rispidamente.

– Eu até gostaria, mas, como você sabe, Horácio não vem mais à empresa já faz algum tempo – disse Mario.

– E por qual motivo? – insisti.

Fitei Carmem que me olhava com certa desaprovação, mas deliberadamente evitava cruzar os olhos comigo. Barreto se ajeitou melhor na cadeira.

– Senhores, abandono de emprego não está em nossa pauta. Acho que temos um assunto para a área de recursos humanos resolver.

– Será mesmo? – arrisquei – Recursos humanos cuidam de homicídios nesta empresa?

– Ora, ora, Dr. Thomas – Barreto estava excepcionalmente irônico. – Vejo que o senhor está gostando de armar esta confusão – e antes de qualquer reação minha, deu sequência: – Não foi o senhor que acabou de nos informar minutos atrás que o Dr. Glauco garantiu que o Sr. Stein não foi assassinado? E agora nos vem com esta frase de efeito!

– O Dr. Glauco não garantiu que o Sr. Stein não foi assassinado. O que ele disse foi que considerava improvável que isso tivesse ocorrido.

– O que para mim, Dr. Thomas, significa exatamente a mesma coisa.

– Mesmo assim – eu tentava salvar a minha posição profissional colocada em risco pela minha própria impulsividade –, temos um espião que deve ser encontrado, tenha ocorrido ou não um assassinato.

Alberto retomou o comando da reunião.

– Bem, isso todos sabemos e é justamente o que perseguimos. Seja como for, prezado Dr. Thomas, queremos registrar que seu trabalho foi extremamente válido. E de fato precisamos tomar uma decisão. Conversando com Barreto, ele me ponderou que não é mais necessário continuar procurando um espião que brevemente ficará sem função, se conseguirmos vender o projeto de bromatologia para a Karmo. E este é um negócio que não pretendemos perder, porque eles estão pagando o que estamos pedindo.

Barreto era rápido, isso eu precisava reconhecer. Mas por que tanta pressa em liquidar com este assunto? Alberto deu sequência no seu raciocínio.

– Agora que sabemos o que realmente aconteceu com nosso pai, vamos deixar a alma dele descansar em paz.

– Vocês não desejam saber o que o levou a suspender a medicação e acelerar o próprio falecimento?

Sempre ponderado, Mario se antecipou aos seus irmãos:

– Dr. Thomas, não vamos julgar os atos de nosso pai neste momento. Ele estava sendo acometido por um câncer gravíssimo. O tumor lhe causava dores tremendas, as restrições alimentares eram cada vez mais severas, o estado de depressão não tardou a surgir. Para um homem que conseguiu formar um império econômico, alguém que tinha as portas do mundo abertas para si com um estalar de dedos, considerar a hipótese de ficar preso em uma cama como um paciente terminal. Ora, veja bem, pode ser que ele realmente tenha optado por este caminho. E se foi isso, não vamos desrespeitá-lo.

Rubens tinha os olhos marejados.

– Se foi isso, pelo menos agora ele está com nossa mãe.

Transcorreram alguns segundos de silêncio. Eu estava sem ação, mas notava que Barreto me olhava firmemente. Alberto retomou:

– Bem, Dr. Thomas. A verdade é que viemos lhe agradecer o empenho e dedicação neste assunto. O senhor cumpriu com seu papel e, acredite, atendeu às nossas expectativas. Eu e meus irmãos estamos de acordo que esta etapa deve ser encerrada. Portanto, seus honorários são devidos.

Por um instante, achei que estava sonhando. A quitação do meu escritório, a reforma do quarto das crianças, o que mais eu poderia desejar? Se para a Família Stein não interessava mais prosseguir e consideravam minha tarefa encerrada, quem era eu para discordar e, ainda mais, postergar o pagamento dos meus honorários?

– Dr. Thomas, o senhor está bem? – sinalizou Carmem.

Caí na real novamente.

– Desculpem, foi só uma ligeira distração. Agradeço a confiança e o reconhecimento dos senhores.

Alberto prosseguiu:

– Dr. Thomas, Carmem está orientada para acertar a parcela final de seus honorários. O senhor pode nos ligar no curso desta semana e tudo estará resolvido. Basta indicar a conta para depósito. A nota fiscal, o senhor poderá encaminhar posteriormente aos cuidados dela.

– Se para os senhores está bem assim, agradeço imensamente a confiança que recebi. E saibam que guardo a imagem de Benjamin Stein como uma das pessoas mais impressionantes que conheci em toda a minha vida.

Todos se levantaram e recebi de cada um dos irmãos Stein um agradecimento particular. Carmem também me deu um sorriso de satisfação porque, se bem me recordava, a solução deste caso permitiria a ela encerrar o vínculo com o Grupo Stein e se recolher para curtir a vida e os netos. Barreto foi o último a se despedir:

– Belo trabalho, Dr. Thomas. O senhor merece cada centavo de seus honorários.

Antes de qualquer manifestação minha, Barreto se antecipou estendendo a mão e, com um cumprimento final, se retirou de meu escritório com os demais.

Eu acabara de ganhar os maiores honorários da minha vida. A excitação era enorme e não sabia o que fazer primeiro: se ligava para

Sandra para contar as excelentes novas ou se ligava ao Banco República pela última vez, pedindo o total do saldo devedor para quitação imediata. Certamente, o gerente que cuidava do meu financiamento, e que já estava acostumado a me encontrar para complicadas renegociações, ficaria impressionado. Pensei até em vestir o terno que era reservado apenas para grandes ocasiões. Definitivamente, queria chegar ao banco em grande estilo. Ao mesmo tempo, a verdade é que eu sentia uma certa frustração porque estivemos tão próximos de descobrir o espião e agora tudo estava encerrado. Mas o que importava, se este era o desejo dos meus clientes?

Decidi ligar para Sandra, que não se continha de tanta alegria. Ambos choramos ao telefone. Um sonho que parecia impossível há tão pouco tempo, estava realizado em questão de dias. Da abertura do testamento cerrado até aquela data, nossa vida havia se modificado por completo e para melhor. Sandra estava retornando para casa de mais um plantão hospitalar. Fiz ela me jurar que seria o último. Certamente, continuaria trabalhando, mas dessa vez em horários normais de expediente comercial, e voltaríamos a ter nossas noites em família como sempre havíamos sonhado. As crianças estavam crescendo e era cada vez mais importante a presença dos pais, mas disso havíamos aberto mão, em prol do sonho de quitar o escritório. Sandra me sugeriu voltar para casa e passarmos a tarde junto com as crianças:

– Sandra, você está brincando! Ainda preciso trabalhar.

– Você está rico, não está? Vamos pagar o escritório e ainda vai sobrar dinheiro. E você não pode se dar ao luxo de uma tarde conosco?

Sandra estava com toda a razão. Informei Daisy que não voltaria e pedi que anotasse os recados. Saí em disparada para minha casa. Sandra me aguardava com as crianças e almoçamos todos juntos. As crianças não se continham de alegria por ver os pais em casa em pleno dia de semana e estavam curtindo cada momento, mesmo sem entenderem o que realmente motivava aquela situação. Decidimos que após o almoço sairíamos com as crianças para um passeio, o que elas certamente adoraram. Quem sabe um cinema? Quem sabe algumas compras? Mas a tarde seria familiar. Estávamos deitados no sofá fazendo nossa digestão e ainda tentando compreender como tudo acontecera tão rapidamente quando meu celular tocou:

– Alô.

– Meu jovem doutor, como vai?

– Ah, essa voz eu conheço. É você, Caetano! Foi bom que me ligou, preciso lhe contar as novas.

– *Tollitur quaestio.*

– Lá vem você de novo. O que é isso agora?

– Acabou-se a questão! Achei o que estávamos procurando.

– Como assim?

– Terminei o trabalho com o decodificador.

Pensei em lhe dizer que isto havia se tornado irrelevante, porque meu serviço já estava encerrado, mas não me contive:

– E você descobriu alguma coisa relevante?

– Preciso que você venha urgentemente falar comigo.

– Mas Caetano, eu preciso lhe dizer uma coisa.

– Esqueça a lista!

– Por que está me dizendo isso?

– Preciso lhe revelar o que encontrei.

– Caetano, eu é que tenho algo para lhe contar.

– Pois venha aqui e me diga. Mas antes ouvirá o que eu tenho a lhe dizer. É melhor estar preparado.

– Caetano, por que tanto mistério? Você está me deixando intrigado.

– *Fiat justitia, pereat mundus* – meu silêncio acusava novamente minha ignorância nos brocardos latinos. – Faça-se justiça, embora pereça o mundo. Temos o espião. Prepare-se.

– Bem, se é assim, passo aí daqui a pouco.

Sandra, ao meu lado, me lançou um olhar de total reprovação. Como eu poderia abandonar o programa familiar e deixar as crianças frustradas? Tentei me remendar: – Pensando melhor, Caetano, tenho um

compromisso que não posso desmarcar. Mas posso estar aí por volta das sete da noite, OK?
– Estarei aguardando você. Saudações, meu jovem doutor.
– Saudações, Caetano.

Desliguei o telefone e relatei os fatos para Sandra:
– E agora? – ela me perguntou.
– Bem, mesmo com meu trabalho encerrado, não há por que não ir até o fim com essa investigação. Além do mais, estou curiosíssimo para saber o que Caetano descobriu.
– Você não vai avisar seus clientes?
Refleti brevemente:
– Você tem razão, farei isso agora mesmo.
Liguei para o escritório do Grupo Stein e fui atendido por Carmem:
– Carmem, como vai?
– Dr. Thomas, que bom ouvi-lo tão rapidamente – e com uma voz faceira continuou. – Não vá me dizer que o senhor está com receio de não receber seus honorários? Combinamos de nos falar amanhã.
– Tenha certeza de que isso nem passou pela minha cabeça, mas preciso falar com os filhos do Sr. Stein.
– Não sei se posso interrompê-los. Estão em uma reunião fechada acertando os detalhes da negociação com a Karmo.
– Estão com os compradores?
– Não, com o Dr. Geraldo Barreto.
– Então está ótimo. Transfira a ligação para lá e, por favor, junte-se a eles.
Carmem me pediu alguns instantes para verificar se isto seria possível e na sequência atendeu o telefone novamente:
– Dr. Thomas, o senhor ainda está na linha?
– Estou, Carmem.
A voz de Alberto surgiu rapidamente:

– Pois bem, Dr. Thomas. Carmem disse que o senhor tinha um assunto urgente para tratar conosco. Estamos todos aqui reunidos e muito atarefados. Eu preferia que fosse em outro momento, se o senhor não se incomodar.

– Por favor, Alberto, só vocês estão na sala?

– Sim, estou com Mario, Rubens e o Dr. Barreto. E agora Carmem se juntou a nós. Posso perguntar o que está havendo?

– Lembram-se do Sr. Caetano?

– Com certeza, o que aconteceu com ele?

– Nada. Mas acaba de me ligar informando que tem o nome do espião.

Barreto interpelou:

– E como isso é possível?

Preferi não entrar em detalhes, mas registrei que Caetano tinha seus trunfos porque fora contratado pessoalmente pelo Sr. Stein e isso o levou à solução do caso:

– Nosso pai, sempre com uma surpresa – disse Rubens.

– Bem, ainda assim, a última coisa que desejamos é que isso interrompa a negociação – ponderou Mario, sempre uma voz de razoabilidade no meio da família.

– Não se preocupem, jamais teria a intenção de fazê-lo. Mas a verdade é que o Sr. Caetano já tem o nome de quem estamos procurando.

– E o que o senhor pretende fazer? – Rubens parecia excitado com esta inesperada descoberta.

– Marquei de passar na casa dele hoje às sete da noite para verificar o que descobriu. Depois informarei vocês.

Alberto não pareceu dar muita atenção:

– Muito bem, agora se o senhor não se incomodar, precisamos voltar ao trabalho. Existem assuntos neste momento mais relevantes.

Fiquei um pouco desconcertado:

– Desculpem, então, mas achei que vocês teriam interesse em saber dessa novidade.

— Temos, sim, sem dúvida – replicou Alberto. – E agradecemos sua atitude ética por nos avisar. Você passará lá hoje à noite?

— Exato, antes tenho um compromisso que não posso adiar. – Não podia revelar que se tratava de um programa com minha família. Alberto encerrou a ligação:

— Muito bem, boa sorte. E nos ligue amanhã para relatar o que descobriu. Agora, se nos permite, precisamos voltar ao trabalho.

— Está certo, manteremos contato.

A tarde com Sandra e as criança foi maravilhosa. Fomos a um shopping e a primeira parada, sempre obrigatória, foi na doceria. Meus filhos pediram a irresistível torta de morango. Sandra queria uma bomba de chocolate e eu pedi um pavê de chocolate branco amargo. Saímos da praça de alimentação em direção ao cinema que, como se poderia imaginar, estava praticamente vazio. As crianças queriam assistir a um desenho em longa-metragem, que aguentei bravamente. No cinema, além de nós, somente algumas crianças com mães ou babás e uns poucos casais de namorados que certamente não estavam lá para assistir ao desenho, motivo pelo qual me preocupei em sentar numa fileira à frente da deles, para que meus filhos não vissem o que não era necessário na idade em que estavam. Sandra ficou rindo o tempo todo:

— Você é um bobo! Quantas vezes namoramos no cinema? Esqueceu?

— Lógico que não. As crianças não precisam ser a plateia deles! – disse, também rindo, e lá ficamos abraçados com as crianças. Foi um momento de pura alegria.

Retornamos para nossa casa e pouco depois das seis da tarde achei que já era hora de ir visitar o Caetano:

— Quer que eu vá com você? – Sandra me perguntou. – A empregada está em casa e pode olhar as crianças.

— Mas para quê?

– Ora, você me fala tanto desse Caetano, que ele é uma figura especial, uma pessoa cativante. Vai na casa dele, almoça com ele. Quem me garante que não é ela em vez de ser ele?

Sorri satisfeito:

– Você está com ciúmes?

– Quem cuida tem, meu amor. Ainda mais agora que você é um homem rico. Quero você perto de mim!

Sandra me deu um beijo afetuoso. Nosso casamento corria muito bem e formávamos uma família feliz. As crianças se completavam e agora que estávamos próximos de resolver nossa vida, tudo certamente tenderia a melhorar.

– Quer saber de uma coisa? Acho uma ótima ideia. Sempre falo de você com ele e pode ser a última vez que vou vê-lo. Venha comigo, deve ser uma coisa rápida.

As crianças já estavam de banho tomado e haviam iniciado suas atividades noturnas preferidas, entenda-se o entretenimento no videogame. Saí com Sandra e seguimos com nosso carro, o trânsito àquela hora era terrível e nos tomou muito mais tempo do que o desejado. Conseguimos chegar perto das oito da noite, Sandra ficou impressionada com a precariedade do prédio. Embora tivesse lhe descrito o local, ela achou que eu estivesse exagerando. Tocamos o interfone, mas ninguém atendeu. Insisti mais uma vez, sem retorno:

– Será que ele saiu? – perguntou Sandra.

– Mas ele ficou de me esperar.

– Só que atrasamos quase uma hora.

– Sandra, se ele tivesse saído, teria me ligado no celular.

– Então tente mais uma vez, pode ser que não tenha ouvido o interfone.

Abri um sorriso:

– Esse risco não existe. O apartamento é mínimo.

Mesmo assim, pressionei o botão do interfone mais duas vezes, até que ouvimos alguns barulhos pelo intercomunicador. Alguém no apartamento atendeu a chamada, mas não escutamos voz nenhuma.

– Caetano, é você? Aqui é Thomas, estamos na portaria do seu prédio.

O silêncio continuava:

– Caetano, algum problema?

Uma voz fraca ecoou pelo interfone:

– Você chegou tarde demais.

– Caetano, o que está acontecendo?

Não houve retorno, mas o portão elétrico foi acionado e subi o mais rápido que pude acompanhado de Sandra. A porta do apartamento estava entreaberta e o encontramos caído no chão:

– Caetano, o que aconteceu? Vou chamar uma ambulância imediatamente.

Sandra estava mais preparada para emergências como essa e, antes de eu falar, já estava ligando para o hospital onde trabalhava, pedindo uma ambulância. Logo depois, me dava as coordenadas para tentar salvar a vida dele:

– Rápido, desabotoe a camisa.

– Meu jovem doutor... – a voz de Caetano, tradicionalmente rouca, era quase imperceptível naquele momento. Meu coração palpitava tanto que tinha a impressão que sairia pela boca.

– Acalme-se, Caetano. Não diga nada agora. Vamos aguardar a ambulância.

– Meu jovem doutor...

– Acho que ele quer lhe dizer algo – Sandra me fez um sinal e ambos nos aproximamos dele:

– Quem é esta jovem senhora?

– Minha esposa Sandra. E ela é médica. Fique calmo, ela já chamou a ambulância. É uma questão de minutos.

— Bonita esposa, meu jovem doutor. Não é à toa que você permanece casado.

Sandra esboçou um sorriso, mas meu nervosismo não me permitia qualquer reação. Caetano fez um último esforço e nos disse:

— *Justitia et misericordia coabulant*

— O que ele disse, Thomas?

Mas, antes que eu explicasse para Sandra minha dificuldade no idioma latino, Caetano segurou minha mão e disse suas palavras finais:

— A justiça e a misericórdia andam juntas.

Repentinamente seus olhos se arregalaram. Suas mãos tremiam muito e fiquei sem nenhuma ação:

— Thomas, mexa-se. Este homem deve estar tendo uma parada cardíaca.

Eu permanecia paralisado. Lá estava Caetano estirado ao chão junto da mesa onde se encontravam alguns papéis e um pedaço de bolo de chocolate parcialmente comido. Sandra gritou:

— Thomas, vamos lá, me ajude aqui!

Eu não tinha o menor jeito para esse tipo de emergência. Sofria uma espécie de bloqueio mental.

— Corra até o banheiro, me traga uma toalha molhada.

Obedeci e, ao voltar, encontrei Sandra fazendo uma respiração boca a boca alternada com uma massagem no coração. Ela persistiu por alguns minutos, até que repentinamente se deteve. Caetano tinha parado de se mexer, seu corpo já não se retorcia como até alguns segundos atrás:

— Lamento, Thomas.

Não consegui esboçar reação.

— Lamento mesmo, mas não consegui salvá-lo.

— O que você está dizendo?

— Ele está morto.

— Meu Deus — a tontura repentina me jogaria no chão não fosse a frieza de Sandra que, como médica plantonista, estava mais acostumada a enfrentar situações como esta. Ela me sentou no sofá, me trouxe um copo de água e me disse:

– Vou descer e ver se encontro um zelador ou algum vizinho.

– Não faça isso! – exclamei. – Não me deixe sozinho com ele.

– Thomas!

– Pelo amor de Deus! Não vou ficar na sala com um homem morto.

Sandra ligou para o socorro municipal. Em menos de uma hora o corpo de Caetano era colocado em um veículo do serviço funerário. O tumulto já atraíra os vizinhos do andar. Logo, os demais moradores do prédio foram aparecendo. Uma vizinha conhecia a irmã de Caetano e estava tentando ligar para ela. Eu ainda estava arrasado e Sandra me trouxe outro copo de água.

– Thomas, chega por hoje. Vamos voltar para casa, vou lhe dar um calmante tão forte que você vai dormir como se fosse uma criança.

– Sandra, eu nunca havia visto uma pessoa morrer.

– Acalme-se, Thomas. Não havia nada que pudéssemos fazer. Vou falar com a vizinha e verificar se já achou a irmã de Caetano. Depois, vamos embora.

No meio daquele tumulto, o corpo já retirado pelo serviço funerário, lá estavam alguns papéis largados sobre a mesa. Seriam estes os documentos que Caetano desejava me entregar?

Retornamos para o carro. Sandra insistiu em dirigir, mas eu disse a ela que precisava me distrair e preferia voltar guiando. Ficamos em completo silêncio durante praticamente todo o trajeto. Próximos de nossa casa, não me contive:

– Sandra, preciso lhe revelar uma coisa.

– O que é?

– Não sei se agi direito, afinal havia um homem morto na sala. Mas havia alguns papéis em cima da mesa...

– E daí?

– Bem, eu furtei os papéis.

– Você fez o quê?

– Peguei os papéis que estavam na mesa, dobrei e enfiei no bolso do casaco.

Sandra fez uma breve pausa, suspirou e me disse algo inusitado:
– Bem, Thomas, eu também quero lhe contar uma coisa.
– Acho que já chega de novidades por hoje.
– Mas eu preciso falar.
– O que houve?
– Eu também cometi um furto na casa do Sr. Caetano.
– Como assim? – indaguei.

Sandra abriu sua bolsa e enrolado no guardanapo me mostrou o que havia tirado.
– Meu Deus do céu – exclamei. – O que é isto?
– É o bolo de chocolate que estava na mesa dele.
– Eu sei que é. Mas você ficou louca? – eu estava começando a me descontrolar. – E falta comida em casa para você roubar um bolo de chocolate de um pobre coitado que acabou de morrer?
– Não grite comigo – disse Sandra insatisfeita com a minha reação. – Você também roubou os papéis que estavam em cima da mesa dele.
– Mas os papéis certamente devem ser uma prova importante para desvendar o caso.
– E se eu estiver certa, pode acreditar: o bolo de chocolate, também.
– Você endoideceu de vez.
– Então espere para ver! – Sandra respondeu com uma certeza tão grande que me deixou na dúvida do que estava realmente acontecendo.

13

A reunião estava extremamente tensa. As partes não pareciam dispostas a qualquer negociação e as coisas definitivamente não corriam como eu havia planejado. De cada lado da mesa estava sentado um dos filhos de Dona Fani, mantendo posições absolutamente irreconciliáveis. Na minha frente, a própria cliente, com um olhar visivelmente insatisfeito:

– Eu disse para não dar tanto tempo para eles lerem o documento que o senhor preparou.

– Dona Fani, eu não posso forçar seus filhos a assinarem um acordo contra a própria vontade. Eles precisavam de um prazo para verificar se o texto retratava fielmente a proposta que eu já havia discutido separadamente com cada um.

– Um prazo que eu já havia dito que era demasiado grande. Eu avisei o senhor, lembra? Eu o preveni, quando o encontrei pelo celular em um congresso de medicina, sabe-se lá fazendo o quê.

– Dona Fani, por favor.

– Por favor? Isso digo eu. Aqui estamos com meus filhos sentados sem perspectiva de acordo. Eu vou ter um colapso nervoso, acredite. E aí, Dr. Thomas, espero que seus dotes médicos e o que o senhor aprendeu naquele congresso de medicina sejam melhores do que seu talento jurídico. Caso contrário, estou perdida.

Dona Fani tinha enorme facilidade para ser desagradável. Por minha sugestão, havíamos marcado uma reunião para discutir a minuta do acordo na própria sede da fábrica de guarda-chuvas. Quem sabe estando na empresa do Sr. Oscar, marido da Dona Fani, não existiria um apelo emocional que poderia levar os filhos a um consenso?

Eu realmente não estava nos meus melhores dias. Não haviam se passado 48 horas do falecimento de Caetano e no dia anterior eu ficara na cama me recuperando das fortes emoções daquela noite. Ver alguém morrendo na minha frente é uma experiência que pretendo nunca mais repetir. Passei a admirar ainda mais minha esposa, que na sua atividade profissional enfrentava situações semelhantes praticamente todos os dias. Para mim, não! Melhor estar em uma mesa de negociação, ouvindo a voz estridente da minha cliente.

Mas o fato é que a negociação não estava evoluindo.

– Bem, vejo que não há consenso algum entre seus filhos.

– O único consenso deles, Dr. Thomas, é que ambos não concordam com o trabalho preparado pelo senhor.

– Não é verdade, Dona Fani. Esta minuta foi discutida com ambos e fiz uma estruturação do que achei viável. Aliás, acho que já está na hora de ambos se manifestarem. Mas quero preveni-los, vamos fazê-lo de forma respeitosa e cada qual a seu tempo.

Um dos filhos tomou a palavra e passou a expor seus motivos. A cada argumento, havia a contraposição do outro. Realmente as divergências que eu supunha terem sido superadas ainda permaneciam latentes. O vibrador do meu celular acusou a chegada de uma mensagem.

Peguei o aparelho no bolso do meu paletó, ainda com os irmãos discutindo, e vi um torpedo de minha esposa extremamente curto: "Arsênico. Me ligue quando puder". O que ela queria dizer com isso? Pedi licença aos meus clientes para uma ligação de emergência e me retirei da sala ligando para minha esposa:

– Sandra, o que está acontecendo?

– Você não leu a minha mensagem?

– E não é por isso que estou te ligando?! Você escreveu arsênico? Do que você estava falando?
– Seu amigo Caetano foi envenenado.
– Como...?
– Havia arsênico no bolo de chocolate.
– No bolo de chocolate que você comeu?
– Eu não comi! Apenas levei comigo. Onde você está?
– No meio de uma reunião com alguns clientes.
– E pode sair agora?
– Não sei se consigo.
– Mas dê um jeito e venha para o hospital. Estou com os resultados comigo.

Voltei para a sala de reunião e anunciei minha retirada. A reação de Dona Fani foi a esperada:
– O senhor vai sair? Mas estamos tentando um acordo.
– Peço desculpas, mas é uma situação de emergência.
– Dr. Thomas, o senhor me prometeu que dedicaria a tarde toda a buscar um acordo. Ainda são três da tarde e o senhor já vai nos abandonar?
– Dona Fani, pode acreditar. Mesmo que eu não tivesse esta emergência, não seria hoje que nosso acordo sairia. Vou precisar re-escrever algumas cláusulas e condições e apresentar um novo texto aos seus filhos.
– Mais quinze dias? – registrou com um sorriso sarcástico.
Constrangido, respondi:
– Prometo que não. Vou me esforçar para fazer isto ainda no curso desta semana, OK?
– Bem, o que posso fazer? Amarrar o senhor na cadeira é que não vou – e com uma dose de ironia registrou: – Espero que seu paciente não tenha nada grave.
– Esta vida de médico ainda vai me matar – respondi sorrindo.

O trajeto do Tatuapé até o hospital, no Morumbi, foi um verdadeiro martírio. As ideias iam passando pela minha cabeça juntamente com a visão de Caetano estirado no chão. Assim que cheguei ao hospital, me dirigi ao setor de emergências onde minha esposa trabalhava como plantonista. Ela já me aguardava e me levou ao seu consultório.

– Eu não posso acreditar. Como você descobriu?

Sandra me sentou em uma pequena bancada e pegou alguns exames.

– As reações físicas que ele estava tendo, a forma como se contorcia no momento em que chegamos. Eram sinais de um possível envenenamento.

– Mas ele não teve um enfarte?

– Ele morreu de parada cardíaca, mas certamente provocada pelo arsênico.

– E você logo suspeitou disso?

– As reações anteriores ao enfarte me causaram estranheza. As pessoas que têm uma parada cardíaca sentem geralmente dores no peito, formigamento no braço, dificuldade de respiração. Mas este não era o quadro do seu amigo. Ele se contorcia demasiadamente, seus olhos estavam estalados. Isso indicava uma outra causa, e envenenamento era a alternativa a considerar.

– Mas como você fez para descobrir?

– O bolo de chocolate.

– Foi por isso...

– Exatamente. O bolo na mesa me chamou a atenção e o enrolei no guardanapo. Tenho uma amiga que trabalha no laboratório do hospital e sempre trocamos figurinhas. Ela concordou em me ajudar e me trouxe o resultado.

– Meu Deus, Caetano foi assassinado.

– Thomas, preciso lhe perguntar uma coisa porque isso interessa para nós dois.

– Diga.

– Existe a possibilidade de seu amigo ter sido morto por conta das informações que tinha para lhe passar ou isso é apenas uma infeliz coincidência?

Seguimos no carro de volta para casa em um silêncio absoluto. Mal me vi livre de uma suposição de assassinato do Sr. Stein, que muito me irritava, e já me encontrava com uma situação bem mais incômoda, caso realmente a morte de Caetano tivesse relação com o meu trabalho. Ao retornarmos ao nosso apartamento, fomos festivamente recebidos pelas crianças, que não estavam acostumadas a nos ver juntos em casa tão cedo. Eu me esqueci de ligar para Daisy, para avisar que não retornaria, e me retirei para o meu pequeno escritório de nosso apartamento para tentar ordenar meus pensamentos. O jantar foi servido, mas eu não tinha a menor disposição para nada.

– Thomas, não fique assim. As crianças estão nos esperando para jantar.

– Sandra, fique com elas. Estou sem apetite. Preciso refletir um pouco sobre tudo o que está acontecendo.

– Mas ficar de estômago vazio não ajuda nada. Venha, vamos para a mesa.

– Por favor, me deixe só – respondi secamente.

Sandra se retirou em silêncio e me atirei nos meus próprios pensamentos. Caetano assassinado, na minha frente. Suas últimas frases em estado de pura agonia não saíam da minha cabeça. Era como se o meu choque tivesse tido o efeito perverso de deixar gravadas em minha memória as últimas imagens vividas naquele apartamento. *"Você chegou tarde demais"*, foi a frase dita pelo interfone. Tarde demais? Tarde demais para quê? E no derradeiro suspiro aquela citação latina *"Justitia et misericordia coabulant".* Por qual razão justiça e misericórdia andavam juntas, no momento de sua morte? Tudo era muito confuso e nada vinha de concreto à minha cabeça, a não ser os sinais de uma fortíssima dor de cabeça.

Sandra conseguiu habilmente levar as crianças da mesa de jantar para o quarto sem eu ser molestado e retornou para ficar comigo. Meu pequeno escritório tinha apenas uma cadeira de trabalho que ficava junto a minha escrivaninha. Sandra pegou duas almofadas de nossa sala e as colocou do meu lado, sentando-se e apoiando sua cabeça em meus joelhos com um forte abraço que naquele momento eu realmente estava precisando:

– Thomas, eu quero lhe ajudar, mas você precisa dividir comigo os seus pensamentos.

Fiquei mais alguns minutos em silêncio e Sandra soube pacientemente aguardar, até que eu disse:

– Eu daria tudo para estar errado, eu espero estar errado, mas...

– Mas o que Thomas? Me diga o que passa pela sua cabeça.

– Se a hipótese de Caetano ter sido realmente envenenado for procedente...

Sandra me interrompeu:

– Meu bem, não quero piorar as coisas, mas não é uma hipótese. Caetano foi envenenado.

– Esta bem, então que seja assim – e após um longo suspiro fui taxativo: – Sou forçado a concluir que isso só pode ter ocorrido por força do que ele iria me revelar.

Sandra me olhou assustada.

– Você tem certeza do que está dizendo?

– Infelizmente! Não há como aceitar uma coincidência tão grande. Caetano estava aposentando, era um homem solitário, recluso em sua velhice, mas com aquela alma jovem que queria desafios.

– Mas quem mais poderia saber que ele tinha algo para relatar a você?

– Aí esta a parte pior. Havia quem soubesse de nosso encontro.

– Quem?

– Quando Caetano me ligou excitadíssimo para contar a novidade, cumpri meu dever de ofício e imediatamente liguei para o Grupo Stein.

Relatei tudo aos filhos do Sr. Stein, ao Barreto e à secretária Carmem por telefone, e me recordo que eles me disseram que não havia mais ninguém na sala.

– Você está me dizendo que um deles pode estar envolvido diretamente na espionagem e premeditadamente providenciou a morte do Sr. Caetano antes que ele revelasse o que descobrira?

– É uma forte possibilidade.

– Mas que loucura. Deve existir algum outro suspeito.

– Acredito que sim, porque talvez a minha conclusão contra essas cinco pessoas seja realmente precipitada. Pode ser que exista outra pessoa.

– Como?

– Se os telefones estavam grampeados, pode ser que o verdadeiro espião estivesse na escuta de nossa conversa telefônica e teve tempo suficiente para envenenar Caetano antes que eu chegasse lá. Lembra que quando Caetano me ligou nós seguíamos para um passeio com as crianças?

– Lembro bem. Por isso que fomos para lá apenas de noite.

– Isso mesmo, eu disse ao Caetano que estaria no apartamento dele por volta das sete da noite e dei esta informação no telefonema.

– Então o espião sabia que você iria apenas à noite e teria a tarde livre para calar o Caetano.

– Exato.

– E os documentos que você pegou?

– São sinais decodificados, imagino que vêm do aparelho que estava instalado nos telefones do Grupo Stein. São transcrições em código que certamente exigem um conhecimento técnico para sua depuração, e eu não tenho a menor condição de fazê-lo.

– Mas certamente há quem faça isso.

– Com certeza, e vou tentar descobrir alguém.

– Mas como vamos descobrir quem estava grampeando o telefonema? Acho que você deveria falar novamente com os filhos do Sr. Stein. Se o grampo existir, eles certamente estão correndo um sério risco.

– Sim, mas dessa vez vou mudar as regras do jogo.

– Como?

– A ideia de um grampo telefônico é possível, mas ao menos nesse momento é mera hipótese. A partir de agora, todos eles são suspeitos e serão tratados como tal.

– Nossa Thomas, que modo de falar. O que você pretende fazer?

– Ainda não sei. Mas fique sabendo de uma coisa: Caetano morreu pela minha boca. Não vou errar uma segunda vez.

– E se o advogado, a secretária e os filhos do Sr. Stein forem inocentes?

– Queira Deus que sejam. E vamos descobrir juntos quem é esse misterioso espião.

Uma dose cavalar de remédios contra dor de cabeça me permitiu uma noite razoavelmente bem dormida. O peso da morte de Caetano ainda batia forte nos meus sentimentos. Justiça e misericórdia andam juntas. Justiça era o que iríamos fazer ao descobrir quem era o espião. Mas de quem deveríamos ter misericórdia? O que Caetano pretendia dizer com isso? Aceitei que precisaria de um tempo para ordenar melhor meus pensamentos.

Na manhã do dia seguinte, resolvi seguir ao meu escritório para retomar as atividades rotineiras. Mas a verdade é que a concentração para o trabalho não vinha e eu não conseguia me desconectar desse novo mistério. Não sabia concluir se a situação me colocava ou não em perigo pessoal, e isso provocava desconforto suficiente para me estragar o dia.

Por volta da uma da tarde, após a manhã pouco produtiva, sai do escritório com a desculpa de almoçar, mas na verdade fiquei perambulando pelas transversais da Avenida Paulista, buscando ordenar aquele emaranhado de informações. Para um pacato cidadão como eu, já havia sido emoção forte o suficiente estar tão próximo de um morto. Mas, e agora? Se alguém ouviu nossa conversa, então sabia que eu iria para lá. Mesmo com Caetano morto, eu não seria uma ameaça contínua?

A sensação de insegurança me deu a impressão de estar sendo seguido por alguém. Voltei-me uma, duas, três vezes, mas como reconhecer um mesmo rosto dentre aquelas centenas de pessoas que perambulam pelas redondezas da Avenida Paulista. De tanto olhar para trás acabei tropeçando na mesinha de um modesto ambulante que vendia doces e por pouco não levei ao chão toda a sua mercadoria.

Ter a impressão de estar sendo seguido é uma sensação que eu jamais havia vivenciado. Talvez fosse o medo que estivesse me deixando paranoico, mas havia algo que realmente estava me incomodando. Pensei em me virar de repente e seguir no contrafluxo do meu caminho, para ver se alguém vinha atrás de mim.

Mas, o que eu faria se descobrisse quem me seguia? Iria apontar para ele o dedo em riste e começar uma discussão no meio do calçadão da Avenida Paulista? E se fosse uma pessoa perigosa, será que eu teria a ajuda dos demais transeuntes? E se não fosse uma, mas algumas pessoas? O tortuoso raciocínio estava me levando à loucura, mas eu estava decidido a resolver o problema. Decidi que, assim que passasse por um policial, solicitaria ajuda. Mas contra quem, se nem ao menos eu tinha um rosto para me fixar?

Retornei ao escritório mais exausto do que quando saí, e dessa vez ainda sem o almoço. Daisy havia deixado algumas pastas para eu revisar e tinha que preparar a petição inicial da ação renovatória de locação para a qual havia sido recentemente contratado. Só que não tinha cabeça para mais nada. Sandra me ligou eufórica.

– Thomas, você não vai acreditar.

– Meu Deus, o que aconteceu agora?

– O depósito dos honorários do Grupo Stein entrou na nossa conta. Você sabe o que isto significa? Você conseguiu, você venceu!

– O que você está me dizendo?

– É isso mesmo, meu amor. O pagamento foi feito integralmente. Fui tirar o extrato para ver se o depósito do meu plantão hospitalar já havia sido feito e quase caí para trás. Achei que era engano, mas não. Ali estava como depositante o Grupo Stein. Vamos poder colocar nossas contas em ordem e seguir exatamente como havíamos planejado. Não é maravilhoso?

– Não poderia haver notícia melhor.

– Thomas, precisamos comemorar. Vamos lá, anime-se!

– E quem disse que não estou animado? Lógico que sim.

– Então, muito bem. Agora você pode relaxar e dar o telefonema mais esperado da sua vida.

– Telefonema?

– Ora Thomas, para o gerente do banco. Ligue agora mesmo para ele e veja o saldo de nossa dívida. Vamos acabar com este pesadelo.

– Ótima ideia, é o que farei agora mesmo.

– Queria continuar falando com você, mas estou no meio do plantão e só dei uma escapada para verificar o depósito. Preciso voltar ao trabalho. A gente se fala mais tarde, OK? Beijos!

– Beijos para você também!

O que deveria ser o momento mais feliz e de realização de minha vida profissional não me causou, na verdade, euforia alguma. Deixei transparecer algum contentamento para Sandra, apenas para não deixá-la mais frustrada do que eu já me encontrava comigo mesmo. Simplesmente, não conseguia aproveitar este trunfo profissional porque algo me incomodava. E muito.

– Daisy, vou ter que sair.

– Sair? Mas na sua agenda o senhor não tem reunião externa.

– Agora tenho. Cuide de tudo por aqui.

Peguei um táxi e segui diretamente para a sede do Grupo Stein. Estava pensativo demais para dirigir e queria arquitetar um plano, já que até aquele momento não havia pensado em nada realmente concreto. Era meu ímpeto que me levava definitivamente para aquele suntuoso escritório.

Descendo do táxi ao chegar ao prédio da Av. Faria Lima, me deparei com a realidade: o que fazer? Como abordar o assunto com a Família Stein? Qualquer um deles era realmente suspeito ou também seriam vítimas de um grampo telefônico ardilosamente implantado por um espião ainda oculto? Fiquei alguns poucos minutos parado até que meus pensamentos foram repentinamente interrompidos:

– Se você não tem estratégia, aborte a operação.

Fui tomado por um enorme susto quando ouvi esta frase ao pé do meu ouvido. Eu me virei assustado e repentinamente me vi frente a frente com um estranho. Era um jovem, pelo menos mais jovem do que eu. Trajava calça jeans e uma camiseta estampada embaixo de um jaqueta fina demais para um dia frio como aquele. Tênis surrados completavam o quadro de um sujeito absolutamente desleixado. Instintivamente me afastei um pouco da figura.

– Quem é você? O que quer comigo?

– Calma, Dr. Thomas, estamos do mesmo lado.

– Como você sabe o meu nome?

– Temos um amigo em comum, ou melhor, tínhamos.

– Amigo?

– Bem, o Caetano o considerava um amigo.

– Caetano? Mas ele...

– Fiquei sabendo do seu falecimento. E, acredite, lamento muito.

– Mas quem é você?

– Dr. Thomas, não vamos ficar parados na frente do prédio. Podemos ser vistos. Melhor circular pela multidão.

– Mas andar para onde?

– Aleatoriamente, como o senhor fez hoje na hora do almoço.

– Meu Deus, como você sabe? Estava me seguindo?

– Estava.

– Eu sabia, eu sabia. Não era só impressão, eu podia sentir.

– E o senhor estava certo, mas discutimos isso caminhando, OK?

Meu primeiro intuito não era sair andando, e sim correndo, e na direção oposta, buscando me afastar o máximo possível daquele estranho. Mas de que adiantaria? Além do mais, ele deveria correr bem mais do que eu e iria me alcançar sem problemas. Na falta de melhor opção, segui caminhando na Av. Faria Lima acompanhado desta nova e intrigante figura.

– Caetano gostava muito do senhor.

– Pois de você, ele nunca me disse nada – respondi asperamente. Ele sorriu:

– Vejo que minha presença não lhe agrada.

– A questão não é agradar, mas suspeitar. Não sei quem você é, nem se representa alguma ameaça.

Ao chegarmos à primeira esquina, ele fez sinal para seguirmos por uma rua transversal pouco movimentada, mas prontamente recusei.

– Se quer continuar a caminhada, entramos pela avenida.

– É que aqui está muito movimentado. E com muito barulho. Pelas transversais teremos mais silêncio para conversar – ele ponderou.

– Enquanto não souber quem você é e o que deseja, melhor seguirmos mesmo pelas áreas movimentadas.

– Muito bem, Dr. Thomas, vamos por onde o senhor preferir – seguimos mais alguns passos e ele tomou a palavra: – Meu nome é Eduardo.

– Eduardo de quê? – perguntei, sem retorno.

– Eduardo já é suficiente.

– Dependendo do que iremos tratar, certamente não será – respondi secamente.

– Sou um investigador particular.

– E investigadores particulares não têm sobrenome?

– Têm nome e sobrenome, Dr. Thomas. Mas cada coisa a seu tempo.

– Por que estava me seguindo?

– Peço desculpas. Mas queria escolher o momento certo para abordá-lo. Na verdade, eu me dirigia ao seu escritório para me apresentar, quando vi o senhor saindo do prédio. Eu o vi perambulando pela rua e, confesso, achei muito estranho. O senhor andou de cá para lá, de lá para cá e voltou ao seu escritório.

– E você ficou esperando eu sair novamente?

– Bem, o senhor não parou para almoçar. Fiquei imaginando se iria sair novamente, caso contrário eu subiria. Daí, quando saiu, eu tinha um táxi já estacionado me esperando e o segui até o prédio do Grupo Stein.

– E baseado em que o senhor me disse aquilo? Que eu não tinha estratégia e deveria abortar a operação.

– Dr. Thomas, esta é uma conclusão profissional para quem trabalha com investigações. O senhor perambulou pelas adjacências do seu escritório sem destino, depois veio para o Grupo Stein e ficou parado na porta do prédio. Ora, estava claro que o senhor ainda não tinha definido uma estratégia.

– Estratégia do quê?

Eduardo sorriu:

– Aí o senhor já está querendo muito de mim. Posso interpretar suas reações, mas não posso ler seus pensamentos!

– Só interpretar reações não deve fazer do senhor um ótimo investigador.

– Nem todos têm o dom para tudo – e ainda sorrindo concluiu. – Nosso amigo Caetano, este sim foi acima da média. Não que lesse pensamentos, mas tinha uma enorme capacidade de dedução, de análise, eu diria até de premonição. Acredite, Caetano foi o melhor de sua geração e na atual não creio que exista alguém como ele – as palavras de Eduardo me pareciam sinceras e sua voz até havia se alterado para um tom mais melancólico, motivo pelo qual também quis registrar meu apreço por aquela pessoa.

– Conheci Caetano faz muito pouco tempo, mas dava para notar que ele era uma pessoa especial. E quero muito saber quem provocou a morte dele.

Eduardo parou repentinamente e se colocou na minha frente interrompendo abruptamente nossa caminhada.

– Como assim? – a reação inesperada de Eduardo me deu a certeza de que ele não conhecia toda a história.

– Caetano foi envenenado.

– O senhor só pode estar brincando, Dr. Thomas.

– Eu não ousaria brincar com a morte de um amigo.

Eduardo mudou suas feições.

– Mas a irmã dele comentou que ele teve uma parada cardíaca.

– E é verdade, só que provocada por um envenenamento – ao que lhe fiz um breve relato do que ocorreu, da descoberta da minha esposa e concluí: – Seria o caso de pedirmos uma autópsia.

– Isso não será possível. Conforme o próprio desejo de Caetano, ele foi cremado.

– Bem, nesse caso, você vai ter que confiar na minha palavra – concluí.

– E o senhor tem algum suspeito?

– Todos são suspeitos – e tomando certa coragem, concluí. – E não me leve a mal, mas acabo de conhecê-lo no meio da calçada na porta do prédio do Grupo Stein. Não estou tendo a indelicadeza de afirmar nada, mas... – Eduardo não me deixou terminar:

– Não lhe tiro a razão, mas deixe-me contar um pouco do meu lado da história.

– Então vamos seguir a caminhada.

– Caetano me procurou alguns dias atrás para ajudá-lo na transcrição de um decodificador que fora instalado a pedido do cliente Benjamin Stein.

– Espere um momento. Se me recordo bem, quando almocei com ele no Moraes, ele me comentou que precisaria de ajuda.

– E foi para mim que ele ligou.

– Bem, nesse caso vejo que estamos realmente do mesmo lado!

– Havia muitos documentos para serem decodificados e Caetano queria que eu organizasse toda a papelada que estava esquecida em uma caixa de arquivo morto. Fiz o trabalho inicial na separação dos documentos, eliminando os que eram desnecessários, e entreguei o trabalho resumido para o Caetano prosseguir nas investigações.

– Então, não foi você quem fez a descoberta?

– Qual descoberta?

– No dia que Caetano foi envenenado, ele me ligou informando que havia feito uma grande descoberta, mas não teve tempo de me revelar. Por isso que fui visitá-lo, mas, ao que parece, alguém chegou antes de mim.

– E como isso aconteceu?

– Bem, até aquele momento eu jamais poderia imaginar que estávamos correndo qualquer perigo. Depois do telefonema de Caetano, imediatamente liguei para o Grupo Stein e transmiti a informação que tinha, inclusive que iria passar à noite na casa dele.

– Você falou isso por telefone?

– Exatamente.

– Grande equívoco.

– Eu jamais poderia imaginar que estávamos sendo grampeados, se é que isso realmente aconteceu.

– Existe outra opção? – indagou Eduardo.

– Em teoria sim, mas torço para não ser verdadeira. Cinco pessoas escutaram meu relato: os três filhos do Sr. Stein, o advogado particular Geraldo Barreto e a secretária Carmem. Se não havia grampo, um dos cinco é o culpado pela morte de Caetano – instintivamente parei minha frase. – Não posso acreditar no que estou dizendo!

– Não fique assim, precisamos agir com calma – ponderou Eduardo.

– Alguma sugestão?

– Temos algumas alternativas, mas precisamos pensar. A primeira questão é confirmar se houve grampo telefônico.

– A tentativa é válida Eduardo, mas não será conclusiva. Mesmo que tenha ocorrido o grampo telefônico, a esta hora ele já pode ter sido desfeito para não deixar pistas.

– É verdade, mas precisamos tentar.

– Você está habilitado para fazer isso?

– Está brincando? Eu vivo fazendo e desfazendo grampos.

– Vejo que você é extremamente versátil na arte de bisbilhotar os outros.

– Vou aceitar seu comentário como um elogio.

– OK, mas ainda tenho algo mais. Quando cheguei ao apartamento do Caetano, havia alguns documentos em cima da mesa, que agora estão comigo. Podem ser a chave do mistério, mas não sei como analisá-los.

– Eu posso fazer isso – disse prontamente Eduardo.

Interrompi nossa caminhada e fixei meus olhos em Eduardo.

Ia lhe dizer que não me agradava trabalhar com um desconhecido. Mas me detive, soltando um suspiro. A verdade é que não tinha alternativa melhor. Do ponto em que estava, certamente não conseguiria andar sozinho.

– Vou fazer uma cópia e entregar para você – disse. – Quem sabe não temos a resposta ali?

Minha opção em confiar em um estranho não me permitia, ao menos naquele momento, verificar se isso resolveria um problema ou traria outros ainda maiores.

Retornamos a pé pelo mesmo caminho e paramos para nos despedir na esquina anterior ao prédio do Grupo Stein. Se tivesse tido oportunidade, certamente Caetano teria me apresentado Eduardo, no momento oportuno. Recordei o que ouvi de Caetano, na minha primeira visita ao seu apartamento. O Sr. Stein havia lhe feito um pagamento antecipado para quando o trabalho precisasse ser concluído. Ao que parece, Caetano havia atingido seu objetivo, embora alguém o tenha calado repentinamente. Mas não fora apenas Caetano o escolhido pelo Sr. Stein. Eu também havia sido designado por meio do testamento cerrado para resolver este mistério. E agora caberia a mim encontrar o espião do Grupo Stein e o assassino de Caetano. Seriam a mesma pessoa? Ou o primeiro seria mandante e teria entregado o serviço a outro? Se assim fosse, seria menos culpado da morte de Caetano?

Eduardo interrompeu meus pensamentos.

– E quanto a sua visita ao Grupo Stein?

Refleti por poucos segundos:

– Temporariamente suspensa. Eles ainda irão me ver novamente, mas no momento apropriado.

14

Estávamos sentados em uma pequena mesa do restaurante Galetos, na área externa da praça de alimentação do Kinoplex. Eu havia combinado um almoço com Eduardo para ele me revelar o que tinha conseguido descobrir dos papéis que trouxe comigo, na noite de falecimento de Caetano.

Eduardo estava confortavelmente trajado com uma calça jeans bem clara, uma camisa solta sobre o corpo e o mesmo tênis surrado que ficou em minha memória do nosso primeiro encontro. Era um sujeito desprendido, simpático e parecia ser extremamente ágil. Sua roupa contrastava em muito com o formalismo do meu paletó e gravata, o usual para os advogados.

Eu já considerava a hipótese de abolir este formalismo, deixando ternos e gravatas apenas para os dias de fórum, particularmente quando tivesse audiências judiciais, já que essa é uma vestimenta ainda obrigatória nos tribunais. Mas como o dia a dia do advogado não é muito previsível – podemos sempre ser surpreendidos pela necessidade de algum cliente com medidas liminares urgentes –, eu insistia com o vestuário tradicional.

Pedimos frango desossado, para mim acompanhado de batatas fritas, e para ele, com salada. Ainda estávamos nos conhecendo e nessa condição por vezes era difícil emprestar tanta confiança a alguém, mas a verdade é que não havia muitas opções, caso eu desejasse prosseguir nas investigações, que agora seguiam apenas por minha conta. Eduardo me chamava diretamente pelo nome, o que me agradava:

– Thomas, quem esteve na residência do nosso amigo Caetano sabia exatamente o que estava procurando.

– Como assim?

– Você sabe como se faz um grampo telefônico?

– Devo ter faltado à faculdade de Direito no dia desta aula – respondi sorrindo.

– Bem, como tudo na vida tem seu preço, e me parece que dinheiro não era problema para o Sr. Benjamin Stein, Caetano se valeu de um dos melhores equipamentos para realizar o trabalho. O decodificador que estava instalado no Grupo Stein era formado por dois sistemas interligados, mas autônomos entre si. O primeiro indicava qual linha estava sendo utilizada, de onde vinha e para onde seguia a ligação externa. O segundo sistema acionava a gravação apenas quando se referia às linhas telefônicas da Karmo. Desta forma, era possível decodificar apenas as ligações que fossem realmente suspeitas, efetuando-se a transcrição dos diálogos e evitando perda de tempo com ligações que não se vinculariam ao que estava sendo procurado.

Acabei interrompendo Eduardo:

– Caetano descreveu para mim como funcionava o sistema.

– Acontece que os papéis que você pegou na mesa do apartamento de Caetano não tinham as transcrições de conversas com a Karmo.

– Não?! – exclamei.

– Definitivamente, não. Quem esteve lá antes de você deve ter levado as folhas que interessavam.

– E os papéis que ficaram? Não servem para nada?

Eduardo se recostou na cadeira e fez uma leve pausa, como que para dar um certo suspense que não combinava nem um pouco com seu jeito.

– Thomas, você sabe como um crime é desvendado?

– Me diga você!

Eduardo prosseguiu satisfeito:

– Quando o culpado comete uma falha, um descuido, uma desatenção. Uma coincidência inversa que faz com que ele, preocupado com o seu objetivo principal, acabe não prestando atenção no todo que esta à sua volta. O assassino esteve no apartamento para calar o Caetano. Imagino que tenha entrado anunciando que era você...

– Pelo amor de Deus, que ideia é essa agora? Já não chega o peso que carrego por imaginar que foi por causa do meu telefonema para o Grupo Stein que Caetano perdeu a vida.

– Não fique assim, Thomas, porque vamos achar quem fez isso. Eu garanto a você! – Eduardo respirou fundo e continuou. – O assassino não sabia exatamente o que Caetano tinha, mas somente que, fosse o que fosse, seria o suficiente para desmascará-lo.

– Isso é certo – disse. – Caetano me deixou claro que sua descoberta mudaria o rumo de tudo.

– E, organizado como ele era, já tinha os documentos separados, aguardando sua chegada. Portanto, não foi complicado para o nosso assassino roubar as transcrições dos diálogos telefônicos e, com isto em mãos, é possível que tenha se descuidado do resto e não tenha levado tudo o que era necessário para que não fosse descoberto.

– Quer dizer que os papéis que ficaram na mesa de Caetano têm seu valor?

– Ah, sim! São os códigos criptografados do primeiro equipamento, aquele que indica apenas as ligações enviadas e recebidas. Como está em código com letras e números em ordem desconexa, é bem possível que a pessoa que levou os papéis com as transcrições não tenha dado atenção para isso – Eduardo silenciou alguns segundos, como que tentando elaborar uma estratégia, depois prosseguiu: – Me diga uma coisa, algum de nossos possíveis suspeitos sabia da existência das transcrições?

– Ficaram sabendo por meu intermédio, quando entreguei a lista das ligações e dos sete nomes que foram selecionados pelo Caetano. Como lhe disse, relatei isso aos três filhos do Sr. Stein, ao advogado, Dr. Barreto, e à secretária Carmem. Com a lista superada, provavelmente nosso assassino achou que o material não seria mais importante, mas voltou a se preocupar quando relatei o telefonema de Caetano e a visita que faria.

– Estou supondo que na pressa acabou se desinteressando pelos papéis que estavam sem decodificação, mas onde estavam as ligações enviadas e recebidas.

– Diga uma coisa: aonde poderemos chegar apenas com a existência de ligações enviadas e recebidas da Karmo? Com certeza você tem algo mais para me contar.

Eduardo aquiesceu com a cabeça e retomou sua linha de raciocínio:

– Como você deve imaginar, o decodificador é instalado de forma clandestina e encontra-se conectado na rede telefônica. Para isso, é preciso ter o contato certo com os prestadores de serviço de telefonia, o que para quem está no ramo da investigação, pode acreditar, não é nada complicado. O mais difícil é instalar a outra ponta do decodificador, que é colocada no próprio prédio. Normalmente, é instalada nos cabos telefônicos que fazem a ligação da via pública para o prédio, mas, neste caso, Caetano tinha uma grande vantagem porque trabalhava com a autorização do próprio Sr. Benjamin, o que lhe permitiu instalar o decodificador dentro do escritório do Grupo Stein – Eduardo pegou uma folha branca de papel que estava junto aos documentos que eu havia lhe encaminhado e, demonstrando uma enorme habilidade no manuseio de uma lapiseira, fez um desenho representando o grampo clandestino e o trajeto que era seguido até o decodificador: – Com o sistema de grampo instalado, é necessário dividir o local em setores.

– Setores? – perguntei.

– Exatamente. O decodificador recebe os impulsos telefônicos de cada sala, que são denominadas setores. Verificando os papéis que você me encaminhou, localizei quinze setores. Destes, apenas seis têm ligações feitas ou recebidas da Karmo.

– Bem, já é um bom começo.

– Concordo, os demais setores devem ser eliminados. Mas há uma coisa muita estranha.

– O quê? – perguntei aguçado pela curiosidade de um mundo de investigação no qual começava a me enfronhar.

– Em um desses setores, todas as ligações eram feitas em horários estranhos.

– Como assim?

– Ou muito cedo, antes das oito horas da manhã, ou no horário pós-expediente comercial, por vezes já em altas horas da noite. Ou seja, quem fazia estas ligações não desejava ser descoberto.

– Então é neste setor que vamos localizar quem estamos procurando!

– Imagino que sim.

– E onde está localizado este setor?

– Bem, aí começam os nossos problemas.

– Por quê?

– Simplesmente não tenho como saber a localização de cada setor.

– Por que não?

– Quando instalamos escutas ou decodificadores, os equipamentos são colocados do lado de fora do escritório. Fazemos um "gato", uma ligação clandestina, e não precisamos invadir o local, que muitas vezes é inacessível. Mas como Caetano trabalhava com autorização do Sr. Benjamin, ele fez todo o trabalho do lado de dentro do escritório. Só que a vantagem que Caetano teve em ingressar no escritório do Grupo Stein e ali instalar o decodificador agora se vira contra nós e se torna uma desvantagem. Por meio dos meus contatos na Prefeitura, já consegui a planta do prédio e do andar onde está instalado o Grupo Stein. Como lhe disse, se o decodificador estivesse colocado, como de costume, junto aos cabos telefônicos do edifício, seria mais fácil fazer uma visitinha noturna e retirá-lo. Mas como vamos entrar naquele escritório?

– E o que você já conseguiu não ajuda? – perguntei.

– Ajuda, e muito. Mas não resolve meu problema porque preciso acessar manualmente o decodificador que está na parte interna do escritório para localizar exatamente o setor suspeito. Isso significa ingressar nas dependências do escritório do Sr. Stein. E, logicamente, preciso fazê-lo fora do horário comercial, sem despertar suspeitas.

Fiquei preocupado.

– Eduardo, eu já estive neste prédio algumas vezes em visitas ao Grupo Stein. Há câmeras por todos os lados da área comum do edifício e os seguranças não são poucos. Invadi-lo não será nada fácil.

Eduardo fez uma pausa de meio minuto para pensar e depois prosseguiu:

– Na área comum do prédio, não vejo problema. Veja bem, é possível eu provocar um pequeno curto-circuito, um acidente elétrico, se é que me entende, e deixar o prédio totalmente sem luz. Quando a energia elétrica é cortada, pode se passar um minuto ou no máximo dois para que todas as baterias dos sistemas de alarme comecem a funcionar novamente. É o tempo que terei para instalar um roteador no local.

– E o que acontece com este roteador?

– Ele lança sinais eletromagnéticos no sistema de alarme que começa a criar falhas de funcionamento. Ele não desliga o sistema como um todo, mas causa panes parciais nos sensores e nas câmeras de vigilância. Isso é feito propositadamente para que, na central onde o alarme se encontra instalado, os técnicos permaneçam tentando reconectar o sistema da sua base e não venham ao prédio tão rapidamente ver o que aconteceu. Acho que isso poderá me dar uma hora dentro do prédio sem problemas. Parece tempo suficiente.

– Puxa vida! Você fez mesmo seu dever de casa!

– Mas ainda não acabou.

– O que tem mais?

– Com o roteador, colocaremos em pane o sistema do prédio e do escritório do Sr. Stein, mas não posso simplesmente arrombar a porta e entrar.

– Por que não?

– Os programas arrojados de alarmes de segurança contra invasão são dotados de dois sistemas. Esse primeiro de que lhe falei é o que podemos colocar em pane. O segundo sistema está sempre ligado em baterias de longa duração e é completamente independente do sistema principal. Fica instalado nas portas de acesso e é acionado quando uma delas é forçada. Se eu arrombar a porta ou forçar qualquer fechadura, esse alarme autônomo poderá ser acionado, denunciando a presença de um invasor, e esse é um risco que não quero correr. Mas, daí, não consigo avançar – Eduardo soltou um curto suspiro. – Como entrar no escritório do Grupo Stein sem acionar este segundo sistema de alarme é um dilema que não consegui solucionar até agora.

Fiquei pensativo alguns momentos.

– Bem, já estava na hora de eu entrar em ação. Colocarei você dentro do escritório do Grupo Stein.

– Como assim?

– Me dê dois dias. Eu acho que consigo.

– E posso perguntar como?

– Nada que umas cervejas não resolvam.

– Cervejas?

– Cada qual com suas técnicas...

Eduardo sorriu:

– Estou começando a gostar disto!

Se a minha memória não me havia me traído, Maneco devia deixar o escritório por volta das seis da tarde, quando se encerra o expediente comercial no escritório do Grupo Stein. Quando o Sr. Stein ainda era vivo, Maneco não tinha hora para sair do trabalho. Permanecia lá enquanto o Sr. Stein não deixasse o prédio, ainda que fosse apenas para lhe servir um copo d'água. Os outros dois garçons que prestavam atendimento na área reservada da Diretoria do Grupo Stein cumpriam o horário comercial e, às 18h00, já corriam ao vestiário para se trocar. Mas Maneco não. Precisava ficar ali, uniformizado, sentado na copa, simplesmente aguardando o telefone interno tocar e o Sr. Stein lhe pedir alguma coisa. Muitas vezes, isso nem acontecia, mas Maneco não se importava. Lá estava ele, jaleco branco, gravata-borboleta, impecavelmente vestido, à disposição do seu patrão. Aliás, era o único que chamava o Sr. Stein apenas de "patrão", e o próprio Sr. Stein achava engraçado. O simples fato de ser a pessoa escolhida para ficar tão próximo do Sr. Stein já era satisfação suficiente e lhe dava um ar de superioridade entre os demais funcionários da casa.

Não raras vezes, o Sr. Stein desejava ter conversas particulares sobre algum tema com determinada pessoa, fosse ou não funcionário, e era terminantemente proibido ingressar na sua sala, qualquer que fosse o motivo. Menos para Maneco. Ele entrava e saía, servia café, chá, suco, bolachas e se gabava que a conversa não era interrompida quando ele se encontrava dentro da sala. Mal sabia ele – fofoca de Carmem – que o Sr. Stein tinha uma certeza tão grande da absoluta incapacidade intelectual de Maneco de assimilar qualquer coisa que fazia questão que fosse ele a servi-lo, na certeza de que jamais uma conversa particular pudesse ser compreendida por ele.

Decidi chegar pouco antes do final do expediente e esperar por Maneco no ponto de ônibus próximo ao prédio. Claro que eu poderia ser visto por outros funcionários do Grupo Stein, que já me conheciam, e teria de dar explicações que preferia evitar. Além do mais, como saber qual caminho Maneco tomaria? Enquanto eu aguardava a saída dele, fui surpreendido por Carmem, deixando a garagem do prédio, num modelo importado da Toyota, de cor vermelha, que me pareceu caro demais para quem era apenas uma secretária, ainda que executiva. Mas quem era eu para julgar aquela senhora? Ao menos naquele momento, eu tinha outras questões que supunha mais relevantes para me preocupar.

Sempre que a via, ela estava trabalhando trajando roupas impecáveis, provavelmente de grifes caríssimas. Aliás, era algo que já atraíra minha curiosidade anteriormente. Todas as secretárias e atendentes do Grupo Stein trabalhavam invariavelmente uniformizadas. *Tailleur* azul-marinho com uma camisa branca por baixo, ambas com o logotipo "B.S." indicando as iniciais de Benjamin Stein. Mas não Carmem. Ela se vestia elegantemente, com roupas coloridas, e em todas as vezes que a encontrei não me recordo de vê-la com roupas repetidas uma única vez.

Com certeza, as suas habilidades profissionais lhe permitiam esta liberalidade – habilidade esta que, também pelo visto, não era a mesma que tinha na direção. Pude notar o para-choque traseiro levemente amassado e a parte final da lateral arranhada. Ela saiu sem se preocupar muito com a preferência dos pedestres e seguiu pela avenida sem notar minha presença.

Aguardei no canteiro próximo ao prédio e fiquei acompanhando o vaivém frenético das pessoas em seus automóveis buscando sair antes da tradicional hora do *rush* de final da tarde, que naquele horário já começara a tomar forma. Os pedestres não me pareciam melhores do que os motoristas, e mesmo em seus passos firmes não se incomodavam de dar uma pequena cotovelada, uma esbarrada que fosse para conseguir passagem na calçada.

Foi neste burburinho que finalmente vi Maneco saindo do prédio onde ficava o Grupo Stein. Lá vinha ele, com aquele jeitão despreocupado, mochila nas costas. Apertei o passo até cruzar com ele como se aquilo fosse um encontro do acaso.

– Maneco! Que coincidência encontrá-lo por aqui.

– Dr. Thomas, é mesmo o senhor? Mas já faz tempo. Não vem mais nos visitar?

– Tenho corrido muito.

– Puxa vida, o senhor sumiu de repente.

Em tom de brincadeira, registrei:

– Indo para casa mais cedo?

– Nem me diga, doutor. Este é o horário normal de saída de todos os funcionários. O senhor sabe, né? Quando o patrão era vivo, eu só saía depois dele. Ai de mim se saísse antes, o Sr. Benjamin não admitia. Queria que eu estivesse lá, sabe como é, ele gostava da minha companhia – esta simplicidade de Maneco era realmente encantadora.

– Bem, vamos aproveitar esta coincidência e tomar alguma coisa. Você é meu convidado para uma cerveja.

– Oh, Dr. Thomas, que é isso?! Não sou abusado, não.

– E quem disse que você está abusando? Pois não sou eu que estou convidando? Vamos lá, só uma cerveja. Depois cada qual segue seu caminho.

– Uma cerveja apenas? – indagou Maneco.

– Uma pelo menos! Mas podemos tomar muito mais!

Maneco exclamou:

– Agora gostei do Doutor. Vamos nessa.

Maneco era figura carimbada no bar próximo ao prédio do Grupo Stein, na verdade um boteco que já devia estar na região da Vila Olímpia quando as únicas coisas que haviam por lá era mato e galpões velhos. Um grande contraste com os dias de hoje e os arranha-céus que foram construídos nas últimas décadas. Mas o velho bar ficou ali, encravado junto com algumas casinhas que ainda não haviam sido demolidas, mas que certamente um dia dariam espaço a um novo empreendimento imobiliário.

Maneco fazia por merecer a fama que tinha. Enquanto eu administrava minha primeira e única latinha de cerveja, com cuidado suficiente para não perder o juízo e, principalmente, o objetivo que me levará até lá, Maneco já partia para a quarta, e não parecia ter intenção de parar. Os goles de cerveja só eram interrompidos para ele contar suas histórias. Migrante nordestino, veio da cidade de Catolezinho, interior da Bahia, próximo da fronteira com o estado de Minas Gerais. Começara a vida como auxiliar de faxina, limpando tudo que pelos outros era deixado sujo. Seu sonho, assim ele me dizia, era ter uma profissão na qual pudesse usar gravata, para ele o máximo do sucesso profissional. Quando finalmente conseguiu o emprego de garçom e colocou o jaleco e gravata-borboleta, ficou realizado. E tome mais cerveja.

Ele já partia para a sexta rodada e eu mesmo começava a achar que era o momento de fazê-lo parar. Minha intenção, nada elegante, reconheça-se, era torná-lo ébrio o suficiente para me permitir retirar de sua mochila a chave-mestra do escritório (da qual qualquer pessoa do Grupo Stein tinha conhecimento, já que Maneco adorava se gabar de ser o único funcionário com acesso a qualquer área do escritório) e ao mesmo tempo deixá-lo sóbrio o suficiente para pegar o ônibus para casa. E lá se ia mais uma rodada de cerveja.

Não era fácil achar assuntos em comum com Maneco, mas a conversa era necessária para que ele entornasse as repetidas rodadas de cerveja. Já havíamos esgotado o tema futebol e então perguntei inadvertidamente das pessoas da própria empresa. Precisava descobrir algo que pudesse ser interessante, mas não sabia como conduzir a conversa. Falamos sobre as pessoas, os filhos, Dr. Barreto, até que...

– Me diga Maneco, e a Carmem, já se aposentou?

– Acho que ela vai mesmo sair. É que agora ficou sem o consolo do patrão – e dando mais uns goles de cerveja arrematou: – Em todos os sentidos, entende?

– Como assim? – indaguei realmente surpreso.

– Doutor, eu posso ser burro, mas não sou tonto. E homem é homem, sabe como é? Tem coisas que a gente percebe só de olhar.

– Está me dizendo que Carmem tinha um caso com o Sr. Stein?

– Olha, doutor, dizer que eu vi alguma vez eles nos *finalmentes*, já no *rala-coxa*, no *lustra-fivela* – e fazia alguns movimentos obscenos de me deixar vermelho –, como se fala na minha terrinha, aí eu estava mentindo. Mas tem coisa que a gente não precisa ver para saber.

Confesso que isso contrariava muito a imagem que eu tinha do Sr. Benjamin Stein, e certamente da própria Carmem.

— Maneco, mas se você nunca viu, também não pode ter tanta certeza.

— Ah, doutor, o senhor já viu assombração?

— Nunca — respondi sorrindo.

— E só porque o senhor não viu vai me dizer que não existe? — e dá-lhe mais um gole de cerveja.

— Bem, Maneco, são coisas diferentes, não são?

— Lógico que são. Porque assombração não tem idade para aparecer, mas molecagem a gente só faz quando ainda tem juventude no corpo. E daí o patrão foi envelhecendo e a vontade vai diminuindo, e já começa a querer *carne nova* — e me dava uma piscadela marota. — Sabe como é? Acho que a Dona Carmem não andava nada satisfeita com isso.

Tentando adotar um raciocínio civilizado para encerrar de vez a conversa, ponderei:

— Bem, mas ela também envelheceu, tudo muda.

— Doutor, tem uma coisa que não muda em mulher nenhuma — e agora o filósofo Maneco me passava a dar aulas comportamentais do sexo feminino. — Toda mulher gosta de um presente, de um mimo, de um aconchego.

— E daí?

— Daí que a gente pode até perder a vontade da sacanagem — e já levemente alterado fazia mímicas explicativas absolutamente comprometedoras —, mas mulher nenhuma perde o gosto por ganhar presentes.

Resolvi não interromper Maneco porque me parecia que algo concreto poderia surgir dali.

— Olha, doutor, pode mudar o valor do presente, mas não conheci mulher que não gostasse de um agrado. Pode ser rica, pode ser pobre, pode ser branca, pode ser preta, pode ser velha, pode ser moça, mulher é mulher. Deus quis assim e o homem nunca vai conseguir mudar — e me dando um tapinha nas costas acrescentou: — E quem disse que a gente quer mudar elas, né? — e veio mais uma rodada de cerveja.

— Acontece que o homem é malaco, é malandro... vai diminuindo a sacanagem, os presentes vão ficando menores, vez ou outra, sabe como é... e aí eu acho que a Dona Carmem não andava nada feliz. Afinal, devia ter ganho muitos presentes e agora na velhice ia ficar sem nada. Principalmente depois que a mulher oficial do Sr. Stein faleceu e ele botou na cabeça de ficar viúvo pra sempre.

– Você acha que Carmem tinha a intenção de substituir a Dona Clara?

– Doutor, lá na empresa, até para quem não sabe o que agora eu estou contando pro senhor, era voz corrente que o sonho da Dona Carmem era casar com o patrão.

– Mas, definitivamente, acho que isso não passava pela cabeça dele – ponderei.

– Dele, pode ser que não, mas dela... Quer saber? Acho que ela acreditava mesmo que ia ser promovida de amante a esposa oficial.

– Então você acha que ela se sentiu traída pelo Sr. Stein?

Maneco tomou um longo gole de cerveja e como se fosse um juiz sentenciou:

– Traição se paga com traição.

– Mas quem traiu quem? – perguntei.

– Bem, Dona Carmen já está com idade, é senhora idosa, mas continua vistosa. Carne boa, com todo respeito, o senhor sabe! Imagine essa mulher vinte anos atrás. Não era mulher de um homem só, pode ter certeza.

– Ela tinha outros amantes?

– Fora da empresa, não se sabe, ela era muito reservada. Mas, cá para nós, nem sei por que estou lhe contando...

– Deixa disso, Maneco – onde é que iríamos chegar nesta conversa? O que me interessava as peripécias sexuais do falecido Sr. Stein?

– Pois se o senhor quer mesmo saber, tinha lá um diretor que também era chegado nela.

– Dentro do próprio Grupo Stein? – disse surpreso.

— Pois é o que eu lhe digo. E tinha que ser cabra macho mesmo, hein? Competir com o próprio chefe? Ah, não era para qualquer um não.

— E quem era este diretor? — parece que Maneco apreciava minha curiosidade.

— Ah, também já ficou velho. Todos eles ficaram. O tempo passa, doutor. A gente nem percebe. Agora, não dá para imaginar dois velhinhos fazendo sacanagem escondidos, mas se o senhor estivesse lá anos e anos atrás, ia ver o que era aquilo ali.

— Afinal, quem era o diretor?

— Ele tem o nome engraçado. Aliás, anda meio sumido da empresa já faz tempo. Disseram que ia se aposentar. Vai ver que já conseguiu.

Respirei fundo.

— Por acaso é o Sr. Horácio?

Maneco caiu na risada

— E não é que o senhor doutor é bem informado? Este mesmo. Seu Horácio era corajoso, concorrendo com o próprio patrão.

— O Sr. Stein sabia disso?

Maneco fez uma leve pausa, mais um pouco de cerveja.

— Por muito tempo, nem desconfiou. Mas, quando descobriu, ficou uma fera. Mandou o Seu Horácio aguardar o final do expediente. No que todos foram embora chamou o homem na sala dele.

— E você estava lá?

— Como não ia estar? E o senhor não esqueceu que eu só podia sair da empresa depois do patrão autorizar? Eu não estava na sala, nem precisava. Estavam só os dois no andar da Diretoria e o Sr. Stein estava aos berros com o Seu Horácio. Claro que o assunto era mulher. A gente sabe quando homens brigam por mulher, não sabe?

Achei mais prudente concordar para não interromper a narrativa. Maneco prosseguiu.

— O Sr. Stein despediu o Seu Horácio na hora. No ato. Na cara dele. Mandou ele sair da empresa naquela noite e nunca mais aparecer.

— Despediu? Mas ele não continuou trabalhando?

– É verdade. Parece que as coisas não eram tão simples. O Seu Horácio fez algumas ameaças.

– Como assim?

– Bom, já fica difícil dizer tudo que ouvi porque eu não conseguia entender umas palavras da conversa deles. O Seu Horácio estava na empresa há muito tempo e disse que não sairia de mãos abanando. Devia saber de muita coisa.

– E o que aconteceu?

– Bom, parece que ele tinha razão, porque não foi mandado embora.

– O Sr. Stein não era homem de se curvar – ponderei em voz alta. – Que tipo de ameaças poderiam tê-lo feito voltar atrás?

– Aí o senhor já está exigindo muito de mim. Como é que vou saber? O que sei é que devia ser algo muito grave. Mas não é só isso. E se o Seu Horácio contasse para os filhos que o Sr. Stein tinha uma amante quando ainda era casado? Esqueceu? Eles eram amantes quando o patrão ainda era casado com a Dona Clara! E nesses anos depois da morte dela, o Sr. Stein dando uma de exemplo do viúvo solitário, que só pensava na família? Ah, manter uma amante em atividade ia acabar com a reputação dele.

– É, realmente não seria bonito – concordei.

– Pode acreditar, meu doutor, o patrão ia preferir a morte do que enfrentar essa vergonha na própria família e nessa alta sociedade que ele vivia.

Tive um sobressalto. Maneco percebeu.

– Falei algo errado? – ele arriscou.

– Muito pelo contrário. Acho que você foi certeiro demais.

– Mandar embora não podia. Mas não quer dizer que ficou parado.

– Não diga! E o que o Sr. Stein aprontou?

– Bom, o senhor sabe, né? Eu sempre circulava pela Diretoria. E não foi difícil perceber que o Seu Horácio não tinha muito mais o que fazer no escritório. Tinha vezes que eu ia na sala dele para servir café e ele estava lendo jornal no meio do expediente.

– Jornal? – exclamei.

– Isso mesmo. O maior corre-corre na empresa e o Seu Horácio parecia que não tinha serviço nenhum. Acho que depois do bate-boca entre os dois, o Seu Horácio foi sendo encostado. E só pode ter sido por ordem do Sr. Stein.

– Então, foi assim que o Sr. Stein se vingou dele?

– Foi o que o patrão achava, que era vingança, mas acho que não funcionou do jeito que ele esperava.

– Por quê?

Maneco prosseguiu:

– Teve umas outras vezes em que eles ficaram sozinhos no andar da Diretoria, mas não porque o patrão mandava. Algumas vezes o Seu Horácio esperava todo mundo sair e ia conversar com o Sr. Stein. Conversar não, gritar, essa é a verdade. Eles sempre conversavam aos berros e eu estava lá, como o senhor sabe, esperando a autorização do patrão para ir embora.

– E do que eles falavam? – perguntei.

– O Seu Horácio queria um dinheiro para ir embora. O patrão dizia que não ia pagar nada. E aí começavam a gritar.

– Toda vez a mesma coisa?

– Toda vez! O Seu Horácio sabia o que ia ouvir e mesmo assim ia na sala do patrão e começava o bate-boca. Mas na última vez eu tive que aparecer fingindo que levava café, porque achei que os velhinhos iam sair no braço!

– Por quê?

– É o que eu disse, eles gritavam tanto um com o outro que era só deixar a porta da copa da Diretoria aberta para escutar tudo. Aí, o Sr. Stein falou que ele era um pobre coitado que não tinha onde cair morto. E o Seu Horácio dizia que se ele contasse tudo que sabia, o patrão ia passar tanta vergonha que não ia poder sair de casa, mesmo com todo o dinheiro do mundo.

– Discussão de altíssimo nível – ponderei.

– O patrão dizia que o Seu Horácio era um perfeito idiota e que na certa ia morrer primeiro. Ele dizia: "Você vai morrer primeiro e sem ver a cor do meu dinheiro". Aí o Seu Horácio falou: "Vou atrás do que eu quero e você não vai me impedir. E quando perceber que eu peguei o seu dinheiro, você vai ver quem é o idiota". – Aí eu vi que a discussão estava indo para um caminho muito ruim e entrei na sala como se não soubesse de nada com café fresco na garrafa térmica e uma jarra de água fresca.

– E então?

– Quando me viram, os dois pararam de gritar. Estava na cara que o patrão não queria ninguém suspeitando de nada. Nem sobre a Dona Carmem nem nenhuma outra coisa. O Sr. Stein não queria que eu ouvisse isso, e o senhor sabe que ele confiava muito em mim, mais ninguém podia ouvir.

– E o Seu Horácio?

– Bom, se ele estava ameaçando de verdade fazer uma coisa muito errada, também não ia querer ninguém ouvindo.

Antes de eu ordenar qualquer pensamento, Maneco interrompeu:

– Agora, se o senhor me dá licença, vou ao banheiro dar uma esvaziada porque tomei cerveja demais.

Finalmente, a deixa que eu precisava. Enquanto Maneco estava no banheiro, abri sua mochila e comecei a procurar pela tal chave. Não tardei a encontrá-la. Não havia dúvida, tinha a famosa insígnia "B.S.", as iniciais do patrão. Revirei um pouco mais e não encontrei nenhuma outra. Portanto, tinha de ser aquela mesma.

Minha intenção era pegar a chave emprestada apenas por uma noite e depois deixá-la em algum lugar do escritório onde Maneco pudesse encontrá-la no dia seguinte e simplesmente achar que a tinha esquecido. Consegui meu objetivo e muito mais. Enquanto não houvesse a comprovação de grampo das linhas telefônicas por uma terceira pessoa, eu mantinha como suspeitos, mesmo a contragosto, todos os cinco que haviam escutado meu relato acerca da descoberta de Caetano, a começar pelos três filhos – Alberto, Mario e Rubens. Não havia como excluí-los, embora esse fosse o meu desejo, até por respeito à memória do pai.

Geraldo Barreto era uma incógnita constante que, sem eu saber naquele momento, ainda me traria algumas surpresas. Talvez por puro corporativismo, eu relutava em aceitar que um advogado tivesse traído o próprio cliente, mas era uma possibilidade que não poderia descartar.

Até antes da rodada de cervejas com Maneco, Carmem era suspeita apenas porque estava na sala no momento em que informei a descoberta de Caetano. Mas agora tudo era diferente. Ela era a única, efetivamente, que teria um motivo real para repassar informações para a Karmo. A amante esquecida que repentinamente se deu conta que não teria os anos de glória como uma nova Sra. Stein resolveu se valer dos serviços prestados ao patrão e fixar ela mesma uma verba indenizatória. Nesse caso, o repasse de informações privilegiadas para a Karmo seria a melhor forma de atingir seu objetivo.

Mas justo ela, parecendo tão leal, estaria apunhalando seu chefe após anos de dedicação? Do que é capaz uma mulher apaixonada que se sente rejeitada pelo amante? Talvez tivesse encontrado no ombro de um novo namorado forças para essa decisão. Pois, se não por ela, Horácio certamente tinha vários motivos para pretender prejudicar o Sr. Stein. E não teria o Sr. Horácio convencido Carmem a se juntar a ele, e ambos haveriam vendido informações confidenciais para a Karmo?

Este tortuoso raciocínio me ruborizou por um instante. Minha inexperiência profissional talvez tivesse me levado a conclusões precipitadas. Pois podia ser que meus cinco suspeitos iniciais não tivessem culpa alguma. Inclusive Carmem, que teria sido, isto sim, seduzida para essa vingança!

Quem seria esse Horácio? Mesmo sem conhecê-lo, eu podia ter uma leve ideia. Seu nome estava na lista como um dos funcionários mais antigos do Grupo Stein, portanto, deveria ser alguém de muito valor. Certamente era um sedutor competente a ponto de convencer

Carmem, que já mantinha relações mais do que íntimas com o Sr. Stein, a também compartilhar com ele aventuras extraconjugais. Também era certo ser alguém extremamente ousado, capaz de enfrentar o próprio Sr. Stein sem se curvar. E, convenhamos, enfrentar o grande Benjamin Stein era algo de que poucos, muito poucos, seriam capazes. Um homem de grande valor, sedutor e extremamente ousado poderia estar sozinho vendendo informações para a Karmo. E se, sem saber o que fazia, Carmem tivesse comentado naquele dia com ele sobre Caetano? O álibi perfeito. Horácio não estava lá, não tomara conhecimento da informação e deu fim à vida de Caetano.

Nesse caso, só quem poderia suspeitar dele seria a própria Carmem. Meu Deus, será que Carmem estava correndo perigo? Poderíamos enfrentar, agora sim, um assassinato de verdade? Talvez eu devesse avisá-la. Ou talvez fosse prematuro. Ainda havia muito por fazer e um inesperado personagem surgira. Com certeza, em algum momento, eu teria que enfrentá-lo.

"*Traição se paga com traição.*" Será que Maneco havia me desvendado todo o mistério?

Assim que consegui colocar Maneco no ônibus em direção a sua casa liguei para Eduardo:

– Peguei a chave.

– Como?

– Depois eu conto, mas o tempo é curto. É preciso entrar no escritório do Sr. Stein hoje à noite.

– Hoje? Mas já são quase oito horas e eu não me preparei.

– Eduardo, eu fiz a minha parte. Por favor, faça a sua.

– E por que não pode ser amanhã?

– Digamos que consegui um empréstimo não autorizado. Amanhã pode ser que já tenham dado falta dela e, se deixarmos para outra noite, pode ser perigoso.

Eduardo começou a rir:

– Você roubou a chave, quer dizer.

– Seja como for – ponderei, levemente constrangido –, não quero esperar. Você pode hoje à noite?

– OK – respondeu ele, depois de uma pausa breve. – Mas preciso de um tempo para me organizar. Vamos nos encontrar à meia noite na porta da garagem do seu escritório e você me entrega a chave. E espero trazer boas notícias quando eu sair do Grupo Stein.

– Você não está achando que vai fazer isso sozinho, está?

– E por acaso você está pensando em invadir o escritório do Sr. Stein comigo?

– Achei que havíamos combinado que seríamos parceiros.

– E somos. Mas cada qual tem sua função. Você conseguiu a chave, está ótimo. Fez sua parte. Agora me deixe fazer a minha.

– Eduardo, você não me entendeu. Eu vou entrar lá com você. Isto é definitivo.

– Thomas, eu vou invadir um escritório na calada da noite com uma chave roubada para furtar informações confidenciais de uma pessoa falecida. Você faz ideia quantos artigos do Código Penal eu vou infringir de uma só vez?

– Sendo assim, melhor você ter um advogado por perto.

15

Seguindo a sugestão de Eduardo, troquei meu terno por roupas leves e um tênis confortável *"na hipótese de precisarmos sair correndo"*, conforme o meu novo parceiro me alertou. Difícil foi Sandra concordar com o que eu estava fazendo, mas não havia como ocultar isso dela. Como justificar para minha esposa uma saída à meia-noite, vestindo roupa de ginástica? Ela resistiu, tentou de todas as formas me demover. Mas eu estava decidido. Precisava ir até o fim.

Ela me fez jurar que a primeira coisa que eu faria na manhã seguinte seria ir ao Banco República quitar nosso financiamento e concluiu:

– Só me falta gastar este dinheiro pagando a sua fiança, caso você acabe preso depois desta loucura que inventou – em seguida me deu um longo beijo e disse sorrindo: – Claro que, se você for preso, ainda vou ficar na dúvida se pago a prestação ou liberto você!

Quando cheguei à portaria do meu escritório, Eduardo já me aguardava em um táxi.

– De táxi despertamos menos suspeitas e a mobilidade é maior – e apontando o motorista: – O Joãozinho aqui é meu parceiro de várias empreitadas noturnas.

– Podes crer! – respondeu o sujeito. Joãozinho era uma forma honesta de se referir a um sujeito de baixa estatura que me estendeu a mão para um forte cumprimento. Logo, ele parava o carro em uma esquina próxima de nosso objetivo, o prédio onde se encontrava o Grupo Stein.

– Thomas, eu desço aqui. Você segue mais um pouco com o Joãozinho.

– Combinamos que iríamos entrar juntos – protestei.

– E vamos. Mas antes disso tenho um servicinho para fazer.

– Aonde você vai?

– Não lhe disse que precisávamos de um pequeno acidente para a rede elétrica entrar em pane?

– Disse...

– Está na hora de provocá-lo! – Eduardo abriu rapidamente sua mochila e pude ver um emaranhado de fios enrolados um nos outros e conectados a pequenas caixas. Ele parecia estar montando o palco para sua pequena sabotagem, e sua destreza me impressionava.

– Fique com Joãozinho e você estará seguro – Então, saiu rapidamente do carro e me disse: – Nos encontramos em menos de vinte minutos.

– Onde?

– Eu já passei com Joãozinho por aqui e a área está mapeada. Ele sabe o que é necessário fazer e onde me encontrar.

– Deixa comigo! – salientou Joãozinho.

Seguimos dando algumas voltas pelas quadras mais próximas e realmente era forçoso reconhecer que o táxi não despertava suspeita. Em vinte minutos, estávamos em uma rua lateral do prédio, quando Joãozinho desligou as luzes do carro e vagarosamente reduziu sua marcha verificando se nossa presença havia sido notada. Finalmente paramos, mas notei que ele deixara o motor ligado e estava de olho no relógio.

De baixo de sua poltrona de motorista, Joãozinho retirou um pequeno equipamento que continha alguns botões de comando e um relógio digital ao lado de uma espécie de conta-giros. Comecei a notar o quanto eu estava próximo de partir efetivamente para uma sequência desenfreada de ilícitos criminais. Meus pensamentos foram interrompidos por Joãozinho:

– O senhor está pronto?

– O que exatamente irá acontecer?

Joãozinho acionou o equipamento e algumas luzes começaram a pipocar naquele pequeno painel.

– Este equipamento vai se conectar com o roteador que serve para deixar o sistema de alarme em pane. Vou acioná-lo assim que vocês estiverem ali dentro e ficarei monitorando para que permaneça funcionando até vocês saírem.

– Onde está Eduardo?

– Calma, doutor, ele já deve estar chegando. Por enquanto, vista isso.

– Luvas?

– Bem, o senhor não quer deixar suas digitais registradas, quer?

Tão logo calcei as luvas, já foi possível ver um sinal de lanterna junto ao muro na extremidade oposta à portaria principal.

– Lá está ele, doutor – apontou Joãozinho. – Agora, saia devagar e sem fazer barulho. O show está prestes a começar.

Saí cuidadosamente do automóvel com uma lanterna que Eduardo me fornecera quando ainda estava no táxi e rapidamente me aproximei dele, que também tinha luvas e trazia a mochila junto ao peito.

– Cinco, quatro, três, dois, um... – Eduardo contava com enorme precisão. Subitamente, um enorme estouro aconteceu do outro lado da rua. Em segundos, a iluminação pública foi se desligando e as luzes que iluminavam a parte externa do prédio perderam força até finalmente se apagar.

– Acho que levo jeito para coisa – disse Eduardo sorrindo de satisfação.

– E agora? – balbuciei.

– Vamos visitar o Grupo Stein.

Seguimos pela lateral do edifício que se encontrava naquele momento completamente escura e era possível ouvir os gritos dos seguranças se dirigindo para a parte frontal do prédio para ver o que havia acontecido. Eduardo não apenas sabotara o sistema de iluminação, mas também deixara alguns artefatos para fazer barulho e distrair definitivamente a atenção de quem estivesse no local. Seguimos pela porta lateral e em questão de segundos estávamos dentro do prédio.

Eduardo demonstrava realmente ser um profissional naquilo que fazia. Havia estudado a planta do prédio em detalhes e conseguia se movimentar na escuridão com enorme desenvoltura. Eu seguia atrás dele segurando em seus ombros.

– Não podemos acender as lanternas agora – alertou Eduardo –, só quando estivermos na escadaria e longe de qualquer risco.

Paramos perto de um enorme painel que ocupava quase que uma parede inteira do chão ao teto. Eduardo retirou algumas ferramentas da mochila e continuou seu trabalho, como se o local estivesse iluminado. A escuridão lhe era absolutamente indiferente e não alterava sua agilidade. Assim que removeu a grade que dava proteção ao painel, sacou da mochila um pequeno aparelho que continha um conta-giros idêntico àquele que eu vira nas mãos de Joãozinho. "O roteador", imaginei. O equipamento foi ligado e seguimos rapidamente pelas escadas rumo ao oitavo andar do prédio.

– Aqui estamos seguros, Thomas. Podemos acender as lanternas.

A excitação daquela invasão somada à subida daqueles lances de escada tentando acompanhar Eduardo elevaram meus batimentos cardíacos. Eduardo notou:

– Você está indo muito bem, Thomas. Congratulações! Agora é a vez de mostrar para que veio. A chave?

– Aqui – respondi, ainda ofegante.

– Pois vamos lá.

O jeito informal e despojado de Eduardo se transformou totalmente naquele momento. Ele atuava com precisão e seriedade, e rapidamente estávamos ingressando no escritório do Grupo Stein.

– Thomas, mesmo os vidros sendo escuros e sendo improvável que sejamos vistos, não vamos dar chances ao azar. Sempre utilize a lanterna para baixo, evitando iluminar as janelas. Todo cuidado é pouco.

– OK. Você tem ideia onde iremos encontrar o decodificador?

– Com certeza, na caixa central de telefonia, que costuma ficar instalada na área de serviço. Pela planta do andar, não será difícil encontrá-la – e abrindo novamente sua mochila retirou uma cópia da planta. Em poucos minutos chegamos à área de serviço. Assim que Eduardo abriu o painel comemorou:

– Aqui está. O decodificador!

O equipamento era nada mais do que uma pequena caixa cinza, um pouco maior do que uma embalagem de clipes. Estava instalada paralelamente aos cabos das linhas telefônicas e todos os fios que saíam do cabeamento da área comum passavam por ela e seguiam para a caixa telefônica do próprio escritório.

– Trabalho de mestre – exclamou Eduardo. – Coisa mesmo do Caetano.

– Vocês trabalharam muitas vezes juntos? – indaguei.

– Talvez eu tenha conhecido Caetano tarde demais. Éramos de gerações diferentes. A gente se cruzou profissionalmente quando ele já estava querendo parar. Na verdade, acho que foi o último da sua geração a abandonar a ativa. Exatamente por isso precisava de gente nova na equipe e um conhecido comum nos apresentou.

Eduardo trabalhava rapidamente com suas mãos e agilmente procurava achar as conexões corretas para localizar os setores que indicariam de onde partiam e para onde ia cada uma das ligações.

– De quanto tempo você precisa? – indaguei.

– Acho que não muito. Talvez quinze minutos.

Eu me afastei em silêncio para não atrapalhar o seu trabalho.

– Ei, aonde você vai? – me perguntou Eduardo.

– Vou dar uma volta por aí, quem sabe encontro algo interessante.

Eduardo retornou ao seu trabalho e segui com minha lanterna abaixada, caminhando por aquele escritório completamente vazio. Atravessei o corredor da área comum, a partir da área de serviço, e segui pelo acesso reservado em direção à área privativa da Diretoria. Passei pela mesa de Carmem e não consegui deixar de imaginá-la aos abraços e beijos com o Sr. Stein. Que loucura! Logo à minha esquerda, a sala de trabalho do Barreto, que, concluí, merecia uma visita.

Embora não fosse ampla, era confortável. Com a lanterna acesa, tentei ter uma visão do ambiente de trabalho. Aos fundos, havia uma pequena estante de livros dos quais não me interessei em verificar os títulos. Mais à direita havia uma segunda estante trancada e, não tendo as habilidades de Eduardo, não insisti em abri-la. À frente da mesa de trabalho, localizei um pequeno sofá marrom com almofadas beges, convidativo para uma soneca, embora eu não imaginasse Barreto, formal como era, dormindo deitado no sofá de sua sala no meio do expediente. Havia dois quadros de paisagens indefinidas logo acima do sofá. Ao lado, uma pequena mesa de centro com um porta-retrato com a foto de Barreto ao lado do Sr. Benjamin Stein. Pelas roupas esporte que vestiam certamente se tratava de algum evento particular.

Voltei-me para a mesa de trabalho extremamente organizada e os poucos documentos soltos não me chamaram a atenção. Na lateral, havia uma mesinha com apoio para telefone e duas canoplas com os dizeres "entrada" e "saída". Absolutamente desatento nem me dei conta da chegada de Eduardo:

– Você quer primeiro a boa ou a má notícia? – indagou ele.

– Minha querida avó sempre dizia que devemos dar primeiro as boas notícias e só depois as más.

Eduardo sorriu:

– Então vamos seguir o conselho da vovó! Consegui retirar o decodificador e localizei a origem das ligações feitas fora dos horários regulares de expediente.

– E então?

– Agora vem a notícia ruim. Acredite se quiser, mas vinham da sala do próprio Sr. Benjamin Stein.

– Como assim? – perguntei completamente confuso com esta inusitada revelação.

– É o que estou lhe dizendo. As ligações eram feitas da sala do Sr. Stein, ao menos nestes horários anteriores e posteriores ao expediente do escritório.

– E não há outras ligações? – indaguei para Eduardo tentando construir alguma linha de raciocínio com este fato.

– Lógico que sim, mas nesse caso eram realizadas no horário comercial. Localizei ligações de outras salas de reunião ou salas de trabalho, mas nada que possa indicar as atividades suspeitas de um espião.

Refleti alguns segundos.

– Ligações vindas ou encaminhadas para a Karmo durante o expediente não revelarão coisa alguma. Afinal, as partes estavam mesmo em negociação. É normal que você encontre estas ligações de várias salas, até desta mesa – e apontei em direção ao local de trabalho de Barreto. – O que poderia nos ajudar a revelar o espião são exatamente as ligações feitas em horários incomuns. Mas se justamente estas ligações suspeitas se originavam na sala do próprio Sr. Stein, como pode ser? Puxa, Eduardo. Por esta eu não esperava.

– Bem, é isto que conseguimos acessando o decodificador.

– Eduardo, me diga uma coisa. Este decodificador que está na copa, não seria possível obter uma nova transcrição dos diálogos?

– Infelizmente, não. Essa unidade é daquele primeiro equipamento, que acusa as chamadas recebidas e enviadas da Karmo. É um aparelho que tem uma função específica. O segundo equipamento, que é acionado pelo primeiro e dá início ao processo de gravação, é mais sofisticado e precisa ser alimentado com novas fitas na medida em que se desdobra qualquer investigação. Na certa, Caetano retirou as fitas para as transcrições e este material foi inutilizado após o encerramento dos trabalhos, para não deixar vestígios. Havia uma única via dessas transcrições, que certamente era aquela que Caetano queria entregar a você.

– ...Os papéis levados da casa dele na noite em que foi assassinado.

– Devem ser. – Eduardo se recostou no sofá bege da sala de Barreto – Acho que retornamos à estaca zero.

– Parece que sairemos esta noite do Grupo Stein com mais dúvidas do que respostas – constatei.

– Como assim?

– Ora, por que o Sr. Stein desejaria falar com a Karmo às escondidas em horários fora do expediente?

– Não vamos complicar, Thomas. Já está ruim o bastante. Não precisamos de novas perguntas se ainda não conseguimos responder as anteriores.

Minha lanterna se voltou para a mesa de trabalho e a estante, ambas trancadas:

– Me diga uma coisa, Eduardo. Você consegue abrir estas gavetas trancadas sem deixar indícios de um arrombamento?

Eduardo deu um salto do sofá e se aproximou de mim. Analisou as gavetas da escrivaninha de Barreto e do armário, ambas trancadas.

– Bem, na verdade, não viemos para arrombar gavetas trancadas.

– Apenas me responda: você pode ou não pode?

– Thomas, eu não vim preparado para este tipo de trabalho.

Dei um suspiro desolado.

– O que não quer dizer que não consiga fazê-lo – Eduardo concluiu.

– Você consegue? – exclamei.

– Ei, abaixe o tom de voz. Não precisamos da companhia de mais ninguém. Vamos ver o que temos aqui.

Eduardo se abaixou novamente e começou a analisar tanto a fechadura da mesa de trabalho como do armário. Efetivamente, ele era um profissional.

– Se eu soubesse que você ia pretender arrombar alguma coisa, teria trazido o material específico. Seria possível abrir cada uma destas fechaduras em menos de um minuto.
– Bem, e sem o material, você pode improvisar?
– Acho que sim.
– Em quanto tempo você consegue abrir as gavetas?
Eduardo sorriu:
– Em menos de um minuto!
Não tive dúvidas.
– Siga em frente e abra todas as gavetas trancadas.
– O que você pretende encontrar?
– Nem sei o que estamos procurando! – concluí.
Eduardo saiu da sala e retornou alguns minutos depois com sua mochila. Junto, trouxe estiradores de grampos, estiletes, clipes, papéis e fitas autoadesivas que foi recolhendo nas mesas das secretárias. Eduardo se colocou entre a mesa de trabalho e o armário do Dr. Barreto e sentou-se ao chão. Mais uma vez, fiquei impressionado com sua destreza manual. Ele se valeu dos papéis e fitas adesivas para isolar a sua área de trabalho. Parecia, efetivamente, um cirurgião que isola a parte do corpo que será submetida a um processo cirúrgico. Habilmente, fez uma proteção em volta da fechadura e a prendeu com fitas adesivas. Em seguida, pegou alguns grampos e com o estilete ficou pacientemente afinando suas pontas. Fez isto uma, duas, cinco, dez vezes, com enorme calma. Depois pegou as pontas dos clipes apontadas e deixou-as penduradas no estirador de grampos. Tirou de sua mochila um jogo de miniferramentas, virou-se para mim e disse sorrindo:
– Pode começar a cronometrar.
Fiquei ao seu lado e, embora não tenha feito a marcação do tempo, realmente Eduardo não levou mais do que um minuto para abrir a primeira gaveta. Repetiu o procedimento na segunda gaveta da mesa de trabalho de Barreto e se virou para o armário. Esta fechadura lhe

tomou um pouco mais de tempo, mas acabou vencida e todas estavam destrancadas.

– Eu gostaria de ajudá-lo nessa busca se tivesse alguma ideia do que estamos querendo aqui – registrou Eduardo.

– Sinceramente, não sei. Pode ser qualquer coisa. Uma pista que possa nos dar um rumo.

Remexi as gavetas da mesa de trabalho tentando não tirar da ordem os objetos que estavam ali, mas realmente não achei nada que fosse digno de registro. Eduardo seguia olhando os pertences do armário lateral recém-aberto:

– Temos muitas pastas por aqui, acho que vou precisar de sua ajuda.

Abandonei minha busca infrutífera nas gavetas e me somei a Eduardo, analisando os documentos que estavam no armário. Dentro do armário havia uma segunda repartição novamente trancada.

– E esta, você consegue abrir ou está muito difícil para você? – provoquei.

– Quer apostar? – e antes que eu respondesse, obviamente recusando a aposta, Eduardo começou a trabalhar na fechadura.

Foi possível notar que ela tinha um sistema mais seguro de trava e Eduardo não cumpriu seu prazo de 60 segundos para a abertura, mas não levou mais de dois ou três minutos. Dentro, havia alguns poucos documentos e um envelope com o inconfundível logotipo das letras "B" e "S" entrelaçadas, característicos do nome de Benjamin Stein. Logo abaixo, havia a inscrição "Presidência" em alto-relevo.

Retirei o envelope cuidadosamente e vi que suas laterais estavam rasgadas. Ou seja, o envelope já havia sido aberto e depois fechado novamente. Tentei de alguma forma abrir o envelope sem rasgá-lo, mas fui interrompido por Eduardo:

– Não seria melhor eu fazer isso?

Concordei prontamente reconhecendo as habilidades manuais de Eduardo e lhe entreguei o envelope. Ele manuseou a parte externa do envelope com enorme cuidado, procurando descolar as partes que efetivamente não haviam ficado bem fechadas quando o envelope fora aberto pela primeira vez. Então, fez pequenas aberturas para não rasgar as abas de fechamento lateral. Pegou alguns clipes que estavam pendurados no estirador e ficou cutucando a parte superior que vagarosamente ia se descolando. Confesso que aquela demora me agoniava, mas era preciso reconhecer que Eduardo se esmerava no que estava fazendo. Passados alguns minutos o envelope finalmente se abriu.

Dentro do envelope, havia uma carta em papel timbrado particular do Dr. Geraldo Barreto dirigida ao Sr. Benjamin Stein, solicitando o seu desligamento como advogado do Grupo Stein em "caráter imediato e irrevogável". Na parte superior havia algo escrito em letra tremida, que era possível presumir ser de Benjamin Stein, até porque no seu final havia a rubrica das letras "B" e "S" entrelaçadas, tal qual na parte externa dos envelopes. De forma mais sucinta do que o próprio pedido de demissão, Benjamin Stein passava um recado claro e seco ao Dr. Barreto: *"Pedido de Demissão Negado"*. Conciliando as datas, o pedido fora feito não mais do que um mês antes de o Sr. Stein falecer.

O fato me intrigava sobremaneira. Barreto jamais comentou que tivesse pedido demissão, nem me tinha dado a entender que um dia pretendeu fazê-lo. Aquele devoto advogado de uma vida toda, fiel escudeiro do Sr. Benjamin Stein, era como se fosse a sombra do chefe. E, repentinamente, se desligava do grupo? Por que teria feito isso?

Eduardo me olhava intrigado, atento a minha expressão paralisada ao ver aquele estranho documento.

– Esse papel significa alguma coisa, não é? – perguntou.

– Sem dúvida! Só que não faço a menor ideia do que seja.

– E agora?

– Por enquanto, vamos apenas recolocar o documento no local em que foi encontrado.

Eduardo voltou a fechar o envelope com todo o cuidado e passou um pouco de cola nas abas de fechamento para recompor o documento ao seu estado original. Depois, fechou e travou o pequeno compartimento e fez o mesmo com o armário e as gavetas da mesa de trabalho. Eu permanecia encostado na parede entre o corredor e a porta da sala do Barreto, de onde era possível ver a mesa de Carmem. Certamente não resisti a uma rápida visita.

Retornei com a agenda de trabalho da secretária e a folheei para tentar achar alguma coisa interessante. Ao mesmo tempo, observava Eduardo retirar as fitas adesivas, os papéis, clipes e toda a pequena bagunça que havíamos armado, buscando não deixar o menor vestígio de nossa presença ali. Será que eu encontraria algum bilhete amoroso trocado entre Carmem e o Sr. Stein? Alguma carta de rompimento dele ou de ameaças dela?

Seria realmente improvável. Algo assim não estaria guardado numa agenda de trabalho. Eu ainda resistia a aceitar a hipótese de ver o Sr. Stein com uma amante, e para mim Carmem era tão cordata que pareciam não combinar. Mas o Maneco dava a impressão de saber o que estava falando.

– O que você está lendo? – Eduardo perguntou curioso.

– A agenda de trabalho de Carmem. Mas até agora nada me chamou a atenção.

Sem perder a atenção no que fazia, Eduardo comentou:

– Agendas costumam ser comprometedoras. Mas se Carmem queria esconder algo, certamente não colocaria em uma agenda acessível a qualquer um, em cima da mesa dela.

– Concordo! Mas como não sei exatamente o que procurar... Bem, se o espião não sabe que está sendo investigado, podemos achar algo interessante, mesmo nos registros oficiais.

Eduardo me olhou com certa reprovação. Não parecia muito convencido do meu talento para detetive. E, realmente, o que eu poderia estar procurando? Agora eu tinha duas alternativas para a mesma pessoa. Carmem poderia ser a amante traída que resolvera vender os segredos e fazer uma pequena fortuna após a recusa do Sr. Stein de promovê-la de amante para esposa. No entanto, Carmem poderia também não ter absolutamente nada a ver com o assunto e talvez houvesse sido usada por Horácio para atingir seus objetivos.

Eduardo havia terminado e estava satisfeito.

– Acho que o tal Barreto não vai perceber que alguém esteve por aqui.

Neste momento eu já estava com um pedaço de papel e um lápis fazendo anotações.

– Vejo que você encontrou alguma coisa interessante – observou.

– Muito interessante.

– E o que é?

– Veja aqui. Nesta sexta-feira será assinado o contrato de venda do projeto de bromatologia para a Karmo. Faltam quatro dias! E a assinatura será na sede do Grupo Stein. Puxa vida, o negócio está sendo mesmo finalizado.

– Então, nosso espião deve estar concluindo seu trabalho.

– Precisamos pegá-lo antes da assinatura – observei.

– O que exatamente você está pensando, Thomas?

– Ainda não sei, mas vamos ver o que temos aqui – eu folheava as páginas da agenda de Carmem, indo e voltando nas datas, buscando alguma informação de valor. – Olhe que interessante. O nome do Sr. Manoel de Oliveira Abranches está confirmado para a reunião de assinatura.

– Quem é esse sujeito?

– Ele representa o grupo europeu que está negociando a compra do projeto de bromatologia. Eu já havia ouvido o nome dele. Vinha constantemente de Portugal especialmente para as negociações.

Fiquei alguns instantes em silêncio, elaborando uma estratégia.

– Eduardo, me responda: o que nosso espião – ou espiã, pensei – não poderia suportar?

– Bem, se ele chegou até aqui, não vai querer colocar tudo a perder. E lembrando o nosso querido Caetano, ele não quer ser descoberto. Já deu provas de que fará qualquer coisa para garantir o sigilo sobre sua identidade.

– Exatamente.

– E isso nos leva aonde? – indagou Eduardo.

Refleti mais alguns segundos.

– Seria interessante eu me encontrar com esse Sr. Manoel de Oliveira Abranches.

– Para quê? Por acaso você acha que existe a mais remota hipótese dele revelar para você quem a Karmo pagou para trair o Grupo Stein?

– Não estou esperando que ele me conte nada.

– Então, para que vai se encontrar com ele?

– Para que ele seja nosso mensageiro. Nada mais.

– Ou seja, vai deixá-lo avisar nosso espião de que estamos chegando perto – Eduardo se aproximou de mim: – Pode funcionar!

– Mas precisamos fazer isso rapidamente. É preciso que o Sr. Abranches tenha tempo de avisar nosso espião e o deixe preocupado o suficiente para ele ter que se revelar, mesmo contra a sua vontade.

– E onde poderemos encontrá-lo?

Continuei folheando as anotações de Carmem:

– Ele tem uma reserva no Hotel Transamérica aqui em São Paulo em três dias.

– Vai ser um bocado em cima da hora. Não é possível encontrá-lo antes?

– Podemos tentar. Não gostaria mesmo de deixar para o último momento, antes da assinatura da venda do projeto.

– E onde ele estará, antes disto?

– Na agenda de Carmem consta apenas "Manoel de Oliveira Abranches – Convento do Carmo".

– Você acha que esse sujeito é padre? – Eduardo indagou intrigado.

– Duvido! – respondi sorrindo. – Veja, aqui ao lado existem outras anotações. Ele chegará ao Convento do Carmo amanhã e ficará três dias. Depois tem passagem comprada até São Paulo.

– O que será isso aqui? – Eduardo perguntou, apontando duas divisórias de plásticos para documentos, no final da agenda. Comecei a revirá-las, com cuidado

– Ah, muito bom!

– O que você achou? – perguntou Eduardo.

– Duas reservas de hotel em nome de Manoel de Oliveira Abranches. Uma para o Hotel Transamérica aqui em São Paulo. A segunda para o Convento do Carmo.

– De novo esse Convento?

Abri a reserva:

– É um hotel em Salvador. Fica no Pelourinho.

– Em Salvador? Um bocado longe, não?

– Mas recordo que uma das unidades mais importantes do projeto de bromatologia está na Bahia, por força de incentivos fiscais do governo do estado. É muito provável que este senhor dê uma passada por lá antes de assinar a compra do projeto.

– Alguma sugestão?

Os pensamentos vinham na minha cabeça com uma enorme velocidade e eu buscava ordená-los para achar uma estratégia que funcionasse. Certamente, não haveria uma segunda oportunidade. Conversar com o Sr. Manoel de Oliveira Abranches não seria uma má ideia, mas eu não poderia depender apenas disso. E se ele não me recebesse? Virei-me novamente para Eduardo:

– O decodificador ainda está instalado na copa?

– Acabei de retirá-lo. Não vai servir para nada daqui para frente.

Fiquei em silêncio, pensando, enquanto Eduardo me fitava curioso, aguardando algum movimento estratégico que não conseguia precisar. A nossa lanterna permanecia voltada para o chão e o ambiente estava completamente escuro. Era difícil fitar o rosto de Eduardo, mas eu podia sentir sua expectativa para encontramos alguma solução que não nos deixasse na estaca zero.

– Eduardo, preciso que me faça um favor.

– O que é? – perguntou, ressabiado.

– Preciso que você recoloque o decodificador no sistema de telefonia da copa.

Eduardo deu um pulo para trás.

– Está brincando? Sabe o trabalho que me deu tirá-lo de lá sem danificar o sistema de telefonia?

– Pode acreditar, ele será muito mais útil onde estava!

– Mas, Thomas – Eduardo tentava se justificar –, o decodificador não tem utilidade alguma se não estiver acoplado ao sistema. E o sistema já foi desativado pelo Caetano. O aparelho não está gravando as conversas.

– Eu lhe pedi apenas para recolocar o decodificador no mesmo lugar, não para fazê-lo funcionar.

– Você poderia ser mais claro, Thomas?

Recostei-me ao lado do sofá e me recordei de minhas aulas de Filosofia do Direito nas velhas arcadas do Largo São Francisco:

– Eduardo, me diga uma coisa: o que podemos aprender com um ladrão?

– Com um ladrão?! Ora, nada!

– Não seja precipitado. Um ladrão também tem o que ensinar.

– Eu duvido – discordou Eduardo.

– Então, saiba que há duas coisas que podemos aprender com um ladrão.

– Pois me diga porque agora eu estou curioso!

– Um ladrão jamais desiste, ele é persistente. Quando deseja algo, vai até o final e aceita correr desafios. Esta é a primeira lição. Sermos persistentes.

– Muito boa, Thomas. E qual a segunda?

– Um ladrão tem que estar à frente dos acontecimentos, tem que prever o futuro e administrar suas consequências. Caso contrário, todo o seu projeto está perdido. Portanto, precisamos ser também imaginativos.

Eduardo parecia se divertir.

– Dessa, eu também gostei. E disso concluímos o quê, meu filósofo Thomas?

– Que o nosso espião não vai suportar a dúvida de ver todo o seu projeto perdido, se souber que o decodificador pode conter as transcrições dos diálogos, certamente incriminadores.

– Mas já lhe expliquei que o decodificador como está atualmente instalado não pode fazer isto – Eduardo insistiu.

– Informação esta que o nosso espião não possui.

– Porque, se soubesse, certamente já teria tirado o decodificador do local onde o encontramos – arrematou. – Agora, entendi aonde você quer chegar!

– Exato.

– E o que você pretende fazer depois?

– Está na hora de acuar nosso espião.

Fomos interrompidos pelo barulho do vibrador do celular de Eduardo com uma mensagem de Joãozinho preocupado com nossa demora.

– Estamos há tempo demais aqui. Está na hora de sairmos.

– Já? – indaguei. – Na verdade eu ainda precisava visitar a sala de outro diretor, o Horácio.

– Deixe isso pra lá. Se Joãozinho está nos mandando sair, deve ter algum motivo.

– Eduardo, pode acreditar. Seria importantíssimo olharmos a sala dele.

– Doutor, não vai ser hoje!

– Mas...

– Nem mais, nem menos. O senhor vai ter que conseguir informações deste Horácio em outro lugar.

– Esse é o problema. Eu nem sei onde ele mora.

Eduardo sorriu:

– Se o problema é apenas este, já está resolvido. Posso lhe conseguir qualquer endereço.

Eduardo não deu espaço para qualquer outro argumento. Retomou o seu profissionalismo, deu uma última passada de olhos no escritório e rapidamente nos retiramos da sala do Barreto. Devolvi a agenda de Carmem para o mesmo lugar onde eu a havia encontrado. Passamos pela copa, e Eduardo recolocou o equipamento, na verdade menos preocupado com o sistema porque, como eu havia registrado, bastava estar lá para ser visto. Nada mais. Abri a porta de saída do escritório e deixei a chave de Maneco perto da máquina de café da copa. Lá, seria certamente encontrada por ele.

Descemos pelas escadas e antes de chegar no primeiro andar Eduardo me alertou:

– Agora vamos desligar as lanternas. Chegou a hora crítica.

– Hora crítica? – estranhei. – Qual o problema?

– Como dizia sua avó, primeiro a boa notícia, depois a má.

– O que está acontecendo?

– Entrar foi mais fácil porque nos valemos do momento surpresa. Mas sair não é tão fácil assim. Agora, os seguranças já estão novamente posicionados e, como o prédio está escuro, estão mais alertas. Precisamos ter cuidado na saída para não sermos pegos.

– Animador! E não temos como distraí-los?

– Joãozinho vai se encarregar disso.

Eduardo passou um torpedo telefônico para Joãozinho, indicando que estávamos na posição de saída. Daí, passou a acompanhar o tempo no relógio.

– Mais uns três minutos e...

A frase foi interrompida por um forte barulho que levou novamente os seguranças, em alvoroço, para o outro lado do prédio. Eduardo se apressou:

– Joãozinho já detonou os artefatos, mas muito antes do tempo. Pode ser que alguma coisa tenha dado errada. Fique atento e corra na minha cola.

Antes que eu pudesse tentar entender, Eduardo me pegou pelo braço e saímos correndo pela lateral do edifício. Seguimos pelo mesmo caminho por onde a mureta lateral do prédio era mais baixa. Eduardo era muito mais ágil do que eu, mas ficou ao meu lado todo o tempo, me fazendo ultrapassar os obstáculos que surgiam. Quando chegamos na rua, não encontramos Joãozinho no local previamente combinado:

– Alguma coisa não está certa – Eduardo olhava atentamente para os lados. – Vamos pelas ruazinhas laterais.

Uma viatura policial surgiu repentinamente, de uma rua paralela, com os faróis altos acesos, e era possível ver os policiais com metade dos corpos para fora do carro, certamente armados e à procura de alguém, muito possivelmente de nós. Eduardo me atirou para baixo de um caminhão e se colocou do meu lado:

– Não se mova, não fale, não respire!

A viatura passou por nós com todas as luzes acesas sem notar nossa presença. Desnecessário dizer que meu coração parecia prestes a saltar pela boca. Já me via dentro de um camburão, sendo levado para a delegacia mais próxima. Assim que a viatura policial passou, Eduardo me puxou novamente e disse:

– Espero que você tenha tido educação física na Faculdade de Direito. Está na hora de correr.

Saímos em disparada por uma travessa lateral à Av. Brigadeiro Faria Lima e avançamos por duas quadras. Eduardo olhava para trás o tempo todo. Após o segundo bloco, viramos à esquerda na direção oposta da avenida e prosseguimos por outras três quadras. O ar começava a me faltar, um misto de cansaço pela corrida e medo de sermos apanhados pela polícia. Mas cada vez que eu tentava diminuir o passo, Eduardo me forçava a manter a velocidade. Chegando na esquina seguinte, ele apontou:

– Olha ali o Joãozinho.

Corremos até o carro e entramos ao mesmo tempo em que Joãozinho já colocava o automóvel em movimento. Seguimos pelas travessas, sempre longe da avenida principal, até virarmos numa rua de acesso para a Marginal Pinheiros. Dali rapidamente nos misturamos ao fluxo de automóveis.

– Não foi coincidência termos encontrado você aqui, foi, Joãozinho? – comentei.

– Coincidência nenhuma – Eduardo disse. – Aqui era o nosso segundo ponto de encontro, caso alguma coisa desse errado.

– Então, parabéns novamente – concluí, ainda bufando. – O que importa é que atingimos o nosso objetivo e escapamos sem ser vistos.

– O que aconteceu? – Eduardo perguntou para Joãozinho.

– Acho que os seguranças suspeitaram do táxi estacionado muito tempo na lateral do edifício. Quando um deles ameaçou se aproximar, saí dali. Foi quando passei a mensagem para vocês. Eles devem ter chamado a polícia. Essa foi por pouco.

Seguimos rodando mais alguns quilômetros, ora por vias secundárias, ora pelas avenidas. Joãozinho queria ter certeza de que não estávamos sendo seguidos. Ao final, o táxi pegou o rumo certo até estacionar na porta de minha casa. Eduardo se despediu de mim:

– Thomas, você foi um ótimo parceiro de roubo. Leva jeito!

– Obrigado! Você também não ficou devendo.

Desci do carro e nos apertamos com força as mãos. Eduardo me perguntou:

– Você já sabe o que fazer?

– Amanhã, vou bater no escritório do Grupo Stein.

– É mesmo? – exclamou Eduardo. – Mas acabamos de sair de lá correndo e por pouco não terminamos presos!

– Não se preocupe. Dessa vez irei no horário do expediente. E a entrada será triunfal.

16

Cumprindo o que prometi a Sandra, passei no Banco República no dia seguinte, pela manhã, para efetuar a quitação do financiamento do meu escritório. O gerente, acostumado a me ver negociando a redução das penalidades das parcelas atrasadas, parecia não acreditar na minha repentina disponibilidade financeira e se mostrava bastante satisfeito. Até um café foi oferecido, cortesia que não recebi em visitas anteriores. Na verdade, tudo indicava que eu era um forte candidato à inadimplência, e se existe uma coisa que gerentes não desejam é ter suas carteiras de financiamento sendo discutidas no judiciário.

A sensação que vivi ao receber o termo de quitação de financiamento me autorizando a requerer o cancelamento da hipoteca de meu apartamento no Cartório de Registro de Imóveis foi indescritível. Já havia perdido as contas de quantas vezes havia sonhado com esse momento, mesmo quando não tinha a menor perspectiva de realizá-lo. Com o valor remanescente, o próximo passo seria a troca do automóvel.

Retornei ao escritório e aos meus afazeres diários. Havia outros clientes para atender e o trabalho não podia parar. Tinha recebido uma proposta interessante para um partido mensal de honorários proposto por uma construtora de pequeno porte e era o momento de voltar à realidade. Acertar um pagamento mensal que pudesse garantir o custo fixo de meu escritório era um desejo que já me perseguia há tempos, e talvez este cliente fosse a oportunidade de colocá-la em prática.

Falando em contas, Daisy já havia separado os compromissos que precisavam ser honrados nos próximos dias. As contas das duas linhas telefônicas do escritório, assistência técnica dos computadores, parcelamento de livros jurídicos, imposto predial, enfim, despesas que vão consumindo nossos ganhos sem que se perceba. Mas era tudo administrável diante da nova realidade que eu passava a ter, totalmente livre do pesado encargo do financiamento.

Embora eu tenha protelado, ainda que por boas razões, a quitação do financiamento no Banco República, Sandra não havia perdido tempo. Pediu dispensa do segundo dia de plantão do hospital assim que os honorários devidos pelo Grupo Stein foram depositados. Ela voltava, portanto, a ter uma vida mais próxima das crianças.

Minha mulher me fez uma ótima surpresa e apareceu no escritório para uma visita seguida de um almoço, para comemorarmos nossa conquista. Achei que a ocasião merecia um lugar especial e fomos ao Antiquarius, da Alameda Lorena, uma oportunidade única para confirmar se o famoso bacalhau era realmente o melhor da cidade. Adoro esse prato, mas o orçamento controlado não nos permitia frequentar lugares tão caros. Normalmente, eu e Sandra vamos à Vila Madalena e comemos nossa bacalhoada num restaurante aconchegante chamado Ora Pois!, sugestivo nome de casa portuguesa, com preços bem mais camaradas.

Mas aquele almoço era mais do que especial e, afinal, a vida a dois também precisa estar envolvida com galanteios, mesmo estando casados há alguns anos.

Decidimos que íamos almoçar sem a menor pressa, com direito a uma parada prévia no bar do Antiquarius, para porções de bolinhos de bacalhau e minirrisoles. A seguir, fomos para a mesa e o simpático garçom que nos atendia ofereceu o cardápio com uma variedade impressionante de pratos. Sandra pediu um bacalhau no forno à portuguesa; eu, escolhi o *"nunca chega"*, atraído única e exclusivamente pelo nome inusitado. Logo, o *sommelier* vinha nos indicar um vinho branco produzido no extremo norte de Portugal que, segundo ele justificava, tinha uma safra marcada pela acidez fresca e aromas florais. Achamos tudo tão diferente que não havia por que recusar. As sobremesas eram um capítulo à parte. Minha intenção, como sempre, era pedir mangas, minha maior paixão em termos de fruta, sempre vetada pela minha esposa e cujo cheiro, segundo ela dizia, já era o suficiente para lhe despertar náuseas.

Só que, quando recebi o cardápio, resolvi me deliciar com mais iguarias. Sandra pediu um toucinho do céu, uma mescla de ovos e amêndoas, e eu pedi um rocambole de chocolate com baba de moça. Ambos imperdíveis.

Sandra iria para casa para aproveitar junto com as crianças a nova tarde livre. No caminho, me deixou no metrô e segui pela linha azul até a estação Praça da Sé. Fui a pé depois até o Fórum João Mendes. A caminhada, embora curta, foi providencial para ajudar a digestão. Verifiquei o andamento dos meus processos e dei uma esticada até a Fazenda Pública Estadual para agilizar alguns cálculos que estavam aguardando análise da Procuradoria – eram necessários para a homologação de partilhas judiciais de inventários –, e assim a tarde acabou sendo toda consumida, mas muito proveitosa.

Retornei para casa e o jantar com Sandra e as crianças foi dedicado a discutir com os nossos filhos a reforma do quarto deles, o que os deixou em estado de excitação total. O problema depois foi colocá-los para dormir, o que só conseguimos com enorme persistência. Depois, me fechei no pequeno escritório do meu apartamento. Já era hora de tentar ordenar os pensamentos para o próximo passo a ser tomado. Retirei da minha pasta o *Livro dos Salmos do Rei David* e ali estava a frase derradeira de Benjamin Stein, que ainda insistia em me desafiar: *mors omnia solvit*.

Imaginar, ainda que sem ter nenhuma prova, que uma daquelas cinco pessoas que ficaram tão próximas a mim pudesse ser um dos assassinos de Caetano me causava enorme repulsa. Havia ainda as perguntas sobre Barreto, aquele insuspeito advogado que pedira demissão, negada de maneira nada polida pelo Sr. Stein. Ele também poderia ter se sentido desvalorizado pelo patrão, na medida em que tinha dedicado a sua vida profissional ao grupo e nada teria recebido em troca. Muito pelo contrário, as grandes causas eram entregues a advogados terceirizados, que certamente cobravam fortunas do Grupo Stein. E lá estava Barreto, com seus vencimentos fixos, vendo seus colegas de profissão enriquecerem. Teria sido ele o mentor da venda de informações ao Grupo Karmo?

Carmem era a amante que se sentiu traída, segundo as informações de Maneco, às quais eu dava crédito. Que motivos o garçom teria para mentir? Carmem assim acrescentava-se à lista dos suspeitos. E tínhamos também Horácio, um personagem ainda desconhecido para mim e que poderia, afinal, ser o espião que dividia com Benjamin Stein a mesma amante e provavelmente havia colecionado provas suficientes para destruí-lo.

Quanto aos filhos, era muito difícil, mas não impossível, entender um motivo plausível em qualquer um deles.

Tornando minha perturbação ainda maior, a imagem do Sr. Benjamin Stein estava extremamente forte em minhas recordações. O acaso fizera nossas vidas se cruzarem, somente o acaso, e coube logo a mim descobrir que aquele homem, tão admirado, havia deixado a morte vencê-lo. Agora, seus três queridos filhos Alberto, Mario e Rubens, e seu advogado particular, seu fiel escudeiro Geraldo Barreto, e sua leal secretária de uma vida inteira, Carmem, pessoa de sua mais estrita confiança – ou algo mais –, todos eram suspeitos do assassinato de Caetano e, por conseguinte, da morte indireta do próprio Benjamin Stein. E assim seriam considerados enquanto eu não encontrasse uma alternativa melhor.

No entanto, de todos, Horácio era o que mais atraía minha atenção. Tinha os motivos e os meios. Mas não se pode acusar ninguém sem ao menos conhecê-lo. E Horácio era também o mais nebuloso dos personagens desse mistério, até o momento.

O que de tão grave o Sr. Benjamin Stein havia descoberto que tornou sua vida insuportável? O que seria essa coisa tão grave a ponto de ele considerar que não poderia resolvê-la ou que deveria definitivamente ocultá-la? *Mors omnia solvit*. A morte tudo resolve. Todo mistério se resumiria a alguma revelação que o Sr. Stein julgara que não seria capaz, vivo, de superar. Era isso, ou a tese de assassinato ainda seria uma opção que não deveria ser desconsiderada.

Eu sabia que ele prezava sua honra acima de qualquer coisa. O grande e poderoso Benjamin Stein não ergueu um império como aquele sendo um cidadão pacato, nem uma pessoa mediana. Certamente precisou ousar, aceitar desafios. Um vencedor, esse era Benjamin Stein. E mais. Um vencedor honrado, o que tornava a sua figura muito mais cativante. Era um homem respeitado comercialmente, mesmo por seus concorrentes. Dentro de sua comunidade, era um benemérito de grandes causas. Era, por assim dizer, uma personalidade única. E, para coroar seu sucesso, foi sempre pai e marido exemplar.

Mas por que ele escolheu a mim? Talvez porque o próprio Benjamin Stein não soubesse exatamente quem acusar ou, pior do que isso, tivesse medo de acusá-lo e ver sua boa reputação destruída por uma contrainformação. Sabia quem estava vendendo informações para a Karmo, mas não podia interromper o processo. Porque se o projeto de bromatologia lhe era algo muito especial, com certeza não era maior do que a própria honra do grande Benjamin Stein.

Essa triste ironia pode ter lhe custado a vida. O espião que vendia segredos para a Karmo era alguém intocável, mas isso não poderia seguir indefinidamente. Então, acabou me elegendo para desvendar este mistério. E como não podia permitir que o criminoso, quem quer que fosse, continuasse agindo, deixou o livro de Salmos e as pistas.

Será que eu já teria identificado os únicos suspeitos? Até há pouco tempo, eram apenas as cinco pessoas que ouviram a conversa telefônica. Logo surgiu Horácio. Quem sabe, ainda haveria algo mais a descobrir que simplesmente inocentasse aquelas seis pessoas e revelasse alguém até este momento desconhecido, mas profundamente envolvido com Benjamin Stein? Existiriam fatos da vida particular dele totalmente ignorados? Dos quais ninguém suspeitasse? Algo que, se revelado, custaria sua própria vida?

As ideias atravessavam minha mente com grande rapidez, formando alternativas tão diversas que eu não conseguia completar um raciocínio lógico. Era reconfortante acreditar que poderia estar no caminho certo; no entanto, a mera possibilidade de eleger um dos seis suspeitos como o assassino do meu amigo era suficiente para eu tentar afastar esses pensamentos. E se eu não estivesse realmente no caminho certo? Não seria possível haver algo que estivesse para se revelar, uma situação absolutamente fora de controle, para Benjamin Stein, que o fez acelerar a própria morte? Com quem eu poderia dividir minhas dúvidas?

Meu primeiro impulso foi ligar para Rebe Menahem, mas a verdade é que ele já não estava tão a par do assunto quanto eu. Quando lhe relatei que Benjamin não fora assassinado, omiti a informação completa, não revelei que ele havia abandonado a medicação acelerando a própria morte. E não passava pela minha cabeça dizer a Rebe Menahem que um dos filhos de Benjamin Stein, ainda que apenas por hipótese, poderia ser o espião. Talvez fosse o caso de mencionar apenas o Barreto, Carmem ou Horácio, que não deixavam de ser fortes possibilidades.

Na verdade, em meu íntimo, era o que eu mais desejava. Benjamin Stein sentia orgulho da sua família e se tornara um herói para mim. Considerava inconcebível que tivesse sofrido um revés tão grande em sua vida. Era como Brutus, no Senado Romano, ao golpear o próprio pai. Também não conseguia sinceramente admitir que Stein tivesse um segredo oculto de tudo e de todos, algo necessariamente infamante, prestes a ser desvendado.

Cada suspeito com seu motivo. Cada momento, uma descoberta. Mas teria um deles agido sozinho? Ou seriam todos juntos? Ainda faltava uma ponta do quebra-cabeça. Faltava conhecer Horácio.

Fui atendido no telefone por Rebe Menahem, com aquela simpatia que lhe era peculiar. Achei sua voz um pouco mais fraca, o que ele justificara por um resfriado que já estava sendo superado.

– Rebe Menahem, talvez eu esteja no caminho certo, mas ainda não consegui desvendar o mistério inteiro.

– Admiro sua persistência, Dr. Thomas. Achei que o assunto estava superado porque Rubens me ligou e comentou que a investigação levada a cabo pelo senhor tinha sido finalizada.

– Rubens ligou para o senhor?

– Sim, queria me cumprimentar pelo noivado de meu neto e o casamento que em breve se aproxima. Na verdade, fui eu quem perguntou como estavam as coisas, e ele me informou que coube ao senhor revelar para a família que Benjamin não fora assassinado o que, acredite, me tirou um peso da alma.

– Tenha certeza que tive a mesma sensação, Rebe Menahem.

– No entanto, o senhor segue investigando...

– Não sei como lhe dizer isso, Rebe Menahem. Tampouco posso lhe exigir o que vou pedir agora, mas realmente não gostaria que esta nossa conversa vazasse para os filhos do Sr. Stein.

– Como assim? – a voz de Rebe Menahem, mesmo fraca, havia mudado de entonação. As palavras não me vinham até a boca, mas tentei em um esforço garantir o sigilo sem me comprometer com qualquer acusação injusta.

– Não tenho todas as respostas agora. Na verdade são mais dúvidas do que certezas.

– Pensei ter ouvido o senhor dizer que estava no caminho certo.

– Acredito que sim, Rebe Menahem. Mas não sei aonde vou chegar. Seja como for, peço encarecidamente a sua compreensão para que mantenha nossos contatos reservados. Não estou acusando ninguém, mas preciso trabalhar sem ser pressionado e, se os filhos de Benjamin souberem que ainda estou no caso, bem, talvez eu não tenha o tempo de que necessito.

Rebe Menahem não parecia se conformar.

– Mas não seria melhor que pudessem dividir com você essas dúvidas? Quem sabe possam lhe dar informações que ajudem a desvendar o mistério.

Eu simplesmente não queria revelar a verdade que se aproximava, até porque tinha esperanças de que os filhos de Benjamin Stein estivessem longe de qualquer envolvimento e não me cabia fazer uma acusação tão grave.

– Estou em um dilema, Rebe Menahem. E preciso resolvê-lo sozinho. É só o que posso lhe dizer.

– Pois bem, Dr. Thomas. Acho que o senhor merece esse crédito, especialmente porque está lutando em prol de Benjamin Stein.

– É isso mesmo – exclamei. – O meu cliente é realmente Benjamin Stein. E ninguém mais.

– Assim está melhor, mas já que o senhor me ligou, quero lhe dizer que talvez eu tenha achado algo interessante.

– Os dois Salmos 16? – perguntei ávido por alguma nova dica.

– Algo parecido. Como lhe disse, não existem dois livros de Salmos e, portanto, não podem existir dois Salmos diferentes com o mesmo número.

– Então? – perguntei, ansioso por algum dado novo que pudesse me ajudar a conectar as ideias que vagavam em minha mente.

– O senhor me disse que encontrou no último receituário médico dois números 16, um embaixo do outro.

– Isto mesmo.

– Em vez de grandes análises de numerologia, que tal simplesmente somá-los?

– Como assim? – exclamei novamente.

– Simplesmente assim, como estou lhe dizendo. Não existem dois Salmos 16, mas certamente existe um Salmo 32. Muitas vezes, Dr. Thomas, encontramos respostas para nossos anseios nas soluções mais simples.
– E por que o senhor acha que a solução é somá-los?
– O senhor está com seu Livro de Salmos à mão?
– Ultimamente, sempre estou! Espere um momento que vou pegá-lo.
Assim que retornei ao telefone, Rebe Menahem prosseguiu:
– Lembra do que localizamos de especial no Salmo 16?
Refleti por um instante:
– Lógico que sim, a vocação dos Salmos. Cada Salmo tem ligação com algum fato ou ato de uma pessoa.
– Muito bem. E aonde chegamos com isso?
– A vocação do Salmo 16 se refere a pegar um ladrão. E foi exatamente isso que me chamou a atenção.
– Então, Dr. Thomas, vamos agora utilizar o mesmo sistema e seguir na leitura da vocação dos Salmos. Quero que você me diga se o que localizei ajuda na solução do seu dilema ou, inversamente, nos leva à conclusão de que não é o Salmo 32 que devemos procurar. Está pronto para me ouvir?
Suspirei fundo: – Pode começar, Rebe.
– Pois bem, então vamos em frente. Após a vocação do Salmo 16 que diz para se pegar um ladrão temos:

Salmo 17 – antes de viajar
Salmo 18 – para escapar da maldade de um rei
Salmo 19 – para adquirir sabedoria
Salmo 20 – antes de ir à justiça
Salmo 21 – antes de uma solicitação às autoridades
Salmo 22 – contra a tristeza
Salmo 23 – para entender um sonho obscuro

Salmo 24 – para escapar de uma inundação
Salmo 25 – para controlar a infelicidade
Salmo 26 – para prevenir o perigo e a infelicidade
Salmo 27 – contra os animais selvagens
Salmo 28 – para que uma prece seja concretizada
Salmo 29 – para controlar um mau espírito
Salmo 30 – contra qualquer coisa ruim
Salmo 31 – para controlar o mau-olhado
Salmo 32 – para pedir misericórdia

– Dr. Thomas?

Eu permanecia em silêncio.

– Dr. Thomas, o senhor está me ouvindo?

– Caetano – eu disse em um tom de voz quase melancólico.

– Caetano? – repetiu Rebe Menahem. – Não é este o homem que ligou para minha residência atrás de Benjamin? Não foi ele que o senhor visitou em sua cidade após regressar de Nova York?

– Exatamente! – respondi.

– E o que tem ele?

– *Justitia et misericordia coabulant*

– Dr. Thomas – Rebe Menahem parecia meio perdido –, não estou entendendo.

– Estas foram as últimas palavras de Caetano: a justiça e a misericórdia andam juntas.

– O Sr. Caetano morreu?

Eu me esquecera de que a morte de Caetano não fora informada a Rebe Menahem.

– Infelizmente, faleceu há poucos dias – omiti o fato de Caetano ter sido envenenado, com receio de que essa informação modificasse o compromisso de Rebe Menahem de manter nossa conversa em caráter sigiloso.

— Misericórdia! Ambos a mencionaram quando a morte se aproximava, cada qual a seu modo. — Eu tentava reordenar todos os fatos para não chegar a uma conclusão precipitada. — Talvez seja apenas coincidência, mas...

Rebe Menahem me interrompeu:

— Não se subestime, Dr. Thomas. No judaísmo não há coincidências. Isto é ponto pacífico. Se dois fatos diferentes se relacionam, é preciso buscar o motivo.

— Rebe, Benjamin Stein e Caetano supostamente tinham a mesma informação cujo teor desconhecemos. Caetano ligou para o Sr. Stein quando ele se encontrava com o senhor, e depois dessa conversa ele interrompeu sua viagem e regressou rapidamente para o Brasil. O que quer que Caetano tenha descoberto, comunicou ao seu cliente antes de o mistério ter sido totalmente desvendado. Apenas Benjamin Stein detinha a informação completa. Mas depois, por meu intermédio, Caetano retomou o assunto e, ao que parece, também descobriu do que se tratava. E ao morrerem ambos expressaram algo muito próximo. Primeiro, o Sr. Stein nos indica como pegar um ladrão e agora, supostamente, está pedindo misericórdia. Caetano me alertou que justiça e misericórdia andam juntas. Devemos pegar o ladrão e depois soltá-lo? — fiquei alguns segundos em silêncio. — Rebe, o senhor acha que devemos ter misericórdia de um ladrão?

— Um ladrão é sempre um ladrão, não tenha dúvida. Mas não significa que não seja possível perdoá-lo. Devemos analisar as circunstâncias para saber se isso é possível.

— Ou podemos perdoar conforme descobrirmos quem seja o ladrão — concluí. — Talvez por isso Caetano tenha me alertado que justiça e misericórdia andam juntas. Ele teve uma suspeita, que foi transmitida ao Sr. Stein. Mas quando retomou o assunto, deve ter progredido e descoberto quem realmente era o ladrão, ou melhor dizendo, o nosso espião ou... — não concluí meu raciocínio.

— Ou o quê, Dr. Thomas? — perguntou Rebe Menahem.

– Bem, é só uma suspeita. Talvez seja cedo para esta possibilidade e eu ainda preciso conhecer pessoalmente algumas pessoas.

Rebe Menahem percebeu meu desconforto.

– Dr. Thomas, o senhor pede que nossos contatos sejam reservados e eu estou de acordo. Mas, para ajudá-lo, preciso saber de tudo. Melhor o senhor não me ocultar nada, não podemos nos dar ao luxo de termos histórias pela metade, não enquanto não descobrirmos o que exatamente aconteceu.

– Desculpe Rebe, não tive a intenção de ser indelicado.

– E não foi.

– Pois bem, fico imaginando que temos uma segunda alternativa – criei coragem e fui direto ao assunto. – Pode ser que Benjamin Stein quisesse que pegássemos o ladrão e, por conta dos desdobramentos, tivéssemos misericórdia não do ladrão, mas do próprio Benjamin Stein.

– Porque o espião poderia revelar algo que Benjamin não desejasse que fosse conhecido por todos?

– Exatamente! O senhor acha isso possível, Rebe?

Rebe Menahem me pediu para aguardar alguns segundos e disse:

– Dr. Thomas, deixemos de lado a vocação dos Salmos e vamos diretamente ao texto. Abra o Salmo 32.

Retornei em poucos segundos, já com a página aberta:

> *De David, um "Maskil", bem-aventurado aquele cuja transgressão é perdoada e seu pecado é relevado. Bem-aventurado o homem que o Eterno não considera iníquo e em cujo espírito não há falsidade. Enquanto calei, meus ossos se definhavam e meus gemidos ecoavam todo o tempo. Pois dia e noite pesava Tua mão sobre mim e desvanecia minha força. Então, meus pecados a Ti confessei e minha iniquidade não encobri; eu disse: "Confessarei minhas transgressões para o Eterno", e Tu perdoaste a iniquidade*

do meu pecado. Por isso, suplicará a Ti todo devoto no momento propício, para que a correnteza das águas revoltas não o alcancem. Tu és meu abrigo, dos infortúnios me guardas; com cânticos de salvação me envolves. Diz o Eterno: "Instruir-te-ei e te guiarei no caminho a seguir; Meus olhos sobre ti te orientarão. Não sejam como o cavalo ou como a mula que não possuem compreensão, e que apenas com rédea e cabresto podem ser domados, e que não se aproximam de ti. Muitos são os sofrimentos do ímpio, porém aquele que confia no Eterno, a benevolência o envolve. Alegrem-se no Eterno e rejubilem-se, ó justos, e exultai todos os retos de coração".

– Algo chama sua atenção no texto? – me indagou o ancião.

– Rebe – exclamei. – O Salmo inicia defendendo o perdão. Parece que no final...

– Sim, pode ser... Benjamin talvez tenha optado pelo perdão e pela superação do pecado.

– Pedindo misericórdia por um ladrão ou pedindo para ele mesmo, Benjamin Stein, ser perdoado? – indaguei.

– 16 + 16! Acho que Benjamin foi claro. Agora resta ao senhor descobrir qual destas duas alternativas é a correta – concluiu.

– Eu preferia que fosse a primeira – deixei escapar.

– O que está feito, está feito. O senhor não pode e não deve mudar os fatos. Benjamin Stein era um homem de atitudes extremas. Fosse para o bem, fosse para o mal. O senhor pode interromper agora suas buscas, é um direito que lhe assiste. Até porque, conforme o senhor mesmo me disse, para a Família Stein este assunto está encerrado.

– Mas o Sr. Stein me confiou uma missão.

Rebe Menahem deu um longo suspiro e como se fosse um pai se dirigindo ao filho me perguntou:

– Dr. Thomas. Qual é a verdadeira missão que lhe foi confiada por Benjamin Stein: descobrir a verdade a qualquer custo ou garantir que esta verdade seja definitivamente ocultada?

Fiquei em silêncio. Rebe Menahem também não tinha todas as respostas e estava ficando confuso, o que era natural, considerando que ele não sabia de todas as minhas descobertas.

– O que o senhor pretende fazer, Dr. Thomas?

– Sinceramente ainda não sei.

– O senhor me disse que estava no caminho certo – Não respondi. Ele prosseguiu: – Teme pelo que irá descobrir, Dr. Thomas?

– Rebe, é difícil lhe explicar tudo o que está acontecendo. Na verdade quero poupá-lo de tantas coisas, mas isso não significa que estou desmerecendo sua ajuda, muito pelo contrário. Apenas não sei que caminho seguir.

– Meu querido Dr. Thomas, preste muita atenção na história que vou lhe contar. Um homem chegou a uma encruzilhada e perguntou ao lenhador que estava ali sentado: "Qual o caminho mais curto para Jerusalém?". O lenhador lhe respondeu: "A tua esquerda o caminho é longo e curto, e a tua direita o caminho é curto e longo". Qual caminho o senhor pegaria?

– Bem, acho que seria mais razoável pegar o caminho curto e longo, não seria?

– Em ambos você certamente chegaria a Jerusalém, mas não na mesma velocidade. Preste atenção: ao dizer que o caminho é curto e longo, isso significa que realmente a distância entre os pontos era menor, mas o caminho tinha tantos perigos que se tornava certamente mais longo pelo tempo que se perderia para superar os obstáculos. O outro caminho, este era longo e curto, o que significava que, embora os pontos fossem mais distantes, o caminho certamente era mais seguro. Então o caminho passava a ser mais curto.

Eu permanecia respeitosamente em silêncio, ouvindo as sábias palavras de Rebe Menahem que, mesmo à distância e sem conhecer de todos os fatos, parecia ser a pessoa mais próxima a me ajudar.

– Siga a sua intuição, Dr. Thomas. Como o senhor mesmo me disse, seu cliente é Benjamin Stein e ninguém mais.

Como sempre, conversar com Rebe Menahem era para mim uma enorme fonte de inspiração. A parábola que me contara tinha muito a ver com o caminho que eu deveria escolher. Meu objetivo não era chegar até Jerusalém, mas sim ao Grupo Stein, atrás do espião que tirara a vida de Caetano, além de possivelmente ter responsabilidade na morte do Sr. Stein. Meu instinto era optar pelo caminho curto e longo, e literalmente invadir o Grupo Stein, acusando Geraldo Barreto, Carmem e Horácio, todos ao mesmo tempo! Aguardaria a reação deles até que fosse possível descobrir o culpado, mesmo que disso surgisse um novo personagem até agora insuspeito.

Com certeza, este seria um caminho curto, mas ao mesmo tempo longo e tortuoso. Mas, ouvindo Rebe Menahem, concluí que também havia um caminho longo e curto, e se eu fizesse as coisas de maneira planejada, certamente alcançaria um resultado mais seguro.

Enquanto o caminho curto e longo me levava sem paradas diretamente ao Grupo Stein, o caminho longo e curto tinha o mesmo destino, mas com duas pequenas paradas para conhecer dois novos personagens. Horácio e Manoel de Oliveira Abranches. Este último chegaria apenas dali a dois dias no Convento do Carmo, em Salvador, o que me dava o dia de amanhã livre para tentar localizar e conhecer Horácio.

17

Honestamente, não contava com uma viagem tão longa. Fiquei contente em saber que Eduardo havia localizado sem maiores dificuldades o endereço residencial de Horácio, e desagradavelmente surpreso ao saber que isso significava uma viagem de mais de 300 quilômetros pelo interior paulista.

Eduardo se dispusera a me fazer companhia, o que aceitei de bom grado. Dirigir uma distância tão grande para retornar no mesmo dia seria impossível, se eu estivesse sozinho.

Eduardo não havia perdido tempo. Com o nome completo, Horácio Ferrantis, não foi difícil localizar o seu endereço residencial, mesmo sendo em outra cidade. Eu me preocupava em não perder a viagem. Não apenas por me locomover por mais de 600 quilômetros entre ida e volta em um único dia, mas porque não poderia contar com a hipótese de não localizar o Sr. Horácio. No dia seguinte, ainda precisaria procurar o Sr. Abranches em Salvador, e o tempo definitivamente corria contra mim.

Eduardo me apanhou em minha residência por volta das cinco horas da manhã. Estava como sempre bem disposto. As mesmas calças largas, tênis amarrotado e um moletom que me pareceu velho demais para ainda ser usado. A camiseta estava desajeitadamente fora da calça e, embora a moda não seja o meu forte – sempre deixei este assunto aos cuidados de Sandra –, era evidente que uma camiseta verde com listras amarelas não deveria combinar com uma malha azul com tons em xadrez. Mas que diferença isso faria para ele?

Das poucas vezes em que estive com Eduardo, ficou claro que seu tino para moda era praticamente nulo, ao certo compensado pela sua capacidade ímpar no exercício de sua profissão. Se arrumasse uma mulher com gosto, ela consertaria as combinações de Eduardo em questão de minutos, como todas as mulheres sabem fazer. Mas se a sua cara-metade tivesse o mesmo gosto, então tudo estaria certamente perdido.

Eu me ofereci para dirigir, mas Eduardo disse que preferia começar a viagem no volante. Poderíamos fazer uma troca na metade do caminho, e no retorno veríamos quem estaria mais disposto. Deixamos a capital de São Paulo ainda na escuridão. O sol logo se apresentou para clarear nosso caminho, mas não nossas ideias.

Sandra havia acordado comigo e, enquanto eu me vestia, preparou um pequeno lanche. Dois sanduíches caprichados de pães torrados com queijo suíço e azeitonas fatiadas, alguns *cookies* de chocolate e uma garrafa térmica com chocolate quente. Ela sabia que eu estava tão envolvido na procura deste Horácio que certamente não pararia para comer.

Não saí de casa até prometer para Sandra algumas coisas. Que não dirigiríamos cansados, que faríamos algumas paradas para nos alimentar e que em hipótese alguma correríamos riscos, embora eu realmente não soubesse o que iríamos encontrar.

O tempo de viagem pela Rodovia Castelo Branco em direção à cidade de Bauru foi bom para tentar reconstruir todos os fatos, mas a verdade é que o enigma dos Salmos do Rei David pareciam ainda não me indicar a solução do caso. Ao menos até aquele momento. E eu não sabia se Horácio seria uma peça que, encaixada, me permitiria resolver o dilema ou se, contrariamente, traria novas surpresas e mais perguntas do que respostas.

Chegamos à cidade antes das dez horas da manhã. Eu assumi a direção nas últimas duas horas, enquanto Eduardo havia recostado a poltrona do carro e parecia cochilar. Na entrada da cidade, parei o carro em um posto de gasolina para reabastecer e aproveitei para conseguir informações precisas do endereço de Horácio na loja de conveniência.

A atendente da loja era uma senhora gorda com um vestido xadrez de gosto reprovável, recostada em uma cadeira de canto, atrás da caixa registradora, de tal forma desleixada que causava a impressão de estar ali há anos, sem se mover. Todas as suas atenções estavam voltadas para um almanaque de palavras cruzadas e demorou alguns segundos para notar minha presença naquela loja vazia. Quando se voltou para mim, permaneceu indiferente. Ao que parece, a falta de fregueses não a incomodava, muito pelo contrário. Permaneci parado mais alguns segundos na sua frente, absolutamente ignorado. Ela novamente olhou para mim e se deu conta de que não haveria jeito, teria de interromper seu passatempo. Então, suspirou, encarou-me com firmeza e disparou:

– Destemido com sete letras...

Fui pego de surpresa. Antes que eu pudesse me manifestar ela ponderou:

– Deveria ser *bravura*, você não acha? Ser destemido é ter bravura e tem sete letras. Mas não está encaixando.

Pensei em uma alternativa:

– Que tal coragem? Também tem sete letras – sugeri. Ela voltou os olhos para o passatempo, coçou a cabeça alguns momentos. Virou-se para mim e sorriu:

– Muito bom, muito bom! *Coragem*. Você é bom nisso, hein?

– Na verdade, não é meu forte – ponderei.

Ainda assim, o sorriso de minha suposta amiga se fechou quando ela descobriu que meu único interesse era obter o melhor trajeto até o endereço que procurávamos e não comprar nada. Voltou ao seu estado anterior de absoluta má vontade, me indicou o caminho e nem sequer esperou meu agradecimento, retornando ao seu passatempo.

Acabei pegando um pacote de bolachas doces e duas latinhas de refrigerante, ao menos para fazer média com aquela ilustre desconhecida. Novamente, interrompi suas palavras cruzadas, mas, se minha intenção era agradar a mulher, não tive muito sucesso. Assim que paguei, ela retomou o almanaque sem se preocupar em colocar o dinheiro no caixa.

Voltei para o carro e encontrei Eduardo já se espreguiçando, do lado de fora. Ficou satisfeito com o lanche rápido.

Passei as coordenadas e ele voltou a assumir a direção. A residência de Horácio se encontrava em um condomínio fechado, quinze minutos de distância do burburinho da cidade. Uma guarita sem nenhuma proteção e dois vigias que precisavam liberar a barra de acesso eram tudo o que havia. Certamente de nada serviriam para evitar um assalto ou uma invasão armada, mas eram suficientes para atrapalhar nosso acesso àquele local, se nossa intenção era passarmos despercebidos.

Além do mais, não pretendíamos ser anunciados. Isso afastaria Horácio de nossas vistas, se é que ele se encontrava na sua residência. Assim, Eduardo não parou na portaria e seguimos em frente, contornando o condomínio. Quem sabe acharíamos um acesso de serviço ou qualquer outra entrada menos vigiada?

Era importante entrarmos sem causar confusão, mas não seria fácil. A última vez em que eu e Eduardo entramos sem ser convidados – mais precisamente no escritório do Sr. Stein –, faltou pouco para sermos pegos pela polícia. Ainda me recordava da sensação de estar escondido, ofegante, abaixado atrás de um caminhão, com os policiais fazendo buscas à nossa volta.

Não passava pela minha cabeça correr este risco novamente e, dessa vez, se fôssemos pegos, poderíamos perder um bom tempo na delegacia dando explicações.

A verdade é que não havia muitas alternativas. Um muro nos separava da área interna do condomínio residencial fechado, e alguma coisa precisava ser feita. Não podíamos ficar parados esperando Horácio sair pela portaria principal para abordá-lo no meio da rua.

Afinal, não éramos a polícia. Nem sequer conhecíamos o seu rosto, o que significava que ele poderia passar pela nossa frente sem sabermos de quem se tratava.

Tantas complicações, ainda que previsíveis, me irritavam profundamente. Mas não tínhamos tempo para bolar grandes planos. Já havíamos dado duas voltas a pé em torno do condomínio e Eduardo detectou uma via de acesso que permitiria nossa entrada sem sermos notados.

Nos fundos havia uma pequena rua de acesso, bastante esburacada. Talvez tivesse sido uma via de ingresso de automóveis no período de construção, uma entrada de serviço abandonada ou até um acesso secundário, atualmente fora de uso. Estava sem proteção, a não ser um portão com um velho e grosso cadeado, que pelo estado avançado de ferrugem, não devia ser manipulado havia anos. Certamente não seria problema para Eduardo:

– Posso abrir esse cadeado, mas resta saber se este Horácio está em casa.

– Vamos descobrir isso agora mesmo – disse, tirando o celular.

– Você vai ligar para ele?

– Ora, e não foi você que conseguiu o telefone e o endereço dele?

– E vai dizer o quê? – Eduardo gesticulava com as mãos como que não aprovando minha ideia. – Que é quem realmente é e está querendo conhecê-lo para poder angariar dados suficientes para acusá-lo de espionagem e homicídio?

– Considerando o tempo que temos, acho que será um ótimo começo – concluí.

– Thomas, deixe de brincadeira! Escute, você não pode invadir uma propriedade privada e sair acusando as pessoas de serem cúmplices disso ou daquilo. Só de pensar que esse sujeito talvez seja o assassino de Caetano me deixa tão irritado quanto a você. Mas as coisas não funcionam assim. Precisamos de tempo para bolar uma estratégia. E fazer uma campana perto da casa dele, acompanhar seus movimentos, ver com quem ele fala, aonde vai e quem o visita. Precisamos seguir seus movimentos até que ele, sem perceber, vai nos dar a pista certa. E aí, *vupt* – disse, fazendo um gesto com a mão.

– Eduardo, tudo isso é muito bonito. Mas acho que iria requerer um pouco mais de tempo do que realmente temos.

Eduardo coçou a cabeça pensativo.

– E de quanto tempo dispomos?

– Considerando que amanhã preciso estar em Salvador para conhecer Abranches, e depois de amanhã a venda do projeto de bromatologia será finalizada, você tem cinco minutos para bolar a sua estratégia.

– Isso é impossível! – exclamou Eduardo.

– Pegar ou largar! – ameacei.

– Meu Deus – Eduardo colocou as mãos na cabeça e sorriu. – Que o velho Caetano nos perdoe! Justo ele que era tão metódico e cuidadoso está nos levando a agir de maneira absolutamente precipitada, sem nenhuma segurança.

– São as incongruências da vida – respondi sorrindo.

– Pois muito bem, assim seja – Eduardo havia subido em um pequeno morro ao lado da estrada, tentando ver a situação além do portão que interrompia nossa passagem. – Mas não ligue ainda para ele, vamos tentar pôr um pouco de ordem nesta bagunça.

A partir do momento em que Eduardo ficou convencido de que não haveria alternativa, eu soube que ele já buscava organizar uma estratégia, ainda que absolutamente precária.

– Guarde o celular – ele pediu. – Vamos entrar por esse portão. Acho que dá para passar de carro. E por cautela vamos também deixá--lo aberto para a hipótese de uma emergência.

– Que ótimo! – disse satisfeito. – Vejo que você já está elaborando um plano de ação.

– Melhor seria elaboramos um plano de fuga! Isso é loucura – resmungou Eduardo inconformado.

Como eu esperava, Eduardo precisou de poucos segundos para abrir aquele velho cadeado. Deixou o portão entreaberto e passamos com o carro. Descemos por uma pequena estrada lateral, que não deveria ser utilizada há muito tempo. O mato das bordas já havia invadido boa parte da pista e algumas árvores que certamente não eram podadas há anos tinham galhos que alcançavam o chão. Por mais que eu me cuidasse, era inevitável que o carro tivesse a pintura danificada. Nada que não pudesse ser cobrado dos filhos do Sr. Stein, quando eu retornasse com as provas efetivas de quem era o espião que trabalhava em favor da Karmo. Aliás, se minhas suspeitas se confirmassem, acho que até mereceria ganhar um carro novo como pagamento extra de meus honorários. Ora, por que não? Havia recebido quitação de meu trabalho e naquele exato momento estava fazendo hora extra! Portanto, não seria justo pedir uma complementação de honorários, especialmente se eu revelasse a identidade do espião?

Não tive muito tempo para elaborar mais esta reivindicação aos meus clientes porque logo chegamos a uma rua de acesso ao condomínio. Em minutos, estávamos circulando pela área interna como se fôssemos apenas mais um automóvel.

– Procure marcar alguns pontos de referência, Thomas. Serão necessários na hipótese de precisarmos sair correndo daqui.

Concordei, mas não me ative a ponto algum. Minha cabeça já estava minutos à frente, quando finalmente me encontraria com Horácio Ferrantis. Precisava de fato de uma estratégia para abordá-lo. Deixei para Eduardo a preocupação com nossa saída do condomínio.

Um velho jardineiro que aparava as árvores das ruas nos indicou como chegar ao endereço. Paramos nosso carro do outro lado da rua, em frente à casa de Horácio.

– E agora? – Eduardo definitivamente não gostava nada dos riscos que estávamos assumindo. – Será que ele está aí dentro?

– Ele eu não sei – respondi. – Mas a sua visita certamente está.

– Visita, que visita? – indagou Eduardo.

Bem ali na nossa frente, estacionado do lado de fora da garagem de Horácio, um automóvel Toyota vermelho importado com o para-choque levemente amassado e a lateral arranhada. Era o mesmo carro que eu havia visto Carmem dirigir na saída da garagem do prédio do Grupo Stein enquanto aguardava Maneco. Justo ele, Maneco, que me revelara a relação amorosa entre Horácio e Carmem. E se antes eu tivesse motivos para duvidar, agora a certeza era absoluta. Eles eram amantes. Isso certamente não solucionava o dilema que me fez chegar até ali, mas ao menos indicava que Horácio poderia ter sido informado pela própria Carmem, voluntária ou involuntariamente, sobre a descoberta de Caetano. O tempo não jogava a nosso favor. Peguei meu celular e liguei para o número residencial que Eduardo conseguiu:

– Sr. Horácio, por gentileza.

– Quem gostaria de falar com ele? – perguntou a voz do outro lado do telefone.

– Diga que é Thomas Lengik, advogado do Sr. Benjamin Stein.

Eduardo me olhou surpreso e cochichou:

– Puxa, quando você falou que não ia perder tempo, não estava blefando.

– É tudo ou nada, Eduardo. Tudo ou nada.

Uma voz que indicava um senhor de idade veio ao telefone:

– Pois não?

– Sr. Horácio Ferrantis?

– Exatamente. Minha empregada me disse que o senhor é advogado do Sr. Stein, é isso mesmo?

– Bem, não exatamente. Na verdade sou advogado dos filhos dele.

Uma breve pausa, que não desejei interromper:

– Qual dos filhos pediu para o senhor me ligar?

– Na verdade, nenhum dos três.

– Então, de que adianta o senhor se anunciar como advogado deles se não foram eles que pediram para me ligar? Qual o seu nome mesmo?

– Thomas Lengik.

– Pois muito bem, Dr. Lengik. Primeiramente o senhor se anuncia para minha empregada como advogado do falecido Benjamin Stein, o que o fez na certeza de que eu não deixaria de atender a ligação. Quando atendo, o senhor muda a versão e informa que advoga para Alberto, Mario e Rubens, ou apenas para um deles, o que me importa? E agora o senhor me diz que não foram eles que pediram para o senhor me ligar? Desculpe, mas acho que o senhor mesmo não sabe o que deseja. Então, vamos desligar e quando o senhor souber o que quer, volte a me procurar e vou pensar se desejo atendê-lo.

– Sr. Horácio, peço que não desligue. Tenho algumas perguntas para fazer e preciso realmente falar com o senhor.

– E posso saber, antes de resolver se vou ou não desligar na sua cara, embora eu esteja propenso a fazer isso neste exato momento, para que o senhor gostaria de falar comigo?

– Bem, na verdade não se trata de um assunto específico. Tenho algumas questões que preciso solucionar.

– Dr. Lengik, pela segunda e última vez, a pedido de quem o senhor está me procurando?

– Eu fui contratado pelos irmãos Alberto, Mario e Rubens, mas neste momento estou lhe procurando em nome de Benjamin Stein.

– Benjamin Stein está morto, caso não saiba.

– Sim, eu sei disso.

O Sr. Horácio fez uma breve pausa e retomou nosso contato telefônico:

– O senhor é o advogado que está investigando a morte dele?

– Quem lhe deu esta informação?

– O senhor não respondeu a minha pergunta.

– Bem, isso já foi verdade. Mas no momento o assunto está superado.

– Então, o que o senhor procura?

– Pensei que o senhor pudesse me dar esta resposta.

– Dr. Lengik, não sou afeito a jogos de palavras, dispenso mensagens cifradas e detesto trocadilhos. Gosto de ir direto ao ponto.

– Então vamos conversar. Frente a frente.

– Eu até me disporia a falar com o senhor, mas resido em Bauru. Talvez, quando eu estiver em São Paulo, poderei me dispor a termos essa conversa, mas...

Interrompi o Sr. Horácio:

– Não seja por isso, eu estou em Bauru.

Horácio alterou o tom de voz:

– Em Bauru? Onde o senhor exatamente se encontra?

– Na frente da sua residência!

O telefone foi desligado.

– O que aconteceu? – perguntou Eduardo.

– Ele desligou o telefone.

– Não admira. Ninguém conseguiria enrolar-se mais do que você para dizer o que quer de uma pessoa.

– Agora só nos resta aguardar.

– Aguardar o quê? A polícia chegar?

– Pode ser que aconteça. Mas não sei se ele está disposto a trazer a polícia para a frente da casa dele. Ainda mais com Carmem lá dentro – e diante do olhar espantado de Eduardo, expliquei: – Aquele carro amassado é dela, tenho certeza. Assim, aposto que ele não vai chamar a polícia.

– Tomara que você esteja certo – ponderou Eduardo. – E o que acha que ele vai fazer, então?

– Vamos aguardar aqui por mais algum tempo. E deixar que ele nos veja.

Alguns minutos se passaram. Eduardo olhava para os dois lados da rua como que procurando antever a chegada de uma viatura policial ou da segurança do condomínio. Eu permanecia de olhos fixados na casa do Sr. Horácio e no automóvel de Carmem. Estávamos bem na frente da casa, desse modo era impossível que não nos estivessem vendo lá de dentro.

A porta acabou se abrindo. Um senhor de porte atlético vestindo roupas leves cruzou o portão e se aproximou de nós. Estendi minha mão, mas ele não retribuiu o gesto. Era um homem que não aparentava mais de setenta anos. Tinha passos firmes

– Não vou perguntar como os senhores me encontraram, não vou perguntar como os senhores entraram neste condomínio sem serem anunciados, não vou perguntar como os senhores têm meu endereço residencial.

– Sr. Horácio, estamos em uma situação muito complicada e temos questões que devem ser respondidas.

– E posso saber quem está perguntando?

– Como lhe disse, sou Thomas Lengik... – fui interrompido.

– Sem pretender ser rude, é indiferente quem o senhor seja. Quero saber quem o mandou até aqui e por quê?

Horácio era rápido. Eu vinha buscar respostas e ele em sua primeira investida já invertia a situação, exatamente o que eu não poderia deixar acontecer.

– Sr. Horácio, eu era amigo pessoal de Benjamin Stein.

– Meu jovem, quantos anos o senhor tem? – Horácio não me deixava terminar uma única frase.

– Trinta anos.

– É o que parece – concluiu secamente. – Benjamin Stein não tinha amigos com trinta anos de idade. Portanto, ou o senhor me conta a verdade ou vou retornar para minha residência – e virando-se para Eduardo, disse: – Pode parar de olhar a rua, seja lá quem for o senhor. Não vou chamar a polícia. Não preciso da polícia! – disse secamente.

Foi a minha deixa:

– Não precisa ou não deseja a polícia perto do senhor?

– Já lhe disse que não gosto de trocadilhos, Doutor Lengik. O senhor me responde agora o que está procurando ou me deixe em paz.

– Já que o senhor quer ser tão direto...

– Exatamente – Horácio concluiu.

– Então está muito bem. Fui contratado pelos filhos Alberto, Mario e Rubens para descobrir quem era o espião que vendia os segredos do projeto de bromatologia para Karmo.

– Foram aqueles três que contrataram o senhor? – perguntou Horácio.

– Em parte sim, é verdade. Mas foi o Sr. Stein quem indicou o meu nome.

– Bem, ao menos já é um bom começo. Aqueles três patetas, filhos do idiota do Sr. Stein, são uns incapazes, próximos da interdição civil.

– Puxa, vejo que o senhor não morre de amores pela Família Stein.

– E por que deveria? Eu era pago para trabalhar para eles, não para dormir com eles.

Respirei fundo, dei meio passo para ficar mais próximo de Eduardo e me sentir seguro e disparei:

– Dormir com eles, realmente duvido. Mas com Carmem me parece algo que o senhor ainda aprecia.

O Sr. Horácio ficou com as faces vermelhas:

– Escute aqui, seu moleque. Não estou para brincadeiras – Horácio alterou o tom de voz e aproximou-se de mim. – O senhor falou pouco, mas já disse bobagem suficiente. Melhor irem embora.

– Irmos embora não resolverá o seu problema.

– Meu problema? Não tenho problema nenhum... e se quer saber, eu estava livre e desimpedido. Sou divorciado há anos e não devo satisfação a ninguém do meu relacionamento com Carmem. O mesmo não se pode dizer de Benjamin Stein. E o que vocês estão investigando? A morte de Benjamin Stein ou um caso de relacionamento amoroso de três velhos? Não me faça rir. E está querendo provar o quê, agora que Benjamin Stein já está sete palmos embaixo da terra. Nada disso é de hoje!

– Não estamos investigando a vida amorosa de Benjamin Stein.

– Não? Que pena. Eu poderia lhe contar uma dúzia de histórias daquele velho pilantra. Carmem foi uma das aventuras dele. Perdi a conta de quantas aprontou. Até me espantei que não tivesse aparecido um quarto filho para reclamar a herança.

– Bem, pelo menos não até este momento – ponderei.

– Então esteja certo de que não aparecerá. Estas pessoas, mesmo sem culpa nenhuma, ficam só esperando o pai morrer para reivindicar seus direitos.

Falar mal de Benjamin Stein parecia dar um enorme prazer ao Sr. Horácio.

– O safado me fez sofrer muito. Anos trabalhando para ele sem nenhum reconhecimento. E acabou indo embora antes da hora!

– Antes da hora? Como assim?

– Ele tinha algumas contas para acertar comigo. Acho que morreu só para não me pagar. Velho sovina! – e, dando uma cusparada no chão, demonstrava toda sua repulsa na figura de Benjamin Stein.

– Sr. Horácio, o que o senhor sabe da venda do projeto de bromatologia para a Karmo?

– Sei muito mais do que você pode imaginar.

– Não tenho dúvida disso, a questão é saber se o senhor soube guardar esses segredos.

Horácio me olhou fixamente. A idade não lhe pesava. Não que eu tivesse a menor intenção de travar uma luta corporal com ele, mas meu oponente naquele momento parecia não pensar da mesma forma que eu.

– Dr. Lengik, o senhor está me acusando de alguma coisa?

– O senhor me ouviu acusá-lo?

– Não gosto de suas insinuações

– Mas certamente o senhor poderá rebatê-las e provar que não tem nada a ver com espionagem industrial.

– O senhor ainda não me acusou formalmente de nada.

– Mas poderei fazê-lo a qualquer momento.

Horácio se aproximou mais ainda de mim:

– O senhor só pode estar louco! Vai me acusar baseado em quê?

– Tenho minhas suposições.

– Suposições? Você pretende me acusar de vender segredos industriais para a Karmo baseado em suposições? O senhor é mesmo advogado? Pois recomendo que consulte rapidamente um, antes que sua situação se complique.

A verdade era que eu efetivamente só tinha suposições. Os fatos, embora se relacionassem, não haviam gerado até aquele momento uma prova concreta que me permitisse acusar nenhum dos meus suspeitos. Tentei reconduzir minha conversa com Horácio para não perder a oportunidade. Achei conveniente evitar de mencionar o automóvel de Carmem. Alguma coisa eu precisava obter para fazer valer a pena uma viagem tão longa.

– Sr. Horácio, temos certeza de que houve venda de informações sigilosas para a Karmo.

– E isso me torna um espião?

– É o senhor que está dizendo.

– Eu não estou dizendo nada, estou apenas perguntando.

– Estou levantando todas as possibilidades.

– Então, não sou o único suspeito?

– Com certeza, não.

– Bem, acho que posso me sentir envaidecido em ter sido incluído em tão prestigiosa lista.

– Interprete como quiser – registrei.

– E posso saber quem mais está nesta lista de suspeitos?

– Desculpe, Sr. Horácio, mas não quero fazer acusações infundadas contra ninguém.

Horácio mudou o tom:

– Claro que não! O que o senhor pode fazer é vir até a porta da minha residência, me acusar e ainda pretender envolver a minha vida privada nessa questão. Isso o senhor pode, não é, Dr. Lengik?

– E se a sua vida privada envolver o que estamos procurando? – fitei diretamente o automóvel de Carmem.

– Carmem? – Horácio elevou o tom de voz ao mencioná-la.

– Novamente, é o senhor que está dizendo.

– O senhor é muito atrevido. Não siga por este caminho, Dr. Lengik. O senhor certamente perderá seu tempo e irá se decepcionar – olhou friamente para mim e disse: – Os advogados são sempre tão desrespeitosos como o senhor?

– Investigativos seria um termo mais adequado.

Horácio riu:

– Investigativos? Que bobagem! Os advogados que conheci jamais mereceram o menor crédito. São uns metidos que decoram leis e pretendem interpretá-las conforme as conveniências do seu cliente. Mudam de posição conforme o cliente que puder pagá-los. Vivem da desgraça alheia, se é que não a promovem. Advogados, grande coisa! Só complicam nossas vidas e se protegem mutuamente, verdadeiros corporativistas.

Eu precisava ouvir em silêncio tudo aquilo. Afinal, de uma coisa Horácio tinha razão. Eu havia aparecido do nada para acusá-lo de espionagem industrial e ainda nem havia mencionado o assassinato de Caetano. Acho que ele tinha direito de me repreender. Até que repentinamente ele indagou:

– Dr. Lengik, posso lhe fazer uma pergunta?

– Bem, considerando que eu lhe fiz algumas e o senhor não me respondeu, pode tentar.

– Vamos ver se o senhor é igual aos outros advogados que conheci. Diga uma coisa, Dr. Lengik, o senhor tem um membro da nobre classe de advogados entre os suspeitos?

– O senhor poderia ser mais específico, Sr. Horácio?

– Ora, o senhor ainda não entendeu? Vocês advogados gostam de acusar os outros porque precisam encontrar um culpado. Então, que se danem a Justiça ou as provas. O importante é cumprir a sua tarefa e achar um culpado, mesmo que ele seja inocente. Então, fico imaginando se o senhor não teria incluído um advogado na sua lista de suspeitos? Ou respeitou o corporativismo e protegeu seus pares?

– Eu só posso incluir na minha lista de suspeitos pessoas extremamente próximas a Benjamin Stein e que e tiveram acesso ao projeto de bromatologia.

– E não temos nenhum advogado nessas condições? – perguntou Horácio.

– Temos o Dr. Geraldo Barreto.

– E o senhor já o visitou para acusá-lo de ser um dos suspeitos?

– Bem, na verdade não fiz isso. Eu conheço Geraldo Barreto e... – fui interrompido por Horácio.

– Ah, sim, me desculpe a ousadia. O senhor só acusa pessoas desconhecidas, que nunca viu antes e, preferencialmente, que não sejam advogados! Tem muito mais nexo buscar uma espionagem industrial nos lençóis de dois amantes do que em documentações sigilosas que ficavam aos cuidados de advogados de confiança!

– Sr. Horácio, o senhor está insinuando alguma coisa contra o Dr. Geraldo Barreto?

– Eu não estou insinuando nada contra ninguém. Não vou agir como o senhor. Sem provas concretas. Mas posso lhe dizer uma coisa. Se o senhor pretende procurar um espião, onde acha que o encontrará?

Eduardo me encarou impressionado, mas permaneceu em silêncio. Horácio deu o assunto por encerrado:

– Acho que o senhor não fez seu dever de casa, Dr. Lengik.

– Eu estou apenas checando as possibilidades.

– Que seja assim! Então, vai ter que continuar procurando muito. Não tenho mais nada para lhe dizer.

Horácio Ferrantis se retirou para sua casa. Quase no portão, se virou, olhou para mim e disse:

– Benjamin Stein não prestava!

18

A viagem aérea de pouco mais de duas horas de Congonhas até o Aeroporto Internacional Deputado Luís Eduardo Magalhães, em Salvador, deveria servir para uma cochilada, ainda que dentro do conforto limitado de uma aeronave. No dia anterior, eu havia rodado mais de 600 quilômetros para ter uma conversa de não mais do que dez minutos com o Sr. Horácio Ferrantis. O seu jeito seco e o tom ameaçador como se dirigiu a mim não foram suficientes para excluí-lo de minha lista de suspeitos, muito pelo contrário. Ele odiava Benjamin Stein e se considerava credor do patrão. Com ou sem razão, pouco importava.

Mas ele me alertou para outro possível suspeito cujo nome ele deixara de mencionar para não se comprometer. Realmente, a menção a Barreto fora feita por mim, não por ele! O advogado de confiança, absolutamente insuspeito, que também estava na sala de reunião quando informei acerca da revelação que Caetano faria. Também ele poderia ter motivos suficientes para ser o espião. O fato de que eu nada havia descoberto sobre Barreto, ao menos até aquele momento, não era motivo suficiente para excluí-lo da lista.

Assim, meus pensamentos seguiam embaralhados, mas ficava claro que eu me aproximava do verdadeiro culpado, embora não conseguisse eleger um único suspeito, e eliminar os demais, para concentrar minhas investigações.

Acordei ainda de madrugada para pegar o primeiro voo para a capital baiana, pois tinha a intenção de retornar no mesmo dia, ao final da tarde. Poderia ter ido de táxi até Congonhas, mas Sandra fez questão de me levar até o aeroporto. Ela estava bastante preocupada comigo porque, obviamente, o grau de estresse que eu vinha enfrentando naquelas quarenta e oito horas era gigantesco. Primeiro, o furto da chave na mochila do Maneco que não deixou de me causar certo desconforto por estar enganando uma pessoa tão ingênua. Mas foi daquele encontro fortuito que colhi a informação até então inimaginável da relação amorosa entre Benjamin Stein e sua secretária Carmem, que, julgando-se traída por motivos que só a paixão poderia explicar, bem poderia ser a nossa espiã. E, não fosse isso suficiente, era também amante de Horácio Ferrantis, que não nutria apreço algum pelo patrão.

Depois, veio a invasão dos escritórios do Grupo Stein, no meio da madrugada, abrindo gavetas trancadas, vasculhando agendas pessoais e saindo na espreita da noite, com a polícia no nosso encalço. Uma rotina ao que parece usual e costumeira para Eduardo, mas que para mim era uma novidade absoluta. E foi naquela invasão que outro suspeito ganhou inesperado destaque, embora não tivesse atraído, da minha parte, atenção maior, até a rápida e certeira conversa com Horácio Ferrantis.

Afinal, Geraldo Barreto jamais comentou comigo sobre ter solicitado sua própria demissão e, muito menos, sobre a ríspida e autoritária resposta de Benjamin Stein. Tratava-se de um fiel advogado, de uma vida toda, que acompanhou a Família Stein na formação de sua enorme fortuna, chegando próximo do final de sua carreira profissional com uma aposentadoria que, quando muito, lhe permitiria uma velhice digna, mas longe de ser confortável. E não poderia ele ter sido a pessoa que também se convenceu de que mal algum faria se tirasse vantagem de seu enorme acervo de informações confidenciais, compensando a falta de reconhecimento de seu empregador?

Assim, repassando segredos para a Karmo, garantiria uma velhice muito mais tranquila. A hipótese também era plausível. Será que

Horácio Ferrantis, até então um ilustre desconhecido, teria que sair da posição de suspeito para a de informante?

Ainda que a contragosto, eu não podia menosprezar a hipótese de um dos filhos de Benjamin Stein ser o espião que tanto procurávamos. Alberto era o filho mais velho, que buscava obter liderança entre os irmãos, condição que ele sem dúvida não teria enquanto Benjamin Stein fosse vivo. Ocorre que isso não seria motivo suficiente para matar o próprio pai. Mario era o mais contido dos filhos e, até onde soube, sempre preterido. Falava-se nos corredores da empresa que seria o menos capaz dos três, e comentários maldosos que registrei diziam que ele havia puxado o lado materno, uma opinião nada elogiosa em relação à falecida Dona Clara. Rubens era o caçula, uma personalidade astuta. Não parecia ter motivos suficientes para arquitetar um plano complexo como este e, na verdade, encontrava-se mais afastado da administração. Por outro lado, era o filho que mais havia insistido na hipótese de assassinato, desde nossa primeira reunião, e sempre refutado por Alberto, que comprovou ter razão em suas ponderações.

Por outro lado, por que Rubens teimava em achar que a morte do Sr. Stein não fora natural? Desejaria posar de filho mais preocupado para ficar longe do foco dos possíveis acusados? Seria um jogador tão astuto assim, achando que havia praticado o crime perfeito? E se fosse, qual teria sido sua verdadeira motivação?

Quem quer que fosse o culpado, a verdade é que muito provavelmente ele sabia, de alguma maneira, que Caetano fizera uma grande descoberta, que me seria revelada naquela noite. Eu mesmo dera tempo suficiente para que essa pessoa, ou alguém por ela enviado, chegasse antes de mim, roubasse as provas e ainda tirasse a vida de Caetano. Qualquer um deles poderia ser ao mesmo tempo o espião e o assassino.

Ou seria mais de uma pessoa?

Interrompi meus pensamentos porque aquele raciocínio estava me deixando completamente sem parâmetros e o momento era outro. Eu devia me concentrar na conversa que manteria com o poderoso representante da Karmo, Sr. Manoel de Oliveira Abranches. Isso se ele me recebesse. A assinatura do contrato de venda do projeto de bromatologia se daria em dois dias e meu tempo era curto.

Do aeroporto, peguei um táxi e segui para o luxuoso hotel localizado no Convento do Carmo, próximo ao Pelourinho. Imaginar um hotel onde mais de cinco séculos atrás se encontrava instalada uma ordem religiosa – Ordem Primeira dos Freis Carmelitas – parecia algo extremamente diferente, e a verdade é que o resultado obtido era fenomenal. Não que eu tivesse estado em muitos hotéis de alto luxo em minha vida, muito pelo contrário. Mas o Convento do Carmo era uma visita que por si só valia a pena. Ainda era possível sentir certa religiosidade do local marcado pela construção suntuosa das igrejas de séculos atrás, com seus jardins internos e espaçosos.

O hotel tinha enormes varandas abertas com sofás e poltronas em uma área livre, ali postados e extremamente convidativos para uma leitura, uma conversa e, por que não, um cochilo? No segundo pátio interno foi construída uma charmosa piscina arredondada e, à sua volta, foram colocadas espreguiçadeiras à disposição dos hóspedes. Dos poucos que vi, todos me pareciam estrangeiros.

Como em todo hotel de luxo que se preze, não foi difícil localizar um mensageiro, meninos ainda, muitas vezes no seu primeiro emprego. O nome era Juquinha, sorriso branco, corpo franzino e moreno. Não devia ter mais do que dezesseis anos. Um trocado a título de agrado foi suficiente para que ele conseguisse as informações de que necessitava.

Efetivamente, o Sr. Abranches ainda estava hospedado no hotel e seguiria para São Paulo na noite seguinte. Juquinha descobriu que logo cedo um carro viera buscá-lo e ainda não havia retornado. De qualquer modo, o Sr. Abranches fizera uma reserva de mesa para uma dúzia de pessoas, para um almoço, às 13h00. Assim, eu só precisava, pacientemente, aguardar seu retorno. Ainda faltavam duas horas e eu precisava buscar uma ocupação para me distrair.

Juquinha me viu olhar para o relógio e com aquele sorriso que só o baiano sabe dar sugeriu:

– O doutor não precisa ficar parado aqui, mas se ficar lhe ofereço uma água de coco de bom grado. Ou então dê uma volta, vá ao Pelourinho. O senhor está na Bahia!

A sugestão foi prontamente aceita.

Saí pela porta principal e desci a ladeira à esquerda do hotel para, duas quadras abaixo, iniciar a subida que leva ao Pelourinho. A caminhada é agradável, naquelas estreitas ruas de pedras com um forte comércio local voltado aos turistas. Todas as lojas vendem praticamente as mesmas coisas. Um forte e bonito artesanato local, roupas leves e soltas com motivos ligados ao folclore popular e várias imagens religiosas. Não foi difícil encontrar as famosas baianas vendendo acarajé e vatapá, mas preferi não arriscar com o tempero àquela hora da manhã, ainda que a proximidade com o almoço me permitisse facilmente comer um salgado. Só que a última coisa que eu precisava era um desconforto intestinal quando estivesse frente a frente com o Sr. Abranches, supondo que conseguisse chegar tão longe.

Lembrei-me de meu estimado amigo Caetano e seus dotes culinários. Estivesse ele comigo, não sei se comeria, mas que saberia cada um dos ingredientes dos quitutes da comida baiana, isso com certeza. Ficou marcado na minha lembrança nosso almoço no Restaurante do Moraes e sua gula refinada. *Delicta carnis* disse ele, no seu invejável latim, enquanto saboreávamos nosso almoço.

E era exatamente Caetano um dos motivos que havia me levado até lá. Teria o Sr. Abranches algo a ver com aquele assassinato? Um ato de espionagem industrial podia chegar ao ponto de tirar a vida de alguém?

A história do Pelourinho se confunde com a da própria Salvador. Construída para ser uma cidade fortaleza por ordem expressa de D. João III, Rei de Portugal, Salvador foi escolhida como sede do governo por força de sua excelente localização geográfica e estratégica, servindo como ponto de carga e descarga de mercadorias de todo o Nordeste. O Pelourinho fica na parte mais alta da cidade, logo em frente ao porto e, com a proteção de uma muralha natural de quase noventa metros de altura, afastava ameaças vindas do mar.

Por ali se construíram casarões e sobrados inspirados na arquitetura barroca portuguesa e erguidos com mão de obra escrava negra e indígena. Na verdade, o termo "pelourinho" era o nome dado ao local onde os escravos eram castigados pelos senhores de engenho. Havia pelourinhos nos engenhos, construídos longe da cidade, mas era necessário mostrar força e poder, e os senhores de engenho construíram um local próprio no centro da cidade, instalando-o no largo central, hoje localizado em frente à casa que foi do escritor Jorge Amado. Mas o que era um triste espetáculo público da brutalidade humana transformou--se na atualidade em uma referência da Bahia e se tornou patrimônio da humanidade reconhecido pela Unesco.

Um pouco dessa história aprendi com interesse no museu que se encontra no lado direito do Pelourinho, que me serviu como ótima distração para passar o tempo.

Já era o momento de retornar ao Convento do Carmo e tentar finalmente um contato com o Sr. Abranches. Ao chegar ao hotel, aproveitei para me lavar um pouco e busquei uma sombra em uma das muitas poltronas na área coberta do pátio interno. O pequeno mensageiro Juquinha me vira retornar e logo surgiu com uma água de coco, que desta vez aceitei, ansioso por saciar a sede após uma boa caminhada.

– O senhor não se preocupe – dizia meu novo informante. – Assim que eu avistar essa pessoa venho avisar.

Na verdade, seria desnecessário qualquer aviso. Em meio àqueles turistas, aproximou-se um grupo de pouco mais de dez pessoas, todas engravatadas e com suas pastas executivas. Ao centro, seguia um senhor, o único sem terno, mas que certamente era o foco das atenções, porque todos se mantinham à sua volta. Vestia calça cáqui e camisa azul de mangas curtas. Enquanto todos pareciam buscar sua atenção, ele seguia falando e olhando para frente, e os demais se acotovelavam para conseguir ouvi-lo. Rapidamente, passaram por mim e pude ver meu mensageiro tentando me fazer sinais, confirmando o que eu já havia imaginado.

O restaurante do Convento do Carmo fica em uma ala aberta do segundo pátio interno, ao lado da piscina. Notei que o grupo se sentou em uma mesa ao fundo, e entre essa mesa e a próxima havia um espaço propositalmente grande, propiciando privacidade.

Não hesitei. Deixei minha poltrona e segui o grupo na intenção de abordar o Sr. Manoel de Oliveira Abranches. Mesmo que ele me pedisse para aguardar o final do almoço, não haveria problema. O que importava era conseguir uma conversa com ele. Mas minha trajetória foi bruscamente interrompida por dois enormes sujeitos que, sem se preocupar com gentileza alguma, se postaram na minha frente:

– A área está reservada – me disse rispidamente um deles.

– Desculpe, mas preciso conversar com o Sr. Abranches.

– Por acaso ele aguarda o senhor?

– Não. Mas não será nada demorado. Quero apenas que ele saiba que estou aqui. Posso esperar o almoço terminar e... – fui bruscamente cortado pelo segundo segurança:

– O senhor não deve perder seu tempo. Se não tem nada marcado, não será recebido.

– Mas eu preciso falar com ele e serei muito breve, pode acreditar.

– O melhor que o senhor pode fazer é ligar para a secretária dele e marcar um horário. Sem ter agendado, não há a menor hipótese de ser atendido.

Eu podia enxergar o grupo já sentado em volta da mesa de almoço. Apesar de o restaurante ao ar livre convidar à informalidade, notei que nenhum dos acompanhantes de Abranches ousara tirar o paletó para a refeição.

– Olhe – tentei novamente –, vamos fazer o seguinte – retirei um cartão com meu nome e tentei entregá-lo ao segurança –, vou lhe dar o meu cartão de visita e você pergunta ao Sr. Abranches se ele quer que eu o aguarde. Se ele disser não, vou embora e assunto encerrado.

O segurança sorriu para mim:

– O senhor não pode estar falando sério! Acha que vou servir de garoto de recados para um desconhecido? Por favor, não insista. É melhor ir embora agora mesmo. Daqui ninguém passa.

Simplesmente não tinha opção. Dei meia-volta sob os olhares atentos dos dois seguranças e retornei à minha poltrona, que ficava no mesmo pátio, mas do lado oposto do restaurante. Talvez eu devesse esperar o almoço acabar e tentar inadvertidamente aparecer na frente do Sr. Abranches, quando eles estivessem no corredor de saída. Na pior hipótese, os seguranças me brecariam, mas eu precisava tentar. Havia chegado até aqui só para aquela conversa e não pretendia desistir tão facilmente. Não notei a chegada de Juquinha:

– O senhor passou um apuro, hein?

– Você viu? – indaguei.

Juquinha respondeu cabisbaixo:

– Me desculpe. É que sou curioso mesmo.

– Não há o que desculpar. Deixe disso. Vou ficar aqui aguardando e quem sabe encontro uma oportunidade quando o almoço acabar.

– O senhor precisa muito falar com aquele homem?

– Preciso. Mas com aqueles dois grandalhões ali, não vai ser fácil.

Juquinha se aproximou um pouco mais e com um olhar matreiro me disse:

– Quer ajuda?

Virei-me para ele com enorme curiosidade:

– O que você está pensando?

– Aquele cartão que o senhor tirou da carteira?

– Sim, é meu cartão de visita

– Quer que eu o entregue para aquele senhor?

– Você consegue?

Juquinha sorriu:

– Tá me contratando?

– Pois se considere empregado – eu lhe entreguei meu cartão de visita. – E agora, o que você vai fazer?

– Fique por aqui. Eu já volto.

Juquinha seguiu pelo corredor lateral, pegou uma vassourinha de limpeza e um coletor de lixo manual. Foi pelo corredor oposto e foi varrendo, varrendo. E se aproximando, se aproximando. Os seguranças que impediram minha ultrapassagem pouco se preocuparam com aquele menino de uniforme de mensageiro fazendo seu trabalho. Juquinha era um malandro! Assim que passou pelos seguranças, se aproximou um pouco mais da mesa. Eu acompanhava com dificuldade, observando por entre os arbustos o outro lado do pátio. Deu para ver Juquinha se aproximar do Sr. Abranches, dizer alguma coisa e apontar para o meu lado. Dali saiu em retirada e voltou para mim.

– Muito bom, Juquinha, muito bom – lhe estendi a mão como reconhecimento.

– Ele leu seu nome e não ficou nadinha satisfeito – Juquinha me examinou bastante intrigado. – Tem certeza que quer encontrar ele, moço?

– Não é propriamente querer, eu preciso falar com ele.

– Então, agora o senhor fica paradinho aí, esperando.

– Ele virá falar comigo? – perguntei intrigado.

– Aí já não sei. Mas o cartão foi entregue – esta era a senha do dever cumprido. Retirei uma nota de cinquenta reais que fez os olhos de Juquinha brilharem.

– Este valor é justo? – perguntei.

– O senhor tá brincando? Mas é muita bondade. É dinheiro demais.

– Não se desvalorize, Juquinha. Você conseguiu o que eu pedi. Tome aqui o seu pagamento.

Juquinha não se fez de rogado, aceitou a nota e saiu feliz da vida. Não precisei esperar por muito tempo. O segurança que havia me barrado logo surgiu no corredor. A cada passo em minha direção, eu ficava mais impressionado com as proporções do indivíduo, ainda que escondidas em baixo de um terno escuro. O rosto fino e sisudo não indicava cordialidade alguma. Preferi ficar simplesmente parado aguardando. Seria uma dispensa oficial? Um aviso formal para eu me afastar? O segurança apertou o passo e rapidamente se colocou à minha frente.

– Dr. Thomas Lengik? – perguntou.

– Exatamente.

– O Sr. Abranches o convida para almoçar.

– Eu? – perguntei surpreso.

– Sim. O senhor está disponível?

– Bem, a ideia não era almoçar, eu só queria conversar rapidamente com ele e... – fui novamente interrompido com a rispidez já conhecida.

– O senhor quer ou não quer?

– Ora, sendo assim tão amável, o convite está aceito.

– Então me siga.

O segurança virou-se de costas e apertou o passo, retornando pelo mesmo corredor lateral de acesso ao restaurante. Levantei-me rapidamente, porque ele já se distanciava, e saí atrás dele.

Ao chegar ao restaurante, encontrei o Sr. Abranches na mesma mesa onde havia se sentado anteriormente, só que agora ele era o único ocupante. Mais à direita, pude ver os executivos que o acompanhavam sendo levados pelo outro segurança para o lado oposto do restaurante e deixados de pé nos aguardando. O Sr. Abranches levantou-se assim que me aproximei. Era um sujeito de estatura baixa, visivelmente acima do peso, mas isso não lhe tirava uma aura de superioridade. Cabelos pretos, possivelmente tingidos. O sotaque português não era carregado e, quando ele me estendeu a mão para um cumprimento inicial, não havia como não notar um relógio dourado no pulso, certamente folheado a ouro.

– Dr. Lengik, obrigado por aceitar o convite.

– Desculpe, mas não queria incomodá-lo no meio do almoço.

– De maneira alguma, eu ainda nem havia começado. Será bom ter sua companhia.

– Não pretendia incomodar, tampouco atrasar seu almoço.

– E quem disse que o senhor irá atrasar meu almoço?

Olhei para os senhores engravatados com suas pastas que até minutos antes dividiam a mesa com o Sr. Abranches e que agora aguardavam de pé a mais ou menos uns cinquenta metros de nossa mesa.

– E aquelas pessoas?

– Bem – me disse sorrindo –, certamente vão ficar sem almoçar!

– E posso lhe perguntar quem são?

– Oito deles são executivos que trouxe de nossa sede na Holanda para inspecionarem as instalações industriais do Grupo Stein. Os outros dois são os gerentes da fábrica aqui na Bahia e estão nos acompanhando até efetivarmos a compra.

– E eles não irão almoçar?

– Dr. Lengik, meus executivos recebem altos salários, pode acreditar. Mas não são pagos para almoçar e sim para trabalhar. Por favor, pare de se incomodar com eles. Acho que o senhor deve ter assuntos mais importantes para tratar comigo.

– Como o senhor preferir – respondi.

Notei que o Sr. Abranches fez um sinal discreto ao segurança, que me colocou numa cadeira ao seu lado, mas de costas para o grupo que fora deixado de pé. E lá estava eu, frente a frente com o poderoso Manoel de Oliveira Abranches, o executivo chefe que vinha liderando as negociações de compra do projeto de bromatologia do Grupo Stein. Como abordar o assunto? Seria prudente acusar um homem que eu acabara de conhecer de representar uma empresa que praticara suborno para obter informações confidenciais? Ainda que baseado em fortes suposições, eu não tinha nada concreto. Mas disso eu já sabia e foi a razão de eu ter vindo a Salvador. Deste encontro eu precisava colher uma prova comprometedora contra a Karmo ou, ao menos, deixá-lo imaginar que eu tivesse esta prova comigo.

Mas o Sr. Abranches não ocupava aquela posição à toa. Era um negociante hábil que media cada palavra e parecia não ter pressa em entrar no assunto.

– Sr. Abranches, antes de mais nada, gostaria de me apresentar.

– Dr. Lengik, isso é desnecessário.

Fitei-o surpreso.

– Bem, como nunca nos encontramos antes e mesmo assim o senhor gentilmente me convidou para o almoço, acho que preciso dizer quem sou e por que vim.

– Acha que eu me sentaria com o senhor, se não soubesse quem é? – recostou-se na cadeira e com um sorriso que me parecia com uma pitada oculta de ironia completou: – Ora, sejamos razoáveis, as apresentações são dispensáveis neste momento.

– Bem, ainda assim, deixe-me explicar por que vim até aqui.

O Sr. Abranches recolheu o sorriso, olhou secamente para mim e disse:

– O senhor é Thomas Lengik, um jovem advogado que o acaso fez cruzar com Benjamin Stein e acabou se envolvendo em um negócio multimilionário cuja dimensão seu modesto escritório de advocacia nem pode imaginar. Fez o favor de descobrir que Benjamin Stein não foi assassinado e recebeu um bom valor, em honorários, por isso. Mas parece que não se contentou e agora continua trabalhando por conta própria – ele tomou um pouco de água com gás, de um copo que se encontrava a sua frente, e simplesmente mudou sua face retomando um olhar sorridente. – E agora, que tal fazermos o pedido do nosso almoço?

Abranches fez um sinal ao garçom apontando para mim.

– Veja o que o meu convidado gostaria.

Dei uma passada rápida nas opções do cardápio, mas acho que fiz um bom pedido. Peixe vermelho grelhado com legumes para mim, enquanto o Sr. Abranches pediu um bacalhau à moda da casa.

– Alguma preferência por um vinho, Dr. Lengik?

– Deixo à sua escolha.

– Melhor assim – ele chamou o *sommelier* e sem precisar da carta de vinho, fez o pedido e depois retornou às informalidades. – Espero que o senhor não tenha se ofendido, mas gosto de escolher o vinho. Se você fizer uma escolha errada do seu prato, é problema seu. Mas se errar na escolha do vinho, pode estragar a refeição de todos que estão à mesa. E certamente não quero estragar nosso almoço.

– Agradeço sua preocupação, Sr. Abranches. Vou confiar na sua escolha porque confesso que não sou um conhecedor de vinhos, mas vejo que o senhor entende profundamente do assunto.

– Por força das minhas viagens profissionais, fico muito tempo fora de casa. A Karmo tem negócios em várias partes do mundo e está sempre prospectando novas oportunidades. Cabe a mim verificar se o negócio é realmente bom e trazê-lo para o grupo da melhor forma, e, logicamente, com o menor custo. Nem sempre tenho companhia para as refeições e, pode acreditar, não há nada pior do que um jantar solitário, mesmo que você esteja em um lugar maravilhoso. O vinho é minha companhia. Mas não se engane, não sou um ébrio. O vinho é uma arte e eu sei apreciá-la.

– Não duvido – observei.

O *sommelier* não tardou a retornar e mostrou a garrafa ao meu anfitrião, que aquiesceu em silêncio com um movimento de cabeça. A rolha foi cuidadosamente retirada e uma pequena dose foi servida para o Sr. Abranches. Aquilo era realmente um ritual. Primeiro o olfato, depois o movimento com as mãos, até um pequeno gole. Alguns segundos de silêncio e o veredicto final.

– Muito bom, pode servir – sentenciou o Sr. Abranches.

Experimentei o vinho, buscando as mesmas sensações do Sr. Abranches, mas certamente me faltava conhecimento apurado para isto. Ainda assim, não pude deixar de comentar a sua excelência:

– Um vinho maravilhoso, Sr. Abranches. Fiz bem em deixar a escolha para o senhor.

O Sr. Abranches me retribuiu com um sorriso e logo chegou o *couvert*. Foram oferecidos pães variados, manteiga e um queijo cremoso, tendo ao lado um pequeno recipiente com um legítimo azeite português. Depois disso, os pratos foram trocados e foi a vez de um novo patê seguido de azeitonas empanadas recheadas com queijo gorgonzola. Uma combinação incrível. O *couvert* não havia terminado e uma nova troca de pratos foi seguida de grão-de-bico e lascas de bacalhau. Jamais havia visto um *couvert* com três pratos. Realmente o requinte do restaurante era impressionante e tudo ficava ainda melhor regado com aquele vinho maravilhoso.

– Vejo que o senhor apreciou minha escolha, Dr. Lengik.
– Realmente.
– Este é um Leroy Bourgogne Blanc safra 1997, produzido na França.
– Achei que o senhor pediria um vinho português.
O Sr. Abranches sorriu.
– Não menospreze os portugueses, os vinhos também são excelentes na minha terra. Douro, Dão, Alentejo, Porto, Vinho Verde. Não nos faltam bons vinhos. Conhece algum deles?
– Na verdade, só ouvi falar do Vinho do Porto.
O Sr. Abranches tomou mais um gole do vinho que escolhera e passou a dissertar seus conhecimentos:
– O Vinho do Porto é um dos resultados positivos que a guerra nos trouxe.
– Como assim?
– No século XVII, a enorme rivalidade entre ingleses e franceses fez com que o governo inglês impusesse embargos aos produtos franceses, aumentando suas taxas e tributos pela importação de vinhos. Assim, no final daquele século, os ingleses se viram forçados a procurar alternativas e acabaram encontrando, ao norte das terras lusitanas, o vinho do Douro, mais encorpado. Depois disso, bastou achar alguém com um olfato não só para o vinho, mas também para o comércio, e a oportunidade estava criada. O vinho do Porto é por si só um bem que

se tornou patrimônio gastronômico em Portugal. Mas devo reconhecer que a maior influência certamente vem da França.

– Podemos dizer que os franceses são os criadores do vinho?

– Com certeza não. Não é possível apontar precisamente o local e a época em que o vinho foi feito pela primeira vez, do mesmo modo que não sabemos quem foi o inventor da roda. Um cacho de uvas caído poderá, potencialmente, tornar-se algum tipo de vinho. É algo certamente relacionado à mitologia grega. Um dos vários significados do Festival de Dionísio em Atenas era a comemoração do grande dilúvio com que Zeus castigou o pecado da raça humana primitiva, tendo sobrevivido seus filhos Orestheus, que teria plantado a primeira vinha, e Amphictyon, de quem Dionísio era amigo e lhe ensinou tudo sobre vinho. Há inúmeras referências sobre onde teria se iniciado a produção de vinhos e certamente a primeira delas se encontra no Antigo Testamento, quando Noé, após desembarcar da arca ao final do dilúvio, teria plantado uma vinha com a qual, aliás, acabou embriagado. Tenha certeza, não faltam histórias e lendas sobre o tema.

– Posso imaginar.

– Mas, se ficarmos apenas nestes últimos quatro séculos, não resta dúvida que a maior influência na cultura do vinho certamente vem da França, tanto que a maior parte dos padrões de qualidade internacional ainda se baseia na legislação e tradição francesas. Além do quê, os franceses sempre souberam praticar a harmonização.

– O que seria isto? – perguntei curioso.

– Harmonizar é buscar compatibilizar o que se come com o que se bebe. Não é uma tarefa simples, ainda que seja extremamente prazerosa. Ao pedir um prato, já devemos ter em mente qual será a sua combinação com a bebida. Mas não apenas isso. Harmonizar é uma matemática distorcida onde 1 + 1 deve ser mais do que 2. Consiga isso e o senhor fará jus a participar de uma confraria de vinhos!

– Vou pensar no assunto em minha próxima viagem – achei que já era o momento oportuno de ingressar no tema, por mais espinhoso que fosse. Mas definitivamente o Sr. Abranches não tinha a menor curiosidade sobre o que eu pretendia abordar ou, exatamente por saber, não tinha pressa em estragar aquela refeição. O *couvert* foi retirado e os pratos principais servidos.

– Excelente escolha, Dr. Lengik. O peixe vermelho é extremamente saboroso – aguardei meu anfitrião também ser servido do bacalhau que escolhera e seguimos falando amenidades.

Embora fosse de origem portuguesa, o Sr. Abranches me contou que trabalhou em várias partes do mundo, mas sempre na empresa holandesa Karmo, em relação à qual devotava enorme respeito. Já adquirira várias empresas em nome da Karmo na Europa e, nos últimos cinco anos, voltava sua atenção para a América do Sul, onde havia comprado uma operação na Argentina. O Brasil era uma novidade para a Karmo, e todo o foco estava na aquisição do projeto de bromatologia do Grupo Stein, que se consumaria brevemente.

– Espero que o senhor tenha deixado um espaço para a sobremesa – observou o Sr. Abranches, enquanto tomava mais um gole do delicioso vinho que havia escolhido.

– Temo que não tenha tido este cuidado. Estou realmente satisfeito.

– Vai se arrepender, Dr. Lengik. Temos doces portugueses maravilhosos neste hotel.

– Se o senhor não se ofender, vou declinar.

– Bem, ao menos uma fruta?

– Nunca disse não para uma boa porção de manga.

– Ah, agora sim – chamou o garçom e deu as ordens. Em poucos minutos estava sendo colocada na mesa uma travessa com pequenos doces portugueses e dois pratos de mangas cortadas em fatias bem finas, que se revelaram extremamente saborosas. O Sr. Abranches sorveu o último gole. Já estávamos na segunda garrafa de vinho, e ele se recostou um pouco em sua cadeira. A seguir, ficou alguns segundos me fitando diretamente nos olhos, como que pretendendo ler meus pensamentos:

– Bem, Dr. Lengik. Agora podemos conversar. Espero que o senhor me traga boas notícias.

– Boas notícias? – perguntei.

– Estamos prestes a fechar uma das maiores operações de minha vida profissional na Karmo. Investimos muito dinheiro em pesquisa e prospecção para chegar até aqui e estamos a menos de quarenta e oito horas da assinatura do contrato com o Grupo Stein. Essa aquisição será duplamente estratégica para a Karmo. Não apenas vamos fincar nossa bandeira em terras brasileiras, como já iniciaremos um projeto de impacto.

– Portanto...

– Portanto, Dr. Thomas, não está nos meus planos permitir qualquer coisa que possa atrapalhar a assinatura, e espero que seja exatamente isso que o senhor veio me comunicar.

– Bem, isso dependerá das respostas que vim buscar.

– Não, Dr. Lengik, definitivamente não! Isso dependerá apenas do seu bom senso.

– Sr. Abranches, há fatos que preciso esclarecer. E conto com a sua ajuda.

– A minha ajuda poderá ser muito maior do que o senhor imagina quanto menor for a sua curiosidade, registre-se, desnecessária.

– Sr. Abranches, não estou preocupado com seu projeto de bromatologia. Por mim, tanto faz. Se isso é importante para o senhor, seja feliz com ele. Mas as coisas não são tão simples assim. Houve um assassinato! E o senhor sabe disso.

– Pelo amor de Deus, que história é esta? Foi você mesmo quem revelou que Benjamin Stein largou os remédios por conta própria.

– Não estou me referindo a Benjamin Stein.

O Sr. Abranches fez uma leve pausa:

– Aquele velhinho? Como era mesmo o nome dele?

– Caetano.

– Sim, sim. Fiquei sabendo. Lamento por ele.

Eu permanecia em silêncio estudando meu anfitrião.

– Dr. Lengik, sou um negociante internacional. Quando me envolvo com um negócio, não costumo entrar para perder e tenha a certeza de que busco todas as ferramentas que estiverem ao meu alcance para atingir o objetivo desejado.

– E isso envolve espionagem? – indaguei.

– Não seja tolo – respondeu rispidamente. – Isto é só um jogo de palavras. Os concorrentes sempre buscam informações privilegiadas. Faz parte do negócio. Saber mais do que os concorrentes não é espionagem, é estratégia. Se você quer se diferenciar e estar um passo à frente dos demais, é preciso ter acesso a dados que os outros não terão. Isso é tão simples...

– Tão simples como matar alguém?

– Dr. Lengik, não subestime minha cordialidade por recebê-lo neste almoço. Represento uma empresa séria e responsável. Adotamos as mesmas práticas de mercado que qualquer uma de nossas concorrentes. Eu chamo de informações privilegiadas, o senhor quer chamar de espionagem. Honestamente também não me importo com a sua opinião. Mas saiba de uma coisa. Não somos assassinos!

– Mas uma pessoa morreu!

– Isso não quer dizer que eu seja o assassino!

– E realmente imagino que não seja. Mas não significa que não seja o responsável.

– O senhor tira conclusões muito rápidas dos fatos à sua volta. Isso é sempre muito perigoso.

– Sr. Abranches, vamos aos fatos. Tudo leva a crer que a Karmo efetivamente tinha acesso a informações privilegiadas. Para tanto, ao que parece, aliciou alguém de dentro do Grupo Stein.

– Isso ainda não me torna um assassino.

– E, pelo que pude verificar, esse espião era alguém extremamente próximo ao Sr. Benjamin Stein.

– E quem iríamos procurar? A recepcionista? Tenha dó, Dr. Lengik. Supunha que o senhor fosse mais astuto. Quero mantê-lo em alta conta. As notícias que chegaram a mim sobre o senhor foram elogiosas.

– Não sei se fico lisonjeado ou envergonhado – respondi secamente.

– Envergonhado de quê? O senhor realmente desvendou um mistério. E o melhor de tudo, concluiu que Benjamin Stein não foi assassinado. Era impossível avançar numa negociação enquanto perdurasse esta dúvida. Certamente perderíamos o negócio. Além disso, não ficaria nada bem para mim estar envolvido em um assassinato de um empresário da envergadura de Benjamin Stein.

– Quer dizer que eu servi indiretamente ao espião da Karmo?

– Dr. Lengik, sejamos razoáveis. O senhor não serviu a quem quer que seja. O senhor fez o seu trabalho – Abranches fez uma pequena pausa e prosseguiu: – Verdade seja dita, dependíamos do seu resultado para dar sequência nesta operação.

– Não sei se o senhor esta a par que Benjamin Stein abandonou a medicação e acelerou sua própria morte.

Abranches conseguia rapidamente mudar suas feições. Retirou o sorriso sempre irônico da face e prosseguiu:

– Estou a par de tudo. Mas saiba que isso poderia ser evitado. Eu mesmo falei com Benjamin Stein várias vezes sobre o assunto.

– Tratou deste assunto com o Sr. Stein? – perguntei admirado.

– Benjamin Stein começou a suspeitar que houvesse um espião e por várias vezes em nossos contatos telefônicos ele me pressionou para admitir o fato, mas eu obviamente nunca reconheci isso em nossas conversas. Se isso é crime, confesso minha responsabilidade. Ele estava ficando deprimido, e eu insistia sempre com ele para manter a guarda alerta, para não ceder. Vejo que não me deu ouvidos. Mas não sou médico, sou negociante. Não vou assumir a culpa por terceiros.

– Os filhos sabiam dessas suas conversas com o Sr. Stein?

– Benjamin Stein foi um gênio do mundo empresarial. Sua infância pobre na Polônia, a sobrevivência durante a Segunda Guerra

Mundial vivendo em um campo de concentração, sua chegada ao Brasil e o império que construiu em uma única geração... Ora, era um homem único, pode acreditar. Conheço muitas fortunas, muitos empreendedores. Benjamin Stein, todavia, estava em um grupo seletíssimo e acima de nossa percepção.

– Por que o senhor me diz isso agora?

– Simplesmente porque todo gênio é, também, uma pessoa *geniosa*... difícil de lidar. Não acho que Benjamin Stein tivesse uma relação tranquila com seus filhos. Pode-se dizer respeitosa, mas não amorosa. Ele não queria que soubessem de nossas conversas e, portanto, sempre me ligava fora do horário de expediente. Imagine só, um homem poderoso como ele tratando de negócios comigo ou muito cedo ou após o expediente. Isso certamente não decorre de uma relação saudável entre pai e filhos.

Abranches havia acabado de desfazer o mistério sobre um dado que Eduardo me trouxera e não conseguíamos entender. A maior parte das ligações para a Karmo havia sido feita fora do horário de expediente e diretamente da mesa de Benjamin Stein. Isso porque haviam sido feitas pelo próprio Sr. Stein, pretendendo que ninguém tomasse conhecimento desses contatos. Pelo menos, esta interrogação estava respondida, mas certamente não era o suficiente. Tentei prosseguir por essa linha de raciocínio.

– Mas, apesar de suas negativas, Benjamin Stein não estava convencido de que não haveria um espião. E se soubesse, o senhor não estaria tão próximo de adquirir o projeto como está neste momento.

O Sr. Abranches mudou o tom da conversa:

– Dr. Lengik, não torne a se comportar como um ingênuo. O senhor acha que Benjamin Stein nunca espionou seus concorrentes? Nunca tentou cooptar funcionários estratégicos de outras empresas para conseguir informações privilegiadas?

– Não conheci a vida empresarial de Benjamin Stein e não posso dizer nada sobre isso.

— Não é preciso conhecer a vida empresarial de ninguém. Já lhe disse, é preciso ter apenas bom senso para deduzir que no mundo dos negócios a busca de informações sigilosas faz parte da operação.

— Matar também faz parte desta estratégia empresarial?

— Lá vem você de novo.

— Caetano foi assassinado.

O Sr. Abranches deu um longo suspiro:

— Lamento pelo seu amigo. Isso foi feito à minha revelia e saiba que não aprovei o que aconteceu.

— Mas também não entregou o assassino.

— Não posso fazê-lo, ao menos enquanto eu não tiver tudo assinado e o projeto de bromatologia seguramente transferido para a Karmo.

— E o que me garante que o fará depois?

— Eu não disse que farei nada depois. Mas eventualmente poderá ser uma questão a considerar.

Ficou claro para mim que o Sr. Abranches apenas tentava me manipular para me convencer a interromper minhas buscas.

— Respeito sua honestidade, Sr. Abranches. Mas não posso esperar.

— Dr. Lengik. Amanhã sigo para São Paulo. E depois de amanhã estarei assinando a compra do projeto de bromatologia. Queria que o próprio Benjamin Stein assinasse o contrato, mas a fatalidade o levou cedo demais. Ficarei igualmente honrado em ter a assinatura de seus três filhos. Esqueça esse assunto, por favor. Não há tempo hábil para nada. Você fez um bom trabalho, mas só tem conjecturas. E essas suposições não podem interromper o andar da carruagem. A compra é irreversível.

— Estou longe de ser um negociante hábil como o senhor, mas também tenho meus trunfos.

A face do Sr. Abranches estava paralisada, sem esboçar nenhuma reação. Certamente ele devia estar preocupado, mas não deixava nada transparecer:

— O senhor também tem o seu espião contra a Karmo, Dr. Lengik?

315

– Tenho!

– Justamente o senhor – disse, pondo-se a rir –, que passou o almoço criticando meus métodos, agora tem o seu próprio espião? Pois veja, somos idênticos.

– Não me inclua na sua cesta, Sr. Abranches. Meu espião não se transformou em um assassino.

– São acidentes de percurso, já lhe disse – fez uma pausa estratégica e continuou. – O senhor verá que não controlamos todas as pessoas que cooptamos, especialmente para esse tipo de serviço.

– Não corro esse risco, meu espião é apenas uma máquina de gravação.

– Como assim? – me perguntou com enorme surpresa.

– Existe um sistema de gravação instalado no escritório do Grupo Stein. É possível saber todas as ligações recebidas e enviadas para a Karmo. Além do mais – e esta era uma mentira que precisava se tornar verdade –, tenho as gravações das conversas, que neste exato momento estão sendo transcritas. Quer o senhor deseje ou não, saberei ainda hoje quando retornar a São Paulo quais os diálogos mantidos nos telefonemas entre o Grupo Stein e a Karmo. E certamente em um deles o espião se delatará sozinho.

– Pois acho que o senhor está delirando!

– Acha mesmo? – foi a minha vez de dar uma pequena pausa para criar um ambiente de suspense. – Pois faça o seguinte: ligue para o seu espião ou quem quer que seja e pergunte se anteontem o sistema de força e iluminação do prédio onde se localiza o Grupo Stein sofreu uma pane.

– Como assim?

– Esta é a informação oficial, mas eu chamaria de sabotagem.

– O senhor está blefando. Desista, Dr. Lengik, o senhor não leva jeito para essas coisas.

– Pois eu deixei uma prova para comprovar que não estou brincando.

– E posso saber o que seria?

– Na copa do escritório encontra-se instalada a caixa com a central de telefonia. Abrindo a caixa você encontrará o decodificador de ligações.

– E por que o senhor deixaria lá esse decodificador?

– Ora, exatamente para o senhor, ou quem o senhor enviar, poder encontrá-lo e verificar que não estou blefando.

O Sr. Abranches cerrou os punhos sobre a mesa.

– Espero que isso seja uma brincadeira. E de muito mau gosto, Dr. Lengik.

– Pois acho que o senhor irá se decepcionar. Nunca falei tão sério em minha vida.

O Sr. Abranches levantou-se repentinamente e fez sinal para um dos seguranças que rapidamente se aproximou.

– Acho que não teremos tempo para um cafezinho. Nosso almoço se encerra por aqui. O segurança irá acompanhá-lo até a saída do hotel.

– Não será necessário, eu conheço o caminho – me levantei cruzando os olhos com meu anfitrião.

– Dr. Lengik, eu não tive o menor prazer em conhecê-lo.

– Então estamos empatados – respondi.

Assim que coloquei os pés fora do hotel, liguei para minha casa. A empregada informou que as crianças estavam, mas minha esposa havia saído. Liguei para Sandra:

– Onde você está agora?

– Estou indo até uma loja olhar alguns tecidos de parede para o quarto das crianças. Pensei em escolher...

Interrompi Sandra:

– Esqueça isso. Volte, pegue as crianças e vá para a casa da sua mãe. Dispense a empregada e tranque o apartamento.

– Thomas, pelo amor de Deus, do que você está falando?

– É tudo muito complicado, não sei o que pode acontecer. Por favor, faça isso agora mesmo.

— Thomas, você está me deixando amedrontada. Ainda está em Salvador?

— Estou indo para o aeroporto. Quero sair logo daqui.

— Mas o que está acontecendo?

— Acredite, nem eu mesmo sei exatamente.

— Thomas, do que você está falando? Diga coisa com coisa. Você me liga do nada e pede para fugir com nossos filhos de nossa própria casa. Afinal, você esteve com a pessoa que procurava?

— Sim, estive.

— E ele ameaçou você?

— Não.

— Então, por que tudo isso?

— Prefiro me precaver.

Sandra não se conformava.

— Thomas, me diga a verdade: ele nos ameaçou?

— Ele não disse nada nesse sentido. Mas quando cruzamos o olhar na minha saída, senti que ele é um homem capaz de qualquer coisa.

Percebi a voz de Sandra alterada. Sem vê-la, imaginei seu rosto em lágrimas.

— Thomas, vamos parar com tudo isso. Não vale a pena. Nós, nossos filhos, não precisamos disso. Pare com essa loucura. Chega! A vida de ninguém vale o que está acontecendo.

— Sandra, eu concordo com você, mas agora é tarde. Só faça o que estou pedindo. Eu também estou voltando para São Paulo. Vou passar no escritório e depois sigo para sua mãe. Não assuste as crianças, só isso.

— Thomas, venha logo. E tenha cuidado.

— Te amo, Sandra.

Desliguei e olhei para trás em direção à porta de saída do hotel. Ninguém atrás de mim. Agora estava feito. Fosse para o bem, fosse para o mal.

19

Por mais belas que sejam as imagens de Salvador, não havia ângulo que aliviasse minha angústia. Eu seguia compenetrado no táxi em direção ao aeroporto, buscando estruturar a segunda parte dessa complexa estratégia que havia assumido. Havia me exposto completamente, confessando perante um estranho a invasão ao Grupo Stein na calada da noite, o que era absolutamente verdadeiro. Abranches, por seu turno, pouco se incomodara pelo fato de eu insinuar que ele plantou um espião na empresa para receber de maneira pouca lícita informações que não deveriam lhe ser reveladas. Muito pelo contrário, ainda me tachou como ingênuo, por supor que isso não seja uma prática usual em altas esferas de negociação, um recurso inclusive utilizado pelo próprio Benjamin Stein.

Daí a dizer que eu tinha as gravações das conversas telefônicas, o que não era verdadeiro, poderia ter sido um blefe oneroso demais.

Ficou evidente para mim que o Sr. Abranches gostava de estar à frente dos fatos. O velho ditado popular de que os fins justificam os meios parecia cair como uma luva no seu conceito de negociação. Assim, a mera possibilidade de ter sido passado para trás, por conta das gravações que simulei ainda existirem, pode ter sido motivo suficiente para ele me ter como seu inimigo n. 1, ao menos no que se refere aos riscos de a aquisição do projeto pela Karmo ser abortada. Apesar de seu tortuoso raciocínio justificando a espionagem, o Sr. Abranches não aceitava ser tachado como assassino, tendo deixado claro que não havia aprovado esse procedimento.

Não sentia nenhum alívio por saber que o crime não teve a participação de Abranches. Dizer-me isso poderia ser apenas um jogo de cena, e Abranches, certamente era um mestre nas simulações. Para que ele precisava assumir o ônus de um assassinato, se poderia deixar tudo na responsabilidade de uma terceira pessoa, cuja identidade ele supõe que não conseguirei descobrir? Não teria, na verdade, exigido do espião a eliminação de Caetano? Mesmo que a pessoa tenha agido à revelia do Sr. Abranches, ficou claro que o espião é capaz de matar para não ter sua identidade revelada. E se me aproximo desta descoberta, posso ser o próximo alvo. Minhas conclusões não eram nada reconfortantes.

Que o Sr. Abranches não me revelaria o espião era quase uma certeza, portanto, não me decepcionei com sua recusa. Mesmo assim, minha visita foi extremamente proveitosa, porque lançou para ele a possibilidade efetiva de o espião ser descoberto e, por consequência, tornara improvável a assinatura do contrato para dali a apenas dois dias.

Agora, o tempo havia se tornado extremamente curto. Eu teria vinte e quatro horas para identificar o espião que matou Caetano e deveria fazê-lo antes da consumação do negócio com a Karmo. Isso era uma questão de honra dobrada para mim. Primeiro para fazer justiça e resgatar a inconsequente morte de Caetano, cuja vida foi tirada para não atrapalhar esse negócio. Segundo, porque me parecia que este era um desejo de meu amigo Benjamin Stein.

De início, eu tinha apenas o advogado particular e a secretária fiel. Barreto e Carmem. Depois o diretor rancoroso Horácio. E agora também o negociador inescrupuloso Abranches. Não podia imaginar qual deles teria invadido pessoalmente o apartamento do Sr. Caetano e de alguma forma envenenado o bolo que seria consumido pela vítima. Ao menos não seria Abranches, com seu gosto tão refinado. Mas alguém na posição dele sempre terá por perto ao menos duas pessoas para utilizar como suas marionetes. Uma para efetivamente praticar o crime e a outra para levar a culpa.

Era uma nova possibilidade e, como tal, não seria descartada, ao menos naquele momento.

Busquei alguns fatos em minha lembrança e o resultado não me agradou. Naquela noite em que fiz minha proposta de honorários tendo como objetivo descobrir o que ocorreu com Benjamin Stein, o e-mail com a resposta de Barreto aceitando o valor sugerido chegara em poucos minutos, formalizando imediatamente minha contratação. Seria razoável contratar um advogado acostumado a trabalhar apenas com separações judiciais, despejos e afins para solucionar um caso daquela envergadura? Ou o objetivo era contratar alguém desqualificado, ao menos para esta tarefa de contraespionagem, exatamente para o tempo passar e nada ser descoberto? Teria Barreto aceitado a minha proposta de honorários confiando na minha suposta incompetência para solucionar o mistério? Recordei-me do almoço no Spot, onde me encontrei apenas com Barreto. Saí bem mais cedo para chegar antes que ele, pois eu era o anfitrião daquele encontro. Ainda assim, Barreto já estava lá sentado me aguardando. E sua frase ficou bem registrada na minha memória: "É melhor ver os outros chegarem do que ser visto chegando. Na vida isto faz a diferença". Teria ele chegado antes de mim na residência de Caetano e de alguma forma envenenado o bolo de chocolate?

E não era apenas isso! Foi Barreto quem me ligou dizendo que meus serviços estavam concluídos, e justamente quando eu começava a me aproximar da solução do caso. Foi ele também quem me sugeriu que não insistisse com as investigações, porque o assunto estava encerrado para a família. Estava encerrado ou estava próximo demais de ser desvendado? Meus pensamentos foram interrompidos pelo celular.

– Thomas, você não me liga. Estava ficando preocupado.

– Eduardo! Desculpe, é bom ouvi-lo. É que tive um dia realmente intenso.

– E aí, conseguiu conversar com este tal de Abranches?

– Parece que você ainda não me conhece – respondi com satisfação. – Não apenas conversei, como almocei com ele.

– Nossa, então o encontro foi muito produtivo?

– Do ponto de vista gastronômico, foi maravilhoso. Do ponto de vista dos negócios, espero não ter provocado uma indigestão em meu anfitrião.

– Puxa vida, o que aconteceu?

– Preciso lhe contar pessoalmente. Diga-me uma coisa, onde você estará hoje à noite?

– Não tenho nada marcado.

– Ótimo, faremos o seguinte. Devo embarcar no final da tarde no voo de Salvador para São Paulo. Assim que chegar, ligo para você.

– Nos encontramos na sua casa?

– Melhor não. Prefiro um pouco mais de privacidade. Vamos nos encontrar no meu escritório.

– OK!

Temia que o intenso dia, iniciado naquela madrugada com o primeiro voo até a capital baiana, seguido do desgastante encontro com o Sr. Abranches e suas consequências ainda desconhecidas, me deixassem desperto durante as duas horas e meia de voo de volta. Mas, apesar do desconforto de uma aeronave, a verdade é que, assim que recostei a cabeça, acabei adormecendo e despertei apenas com a aeromoça me solicitando para retornar o assento à posição vertical para a aterrissagem em Congonhas.

De lá, peguei um táxi e segui em direção ao escritório. Liguei para o celular de Sandra para me certificar de que tudo estava em ordem e ela já estava na casa da mãe com as crianças. Prometi que não demoraria, mas queria passar primeiro no escritório. Conforme combinado, liguei para Eduardo, mas o telefone dele só dava ocupado.

Desci do táxi. O porteiro noturno do prédio estranhou a minha chegada naquele horário. Ficou tão preocupado que não abriu a porta de segurança enquanto não se certificou de que eu estava realmente sozinho. Ao ingressar no *hall* do prédio, avisei que ainda aguardava uma pessoa que, assim que chegasse, poderia subir diretamente ao meu escritório. Já na minha sala de trabalho, tentei uma nova ligação para Eduardo, finalmente completada:

– Eduardo! Estou ligando há tempo para você, mas a ligação só dava sinal de ocupado.

– Desculpe, mas surgiu um imprevisto. Não poderei ir ao seu escritório, Thomas.

– Como assim?

– Joãozinho está preso em uma delegacia.

– O que aconteceu? – perguntei espantado.

– Parece que um dos seguranças do prédio do Grupo Stein conseguiu anotar a chapa do táxi dele. O segurança não tem certeza da chapa, mas os dados do carro batem com a descrição do automóvel suspeito que estava estacionado na rua lateral na noite de nossa invasão.

– E agora?

– Preciso soltá-lo o mais rápido possível, antes que comecem a fazer muitas perguntas.

– E você consegue?

– Conheço muita gente. Mas é preciso achar a pessoa certa que tenha contatos na delegacia onde ele está detido.

– E isto irá demorar muito?

– Suponho que sim. Acho que você não poderá contar comigo esta noite.

– Uma pena, precisava de você para trocar algumas ideias. O tempo é curto.

– Pode ser amanhã?

– Terá que ser, mas vamos nos falar logo cedo, OK? Por enquanto, boa sorte com o Joãozinho.

Sentei-me em minha mesa de trabalho e peguei a pasta de documentos do caso de Benjamin Stein. Eu estava próximo de desvendar a identidade do espião, mas ainda não detinha todas as informações. O quebra-cabeça não estava completamente montado. Ao jogar para o Sr. Abranches o peso da dúvida, teria a melhor e certamente a última possibilidade de alcançar meu objetivo antes da assinatura do contrato com a Karmo. Ele não ficaria parado, teria que tomar alguma providência. Logicamente que a primeira medida seria se certificar de que havia um decodificador no sistema de telefonia do Grupo Stein. E isso facilmente se confirmaria na medida em que Eduardo havia recolocado o equipamento no seu local de origem.

Uma pessoa afinada com as atividades de grampos telefônicos poderia certificar que o que restou ali não era um gravador de conversas, mas eu contava com a hipótese de que o simples fato de se confirmar a existência deste equipamento já seria o suficiente para o espião ter que agir. E desguarnecido, acuado, certamente iria se revelar.

Recordava o tempo em que pesava a hipótese do assassinato de Benjamin Stein e o receio de me ver envolvido com um criminoso, na medida em que me aproximava das respostas. Mas naquele caso o que se revelou foi algo diferente. Benjamin Stein se entregou à morte, optando isoladamente pela suspensão da medicação.

Agora a situação era outra. Não havia dúvida de que houve um assassinato, não de Benjamin Stein, mas de Caetano. E não havia dúvida de que seu autor, ou mandante, tivesse sido o espião que estaria próximo de se revelar. Nesse caso, volto a ser uma possível vítima porque estou efetivamente próximo de desvendar o mistério. E foi tentando construir uma solução debruçado em minhas anotações que não percebi o tempo passar.

Foi possível ouvir a porta da recepção de meu escritório se abrir. De minha sala, gritei:

– Eduardo, é você? Bom que tenha vindo. Conseguiu liberar nosso amigo Joãozinho?

A porta de minha sala se abriu e a visão me deixou estático.

– Esqueça esse Joãozinho. Quaisquer que sejam os apuros dele, os seus estão bem mais complicados a partir de agora.

Um revólver de grosso calibre apontado na minha direção evidenciava que não era hora para brincadeiras.

– Você?! – exclamei – Justamente você? Como pode fazer isto?

– Não me venha com perguntas, Dr. Thomas. Eu quero respostas. E quero agora.

O nervosismo tomou conta de mim, na medida em que também podia ver um silenciador no cano da arma, o que comprovava uma premeditada decisão contra minha vida.

– Não posso acreditar! – exclamei novamente.

– Dr. Thomas, por que o senhor não se limitou ao seu trabalho? Por que precisava ser teimoso?

– Foi você quem matou Caetano?

– Não, foi o senhor que o matou – e antes que eu pudesse responder meu algoz prosseguiu: – Foi sua ridícula insistência em querer descobrir o que não precisava, em não ter parado quando recebeu o pagamento dos honorários, que levou Caetano a perder a vida. Sim, eu providenciei o envenenamento de seu amigo Caetano! Mas você foi o culpado por esta decisão.

– Você só pode estar louco.

– Dr. Thomas, cuidado! – exclamou. – Não chame de louco quem tem uma arma apontada contra você. Posso ficar nervoso, perder o controle dos meus nervos, das minhas reações... posso puxar o gatilho! Eu matei somente uma pessoa. Mas, depois que se mata o primeiro, se perde o medo de tirar a vida de alguém. Portanto, não seja atrevido em suas respostas.

– Caetano não foi sua primeira vítima – apesar do medo intenso, eu não conseguia controlar minha raiva. – Você matou Benjamin Stein!

– Eu não matei meu pai!

– Não com esta arma, não com veneno, mas de puro desgosto.

– O senhor é muito ousado para quem está em uma posição tão frágil, Dr. Thomas.

– Mas é a verdade. A sua traição lhe tirou o amor pela vida.

– Não queria trair meu pai. Fui forçado a fazê-lo.

Alberto Stein se aproximou um pouco mais de mim. Achei que aquele seria meu derradeiro momento. Minha mente foi até Sandra e as crianças. O que seria deles? Meu Deus, e as crianças? Quem olharia por elas? Mas Alberto Stein não tinha pressa, parece que queria me dar uma satisfação, uma explicação porque deveria também tirar a minha vida. Com um gesto, indicou que eu deveria me sentar na pequena poltrona que ficava do lado esquerdo da minha escrivaninha.

– Meu pai era um déspota, um tirano.

– Muitos pais são assim e nem por isso seus filhos os matam.

– Mas ele roubou a minha vida. A minha e a dos meus irmãos. Dizia sempre o que fazer, como fazer, quando fazer. Éramos soldadinhos de brinquedo nas mãos dele. Dava ordens desde a manhã até a noite. Não éramos filhos, éramos bonecos controlados por ele.

– Vocês nunca deixaram transparecer isso. A imagem da Família Stein é de uma fortaleza familiar, de um castelo.

– Um castelo de cartas, nada mais do que isso. Você assopra e tudo cai.

– Como assim? – perguntei intrigado. – O Grupo Stein sempre foi reconhecido como um dos mais sólidos do mercado.

– E quem disse que não somos? Somos sólidos em números, em patrimônio, em recursos materiais. Isso é muito, mas não é tudo. Éramos uma família vazia nas mãos de um megalomaníaco. Enquanto nossa mãe vivia, a situação ainda era suportável. Papai era ação, ela era sentimento. Papai era razão, mamãe era emoção. Em todos estes anos, nossa mãe era o contraponto de papai e estas diferenças geravam um certo equilíbrio em nossas relações familiares. Mas, depois que ela faleceu, não havia mais quem segurasse o grande Benjamin Stein.

– Acho que você está sendo injusto com seu pai. Estive com ele várias vezes e a família era a coisa mais importante que tinha.

– Claro, desde que fôssemos todos submissos a ele.

Eu precisava de argumentos, eu precisava de tempo. E me faltavam ambos, mas tinha de insistir:

– Alberto, abaixe essa arma. Por favor, não vá adiante.

– E faço o quê, Dr. Thomas? Deixo o senhor sair por aquela porta para avisar meus irmãos que eu era o traidor de nossa família, vendendo informações para a Karmo?

– Deixe-me contar tudo o que descobri. Especialmente sobre os Salmos do Rei David.

– Salmos? O senhor quer me convencer a mudar de ideia baseado nos salmos?

– Seja o que quer que você tenha feito, saiba que seu pai o perdoou.

As mãos de Alberto tremeram levemente e seu dedo no gatilho podia ser acionado, ainda que por um leve descuido.

– Meu pai não tinha por que me perdoar. Foi ele quem errou. Eu é que poderia perdoá-lo, mas ele não está mais aqui para acertarmos nossas diferenças.

– Seja como for, quero que saiba que você recebeu o perdão dele.

– Não sei de onde o senhor tirou isso. Meu pai foi claro. O senhor mesmo nos revelou o desejo dele. O Salmo 16 falava em pegar um ladrão!

– É verdade, mas o Salmo 32 pedia misericórdia por ele.

– Salmo 32? Dr. Thomas, do que o senhor está falando?

– Seu pai deixou no último receituário médico o Salmo 16 escrito duas vezes. E Rebe Menahem conseguiu a interpretação correta. Seu pai pediu misericórdia para você! Saiba disso. E para tudo existe um jeito. Vamos pensar em um modo de resolver a questão.

– Não há jeito – Alberto me cortou rispidamente. – O que está feito, está feito. Meu pai morreu em uma UTI hospitalar após uma cirurgia de emergência e ninguém pode afirmar que sua morte tenha sido causada por qualquer outro fator que não médico.

Emiti um curto suspiro.

– Agora entendo por que você ficava tão nervoso cada vez que Rubens aventava a hipótese de assassinato de Benjamin Stein. Você não podia aceitar a hipótese de ser o assassino de seu pai, mesmo que por via indireta.

– Meu pai não foi assassinado! – Alberto gritou novamente. – Não por mim!

Tentei me recompor e evitar novas provocações, mas o diálogo não era nada fácil naquela situação.

– Posso saber o que exatamente aconteceu para você chegar nesta situação?

– É seu pedido final, Dr. Thomas?

Desta vez o meu suspiro foi longo.

– Não tinha a intenção que fosse.

– Pois bem, ainda assim acho que o senhor merece uma explicação. – Alberto se afastou até uma distância segura, como se eu pudesse representar qualquer risco para ele, com aquela arma apontada em minha direção. – Nossa insatisfação com a forma de condução dos negócios de nosso pai era conhecida por muita gente. Não era apenas eu, meus irmãos também dividiam comigo este sentimento. Mas Mario é um frouxo, jamais faria nada que contrariasse nosso pai. Vivia nas barras dele sem nenhuma iniciativa. Depender dele significaria deixar tudo como estava. Rubens era mais atirado, mas não queria perder as benesses de estar do lado de Benjamin Stein. Isso representava segurança econômica, solidez patrimonial. E Rubens, mesmo insatisfeito com nosso pai, preferia engolir os problemas a perder esse conforto. Com ele, eu também não podia contar. Então, estava sozinho. Queria sair para um negócio novo, mas não conseguia. Não se iluda, Dr. Thomas. Nossos gastos eram controlados e eu jamais conseguiria juntar uma liquidez mínima que fosse para seguir rumo próprio. Nosso pai sabia disso e essa era a forma que ele encontrava de manter todos os filhos a sua volta.

– E o que aconteceu?

– Bem, tivemos nossa primeira negociação com a Karmo.

– Com a Karmo? – indaguei surpreso.

– Exatamente. O Sr. Abranches era o negociador e passava longos períodos em auditorias internas e contatos com diretores do Grupo Stein. Desde o início, papai não tinha a menor intenção de vender o projeto de bromatologia.

– Recordo bem de vocês terem comentado isso.

– Abranches é um homem ardiloso, uma raposa velha. Percebeu logo que as coisas não sairiam do lugar com meu pai, mas a Karmo tinha um enorme interesse nessa aquisição. E sabe o que ele fez? Levava os diretores para almoços, jantares, jogos de golfe, coisas refinadas. Foi conhecendo e estudando as relações familiares. Não demorou para descobrir que eu era o filho descontente. Na primeira vez em que se aproximou de mim, eu o repudiei. Mas na segunda vez, concordei em ouvir a proposta.

– E qual foi?

– Ele soube me envolver. Disse que respeitava a decisão do meu pai, de não vender, mas que pretendia manter alguma operação em terras brasileiras, buscando novas oportunidades. Tinha ouvido falar de minha forte vocação para atividades empresariais. Hoje, não sei se é verdade ou se partiu dele mesmo esta informação, apenas para me cooptar. Mas que diferença isso faz? Eu queria partir para um negócio novo e ele se propunha a me financiar.

– Em troca do quê, se posso perguntar?

– Eu tinha o conhecimento da operação, ele tinha o crédito. Estava feita a parceria.

– E daí?

– Os negócios não seguiram como esperado. Mas acho que isso também fazia parte do plano de Abranches. Em dado momento, a operação precisou realmente de dinheiro, mas Abranches disse que não obteria recursos tão rápido da matriz holandesa. Acabou me convencendo a tomar empréstimos pessoais e tudo se tornou uma bola de neve incontrolável. Sabe, quando você está no meio do problema, sempre acha que terá uma solução. Você não aceita que está na hora de parar e comigo não foi diferente. Acabei perdendo o foco e os avais estavam seguindo para o protesto. Imagine, um membro da Família Stein sendo protestado. Isso seria o fim para o meu pai.

– E como você resolveu isso?

– Não lhe disse que Abranches é uma raposa velha? Quando eu estava desesperado, ele me fez a proposta indecorosa. Passar informações privilegiadas para garantir a compra do projeto de bromatologia.

– Mas isso poderia causar um prejuízo muito maior para o seu pai, se comparado com as suas dívidas pessoais?

– É verdade, era um risco, mas extremamente remoto. Abranches dizia que não queria pagar menos do que valia a operação. Pagaria o preço justo, mas precisava de informações privilegiadas e a garantia de que o projeto de bromatologia ficaria com a Karmo. E desde que isso não causasse redução do preço final, que mal teria?

– Assim, você acabou se juntando a ele.

– Não era para me juntar definitivamente, era apenas para facilitar a compra. Em contrapartida, eu teria não apenas as minhas dívidas pagas, mas uma quantia considerável em dinheiro, se o negócio fosse concluído. Fechamos uma comissão.

– Você está chamando espionagem de comissão, Alberto?

– Que diferença isso faz? O que importa é que consegui me liberar das minhas dívidas, mas estava vendido para aquela raposa velha.

– Abranches chantageava você?

– Acho que ele tinha isso em mente desde o começo. E passou a usar esse trunfo, a partir do momento em que soube que as negociações iam ser interrompidas pelo meu pai. Fui forçado a insistir para que o negócio continuasse e passei a ser refém do Abranches.

– Por que você não contou a verdade para seu pai?

– Você só pode estar brincando! Meu pai me deserdaria, no mínimo. Dr. Thomas, eu traí a confiança dele, e sabia que isso jamais teria volta. O que nunca podia imaginar era que meu pai tivesse contratado este tal de Caetano, nem que havia instalado um sistema de escutas clandestinas em nossa sede.

– Então, você ficou com medo de ser descoberto?

– Realmente, o risco existia. Quando meu pai faleceu, achei que tudo estava superado e minha intenção era chutar Abranches para longe de mim. Mas aquele testamento cerrado foi uma coisa absolutamente inesperada. Meus irmãos achavam que lá haveria indicações expressas sobre condições desconhecidas da venda do projeto ou, eventualmente, a revelação do espião.

– E você achava o quê?

– Honestamente, não sabia o que pensar. Nosso pai não era um homem de mandar recados. Se ele suspeitava de alguém, ia lá e resolvia. Por isso achei que não tivesse descoberto nada antes de morrer, mas poderia ter deixado alguma indicação.

– E foi exatamente o que aconteceu.

– Exato, Dr. Thomas. Mas eu não esperava que chegaríamos a este ponto.

– E provavelmente foi Caetano quem chegou mais próximo com as transcrições das gravações, ainda com seu pai vivo. Quando revelou ao seu pai alguma evidência forte o suficiente para fazer recaírem as suspeitas sobre você, seu pai interrompeu as negociações e perdeu o prazer pela vida.

– Não podemos tirar esta conclusão.

– Esta é a única conclusão que podemos tirar, você goste ou não. As gravações às quais apenas seu pai teve acesso eram comprometedoras o suficiente para acusá-lo. Mas ele não era o pai que você julgava e, amando verdadeiramente seus filhos, não lhe foi possível suportar a hipótese de denunciar o próprio herdeiro por espionagem.

– Acho que o senhor está avançando o sinal novamente, Dr. Thomas.

Não me preocupei com a ameaça velada de Alberto e concluí:

– E isso explica finalmente o 16 + 16.

– Os Salmos novamente? – Alberto ironizou.

– Você ainda não entendeu a mensagem que seu pai nos deixou? O Salmo 16 manda pegar um ladrão, mas se dobrarmos este número, o Salmo 32 manda ter misericórdia. Eu perguntei certa vez a Rebe Menahem se é possível ter misericórdia de um ladrão e aprendi que isso pode acontecer plenamente. Acho que seu pai estava próximo de revelar que você o traiu, que você era o espião. E ao contrário de tudo o que você me disse, ele implorou por misericórdia para você. Seu pai o amava, Alberto. E você não soube aproveitar isso.

– Chega de tolices, Dr. Thomas. Não posso passar a noite toda aqui.

O tom de voz me fez levantar da poltrona.

– Vá com calma, Dr. Thomas. Nada de atos corajosos a esta hora da noite.

– O que você pretende fazer?

– Eu não pretendia matar Caetano, mas ele descobriu o que não deveria. Fui forçado a fazer aquilo. Uma questão de autossobrevivência. Quanto ao senhor, lamento pela sua curiosidade. Abranches me passou o recado agora de noite e mandou-me resolver o problema – Alberto deu dois passos para trás e ergueu seu braço direito, apoiado pelo esquerdo, mirando em mim. – Nada pessoal, tenha certeza.

A terrível sensação de proximidade da morte me provocou perda total de controle. A imagem de Sandra surgiu na minha mente. Lá estava ela sentada na mesa de jantar com nossos filhos. Mas minha cadeira estava vazia. Cerrei os olhos, ao mesmo tempo em que percebi as luzes serem apagadas por alguém. Só pude ouvir um grito:

– Thomas, abaixe-se.

Foram três tiros. Dois praticamente sobrepostos e um terceiro solitário. Eu estava no chão, caído por trás de minha mesa de trabalho. A dor era imensa. Não podia dizer onde a bala se encravara em meu corpo, mas a sensação daquele projétil fervente cortando minha pele me causava enorme agonia. Quando a luz se acendeu, encontrei estirado no chão na minha frente Alberto Stein. Possivelmente morto. E logo atrás, na porta de entrada da minha sala, Barreto empunhava uma arma cujos disparos haviam tirado a vida de Alberto Stein antes que ele tirasse a minha. Eu havia recebido um tiro que poderia ter sido fatal. Sangrava muito, mas eu havia sobrevivido.

20

Quando me dei conta do que havia acontecido, minha situação clínica já se encontrava estabilizada. Posso imaginar o que Sandra passou naquelas setenta e duas horas seguintes aos disparos. Eu já havia saído da UTI após uma intervenção cirúrgica de emergência, seguida de uma rápida passagem pela semi-intensiva. Agora, eu era levado a um quarto particular do hospital.

Ao recobrar a consciência, fiquei sabendo pelos médicos que me atenderam que por muito pouco o disparo não me matou. Posso imaginar o susto que Sandra passou ao ser avisada por seus colegas de plantão que o marido ingressara na emergência baleado. Sandra era médica plantonista exatamente daquele hospital, mas naquela fatídica noite ela estava na casa de sua mãe com as crianças, conforme havíamos combinado.

Eu ainda não conseguia ordenar todos os meus pensamentos, muito provavelmente comprometidos pela enorme quantidade de remédios que estava tomando. E nossos filhos? Como lhes teriam comunicado o ocorrido, sem traumatizá-los? Tudo ainda estava muito confuso na minha cabeça. Minha última lembrança eram as luzes do meu escritório se acendendo, Alberto Stein morto, com a arma ainda em punho, e, atrás dele, o Dr. Geraldo Barreto, olhando friamente o corpo caído. Justamente a pessoa em quem eu havia depositado as maiores suspeitas não apenas era absolutamente inocente, como também salvou minha vida.

E se o tiro de Alberto Stein fosse certeiro? Será que a minha contabilidade divina estava em dia? Sempre achamos que temos tempo para recuperar créditos com o Criador, para que no Juízo Final de cada indivíduo tenhamos uma folha corrida de bons atos a sustentar nosso pedido de ingresso no Paraíso, seja lá o que isso signifique. Mas, quando somos surpreendidos, acabamos reconsiderando certas posições e revendo muitos de nossos argumentos eminentemente materialistas.

As crianças foram poupadas dos detalhes da minha internação de emergência. Sandra foi diplomática o suficiente para limitar o relato a uma forte indisposição, que me obrigava a dormir no hospital, ainda que isso não os convencesse muito.

Na semi-intensiva hospitalar, recebi a visita dos meus filhos uma única vez, e a caçula ficou particularmente impressionada com os equipamentos de controle ainda ligados ao meu corpo. Mas já no quarto, me vendo sentado confortavelmente em uma poltrona, meus filhos relaxaram na certeza de que em breve eu voltaria para casa.

As crianças passaram os sete dias de internação com os avós, o que significa comer as guloseimas que normalmente vetamos, dormir fora dos horários corretos, brincar ao invés de estudar. Mas fazer o quê? Avós são exatamente para isso.

Sandra permaneceu comigo o tempo todo. Pediu dispensa dos plantões naquela semana e se dedicou a ser minha médica particular.

Há tempo sonhávamos em ficar apenas nós dois juntos, quem sabe uma segunda lua de mel. Conseguimos isso, ainda que em um hospital, rodeados por enfermeiras e medicamentos. Ao menos serviu para fazermos um pacto: quando minha recuperação fosse completa, começaríamos a planejar uma viagem juntos.

Sandra me informou que todas as despesas médicas e hospitalares estavam sendo pagas pelo Grupo Stein, o que me deixou, no mínimo, surpreso. No pós-operatório e enquanto eu estava na UTI, Mario e

Rubens Stein haviam vindo pessoalmente ao hospital e se apresentaram à minha esposa, assumindo os gastos.

Eu já me encontrava mais disposto, ainda que não totalmente recuperado, e não esperava a hora de poder retomar as minhas atividades. Caso Stein encerrado, mas a vida continuava. Uma enfermeira chegou no nosso quarto com um lindo vaso, com uma orquídea branca. Acima dela uma decoração que dava a forma de um pequeno guarda-chuva. Sandra abriu o cartão:

– Ora, ora, veja o que temos aqui – disse Sandra, sorrindo. – Parece que você tem uma fã.

– Leia para mim o cartão. Estou curioso.

– Está escrito: *"Querido Dr. Thomas, desejo votos de pronto restabelecimento ao senhor"*.

– E quem assina?

– Alguém de nome Fani.

– Dona Fani! Quanta gentileza.

– Quem é ela? – Sandra, sem conseguir resistir, perguntou.

– Uma cliente que está sempre no meu encalço. Mas não posso deixar de reconhecer que dessa vez ela foi muito atenciosa.

Sandra me estendeu o cartão ao mesmo tempo em que a porta se abria. Lá estava ele, como sempre, em seu impecável terno azul-marinho e gravata sóbria. Dr. Geraldo Barreto. Meus olhos se encheram de lágrimas ao reencontrá-lo, pois na última vez que o vi, sua arma ainda em punho acabara de salvar minha vida.

– Acho que vou deixá-los sozinhos – disse Sandra. – Vocês devem ter muito o que conversar.

– Desnecessário fazer isso, minha senhora – ponderou Barreto, como sempre de forma elegante. – A visita tem caráter pessoal. Desta vez, não venho em nome do Grupo Stein.

Fiz um sinal para que Sandra ficasse conosco. Ela ofereceu a Barreto a cadeira de visitas, que foi colocada ao lado de minha poltrona, e assim que ele se sentou quis expressar minha gratidão:

– Barreto, eu simplesmente não tenho palavras... Quando Alberto apareceu armado na minha frente, achei que ele se limitaria a me fazer ameaças de morte, caso eu o delatasse, mas não podia supor que seria capaz de atirar. No entanto, quando apontou a arma para mim, achei que não tinha a menor possibilidade de sair daquela sala com vida.

– Não há o que agradecer, Thomas. Ainda bem que cheguei a tempo, porque Alberto certamente não estava brincando e não permitiria que a pessoa que o tivesse descoberto pudesse permanecer viva.

– Assim como fez com Caetano – observei.

– Infelizmente, é verdade.

– O tempo todo estávamos procurando por um espião e ele se encontrava ao nosso lado. Cada estratégia lançada e ele acompanhava passo a passo o resultado.

– Na verdade, Alberto ficou extremamente satisfeito com o seu trabalho.

– Como assim? – perguntei espantado.

– Ora, você comprovou que Benjamin Stein não havia sido assassinado! No tortuoso raciocínio que Alberto idealizara, ele não podia admitir que foi partícipe da morte do pai, de forma direta ou indireta.

– Mas certamente foi. Benjamin Stein morreu de desgosto, esta é a verdade.

– E o responsável por isto foi Alberto – arrematou Barreto. – O que explica por que ele ficava tão bravo cada vez que Rubens falava em assassinato.

– E pensar que Rubens também era um suspeito.

– Rubens? – Barreto perguntou intrigado.

– Naquele dia em que Caetano me revelou que fizera uma descoberta importantíssima, que desvendaria tudo, liguei para o Grupo Stein e comentei o fato com todos vocês, lembra-se?

– Perfeitamente, estávamos em reunião e fizemos um *conference* por telefone.

– Pois bem, naquela mesma noite Caetano foi assassinado. Para mim, ficou claro que uma daquelas cinco pessoas que escutara o meu relato seria a espiã e, pior de tudo, a responsável pela morte de Caetano.

– Nossa, Thomas. Foi naquele telefonema que tudo começou?

– Quero crer que sim, pois foi o momento em que Alberto se deu conta de que poderia haver uma informação que ele não controlava. Então foi obrigado a silenciar Caetano.

– Mas você não suspeitava diretamente de Alberto, certo?

– Como eu poderia suspeitar de qualquer um dos filhos do próprio Benjamin Stein? Não era razoável. Especialmente conhecendo a figura adorável que ele foi – fiz uma pequena pausa. – Embora Alberto tivesse outra opinião sobre o pai.

Barreto se recostou melhor na cadeira.

– Vou lhe dizer uma coisa e você pode acreditar em mim. O Sr. Stein era um homem de princípios rígidos, é verdade. Mas para ele a família estava acima de tudo. Apesar de suas constantes viagens e da agenda repleta de compromissos profissionais, prezava a família que construíra. Sua esposa e filhos eram prioridades ante a qualquer negócio de suas empresas, por maiores que fossem.

O relato de Barreto era reconfortante para mim na medida em que recolocava Benjamin Stein no grau de respeito e consideração que eu sempre nutria por ele. Barreto prosseguiu.

– Eu conhecia muito bem a opinião de Alberto sobre o pai, mas você pode desconsiderá-la. Por incrível que pareça, o Sr. Stein sempre foi o maior ídolo de Alberto. O sonho de Alberto era ser exatamente como o pai. Ele se vestia como o pai, repetia as palavras e modos do pai, buscava copiá-lo em tudo. Mas isso não era suficiente para transformá--lo num outro Benjamin Stein. Seu pai era único. O conhecimento, a habilidade, a capacidade de gerenciar situações conflitantes, de buscar soluções impensadas perante barreiras intransponíveis, enfim, havia a genialidade em Benjamin Stein. Exatamente isso, Alberto não conseguia copiar. Enquanto Alberto era jovem e ficava sob a sombra do pai, suas limitações eram acobertadas. Mas, na medida em que Alberto desejou voo próprio, ficou evidente aos que com ele conviviam que ele não seria igual ao pai. O Sr. Stein já havia percebido isso e buscava dar um espaço distinto para o filho, fazê-lo crescer dentro de seus limites e, quem sabe, com o tempo, poder evoluir para fazer o melhor que fosse dentro da sua capacidade. Mas Alberto não suportava isso. Então o ídolo virou rival e a partir daí as relações se azedaram definitivamente entre pai e filho.

– Foi neste momento que Abranches apareceu oferecendo dinheiro – concluí – e conseguiu cooptar Alberto para o seu lado.

– Como assim? – Barreto me perguntou curioso.

Fiz então um relato de meu almoço com Abranches e minhas recentes descobertas, as quais Barreto ouvia com enorme atenção e concluí:

– Uma grande pena um homem como Benjamin Stein ver dentro de sua própria família alguém que o desprezasse daquela forma. Era algo inimaginável para mim e exatamente por isso ele, Mario e Rubens não podiam ser os suspeitos principais.

– E quem seria então? – perguntou-me Barreto.

– Pensei em Carmem.

Barreto se pôs a rir:

– Você está brincando, Thomas? Ela não teria a menor motivação.

– Amantes não precisam de motivação para vinganças.

Barreto se ajeitou na cadeira.

– Você sabia que eles eram amantes? – insisti.

Barreto apenas sorriu.

– Preciso reconhecer que casualmente sim, mas isso não a tornaria uma vilã nesta história toda, você não acha?

– Foi por isso que não insisti com o nome dela, mas era uma hipótese.

– Se for assim, Thomas, eu também seria suspeito, não seria? Afinal eu estava na sala quando você nos relatou a informação de Caetano.

Eu me calei e Barreto notou meu constrangimento.

– O que houve, Thomas? Qual o problema?

– Na verdade, tudo me levava a crer que você era o mais indicado para ser o espião e, por consequência, o assassino.

Barreto interrompeu até a respiração ao ouvir esta frase.

– Desculpe Barreto, me desculpe.

Barreto soltou um longo suspiro.

– Estou realmente constrangido – eu disse.

– Vamos deixar isso para lá – disse Barreto. – Você estava examinando todas as hipóteses e não deveria desconsiderar nenhuma. Mas me eleger como o mais indicado para ser o vilão desta história, puxa vida, eu deveria ficar envaidecido?

– Bem, na verdade isso só aconteceu depois que li sua carta de demissão.

– Carta de demissão? – perguntou Barreto.

– A carta de demissão que você fez para o Sr. Benjamin Stein e que foi recusada por ele.

Barreto arqueou as sobrancelhas como sempre fazia quando algo inusitado surgia.

– Você quer dizer a carta de demissão que está em uma gaveta fechada a chave dentro do meu armário particular igualmente trancado?

Sorri envergonhado.

– Acho que é essa mesma.

– Pois, muito bonito, Dr. Thomas, o senhor é cheio de surpresas.

– Acho que lhe devo uma explicação.

– Sou todo ouvidos! – Barreto respondeu sorrindo.

Relatei para Barreto meu encontro com Eduardo, a invasão do prédio e como chegara até o nome do Sr. Abranches. Ao final Barreto, não se incomodou tanto assim e deu o assunto desde logo por superado.

– Bem, para sua sorte, você estava errado! Afinal, a minha pontaria era melhor que a de Alberto – e voltou a sorrir. – Mas já que você viu o documento, acho que lhe devo uma explicação.

– Para mim? De jeito nenhum. Não me deve nada.

– Mas não me incomodo, e isso explicará um pouco como cheguei a tempo de salvar sua vida.

– Então, agora já estou interessado! – respondi.

– Antes de mais nada, quero lhe dizer que realmente havia pedido minha aposentadoria quando entendi que Benjamin Stein também estava prestes a completar seu ciclo de liderança empresarial. Não pretendia seguir trabalhando com seus filhos. Mas aquela carta! Saiba que ela foi para mim o maior presente que recebi de Benjamin Stein.

– Presente? – indaguei.

– Benjamin Stein tinha uma política clara com relação aos funcionários. Quem quer que pedisse demissão, era efetivamente desligado da empresa. Ele dizia que precisava de funcionários fiéis e jamais fazia uma contraoferta. Era uma questão de princípios, ele me dizia. Se o funcionário chegava para ele dizendo que pretendia se desligar, ele mesmo passava a mão no telefone e acionava área de recursos humanos. Não tinha conversa.

– E então?

– E então, querido Thomas, Benjamin Stein me escreveu aquilo e disse uma frase que jamais me esquecerei: *"Sempre afirmei que não há funcionários insubstituíveis, mas toda regra tem sua exceção. Você, Barreto, é esta única exceção. Portanto, contrariando o que sempre disse, quero que saiba que não irei demiti-lo!"*

– Puxa vida, você deve ter ficado orgulhoso!

– Tanto fiquei que guardei a carta como um troféu, um troféu que afinal não pode ser exposto.

– E eu, na sua leitura, dando uma interpretação completamente diferente!

– Seja como for, foi isso que aconteceu. Mas o que importa é que estamos aqui – Barreto deu um longo suspiro e passou a me contar a sua versão de uma história que até aquele momento me era totalmente desconhecida. – Nunca tive absoluta certeza, mas achava que Alberto era um candidato a espião. Veja, não estamos falando de assassinato porque isso só aconteceu depois. Mas a insatisfação de Alberto com o pai era enorme e isso causava alguns conflitos internos de poder. Fosse outro pai, já teria afastado o filho para bem longe. Mas Benjamin Stein não tinha coragem, dava desconto ao filho e achava que seria possível contornar a situação. Quando a Karmo encerrou a primeira fase de negociações conosco, ficou claro que Alberto criou certa empatia com Abranches. E a partir desse fato, que para mim não era coincidência, começamos a suspeitar do vazamento de dados sigilosos internos de nossa empresa.

– Mas Benjamin Stein não considerava esta hipótese.

– Claro que não. Por mais que fosse um grande empreendedor, antes de tudo era um pai, e há certas coisas que os pais não conseguem enxergar.

– E o que aconteceu?

– Alberto vivia concorrendo com o pai, mas jamais poderia vencê--lo. Então surgiu uma oportunidade. Sabe aquele velho ditado de que a ocasião faz o ladrão? Alberto foi uma ferramenta que Abranches utilizou para atingir seus objetivos. Pode acreditar, acima de tudo, Alberto era um ingênuo.

– Um ingênuo assassino, não esqueçamos – fiz questão de ressalvar.

– Mesmo assim, um ingênuo. Sabe, nos meus tempos da faculdade, me lembro de uma explicação marcante de nosso professor de Direito Penal. Ele dizia que pessoas ingênuas em uma esquina e malandras em outra esquina, quando em grupos separados, não representam perigo algum. Os ingênuos são, por si só, ingênuos demais para pretenderem enganar seus iguais. E os malandros são espertos o suficiente para saber que é muito trabalhoso enganar outro esperto. Então, o crime só ocorre verdadeiramente quando o destino leva um malandro a cruzar a mesma esquina do ingênuo.

– E isso se deu quando Abranches convenceu Alberto a ajudá-lo! Agora compreendo melhor o que Abranches me disse no nosso almoço.

– Como assim? – Barreto perguntou curioso.

– Abranches falou que tudo era apenas um jogo de palavras. Ele não fazia espionagem, buscava apenas informações privilegiadas.

– Os corruptores sempre têm respostas prontas. Impressionante! Mas o que quero lhe contar é que naquele dia tudo aconteceu por um golpe de sorte. Eu passava pela mesa das secretárias justamente quando transferia a ligação para Alberto e o ouvi mencionar o nome do Sr. Abranches. Achei aquilo muito estranho e fiquei por perto. Alberto se descontrolou e o escutei, pela porta entreaberta, gritando que o combinado era não ligar naquele horário, que era perigoso. Depois de um silêncio, disse que ia resolver tudo do jeito dele e desligou o telefone. Achei tudo muito suspeito e fiquei acompanhando seus passos o tempo todo. Como sempre fico no escritório até tarde da noite, não havia nada de mais. Quando finalmente ele saiu, me apressei e descemos juntos o elevador em direção à garagem. O nervosismo dele era visível. Logo nos despedíamos, mas na verdade minha intenção era segui-lo, o que realmente fiz. Acompanhei à distância até ele estacionar o carro em frente ao seu prédio. Ainda fiquei alguns minutos no automóvel sem saber o que fazer, mas resolvi subir e por cautela trouxe minha arma, que sempre fica escondida no banco do carro.

– E foi este golpe de sorte que salvou minha vida.

– Pois vamos brindar a isso assim que você se recuperar, OK? – disse Barreto.

Sandra, que acompanhava tudo, apenas alertou:

– Vá devagar, Dr. Barreto. Thomas não é chegado em bebida alguma. De uma bala de revólver, ele até sobreviveu, mas acho que não resistiria a alguns goles de cerveja.

Todos rimos, mas ainda restavam alguns pontos sobre os quais queria esclarecimentos.

– E Carmem, já se aposentou?

– Não apenas ela, Horácio também.

– Esse Horácio não morria de amores por Benjamin Stein.

– Pode ter certeza de que era um sentimento recíproco.

– Horácio me disse que Benjamin Stein não prestava. Não achei nada elegante vindo de um funcionário de carreira.

– As politicagens e intrigas fazem parte do dia a dia de uma grande corporação. Horácio foi um dos diretores mais importantes do Grupo e com certeza teve suas desavenças com o Sr. Stein. Já lhe comentei outra vez que trabalhar para um gênio como Benjamin Stein não era tarefa fácil. Horácio não era uma sumidade como o chefe, mas também tinha uma mente brilhante e foi responsável por grandes projetos que consolidaram a liderança do Grupo Stein no mercado.

– Mas eles tinham mais do que desavenças. Este ódio gratuito que Horácio nutria contra o chefe...

– E quem lhe disse que era gratuito? Enquanto eram apenas desavenças profissionais, tudo era tolerável e interessava para ambos manter assim. Horácio tinha um salário que jamais conseguiria em outra empresa e tinha ampla liberdade no seu trabalho, ainda que precisasse se submeter à aprovação final do Sr. Stein. Este, por seu lado, não podia imaginar Horácio em um grupo concorrente. Mas quando se viram surpreendidos pelo encanto da mesma mulher, então tudo desandou. Essas mulheres, quando querem, fazem qualquer homem perder o rumo – e voltando-se respeitosamente para Sandra, concluiu: – Elas são realmente o sexo forte.

Sandra retribuiu com um sorriso maroto.

– Me diga uma coisa, Barreto. Como foi administrada a morte de Alberto?

– Bem, foi uma enorme dor de cabeça para Mario e Rubens. Imagine minha posição. Primeiramente avisar os irmãos que Alberto estava morto, depois lhes contar que eu o havia matado e ainda informar que ele era o espião.

– Meu Deus, que loucura. E como você fez isso?

– Acredite, não foi nada fácil. Eles demoraram a aceitar o fato de que Alberto tivesse traído não só o pai, mas toda a família. Mas, como não tinha jeito, acabaram se conformando. E o mais importante, para a imprensa Alberto morreu vítima de um assalto. Depois que você foi levado pela ambulância, fiz alguns contatos com autoridades policiais próximas a nós e o corpo de Alberto Stein foi encontrado oficialmente morto na rua.

– Nem quero imaginar o escândalo, se a verdade viesse à tona.

– Joguei a carteira com os documentos pessoais de Alberto no lixo e ele se tornou mais um número de estatística de latrocínio.

– Fiquei sabendo que o Grupo Stein está pagando todas as minhas despesas hospitalares.

– Era o mínimo que Mario e Rubens poderiam fazer. Saiba que apesar de toda a dor da perda do irmão, eles estão muito envergonhados diante de você.

– Eles não têm culpa alguma. E gostaria muito que soubessem que de minha boca jamais saíra qualquer coisa relacionada a esse assunto.

– Não tenho dúvidas de que confiam na sua honestidade. Mas não quero cansá-lo, Thomas – disse Barreto já se levantando da cadeira. – Já tomei muito do seu tempo. Sem dúvida poderemos nos encontrar em situações melhores.

As visitas seguiam restritas por expressa orientação dos médicos que queriam me poupar de qualquer emoção. A única exceção havia sido Barreto por motivos mais do que justificáveis. Eduardo havia mantido contato telefônico com Sandra, que lhe avisara das restrições e prometera que ele seria o primeiro a ser avisado assim que os médicos me liberassem.

Certa noite, quando eu já me preparava para dormir, Sandra foi surpreendida com o ingresso de um médico no nosso quarto, o que lhe pareceu estranho naquele horário. Mas lá estava um homem trajando o jaleco branco com o logotipo do hospital, estetoscópio no pescoço e uma prancheta de anotações.

– Vim examinar o paciente.

– A esta hora? – Sandra estranhou.

– É que fiquei retido no centro cirúrgico por força de uma emergência.

– Bem doutor, sendo assim, queira entrar.

O médico se dirigiu para mim:

– E como vai o nosso paciente?

– Bem, doutor – respondi, mas prontamente parei com a figura que se colocava ao lado da minha cama: – Eduardo?!

Sandra não entendera nada. Mas lá estava Eduardo, mais uma vez se infiltrando, dentro do seu melhor estilo. Ele conseguiu entrar pela área de funcionários, aproveitando-se de uma distração do vigia local. Dali para passar no almoxarifado do hospital e pegar um jaleco não demorou quinze minutos. Mais um empréstimo de um estetoscópio de um médico desatento que deixou o instrumento sobre uma mesa de enfermagem e uma prancheta qualquer, e o resultado foi um excelente disfarce e livre trânsito pela área hospitalar.

Sandra se deliciava em conhecer cada um dos personagens que haviam perseguido comigo a solução do dilema de Benjamin Stein, e gostou especialmente do relato de Eduardo sobre nossa invasão ao prédio do Grupo Stein.

No entanto, os medicamentos que eu ainda tomava eram realmente fortes e o sono acabou me vencendo. Coube a Sandra deixar previamente combinado com Eduardo um novo encontro em situações bem melhores, assim que meu estado de saúde permitisse.

Próximo a completar duas semanas de internação, recebi alta e pude voltar para casa. Inicialmente, trabalhava meio período no escritório e meio período em casa. Daisy, sempre solícita, não se incomodava de ir me ver depois do expediente para revisar alguns documentos e pegar a orientação de alguns arquivos, ligações para clientes e envios de correspondência. Além disso, com uma boa banda larga, trabalhar em casa não é tão complicado. Passada mais uma semana, o médico me liberava para trabalhar integralmente, mas ainda estavam proibidas fortes emoções.

A única forte emoção que tive na minha semana de retorno integral ao trabalho foi conseguir a assinatura do acordo de Dona Fani e seus dois filhos, o que me proporcionou enorme satisfação. Os três fizeram questão de vir ao meu escritório e, na minha sala de reunião, assinaram o acordo de pacificação familiar. O irmão que resistia à venda do imóvel para uma grande incorporadora acabou se convencendo de que era melhor transformar o velho galpão do Sr. Oscar, seu pai, em um novo arranha-céu residencial, revertendo em favor da família um pagamento em dinheiro com uma enorme sobrevalorização. Dona Fani tinha sido gentil, encaminhando-me aquelas flores, e se tornara extremamente amável após a restauração da convivência pacífica entre seus filhos.

Eu tentava retomar minha vida normal não apenas no escritório, mas também com meus filhos, que a todo momento me perguntavam se eu poderia voltar repentinamente ao hospital. Eu garantia que não e prometia me cuidar. Mas ainda havia uma coisa que me incomodava. Uma data se aproximava e eu precisava tomar uma decisão.

Noite de sábado. Eu me encontrava tranquilamente em casa lendo um livro de crônicas de Luis Fernando Veríssimo. As crianças tinham pedido para dormir nos avós para ficarem com os primos e eu apenas aguardava Sandra retornar para, quem sabe, sairmos para comer alguma coisa leve e dar uma volta. Assim que ela chegou, a novidade:

– Thomas, trouxe uma visita especial para você.

A porta se abriu completa e vagarosamente, e aquela querida figura adentrou em meu apartamento. Seus passos eram lentos e a bengala lhe dava um apoio necessário:

– Rebe Menahem! Não posso acreditar. Que alegria vê-lo aqui!

– Meu querido Dr. Thomas. Que saudade! – arrisquei um esforço para ficar de pé, ainda sem muita agilidade nesta fase final de recuperação. – Fique sentado, meu bom amigo. Não preciso de cerimônias.

– Mas que bela surpresa! – disse ainda emocionado.

A seguir, nos dirigimos para a sala do apartamento, para ficarmos mais confortáveis. Apesar da idade avançada e de suas limitações físicas, Rebe Menahem decidira vir ao Brasil para consolar pessoalmente os irmãos Mario e Rubens, e ajudá-los a superar aquela tragédia que, na versão oficial, dava como causa da morte de Alberto Stein um latrocínio. Ele chegou na sexta-feira pela manhã porque naquele domingo ocorreria o *shloshim* – que marca os trinta dias de luto judaico –, e Rebe Menahem queria comparecer pessoalmente à cerimônia pela alma de Alberto Stein.

Ele havia informado da sua viagem a Daisy e minha secretária comentou com Sandra. Ambas resolveram não me contar nada.

– Não poderia deixar de estar aqui e prestar minha solidariedade pessoal aos filhos de Benjamin. Quem diria? Por anos, Benjamin me pedia para vir ao Brasil. Éramos mais jovens, fisicamente mais fortes. Mas eu dizia a ele que preferia ficar estudando, lecionando, preparando meus discursos rabínicos. E no final Benjamin estava sempre viajando, tal qual seus filhos. Dezenas e dezenas de vezes eles me visitaram em Crown Heights. E agora, aqui estou! Desta vez não precisei de um convite. Consolar os enlutados é um ato de grandeza.

– Mas não deve ter sido fácil fazer essa viagem.

– Ora, eu tinha uma relação de irmandade com Benjamin e seus filhos. É algo que deve se intensificar ainda mais nestas horas difíceis, com Mario e Rubens.

– Seja qual for o motivo, é uma grande honra tê-lo em minha casa.

– E o senhor, Dr. Thomas, ao que parece, também passou por um grande susto. Sua esposa me disse que foi uma bala perdida no meio da rua, mas que quase acerta num ponto fatal – claro que Rebe Menahem não foi informado do que aconteceu, na realidade. – Como pode acontecer uma coisa dessas?! Sua família escapou por pouco de também viver uma tragédia.

– Estou voltando normalmente ao trabalho, mas ainda tenho alguns cuidados para tomar. Vou passar por essa, não se preocupe.

Sandra trouxe da rua alguns doces comprados em uma loja *kosher*, especialmente para essa visita surpresa. Cumprindo os rituais da tradição judaica ortodoxa, Rebe Menahem apenas consumia produtos que tivessem supervisão rabínica qualificada e Sandra havia tido esta cautela. Os doces se encontravam fechados e foi o próprio Rebe Menahem quem retirou o selo de proteção. Sandra ficou maravilhada com as histórias contadas por ele, não apenas pelo seu conteúdo, mas também pela forma como eram narradas. Mas o tempo com Rebe Menahem passava rápido demais e a noite chegou de repente.

– Eu poderia dizer que está na hora de deixá-lo descansar, Dr. Thomas. Mas não é só isso. Também já está na *minha* hora. Preciso repousar. Amanhã devemos ir ao cemitério para o *shloshim* pela alma de Alberto. O senhor poderá ir?

Calei-me, sem conseguir fitar minha ilustre visita. Rebe Menahem encostou sua bengala no sofá lateral e se aproximou, segurando levemente minhas mãos.

– Há algo que eu deveria saber, Dr. Thomas?

– Acho que isso é indiferente neste momento, Rebe.

– Pode até ser indiferente para mim e a curiosidade não me atinge, mas será também indiferente para você?

– Rebe, não tenho sua sabedoria para interpretar tudo o que aconteceu nesse curto espaço de tempo e reconheço que tampouco tenho forças para entender.

– Não posso concordar com suas palavras, o senhor está se menosprezando. Jamais faça isso.

– Rebe, o senhor sempre tem uma palavra boa para qualquer situação. Isso me impressiona muito. Mas me faltam conhecimentos para alcançar a pureza de seu raciocínio.

Rebe Menahem me fitou nos olhos:

– Ben Zomá, grande mestre da *Mishná*, dizia: "Quem é verdadeiramente sábio? Aquele que consegue aprender de qualquer pessoa. Quem é verdadeiramente forte? Aquele que domina sua má inclinação.

Quem é verdadeiramente rico? Aquele que se alegra com o que possui. Quem é verdadeiramente honrado? Aquele que honra seu semelhante". O senhor passou por todas essas provações quando foi designado por Benjamin Stein para uma difícil tarefa.

Soltei um suspiro:

– Rebe, talvez eu precise lhe contar algo.

– Você está cansado, vamos escolher um outro momento.

– Mas Rebe, é importante que o senhor saiba.

Rebe Menahem era perspicaz:

– Não agora, deixe para outra vez. E pensando melhor, quem sabe, talvez seja mais indicado o senhor ficar descansando sob os cuidados de sua esposa. Ainda não é o momento de abusos. De qualquer modo, tenha certeza de que voltarei a visitá-lo antes de ir embora. Quero muito conhecer seus filhos.

– Será uma honra recebê-lo novamente, Rebe Menahem.

Logo nos dávamos um caloroso e prolongado abraço.

A data da cerimônia chegou e eu precisava decidir. Relutei muito em comparecer ao cemitério, mas por fim achei que tinha obrigação de ir. Não pelo falecido, mas por Benjamin Stein. Não me preocupei em ligar para Barreto, porque certamente o encontraria.

O cemitério estava lotado. A impressão que me deu é que havia mais pessoas do que na reza de trinta dias de Benjamin Stein, o que era compreensível. A versão oficial da morte de Alberto Stein falava em latrocínio – roubo seguido de morte – e isso certamente gera uma comoção muito grande no cidadão comum. Ainda que houvesse outros rabinos no local, todo o serviço religioso foi conduzido por Rebe Menahem, inclusive o discurso em homenagem à alma da pessoa falecida.

Ao final, os dois filhos de Alberto Stein, ambos pouco mais jovens do que eu, entoaram em conjunto o *Kadish* ao lado da viúva, que permaneceu em silêncio. O *Kadish* não contém menção de morte ou culpa, mas se consuma em uma declaração de fé no propósito judaico de lealdade com o Criador e deve ser recitado diariamente a partir do dia do falecimento e durante onze meses judaicos inteiros, quando se completa o luto pela perda dos pais.

O *shloshim* não era uma cerimônia demorada e não deve ter durado mais do que trinta minutos. Depois, formou-se a fila de cumprimentos, que, esta sim, se arrastou devido ao elevado número de presentes que faziam questão de registrar presença e apresentar suas condolências à família.

Receoso, preferi não entrar na fila e fiquei aguardando o final dos cumprimentos. À medida que as pessoas foram se retirando, foi possível localizar Mario e Rubens Stein e, entre os dois irmãos, Rebe Menahem. Mais à frente se encontrava Barreto, que se aproximou dos irmãos e me apontou, alertando-os da minha presença. Mario e Rubens permaneceram ainda na fila de cumprimentos e Barreto veio sozinho em minha direção.

– Não consegui entrar na fila de cumprimentos, me desculpe.

– Não diga isso – ponderou Barreto. – Você já fez muito vindo até o cemitério.

– E aqui eu poderia estar para sempre! Barreto, tenho uma dívida impagável com você.

– Você não me deve nada. O que aconteceu é uma história que se enterra com Alberto Stein. A concorrência desleal, o espião, as gravações, saiba que tudo está sendo enterrado naquele túmulo, não apenas o filho de Benjamin Stein.

– Não podemos esquecer de enterrar Abranches! – registrei.

– Foi bom você ter mencionado o nome dele, porque gostaria de lhe contar alguns desdobramentos recentes.

– Ah, estou muito interessado nisso.

– Depois das revelações que você me fez sobre a relação obscura de Abranches e Alberto Stein, tomei algumas providências. Mario e Rubens me pediram para viajar até a sede da Karmo, na Holanda, onde relatei a todos o ocorrido. Veja bem, não apresentei uma acusação formal, mas fiz uma narrativa completa de tudo o que aconteceu. Tenha certeza de que a Karmo não gostou nada de saber que tinha entre seu corpo de altos executivos um homem com a postura empreendedora de Abranches.

– E daí?

– Daí que a uma hora destas Abranches deve estar aproveitando sua aposentadoria em algum lugar bem distante do Brasil.

– Aposentadoria?

– Isso mesmo. Ele foi sumariamente afastado, destituído do cargo que ocupava e excluído do Conselho Consultivo da Karmo.

– Era o mínimo que merecia! – observei. – E ainda é pouco. Mas como você bem disse, esta história se encerra no túmulo de Alberto Stein.

Mario e Rubens se aproximavam de nós, acompanhando a caminhada mais vagarosa de Rebe Menahem. Ambos pararam na minha frente, mas as palavras não saíam. Acabei tomando a iniciativa:

– Lamento, sinceramente, pelo falecimento de seu irmão.

Estendi a mão em um gesto de respeito, o que foi retribuído por ambos, cada qual na sua vez, tudo sob o olhar atento de Rebe Menahem. Não houve outras palavras. O choque da perda do irmão, aliado à vergonha de tudo o que acontecera, não lhes permitia materializar seus sentimentos. Ambos se retiraram e retornaram para seus familiares, mas Rebe Menahem, que já havia sido apresentado a Barreto pelos irmãos Mario e Rubens, ficou conosco.

Seguimos os três, caminhando em silêncio pelas alamedas do Cemitério Israelita. À minha esquerda, o homem que me ajudou a desvendar os mistérios dos Salmos do Rei David, me permitindo entender a mensagem de Benjamin Stein. À minha direita, o homem que chegara a tempo de me livrar do tiro quase certeiro que teria tirado minha vida. Repentinamente, Rebe Menahem começou a entoar uma melodia hebraica:

– *Cama iaavrun, vê cahana yibare'un, Mi Yichie umi iamút, Mi Vekitso Umi lo vekitso, Mi vamáyim Umi vaêsh, Mi vacherev Umi vachaia.*

Eu e Barreto nos voltamos para Rebe Menahem:

– *Unetanê Tokef* – ele proferiu. – Assim rezamos em *Rosh Hashaná*, quando o Criador abre o Livro das Recordações e lembra de todo o esquecido.

Isso mesmo, o Livro das Recordações de que minha mãe me falou, na minha primeira visita ao cemitério. Então era verdade! Deus realmente anota nossos atos num livro, trazido para julgamento no Tribunal Celestial. E Rebe Menahem traduziu:

– Em *Rosh Hashaná* são inscritos, e no dia de jejum de *Yom Kippur* são selados: quem viverá e quem morrerá; quantos nascerão e quantos morrerão; quem viverá o tempo que lhe foi atribuído e quem partirá prematuramente; quem perecerá pela água e quem pelo fogo; quem pela espada e quem por um animal selvagem; quem pela fome e quem pela sede; quem pelo terremoto e quem pela peste; quem descansará e quem errará; quem desfrutará de bem-estar e quem sofrerá tribulações; quem será pobre e quem será rico; quem será humilhado e quem será enaltecido.

Rebe Menahem me olhou carinhosamente e disse:

– Querido Dr. Thomas, Deus anotou seus atos, acompanhou seus dilemas, sofreu com suas dúvidas.

– Deus sofre, Rebe?

– Certamente. Não da forma humana que conhecemos, mas dentro de uma concepção de justiça divina. Veja bem, o Criador é onisciente, o que significa que sabe quais decisões iremos tomar antes mesmo que tenhamos decidido. Mas não se engane! O fato de Deus conhecer nossas decisões não nos retira o livre-arbítrio. Ele sabe o que iremos decidir, mas não significa que decidirá por nós. E você, meu querido amigo, tomou as decisões acertadas porque não se contentou com pouco e perseguiu um resultado tendo como único objetivo honrar um pedido que lhe foi confiado por Benjamin Stein. E isso quase custou a sua própria vida...

Barreto arqueou as sobrancelhas. Eu fiquei sem reação, mas estava claro! Rebe Menahem decifrou exatamente o que havia acontecido, embora ninguém lhe tivesse revelado a verdade! E talvez esse fosse o motivo que, apesar da avançada idade, o fez vir até o Brasil para consolar pessoalmente Mario e Rubens Stein. Ele prosseguiu:

– Uma boa ação traz outra boa ação, um pecado traz outro pecado. Suas escolhas foram acertadas. Quando passarmos o portão deste cemitério, orgulhe-se da confiança que Benjamin Stein depositou em você. E ele, que já está nas alturas celestiais, será seu defensor mais abnegado no Tribunal Celestial.

O domingo ensolarado dava sinais de que o inverno era vencido e a primavera, mesmo ainda distante, não tardaria a chegar. Seguimos nossa caminhada, novamente silenciosos, e foi minha vez de expressar meus sentimentos, ainda que sem a profundidade de Rebe Menahem. Não havia o que esconder daquele senhor de longas barbas brancas.

– A verdade é que jamais ficaremos sabendo se Benjamin Stein optou por deixar de viver por ter certeza de que seu próprio filho era o espião ou, dispondo de todas as pistas que levariam a isso, decidiu interromper o ciclo da vida, deixando esse fardo penoso para mim.

Barreto apenas aquiesceu com a cabeça e me deu uma informação reconfortante.

– Quero lhe dizer que o corpo de Benjamin Stein será transferido para o lado da sepultura de Dona Clara. Rebe Menahem tem muito prestígio no Conselho Rabínico local e conseguiu acelerar os trâmites. Acreditamos que isso deverá acontecer em breve.

– Já não era sem tempo. Deixemos o velho Benjamin Stein descansar em paz ao lado de sua esposa. Mas noto você muito abatido no dia de hoje, prezado Barreto.

– O que você quer de mim? O homem para o qual dediquei toda a minha vida profissional morreu desnecessariamente, desgostoso com o próprio filho que se transformou em um assassino. O qual *eu* fui obrigado a matar.

– Você não pode ficar se culpando, Barreto – disse Rebe Menahem. – Minhas palavras também devem alcançá-lo e reconfortá-lo.

– Agradeço sua atenção para comigo, Rebe Menahem. Mas há muitas perguntas sem resposta e isso me incomoda profundamente.

– Dr. Barreto, há coisas que realmente soam incompreensíveis para o intelecto humano e não conseguimos achar uma razão plausível para o fato de terem ocorrido desta ou daquela maneira, especialmente quando se dão tão próximas de nós. Saiba que existem dilemas que não têm solução na esfera terrestre, que simplesmente não conseguimos resolver, contando apenas com o foco de nosso limitado conhecimento humano.

– Mas Rebe – prossegui –, o senhor bem sabe que as coisas não são tão simples assim e não será fácil para mim e Barreto esquecermos tudo o que se passou.

– E por acaso eu pedi que esquecessem? – disse ele. – Mas precisamos aprender a superar os desafios.

– Honestamente, acho este impossível de ser superado – respondi resignado.

– Os que acreditam no impossível são os mais felizes – respondeu Rebe Menahem. – Permita-me citar as palavras do sábio Hillel, famoso por sua bondade, que dizia: "Se eu não for por mim, quem será por mim? Mas se eu for só por mim, quem sou eu? Se não hoje, quando?"

Eu e Barreto não tínhamos como replicar. Então, Rebe Menahem deteve sua vagarosa caminhada.

– Deixem de pensar dessa maneira. Onde está escrito que a vida é fácil? Nos nossos livros sagrados jamais encontrei esta afirmação! Aprendam com este velho rabino que compartilha com vocês uma amizade fraternal – fez uma pausa e após um longo suspiro terminou:

– Saibam que há coisas que só ela resolverá para nós.

– Ela? – perguntei intrigado sob o olhar atento de Barreto.

Rebe Menahem pegou carinhosamente nossas mãos, deu um sorriso como apenas sua sábia velhice poderia dar e concluiu:

– A morte, queridos amigos. Só a morte tudo resolve!

Esta obra foi impressa em Santa Catarina no verão de 2012 pela Nova Letra Gráfica & Editora. No texto foi utilizada a fonte Nofret em corpo 10 e entrelinha de 15,5 pontos.